엄마와 함께
칼국수를

제4회 한겨레문학상 수상작

엄마와 함께 칼국수를

김금희 장편소설

한겨레출판

차례

조치원에서 꾸다 7

감자와 흰자위, 삔 팔, 족발 41

원초 같은, 갓 태어난 보드라움의 그것 105

부모은중, 그 두 겹의 절규 175

어…… 간…… 쥬…… 알…… 243

조치원에서 어린 새[鳥]로 날다 316

에필로그 빗소리 와와 할 때 엄마와 함께 칼국수를 342

작가의 말 362

개정판 작가의 말 367

추천의 말 372

조치원에서 꾸다

1

경부선 밤기찻속이었다.

현직은 무궁화호 7호차 65번 좌석에 앉아 있었다. 현직은 꿈을 꾸고 있었다. 꿈속에서도 그는 기차를 타고 있었다. 기차가 꿈속의 어느 환한 역에 도착했다. 플랫폼은 낙화로 분분하였다. 사내둘이 승차하더니 66, 67번에 앉는다.

조치원도 꽤 큰 도회지 아닙니까?

나도 고등학교는 이 바닥에서 명문으로 치는 조치원고를 나왔죠.

서울은 살아보니 어떻던가요?

내게 서울살이란⋯⋯ 하찮은 문장에 찍힌 방점과 같은 것이었어요.

예?

문장 끝의 마침표가 아니라 글자 위의 방점(傍點) 말입니다. 하찮은 문장에 방점 찍어봤자죠. 한 달 전, 나는 낙향했습니다.

그럼 이 밤 구미에는 무슨 일로?

작은할아버지가 돌아가셨답니다.

예. 무슨 지병이라도?

사고가 났지요. 아직 구미 소식 모르시는가 봐요?

역으로 오다 전광판 뉴스로 얼핏 봤습니다만.

현직은 사내 둘의 대화를 듣다가 의아해졌다. 객지살이를 두고 '하찮은 문장에 찍힌 방점'이라니! 40대 후반의 사내가 시같이 근사한 표현을 예사로 하다니.

그러나 현직은 퍼뜩 꿈임을, 꿈속의 상황임을 알아챘다. 지금 자신이 꾸는 꿈이 시몽(詩夢)임도 알아챘다. 이거, 기형도의 〈조치원〉이야. 거기에 나오는 대화야.

아까부터 느낀 겁니다. 형씨는 말재간이 보통이 아니군요. 문장에 찍힌 방점,

아, 솔직히 말하죠. 십니다. 시에 나오는 표현입니다.

죄송합니다만, 시 제목이 뭔가요?

〈조치원〉입니다. 그런데 그것은 시인이 잘못 붙인 겁니다. 진짜 제목은 〈조치원에서 새[鳥]로 날다〉입니다. 검은 새가 퍼득퍼득 나는 걸로 끝나거든요. 아무튼 내 표현은 조금 다를 겁니다. 오

래전에 시를 읽고 친구들과 토론했거든요. 외우지 않았고 시집을 다시 들춘 적도 없고 제목만 간간이 떠올려본 것이라 지금 정확하기가 힘들지요. 그러나 늘 그 제목은 틀렸어, 틀렸어, 했죠. 근데요, 제 작은할아버지뿐 아니라 이웃 사람들도 많이 죽고 다쳤고 구미엔 아직 잔화(殘火)가 수십 군데나 된답니다. 백주 대낮에 게릴라가 떼 지어 다니며 아녀자를 강간하고 총을 쏘며 방화를 일삼다니, 세상에.

지금 조문을 가시면 위험하지 않겠습니까?

저녁 되면서 산으로 다 달아났다더군요. 그리고 기차가 운행되는 걸 보면 역 주변은 안전한 모양입니다. 상갓집이 역에서 멀지 않아요.

다행히 저는 구미에 친척이나 지인이 살지 않습니다.

현직은, 언제쯤 꿈을 깨고 나갈까, 궁리했다. 원한다면 발밑의 노트북 가방을 열고 총을 꺼낼 수 있고 기차를 한순간 구미역에 정차시켜버리고 게릴라 수백 명을 태울 수도 있다! 그러니까 꿈은 파장이었다. 언제든 깨고 나올 수 있는 꿈, 계속 꾸며 마구 지어내는 꿈, 꿈인 줄 꿈 스스로 잘 아는 꿈. 게릴라를 왜 태워, 예쁜 여자애를 앉혀야지, 하며 현직은 몽환의 유희를 이으려 했다.

그런데 덜컹!

귀를 때리는 생시의 소리였다. 기차가 바퀴를 멈추는 소리였다. 현직은 눈을 떠버렸다. 꿈인 줄 알았지만 그럼에도 어, 꿈이구나!

주위를 둘러보았다. 자기 쪽으로 시선을 던지는 사람은 없으니 무슨 엉뚱한 소리로 잠꼬대를 한 건 아니다. 발밑의 생후 6개월 된 비싼 노트북은 무사했고, 그는 자신의 손목이 빈 것을 알았다. 기차가 정차해 있는 역의 안내판을 보았다. 조치원. 그러니까 방금의 꿈은 '……5분 뒤 조치원역에 도착합니다. 내리실 손님은 여장을 준비하시어……' 하는 안내 방송 때문에 꾸게 된 것이다!

왜 나이가 들수록 꿈은 숭숭 구멍이 난 벽으로 자신의 세계를 짓는 것일까. 왜 잠든 상태에서도 이성은 완전 무장해제되지 않을까. 꿈을 꾸는 것에도 이력이 붙어서일까. 그런데 기차는…… 대전을 지났나? 조치원은 대전의 앞인가, 뒤인가.

서울역 대합실 화장실에서 손을 씻으며 바지 주머니 속에 넣어둔 시계를 다시 찼다. 12시를 막 지난 시각이었다. 10시 반에 서울역을 출발했으니 조치원은…… 대전의 앞에 있는 역임에 분명했다. 서울, 영등포, 천안, 조치원, 대전, 영동, 김천, 구미…….

덜컹! 하고 기차가 다시 바퀴를 굴리기 시작했다. 기차는 이내 도회지의 불빛이 뵈지 않는 어두운 광야로 쿨렁쿨렁 달려나갔다. 그는 게슴츠레 눈을 떴다 감았다 하며 창밖을 보았다. 동그랗게 치뜬 자신의 눈이 광활한 밤을 배경으로 창에 비치어 보였다. 눈동자의 이물스러움과 흐림이 사자(死者)의 그것이다. 1989년 3월 어느 새벽, 종로의 한 허름한 극장 안에서 숨졌던 기형도.

그런데 순간, 현직은 〈조치원〉이라는 시의 시간적 배경이 또렷이 떠올랐다. '0시 조치원, 1시 대전'. 그래, 1시쯤 기차가 대전에서 눈을 만날 거라는 시구가 있었어! 4, 5년 전 읽은 시의 별 중요하지도 않은 구절이 이렇듯 생생하게 기억났다는 사실에 그는 살짝 무섬증이 났다. 방금 꿈속의 대화도 시 속의 사내들 대화에 근접한 것이었을까? 도시 게릴라 얘기 같은 건 없지 않았나?

통로 쪽 옆자리에는 늙은 여인이 잠들어 있었고, 그는 창에 코를 박은 채 밤의 옆구리를 치며 계속 달렸다. 천지 가득한 어둠의 아가리는 깊고 짙고, 인가의 불빛 몇 점이 오징어배처럼 둥둥 떠 있었다. 상상으로 짓는 일이 실제 이루어질 것 같은 밤. 이리 와, 옆으로 가지 마, 내 품 안으로 곧장 와. 그를 향해 유혹의 말을 건네는 의인적인 밤이다.

옛 시구가 그의 꿈에 흘러든 것은 이러한 밤의 요설 때문인지 몰랐다. 인간의 뇌 깊은 곳의 원시뇌가 없는 소리를 낚아채 듣는 신비한 능력을 발휘하는지도 몰랐다. 지구가 하나의 살아 있는 생명체라면, 낮과 밤은 지구 생명 활동의 한 표현인 것이고, 기형도의 혼은 지금 캄캄한 크나큰 생명의 혀에 휘말려 있는 것이다. 육체를 잃었지만 제 영혼의 긴한 말들을 시라는 이름의 분신으로, 죽어도 죽지 않는, 어쩌면 가장 완벽한 실체로 지상에 남기고는 생명보다 더 큰 생명으로 돌아간 시인이 밤 안을, 밤 밖을 날고 있는 것이다. 스물아홉 살 영원히 늙지 않는 시인은 생전의 것과는 달리 시적 긴장을 잃어버린 채 바보같이 울고 있다. 미안하다,

11

너무 미안하다. 보고 싶다, 너무 보고 싶다. 만지고 싶다, 너를 만지고 싶다. 여긴 춥다, 생살처럼 춥다.

기차가 속도를 줄이고 있었다. 시간을 확인하니 12시 반이다. 조치원보다 30분 뒤처져 있는 대전이었다. 그렇다면 '0시 조치원, 1시 대전'이라는 기형도의 계산은 틀렸다. 아, 아니다. 시인은 옳다. 시인이 탄 기차는 완행이었다!

기차는 대전역에 잠깐 정차한 뒤 다시 캄캄한 밤 속으로 달려갔다. 그리고 현직은 이제 잠 같은 건 안 자도 좋았다. 그는 흐르는 밤, 흐르는 시간을 언제까지라도 묵연히 느껴보고 싶었다. 난데없는 자홀감(自惚感)이었다. 추억과 기억은 줄 맞춰 오지 않고 꽃잎처럼 사방에서 분분히 나타난다. 어둠 가득 날리는 꽃잎들은 죄다 누군가의 영혼들이다. 꽃가루들은 기억의 빛이다. 밤의 요설이 아니라 몸속에서 솟아나는 무한한 기억의 노래들이다. 우리는 그 아득한 난무(亂舞)에 눈을 빼앗기며 쾌히 길을 잃는다.

잠 깬 한밤의 교감신경의 희롱일 뿐이라 해도 그는 밤 기차 속에서 한 명의 시인이었다. 돈 궁리 밥 궁리가 아닌 생각의 유희에 한껏 빠진 것도 시인의 본분과 일치했다. 그런데 그 밤 그는 어쩌면 시간을 도난당했는지도 몰랐다. 김천, 구미, 대구, 밀양을 지난 기차가 낙동강의 캄캄한 옷자락을 부여잡듯이 달려가더니 거짓말같이 3분 후 종착역에 도착한다는 알림이 실내 방송으로 나오는 것이다.

기차가 바퀴를 치치 멈추었고, 수백 명 손님 중 그는 맨 처음으로 플랫폼에 발을 디뎠다. 어머니의 병환 때문에 하루치기 귀향에 나선 것이 비로소 그의 의식에 들었다. 검은 밤을 영사막으로 펼친 앞에 '시신경이 말라간다'는 어머니의 얼굴이 안경을 썼다 벗었다 하는 것처럼 흔들려 떠올랐다.

그는 역 광장을 빠르게 빠져나갔다. 탁탁 소리를 내는 발바닥으로 운동과 비운동을, 어마어마한 속도로 날고 있는 지구와 흔들리지 않고 정지된 거대한 대지를 동시에 느꼈다. 환상적인 기차 여행이었어. 왠지 이 밤을 잊지 못할 것 같아! 그는 광장 끝에서 택시를 타고 대도시의 도로를 질주해갔다.

"왔니?"

"문 여는 소리에 깬 거요? 조심조심 열었는데."

잠옷 바람의 혜희가 희미하게 웃었다.

"너 열쇠 찾는 소리에."

지금 어머니가 입원한 바로 그 병원에 혜희가 입원했던 것은 지난 초여름 일이었다. 사흘 밤을 꼬박 새운 불면 때문이었고, 입원 치료 후 한결 나아졌다지만 타고난 기질이 예민한 혜희는 문 여는 큰 소리보다 우유 투입구로 열쇠 뒤지는 소리에 이미 깼다는 것이고, 그 둘을 구별해 말하며 자신의 예민함을 동생에게 새삼 인지시키는 것이다.

"차에서 못 잤어. 눈 좀 붙여야겠어요."

"몇 시 깨워줘?"

"10시나."

그는 현관 문간방에 들어가 옷가지를 벗어 던지고 이불 위에 엎어져 잠들었다. 그 모습이 그림일기를 그리다 엎드려 잠든 아이 같았다.

2

"일어나, 벌써 11시야! 병원 안 가?"

"……."

"어쩐지 기특하다 했다. 올 필요 없대두 기어코 내려오더니 잠만 자다 갈 거야? 내가 너 몇 번째 깨우는지 알아? 젊은 애가 왜 이리 못 일어나니. 엄마한테 전화해놨단 말야. 한 시간 안에 갈 거라고 했는데, 엄마가 기다리시는 건 생각 안 해?"

설거지를 하다 온 찬 손으로 혜희는 급기야 현직의 얼굴을 건드렸다. 그는 "에이…… 씨" 했다. 신경질적인 성격도 성격이지만 체력이 받쳐주지 못하는 허약한 사람 특유의 이부자리 투정이었다. 혜희가 참지 못하고

"야!"

하고 이불을 확 치켜올렸고, 그는 가자미같이 눈을 옴쳐 떴다.

벽시계의 침은 10과 4로 뻗어 있었다.

"뭐야, 11시 아니잖아."

"일어나. 빨리 병원 가."

그는 한참 이부자리 위에 앉아 있었다. 몸이 고되니 무슨 성심 어린 효자 났다고 밤차까지 타고 왔는지 후회가 되었다. 그는 한숨을 폭 쉬며 비틀비틀 방을 나왔다.

"물……."

"보리차 끓이는 중이야. 우유라도 마실래?"

"설사하는데……. 그럼, 조금만 줘요."

흰 우유를 마시고 그는 끄윽, 트림을 하며 화장실로 들어갔다. 쩰쩰거리는 오줌을 누고 세면기 앞에 섰다. 눈이 충혈돼 있고, 목을 돌리니 뼈 소리가 득득 났다. 수도꼭지를 틀고 손과 낯, 목덜미를 차례로 씻었다. 수건장의 마른 수건으로 얼굴을 닦고 나오는 그는 제법 말간 사람 얼굴이 되었다. 식탁에 앉자 혜희가 말했다.

"국이 없는데, 뜨거운 물이라도 줘?"

그는 물에 백옥 같은 밥을 말고 각설탕만 한 깍두기를 벌겋게 풀어 해장국처럼 훌훌 먹었다. 된장에 생오이를 찍어 먹고, 달걀 프라이는 노른자부터 파먹었다. 흰자위는 스테이크처럼 오려 먹는다.

"병원까지 어떻게 가?"

"부산진역 버스 정류소에 내려. 그리고 지하철역으로 가. 역 인

15

근 지도 맨 오른쪽에 제림병원 있어."

"아니 여기서 진역까지 어떻게 가냐구. 까먹었어요."

"28번, 81번."

혜희가 전에 살던 다대포에서 이곳 초읍으로 이사 온 것은 작년 봄이다. 역무원 가족의 혜택을 받기 때문에 아버지가 퇴직하는 날까지 매월 관리비 3만 원만 내고 지낼 수 있다고 했다. 혜희의 13평 독신아파트가 되는 셈이다.

"지하철이 안 빨라? 서면에서 막힐 텐데."

"아직 오전이니까 금방 갈 거야."

고향 은천(銀川) 인근의 대도시지만 서울로 대학 유학을 갔고 군 제대 후에도 서울서 직장을 잡은 그는 부산 지리에 어두울 수밖에 없다.

"엄마는 어때 보여요?"

"좋으신 거 같애. 가서 니 눈으로 봐. 자, 어서 출발해."

"아이 참, 커피 한잔 해야지."

그는 뜨거운 보리차에 일회용 커피를 타고 베란다로 나갔다. 커피 맛이 조금 이상했다.

인근 주공아파트의 층 난간마다 가지각색 빨래들이 펄럭거리고 있었다. 멀리 연녹색 고층 아파트 단지가 그 뒤로 겹을 치고 있었다. 더 멀리 서면 로터리의 롯데백화점이 아주 작게 보였다. 쇠미산이 서쪽에서 솟고, 북으로 병풍처럼 백양산 자락이 둘러서 있었다. 하늘은 더없이 푸르렀다. 군에서 갓 제대한 지난 2월, 그는 혜희의 이 아파트에서 며칠을 보냈었다. 다리 부러진 이젤과 4호짜리 나무 액자 틀이 열 남짓 포개져 있는 것이 그대로였다. 미술대학원을 나온 혜희는 얼마 전까지 시내 명문 여고의 임시직 미술 강사로 있었고, 또 이력서를 몇 학교로 돌렸다니 2학기에는 다른 데로 출강을 하게 될 것이다. 물론 혜희가 다시 병치레를 한다면 그것도 소용없을 테다. 요즘 그림은 통 안 그리나. 병이 재주를 잡아먹는군!

그는 군인처럼 담배를 손가락으로 튕겨 껐다.

"누나! 진역 전화번호가 어떻게 되죠?"

아버지 직장 번호는 자꾸만 외워지지 않았다. 어제도 표를 겨우 구했는데, 돌아갈 일요일 기차표는 아버지 손을 빌릴 작정인 것이다. 혜희가 화장실 안에서 국번 세 자리를 외치고

"칙칙폭폭!"

역 전화의 네 자리, 7788, 그건 알지!

현직은 문간방으로 들어가 추리닝을 벗고 서울서 입고 온 낡고 튼튼한 청바지에 다리를 꿰어 넣었다.

17

3

제림병원 4층 504호는 2인실이었다. 한쪽 침대가 비어 있었다. 침대의 난간에 걸린 표찰에 '장복길(43)'이라고 되어 있었다. 연푸른 환자복을 입은 '노혜자(54)'는 병실에 들어선 그를 향해 눈을 잔뜩 오므려 떴다.

"누고?"

커튼을 쳐서 병실 안은 깊은 물속 같다. 그가 막 넘은 문턱과 그녀가 앉은 침대는 2미터가 채 떨어져 있지 않다. 등 뒤의 문이 스르르 닫혔다.

"접니다."

"아, 현직이 왔네?"

안경을 쓰지 않은 그녀는 목소리를 듣고 아들인지 알아차리고 있었다. 엄마 눈이 이렇게 어둡나, 그는 놀랐다. 객지살이 때문에 반년 만에 보는 어머니였다. 손을 잡아줄 수도 있지만 그것은 스물여섯 살짜리 그가 아직 한 번도 해본 적 없는 너무 살가운 행동이었다.

"새벽에 왔는데, 누나 집에서 잠깐 눈 붙인다는 게 늦었네요."

"뭐 할라꼬 고생하며 밤차 타고 왔노? 안 그래도 담 달 추석 때 볼 낀데."

훼훼 말하지만 어머니의 표정은 이목구비가 춤이라도 추듯 했

18

다. 서울서 불원천리하고 내려온 '우리 아들 최고'라는 것이다.

그녀는 평소처럼 그의 엉덩이를 손으로 툭툭 치거나 등을 두드려주거나 하진 않았다. 환자복을 입고 있는 자신의 꼴이 어색하기도 하고 반창고를 붙인 손등의 점액 주삿바늘이 동작을 제한하기도 해서다.

"안경은 왜 안 끼고 계세요?"

침대 밑에 들어가 있는 간병인 의자를 꺼내 앉으며 그가 물었다. 전화로 입원 상황을 전해 듣던 것과 실제 어머니를 보는 것은 느낌이 달랐다. 환자복 입은 꼴을 보니까 어머니가 진짜 환자 같은 것이다. 하지만 안경만 쓰고 있었더라도 자신을 몰라봤다가 또 얼른 알아보는 가슴 덜컹하는 방금의 순간은 없었을 것이다.

"원장 선생님이 끼지 말란다. 밥은 묵었나?"

"예. 왜 끼지 말라는데요?"

"이거 마셔라."

그녀가 포도 봉봉 캔을 내밀었다. 그가 마개를 뽕 땄다.

"뭣보다 눈이 피로하면 안 되는 기라. 안경 쓰면 자연히 눈을 많이 쓰게 된다꼬."

"그러면 텔레비전 드라마 못 봐서 우짭니까?"

어느새 그는 어머니의 사투리에 전염되었다.

"텔레비 저기 있는데 와 못 보노."

"브라운관 빛이 굉장히 자극적이에요. 안경도 벗어라 카는데

19

병원에서 텔레비는 보라 캐요? 저거, 여기서 보여요?"

창문께 낡은 13인치 텔레비전이 있다.

"저것도 순 라디오다. 드라마 틀어놓아도 눈 감고 소리만 듣는다. 천장 형광등도 잘 안 킨다. 빛은 뭐든 눈에 자극을 주는 기라."

"밤엔 우짭니까? 불 없이 삽니까?"

"아이다. 이거 안 키나."

그녀가 침대 머리맡의 스위치를 올렸다. 벽에 붙은 갓 씌운 형광등이 은은하게 빛을 냈다.

"우짜든지 밝으면 안 되는 기라. 이것은 눈에 별로 부담이 없는 빛이라 카대. 밑으로 쫙 깔리제? 이것도 일없인 키지 말란다."

그녀는 자신의 무릎을 비추는 불을 바로 거둬들였다.

"안경 쓰면 뭐든 볼 만해지니까 자기도 모르게 자꾸 보게 되고 그러다 보면 눈이 피로해지고 그러니깐 아무것도 보지 말라꼬. 아예 볼 생각을 말라꼬 안경 벗고 지내라 카는 거네요. 신경 전문 병원이라 카더니 치료를 확실하게 하네요."

"그래, 맞다. 뭘 애써 보지 마라 칸다."

"그런데…… 밤에 화장실 갈 땐 우째요? 복도 어두울 낀데 넘어지기라도 하면."

"조심조심 가면 되지."

"요강 갖다놓아야 안 됩니까?"

어머니는 야뇨가 잦았다. 은천 집에서는 늘 요강을 썼다.

"혼자 쓰는 병실도 아이고, 흉본다."

"눈은 안 아픕니까?"

"옹…… 요샌 눈알 땡땡 알리는 것도 없다."

어머니가 눈의 통증을 느낀 것은 꽤 오래되었다. 작년 여름, 작은누이 혜정의 결혼식이 있어 청원 휴가를 나왔던 그는 베이지색 한복을 입은 어머니가 식장 앞자리에 앉아 찬물 적신 손수건을 눈가에 대는 것을 보았다. 그럭저럭 견딜 만했다는데, 문제는 통증과 함께 왼쪽 눈에 시력 감퇴가 온 것이다. 특별한 원인이 없다며 고향마을 인근의 Y읍 김안과에서 세안(洗眼) 조치만 받았던 어머니는 그도 하는 둥 마는 둥 했다. 적극적으로 호소하지 않으면 밖으로 드러나는 증상이 아닌 그녀 자신만 아는 시력 저하였고 또한 식구들은 눈부터 나이를 먹어가는 게지…… 했던 것 같다. 그런데 그 후로도 1년이 훌쩍 지나, 왼쪽 눈이 아니라 생생하던 오른쪽 눈에 청천벽력 같은 시력 상실이 와 있는 줄은 안경점에 알을 갈러 갔다가 지난달 초에야 발견했다. 한쪽 눈이 먼 것을 어머니 자신도 몰랐다니 그것은, 믿기지 않지만, '발견'일 수밖에 없었다.

그 후 어머니는 좀 더 큰 안과에 다녔다. 그러다 '신경을 잘 본다'는 제림병원에 입원한 것은 혜희의 강권에 의해서였다. 불면증 치료를 받고 퇴원한 후에도 병원에 약을 타러 다닌 혜희한테서 어머니 환후를 1차 전해 들은 원장이 왜 그런 환자를 그냥 두고

21

있냐고 야단을 하더라는 것이다. 실명을 '발견'하고 한 달이 지나서야 병원에 입원한 그녀는 CT 촬영부터 했지만, 뚜렷한 병소는 없었다. 그럼에도 원장은 예의 '시신경이 말라가는 증상'이라고 한 뒤 치료가 그리 늦은 건 아니라며 시력의 호전까지 장담했다. 아무튼 어느샌가 그녀는 오른눈이 절명 상태인 것이고 왼눈은 교정시력이 작년부터 계속 0.4다. 그러니 한쪽 교정시력 0.4 상태에서 안경을 벗으면 어찌 되는가. 앞이 더욱 흐릿해질 것이고, 턱 있는 병실, 복도, 화장실 걸음의 발밑 거리 감각도 무뎌질 것이다. 자꾸 그는 어머니 혼자 어두운 복도에서 넘어지는 광경이 떠올랐다.

"아버지 안 계실 때라도 화장실 혼자 갈 정도는 되지요? 밤에……."

"야가요, 그것도 못 하면 내가 봉사게?"

그녀가 사람 무시한다는 듯 눈을 흘겼다.

"난 엄마 눈이 어느 정돈지 감이 안 와서."

"니 시력은 얼만데?"

"안경 안 쓰면 영점일, 영점이."

"안경 벗고 한쪽 눈 감고 니도 여기저기 봐보라메."

"한번 이래 보는 것하고 늘 그런 사람하고 느낌이 같나."

한쪽 눈을 가리자 병실 여기저기가 뿌예졌다. 그는 이내 안경을 썼다. 자신과는 경우가 다르다. 그는 근시지만 어머니 왼쪽 약시는 원시성일 것이기 때문이다.

"하여튼 지내는 데 다른 불편은 없습니까?"

하는데, "저, 저, 저" 하며 그녀가 그의 무릎을 손바닥으로 찰싹 쳤다.

"니는 어디 앉았다 카면 자동적으로 다리를 떤다. 나중에 선 보러 가서 다리 떨어봐라, 어느 기집이, 어느 어른이 좋다 카겠노."

80센티미터 정도 떨어진 물체의 흔들림은 잘 보이는구나!

"내 걱정 마라. 지금도 일상생활 하는 덴 아무 지장 없다. 병원서도 잘 지낸다. 너무 편한 기라. 니 내려올 필요 하나도 없었다. 내가 이런 때 아니면 언제 쉬어보겠노. 세상에 이런 휴가가 없다."

"텔레비도 마음대로 못 보고, 우리 어머니 너무 심심하겠네요."

네 개 방송국의 주말·일일 드라마를 꿰고 살던 여자.

"아이다. (그녀의 목소리가 원장이 엿듣고 있기라도 한 듯 작아졌다.) 최수종이 나오면 이따금 안경 낀다 아이가. 눈도 많이 밝아졌다. 죽은 눈이 다시 살아날란갑다. 불 키면 빛이 앞에서 어른어른댄다. 병원에 오기 전에 오른눈이 죄 까맸거든. 쪼금씩 빛이 들어오는 기라. 이러다가 덜컥 안 보이겠나."

"덜컥 안 보이던 게 덜컥 보이는, 뭐 그런 법도 있겠지예."

"그건 그렇고, 내가 오래전부터 궁금하다. 니는 군대 제대하고 서울 생활이 어떻노? 할 만하나?"

"일은 재밌어요."

"밥은 제때 챙겨 묵고 사나? 내가 퇴원하고 눈 밝아지면 열 일

제치고 니 사는 데 가봐야겠다. 사내놈 하나가 자취를 한다는 게 꼴이 어떨지 안 봐도 훤하다. 지금 니가 제일 먼저 해야 할 끼 뭔지 아나? 뭣보다 여자를 델꼬 살아야 한다. 그게 돈도 절약하고 건강도 챙기는 비결이다. 그래, 참한 아가씨 하나 안 사귀났나?"

"에이……."

"야가요, 니 나이가 벌써 시물일곱 아이가. 결혼 생각할 때 됐다. 우짜든지 얼굴 반반한 건 찾지 말고 시골서 자랐고 몸 튼튼한 여자를 잡아라, 옹? 그리고…… 니 직장이 말이다, 아버지가 걱정하신다. 그게 평생 갈 직장은 못 되는 기라. 여자한테나 어른한테 척 내세울 데도 못 되고. 안 그렇나?"

"다 경험 아입니꺼."

"그런 말은 나중에 크게 성공한 사람들이 남들 듣기 좋아라꼬 하는 말이고, 우짜든지 안정된 직장을 갖고 결혼도 하고 애도 낳고 멀리 내다보는 생활을 해야 한다."

아들에게 해줄 그녀의 준비된 말이었다. 그는 짜증이 나려 했는데, 꼭 잔소리여서라기보다 그 자신도 박봉과 말단의 잡지사 기자라는 현재 상태에 불만이 없지 않았기 때문이다. 거기다 어머니의 말들에서 아버지의 냄새가 났다. 독자적인 의견이 아니라 아버지에 의해 유도된 잔소리인 것이다.

옆 침대 벽에도 갓 쓴 형광등이 붙어 있었는데, 표찰을 확인할 필요 없이 '장복길' 하고 극히 촌스러웠던 이름이 기억났다.

24

"여긴 눈 환자만 쓰는갑지예?"

"아이다. 교통사고 환자라."

"어데 갔습니까? 교통사고 당한 환자가 막 걸어 댕기네요?"

어머니가 환자 흉을 봤다.

"머리하고 허리를 다쳤다 카는데…… 아이라. 요대를 하고 댕기지만 머리 수술 같은 건 안 했꼬, 보험금 더 많이 타물라꼬 퇴원을 안 하는 기라. 시장에서 국밥집을 하는 모양인데, 목소리가 팔팔하니 밥장사는 잘해먹게 생겼더라. 근데 코 고는 소리가 어찌나 시끄러운지."

"어머니도 한 코골이 하잖아요."

"나는 자다 깨는데, 요 가짜 환자는 잘만 자니까 새벽에 내가 골이 안 나나. 지금 담배 피우러 갔을 끼라."

"담배요?"

"모르지, 내가 내놓고는 안 물어봤다. 그래도 밖에 나갔다 오면 담뱃내가 폴폴 나. 허기사 내랑 친한 옷집이나 영광상회도 담배를 하지만 난 여자가 나이 든 행사 부린다고 담배 피우는 건 뵈기 싫더라."

"내 주변의 여자들, 담배 피우는 애 많은데요?"

어머니의 눈이 화등잔만 해졌다.

"고런 건 지 부모 가씸에 화덕을 얹는 짓이라. 그런 애가 아무리 여시같이 꼬릴 치더라도 절대 넘어가면 안 된다."

그는 웃으며 자리에서 일어나 출입문 옆 벽 거울 앞에 섰다.

"봉봉 하나 더 물래? 베지밀도 있다."

"아입니더."

"니 일하는 거 힘들 텐데, 뭐 할라꼬 내려왔노."

거울 앞의 그는 답 없이 쓱쓱 손빗만 빗었다. 그 모습이 문병을 마치고 이제 서울로 돌아가려는 것같이 보인다.

"니는 몇 시 차로 올라갈 끼고?"

"아버지한테 표 부탁해놨어요. 늦어도 저녁 전에 출발해야죠."

"넌 서울 올라가서 열심히 돈 벌고, 난 이왕 입원한 것, 마음 편하게 묵고……."

그가 가고 나면 어머니는 내일 아침 아버지의 퇴근까지 혼자가 되는가.

"현경이, 현숙이는 안 옵니까?"

"어제 왔다 갔다. 걔들 평일엔 꼭 한 번씩 들른다."

둘은 은천에서 부산까지 기차 통학을 한다. 그들이 타고 내리는 역은 진역이라 병원과 가깝기도 하다.

"지나다니는 길에 슬쩍 들르는 거야 누군들 못 해."

이런 일요일엔, 그리고 아버지가 직장에 나가 있는 날엔 동생들이 와서 엄마 말벗이 돼주어야 한다!

"아이다. 걔들 내 걱정 많이 한다."

"잠깐 나갔다 올게요."

4층 복도 끝의 휴게실엔 아무도 없었다. 건물 외벽을 튼 베란다 같은 공간인데, 병원과 멀지 않은 부산진역의 플랫폼과 열 남짓의 선로가 건너다보였다. 그는 담배를 빼물고 불을 붙였다. 그는 아버지의 근무처가 어딘지 눈짐작을 해보았다. 플랫폼 한구석에 가건물로 세운 운송반 지붕이 철로와 같은 적갈색이다. 하루 비번 하루 전일(全日) 근무에서 오늘은 근무 날이다. 지금 아버지는 운송 연락기 앞에 앉아 있을 것이다. 서랍 속에는 외아들이 타고 돌아갈 서울행 기차표가 있을 것이다. 아까 통화할 때는 그가 직접 운송반을 찾아가 표를 받기로 했다.

그는 담배 연기를 깊이 빨아들였다. 보름이면 차도를 보리라 했다지만 입원이 더 길어질지 몰랐다. 최소한의 목표는 지금의 왼쪽 눈 교정시력 0.4라도 꼭 붙잡는 것이다. 가사 노동력을 발휘하는 데 별 지장이 없다니 더 이상 시력이 나빠지지 않는 것만도 다행한 일이라고 그는 생각했다. 병원과 아버지가 근무하는 역이 가까워 알맞춤했다. 응급 호출이 있으면 아버지는 언제든 달려올 수 있는 것이다. 팔을 쭉 뻗고 그는 국민체조 6번 7번을 했다.

아버지는 운송반 책상 앞에 있지 않았다. 그가 다시 병실에 갔을 때, 기차표를 두 장이나 들고 아버지가 와 있었다.

"새마을은 아이다. 무궁화 일반, 통일 특실이다. 30분 더 걸려도 통일 특실이 무궁화 일반보다 좌석이 널찍하고 다리 펴기가 훨씬 편하다. 도착 시간은 얼추 같다. 어느 거 할래?"

그는 통일 특실을 받아 쥐었다.

4

"의외로 어머니가 씩씩해 보이네요."

물수건으로 손을 닦으며 그가 말했다.

"말씀을 많이 하시는 게 기분도 좋아 보이시구요."

그는 환자가 된 어머니가 근사해 보이기까지 했다. 병원 입원실
생활이란 온돌방의 맨발에서 서구적인 침대와 슬리퍼로의 격상이
었다. 어머니는 또 '제림, 제림, 제림'이라 빼곡히 쓰인 환자복, 아
니 7층 건물로 사회적 권위를 뽐내고 있는 종합병원의 유니폼을
입고 있었다. 원장이 시키는 대로 안경을 벗고 아무것도 보지 않
으려 애쓰는 모습이 기숙사의 모범 학생 같았다. 어쨌든 그녀의
눈은 안전해 보였고 그러자 환자복까지 근사해 보이는 것이었다.

"그래, 엄마가 의외로 쾌활하다. 근데 니도 알다시피 엄마가 신
장이 안 좋아. 벌써 10년이 돼간다. 저래 독한 신경 약을 먹어대
선 안 된다. 이틀은 괜찮더니 사흘째부터 붓기 시작하는 거라."

"부어요?"

"손도 붓고 얼굴도 붓고."

"난 모르겠던데요."

"니는 엄마를 오랜만에 봐서 그렇다."

"오랜만에 보는 사람이 더 잘 보지 않습니까?"

"아이다. 얼굴이 많이 부었어. 약이란 게 우짜든지 안 먹는 게 좋지만 왜약(倭藥)은, 특히 신경 약은 다른 어떤 약보다 독한 기라. 잘못 먹다가 속부터 베리고 신장까지 베리는 사람이 한둘이 아이라. 너그 진례 큰이모부 봐라. 풍이 와서 5년 동안 약 먹다가 결국 위암으로 세상 떴다 아이가."

쓸데없는 걱정이다. 5년이나 약을 달고 산 이모부를 놓고 고작 6일째 신경 약을 먹고 있는 어머니를 걱정하는 것은 과하다. 신장이 좋지 않은 병력이야 병원에서 이미 체크했을 것이고 약 조제를 하면서 어련히 적절한 조치를 취하지 않았을까 싶다.

"시간 맞춰 밥 먹고 약 먹고…… 며칠 되지도 않았는데 별문제 있겠습니까."

"아이다, 아이다. 니도 한번 생각해봐라. 엄마가 집에 있으면 얼마나 일이 많노. 방망이 빨래 하제, 밥하제, 청소하제, 과수원 일 나가제, 도배 일 있으면 도배 나가제, 응? 또 엄마가 어떤 사람이고? 없는 일도 만들어 하는 사람이라. 그렇게 몸을 부지런히 움직여대니 배가 빨리 고프고 밥도 많이 묵고 그런다. 그런데 병원이란 덴 어떻노? 사람 가만히 눕혀놓고 감옥살이 시키는 거 아이가? 몸 움직일 일이 없는데 배고플 리가 있나? 어떤 병이든 입맛부터 살아나야 한다. 왜약이나 양약은 그래서 한약에 못 당하는

29

기라. 우짜든지 많이 움직이고 많이 묵는 게 최고라."

그는 어느 결에 고개를 수그려버렸다. 잔뜩 찡그린 아버지의 얼굴을 보기가 거북했기 때문이다. 그는 아버지 세대가 겪은 삶의 간난신고를 알지 못한다. '아버지'라는 이름으로 살아온 생애에 겪은 여러 고생의 현재적 완결인 저 찡그린 상은 그래서 그에게 과정이 생략된 기이한 결과로 보일 뿐이다. 어릴 때 아버지 친구들이 "판박이다, 사진이다" 하며 그의 뒷머리를 쓰다듬었지만 저 찡그린 얼굴만은 절대 닮지 말아야지, 굳게 결심하곤 했다. 그러나 찡그림도 사투리처럼 쉽게 전염이 되었다. "눈 감고 찡그리는 것 봐, 아버지하고 똑같아." 이따금 혜희가 말해줄 때면 가슴이 다 덜컹하지만, 아버지 앞에 고개 숙인 그의 낯 역시 누가 봐도 부자간이란 걸 눈치채게 닮은꼴의 찡그림인 것이다. 삼겹살이 불판 위에서 지글지글대기 시작하였다.

"익었습니더. 드시소."

"그래, 묵자."

"그런데, 아버지. 원장이 상당히 유명한 사람인갑지예?"

반발감이 아버지에 반대되는 주장을 찾게 하는지 몰랐다.

"누나가 그러대요. 뇌학회 부회장이라고."

"부회장이라 카대. 그런데 난 마음에 안 든다. 엄마는 눈이 문젠데, 와 뇌 병원에 입원해야 하노?"

아버지의 '뇌'는 '내' 같았다. 그 발음에 그는 왠지 섬뜩해지는 느낌이었다.

"시신경도 뇌신경하고 관계가 안 있습니까."

"손에 가시 하나 백혀도 온몸이 괴롭다. 그래 치자면 신경이 몸 구석구석 연결 안 된 데가, 우리 몸이 뇌하고 관계 안 된 데가 어딨노. 제림병원이 뇌신경 전문 병원이라 캐도 그건 원장의 전공이 뇌라서 그렇지 얼쭈 종합병원 꼴인데, 원장 마누래가 처음에 소아과를 했고 둘이 합쳐 덩치를 키운 건데, 이기 뭦꼬, 아직 안과도 없다 아이가. 엄마 같은 환자는 안과하고 신경과가 종합적으로 봐야 하는 기라. 물론 내과도 같이 봐야 한다. 신장이 상해도 시력이 갑자기 나빠질 수 있는 기라."

괜히 건드렸다가 본전도 찾지 못한 그는 시투룸히 대꾸했다.

"내과는 있으니까 신장 검진을 해봤을 테고……."

"소변은 깨끗하다 하지만…… 검사에선 별문제가 없다 캐도 약 때문에 엄마 신장이 언제 나빠질지 아무도 모르는 기라."

"참, 원장 동생이 안과를 한다면서요? 그렇게 협진을 한다던데."

안과적 조치가 필요할 때 병원에서 거리상으로도 멀지 않은 안과까지 어머니를 데려가 외래진료를 받게 한다는 거였다. 혜희의 말이 떠올라 아버지의 불만인 '종합적인 치료' 운운에 대어본 것인데, 외려 아버지를 흥분시켰다.

"말도 안 되는 소리! 병원이 착착착 과와 과끼리 신속하게 물고 돌아가야 하는데! 지금 그기 얼마나 꾀죄죄한 짓거리고 말이다!"

"······."

"이왕 입원을 할려면 대학병원으로 가든지, 요즘은 한방병원도 대궐같이 지어놓은 데 많은데 거길 가든지, 우리가 혜희 말 믿고 또 원장이 자신만만해하는 것 믿고 이래 덜컥 입원한 게 잘하는 건지 어쩐지 나는 잘 모르겠다. 말하는 품이 사기꾼 같더라. 나는 말하는 것만 들어봐도 그 사람 말이 진심인가 상술인가 바로 안다."

어머니는 지금 밋밋한 병원 밥으로 점심을 먹고 있을 것이다. 밥이나 한 끼 하자 해서 따라 나왔지만, 식욕부진의 대화뿐이다. 평소 즐겨 먹는 삼겹살이지만 그의 입 안에서 텁텁하기만 했다. 아버지는 계속 대단한 원칙주의자가 되어 원장을 공격했다.

"그리고 말이다, 내가 아무리 공무원 생활을 오래 해서 세상 물정을 모른다 캐도 지금 엄마하고 같이 있는 사람은 꺼죽만 환자라. 순 가짜라. 원장이 정신이 똑바로 백힌 사람이라면 그런 환자를 그냥 내버려두겠나? 그런 환자가 병실을 꿰차고 있으면 급한 환자, 진짜 입원해야 할 환자는 우짜노? 더 중요한 건 말이다, 엄마 같은 진짜 환자들이 속 편하게 세월아 네월아 하고 있는 가짜 환자 보면 기분이 좋겠나? 그렇나, 안 그렇나?"

아버지는 수저를 놓고 담뱃갑을 집어 들고 있었다. 밥이 반이나 남아 있었다. 식사를 물리는 건 아니고 밥 먹다 말고 담배를 피우는 것이다! 아버지나 그나 입이 짧을 뿐 아니라 즐거운 식사가 되기에 아무래도 달갑잖은 말 상대에다 답답한 화제에 매여서

3인분 고기가 통 줄지 않았다. 그는 어느덧 된장국만 떠먹고 있었다. 아버지가 담배를 다 피우고 잔기침을 하며 말했다.

"고기 묵어라. 뼈 옆에 살이 고소하다. 오돌뼈가 많이 백힌 게 맛난 고기다. 오돌뼈는 이빨로 깨묵는 맛으로 묵는데……."

"아버지 많이 드시소."

"난 이빨이 상해서 묵고 싶어도 뼈가치는 겁나서 뱉어낸다. 이게 다 잠자기 전에 양치질 안 해서 그렇다. 니는…… 잘 밤에 담배 피우면 반드시 입을 헹궈라. 30초라도 양치를 하면 더 좋고. 이 함부로 쓰다가 나중에 나이 들어 큰 고생 한다. 근데 현직아. 혜희는…… 니가 보이까 얼굴이 어떻더노? 요새 잠은 좀 잔다 카더나?"

"대여섯 시간 잔다니까 정상이지예."

지어낸 말이다. 수면제를 먹고 자는 날이 간혹이라도 있는지 혜희에게 묻지도 않았다. 어머니 입원에 신경을 쓴 탓인지 혜희의 얼굴도 누렇게 떠 있었다.

"혜희가 엄말 닮은 기라. 엄마가 예전에, 니 어릴 때니 니는 잘 모를 끼다, 불면증이 있었다. 2, 3년 고생했는데 덕산 한약 먹고 나았다. 엄마는 또 심장이 안 좋아. 부정맥이라."

"부정맥요?"

"맥이 고르게 안 뛰는 기라. 빠르게 느리게 멋대로 뛰는 기라."

눈, 신장, 심장. 그리고 관절염과 자궁의 종양. 도대체 어머니 몸에 성한 것이 무엇인가 하고 그는 두려워졌다.

"언제 적 일입니꺼? 낫긴 나았습니까?"

"그거 오래된 병이라. 대구 한약 먹고 좋아졌지만…… 심장에 생긴 병은 원래 잘 안 낫는다. 심각한 건 아이라 카니 그냥 내버려두고 있는 거다. 니는 불면증 같은 거 없제?"

"예."

"그런 병 안 걸리려면 마음이 늘 편해야 하고 또 규칙적인 생활을 해야 한다. 니는 마 여기 일은 잊어뿌거라. 서울서 직장 다니는데 몸 따로 마음 따로 애달아 해봤자 아무 소용 없는 기라. 원장 말대로 보름 입원해보고, 할 검사는 다 해봤으니께, 별 차도가 없으면 엄마는 한방으로 방향을 틀어야 된다."

불판이 식어갔고 삼겹살 대여섯 점은 까맣게 탄 채 굳었다. 그가 수저를 내려놓았고 아버지는 또 담배를 피우기 시작했다. 돼지 갈빗집으로 걸어오다가 한 대, 삼베 방석에 앉아 맹물을 마시며 한 대, 방금 밥 먹다 말고 한 대, 또 지금 식후라고 한 대! 서빙하는 아가씨가 디저트 커피를 놓고 갔는데 '몸에 해로운 것'을 보자마자 아버지는 건강에 대한 이중 잣대를 또 들이민다.

"우짜든지 커피 많이 묵지 마라. 속 녹아내린다. 니는 얼마 안 마시제?"

"하루 두 잔밖에 안 묵습니더."

"그 정도는 괜찮다. 나는 계장들끼리 회의가 많아서 안 마실라 캐도 안 마실 수가 없다."

　종이컵 커피를 홀홀 마시는 아버지의 얼굴은 노동자답게 새까
맸다. 수송계장이지만 푸른 선로반원복을 입고 아버지도 철로 보
수 작업에 나간다. 손등의 힘줄이 불끈불끈대는 게 체구는 작지
만 강단이 있어 보인다. 그러나 그는 아버지의 건강이 아무래도
의심스럽다. 뭐니 뭐니 해도 무서운 건 암이다. 30년 넘게 매일 두
세 갑씩 흡연을 하고 또 매일 일고여덟 잔씩 커피를 마셔대는 아
버지는 폐암이나 뇌졸중으로 욕된 말년을 맞을지 모른다. 가계
병력에 그런 게 있었던가. 마산 사는 조부는 팔순에 가깝지만 정
정하기 이를 데 없다. 아버지 따라 커피를 두어 모금 마시다가 그
는 가방을 뒤졌다.

　"참, 이거 받으시소."

　"뭣꼬?"

　"저희 잡지요, 지난 홉니더."

　"니가 벌써 기사를 쓰나?"

　"이번에 두 개 썼습니더. 하나는 탐방 기사고, 탐방 기사가 제
일 쓰기 쉬운 기삽니더. 하나는 인물 기사고요."

　아버지는 잡지를 차르르 넘겼다가 다시 앞표지로 가 도심 분수
대에서 아이들이 물장구를 치고 있는 표지 사진에 유심한 시선을
주었다.

　"나중에 시간 나면 읽어보이소."

이름만 듣고 아하, 할 수 있는 유력지가 아니라서 아버지는 지난봄 입사 때부터 불만이 많았다. 한 번도 집으로 잡지를 부쳐준 적 없었지만 이번 호 인물 기사는 평이 좋아 슬쩍 내놓은 것이었다. 아버지는 디자인에 대해서만 남의 말처럼 말했다.

"표지는 책같이 나왔네."

부자는 돼지갈빗집을 나왔다. 제림병원은 차도의 건너편에 있었다. 왼편으로는 엘지 주유소가 만국기를 휘날리고 있고, 자동차들이 신호에 잡히지 않기 위해 다부진 표정으로 질주해갔다.

"5시 차니까 늦지 않게, 부산역까지 가려면 30분 전에 나서라."

아버지는 문득 비굴해 보이는 얼굴이 되었다.

"그래두 엄마 입원했다고 니가 밤차 타고 내려왔다는 얘기 들으니까 마, 니가 고맙더라."

'내가 고맙더라'가 아니라 '니가 고맙더라'. 왠지 둘 사이에 말빛의 차이가 있는 것 같았다.

"아직 엄마가 나이도 얼마 안 묵었는데, 눈 멀어간다 카이까 신세가 안 처량하나. 그러나 마, 괜찮을 끼라. 여기 일은 잊어뿌리고 니는 니 일이나 한번 열심히 해봐라."

그리고 아버지는 역 쪽으로 방향을 틀어 빠르게 발을 차고 갔다. 그는 빨래판보다 조금 더 커 보일 뿐인 아버지의 등을 그 순간만큼은 미안한 마음으로 바라보았다. 자식의 일이 미덥지 않고 또 건강에 악영향을 끼칠 직종이라 못마땅하지만, 아버지 역시 객지 나가 고생하는 자식이 뭔가 원하는 바를 이루길 바라는 것이다.

그런데 10여 미터 멀어진 아버지가 걸음을 멈췄다. 아버지는 바지 주머니에 손을 넣은 채 이리 와봐란 듯이 고갯짓을 했다. 그가 갔다. 허리가 굽어지기 시작한 아버지는 물론 아들보다 키가 작았다.

"담 달 추석 때 또 내려와야 할 거 아이가. 기차표 끊어놨나?"

"아뇨."

"다 매진됐을 낀데?"

"버스 타면 되지예."

"길이 많이 맥힐 낀데?"

"요즘 버스전용차로 있다 아입니꺼."

"나도 지금 당장은 추석표 못 구하는데."

명색이 역무원인데 아들 기차표 정도는 가볍게 구해줄 수 있어야 한다.

"괜찮습니더. 추석 땐 제가 알아서 내려올끼예."

"아이다. 니 주소 적어줘라. 내가 반환표 들어오면 등기로 보내주끄마. 그라고!"

"예."

"다음부턴 밤차 타지 마라. 몸에 아주 악영향을 준다. 우리 운전역무원도 경부선 밤차 1년 타고 나면 골병이 든다. 주소 모르나?"

노트북 가방 앞주머니에서 쪽지 쓸 것을 찾던 그가 "아" 했다.

"잡지 뒤에 회사 주소 있습니더."

"어, 그래. 요 있겠네."

아버지는 둥글게 말아 쥔 잡지를 손바닥에 때리며 역을 향해 다시 걸음을 놓았다. 그는 지하 차도를 건너 병원 앞에 이르렀다. 담배를 피우고 들어갈까 하다가 전망 좋은 병원의 베란다를 떠올렸다.

그는 엘리베이터를 탔다. 504호로 가서 노크 없이 살짝 문을 열었는데, 어머니는 오른팔을 이마에, 바늘 꽂힌 왼손은 배 위에 올려놓은 채 잠이 들어 있었다. 옆 침대 환자는 여전히 침대를 비우고 있었다. 문을 살며시 닫은 그는 복도 끝 베란다로 가려다가 엘리베이터를 타고 다시 1층으로 내려가 약제실 앞 자판기에서 커피를 뽑았다. 돼지갈빗집에서 디저트 커피를 반쯤 마시며 커피 맛을 이미 보아버렸지만 자판기에서 뽑은 커피는 또 새로웠다. 지난봄 잡지사 인근의 S종합병원에서 직장 의료보험의 정기검진을 받고 마셨던 자판기 커피도 아주 맛났었다. 왜 병원의 자판기 커피는 더 맛이 좋은 느낌일까. 생사를 오가는 극악한 장소인 응급실 앞에서 한가로이 커피를 마시며 절벽같이 치열한 풍경을 팔짱 끼고 관람할 수 있기 때문일까. 나는 방관자라는 안도감 때문일까.

그는 승강기를 나와 4층 휴게 공간으로 들어섰다. 늦여름 하늘은 더없이 푸르렀다. 하늘을 열어젖히고 아니 하늘이라는 큰 모자를 쓰고 하늘 속에서 하루하루 매분 매초를 사는 지구인들. 지구는 지붕이 없다! 그는 몽롱하고 뿌듯한 끽연의 하늘 속으로 한껏 빠져들었다.

"어머니, 저 갑니다."

바퀴 달린 링거 거치대를 잡고 어머니는 엘리베이터 앞까지 따라왔다. 아버지 말을 들어서인지 얼굴이 약간 부은 것같이 보였다.

"다음 달에 또 보겠네요."

"그래, 어서 가라."

엘리베이터 문이 열렸다. 그는 안으로 들어가서 계속 열림 버튼을 눌렀다.

"우짜든지 이번에 푹 쉰다 생각하고 마음 편히 지내소."

"그래, 오냐."

"전화드리겠습니다."

"그래, 어서 가라."

어머니는 엘리베이터 밖에서 계속 손을 흔들었다. 안경을 벗은 채 눈을 연신 깜짝깜짝거리는 얼굴을 보고 서글픈 느낌이 와서 그는 뭔가 애교의 말을 하려다가 그만두었다. 문이 닫혔다. 그는 하강했다.

서울로 돌아가는 기차 속은 지루할 것 같았다. 하루 한나절일망정 눈에 넣고 귀에 담은 현실의 것들에서 후유증이 있을 것이다. 고등학교 시절까지 쳐서 객지 생활을 한 지난 10여 년, 어머니가 아파 귀향한 것은 처음이었다. 집 밖에 나가 일 없이 발목이나 팔이 삐어 돌아오는 게 부모가 늙어가는 증거라는데, 앞으로 이런 귀향이 더 드물잖게 될지 모른다. 어쩐지 그는 하룻밤 새 자신이 어른스러워진 것 같았다. 그러나 그의 성장은 그의 내적인 것보다 부모의 늙음에서 오는 상대적인 것에 불과할 것이다.

감자와 흰자위, 삔 팔, 족발

1

― 나 힘들어 죽겠어. 엄마 생각하면 미이치겠어······.

창밖이 희끄무레한 시각이었다. 잠결에 받은 전화였지만 혜희의 상태는 쉽게 짐작이 갔다. 예고 없이 어느 한밤의 자작(自作) 공포와 함께 불면이 덮쳐버린다. 그는 탁상시계에서 5시 50분경임을 알아보았다.

"홀딱 새운 거요?"

― 딱 두 시간 잤어. 3시부터 깨어 아직이야.

"두 시간이라도 잔 게 어디야. 어젠?"

― 한 시간 반 잤나? 아, 퇴원하고 한동안 네 시간씩은 자고 그랬는데······.

41

"양파 향도 효과 없어요?"

─하도 많이 맡았더니 속이 메슥거려.

"추석 때 가면 좋은 풍경 보겠구나. 모녀가 나란히 입원해 있으면."

─현직아. 엄마는 정말 어쩌면 좋니. 이제 우리 어쩌니?

잠기가 걷혔다. 누이의 갈팡질팡에 방향을 잡아줄 때였다.

"뭘 걱정해? 난 처음부터 눈 밝아지는 건 바라지도 않았어. 지금 시력 그대로 유지되는 것만도 이번 입원에서 우리가 얻을 수 있는 상당한 성과야. 누나, 미안하지만 나는 그랬어."

너무 냉정한 말인가. 자신의 안타까움에 맞장구쳐주지 않는 동생이 못마땅한지 혜희가 제 슬픔의 강도를 높였다.

─아, 엄마는 어떻게 자기 눈이 멀어가는 것도 몰랐을까. 어떻게 그걸 안경점에 가서 알았을까. 엄마가…… 글자만 아셨더라도…….

어머니는 초등학교 문턱도 넘어보지 못한 여자였다. 책이나 신문을 읽는 문자 생활과 거리가 멀어 글자 앞에서 늘 떠듬거렸다. 지물포 장부첩에 외상 기록을 쓰는 것도 발음 기호 그대로였다. 소위 '배운 여자'였다면 시력이 저하되는 초기에, 그러니까 텔레비전 화면 자막의 테두리 변화만 보고도 눈에 생긴 이상 징후를 바로 알아챘을 것이다. 그러나 어머니는 자막이 선명히 보이고 안 보이고에 신경 쓰지 않았다. 글자의 소중함을 알지 못하는 것이다. 혜희가 말했다.

─기억나니? 엄마가 옛날에 팔을 삐었잖아. 두 달 동안이나 뻗 팔로 지내셨어! 기억 안 나?

도배 일을 나갔던 어머니가 팔을 삐었고 병원에서 물리치료를 받았지만 전혀 차도를 보지 못한 적이 있었다. 불면의 밤, 혜희는 어머니의 자질구레한 지난 역사를 뒤지고 다니는가.

"나 중학교 때, 누나 고등학교 때 일이잖아."

─엄마는 진영 한의원에서 침 맞고 낫기까지 왼손으로 오른팔 을 들고 다니는 정말 이상한 모양으로 걸어 다니셨잖아. 나는 그 어정쩡한 모습이 잊히지 않아. 그게 엄마 가장 안된 모습으로 기 억나.

"누나, 내 말 잘 들어요. 엄마 눈은 더 이상 안 나빠지면 돼요. 너무 큰 욕심 부리지 말자구요. 그리고 누나는 쓸데없는 걱정 말 고 지금 이 시간에만 충실하라구요. 그냥 눈이라도 감고 있든지 요. 수면 효과가 있다잖아요."

─난 니가 부러워. 어떻게 모든 걸 그렇게 쉽게 생각하니. 너 솔직히 말해. 서울에 떨어져 있으니까 엄마 생각도 안 나지? 눈에 안 보이니까 걱정도 안 되지? 지금 우리 집이 얼마나 큰 위기에 처해 있는지 모르겠니? 엄마가 시력을 완전히 잃게 되는 경우는 생각 안 해봤니?

"왜 그런 생각을 해?"

— 왜 안 해?

"그런 일은 없을 테니까."

— 모르겠다. 나 혼자 자꾸 어두운 쪽으로 생각하는 건지. 그런데 너! 왜 엄마한테 전화도 않니? 난 화가 나. 니가 서울에서 쿨쿨 잘 자고 있다고 생각하면…… 난 이리 괴로운데 너는…… 이건 너무 불공평해!

혜희는 하나뿐인 남동생에게 투정이라도 부리는 것 같았다.

"나도 엄마 생각 많이 해."

— 생각하면 뭐 해? 실천을 해야지, 실천을. 현직아, 나는 자꾸 안 좋은 생각만 나. 불안해 죽겠어. 우리한테 말을 안 해서 그렇지 엄마도 속으로 얼마나 불안해하실까.

그는 이만 전화를 끊고 싶었다.

"수면제 먹었어? 먹고도 못 잔 거야?"

— 으응…… 어제 먹었고.

"이틀 연속 먹는다고 사람 안 죽어요. 그냥 마음 편하게 털어먹고 자."

— 날 다 밝았는데 무슨.

"그리고 오늘, 산에 가서 땀 뻘뻘 흘려봐요. 누난 군대 행군, 걸으면서 꾸벅꾸벅 조는 그 미칠 듯한 잠, 모르죠? 정말 몸속의 기운이 하나도 없을 정도로 땀 흘려봐. 어디 불면증이 기어들어 와."

— 자는데 깨워서 미안해. 그래, 너라도 냉정해라. 나는 너처럼

44

그게 안 돼…… 잘 자, 나는 안 자겠지만, 아니 못 자겠지만.

"나도 안 자! 잠 다 깼어!"

어느덧 어머니의 입원은 한 달에 접어들고 있었다. 곧 표가 날 끼다, 신경이 살아날 끼다, 하며 제림병원장이 확연한 차도를 계속 장담한다고 했다. 혜희의 전화가 온 아침으로부터 나흘 뒤가 추석 연휴의 시작이었다.

2

기자 서넛이 창문에 붙어 서서 티타임을 가지고 있었다. 연휴는 내일부터였다.

"윤 기자는 속초로 가나? 산맥 넘고 달 따라가겠네?"

"아, 오세요, 부장님. 한잔하세요."

"언제 출발해?"

"오늘 밤이나 내일 새벽에, 이거 드세요, 입 안 댔습니다."

"부장님은 서울이 고향이시죠?"

"아니."

"어, 사투리 억양을 전혀 못 느꼈는데."

"역귀향이라고 들어봤지? 전라선을 타고 노모가 올라오신다네."

"예에."

"윤 기자, 이번에 직접 차 몰고 가지? 연휴 끝나면 초보 딱지는 떼겠군. 앞으로 해남 강진까지 거뜬히 취재 가겠어. 이번 달은 어찌 돼가? 힘들지?"

"매달 그렇죠."

"기자들 사는 게, 사는 게 아니다, 그치? 기사 걱정에 추석이라고 마음 놓고 쉴 수 있나, 그렇다고 다른 부서에 비해 월급이라도 많나, 안 그래?"

창가의 한담은 계속 이어지고 있었다. 현직은 냉난방기 앞 취재부 말단석(겨울엔 머리가 멍해질 자리)에 따로 앉아 있었다. 컴퓨터 화면에 집중해 들어가 더는 말소리가 들려오지 않았다. 기자들과 격의 없이 회사 흉을 보던 부장이 창가를 떠나 그에게 오고 있었다.

"쉬엄쉬엄해."

부장이 어깨를 주물렀고, 그의 입가에 수줍은 미소가 어렸다. 부장은 이런 살가운 짓을 자주 하는데, 부담스럽기만 했다. 부장은 이내 그의 어깨로부터 떠나 총무부장과 바둑을 두기 위해 편집실을 나갔다. 1, 2층의 두 부장은 1980년대 초 정치 조직 사건으로 붙잡혀 감방 동기로 만난 후 지금껏 각별한 우정을 이어오고 있다고 했다.

"오현직이!"

"왜."

"뭐 해? 와서 한잔해."

"바빠."

"벌써 기사 잡고 있는 거야?"

"통신한다, 왜."

"좋은 그림 보이면 불러!"

아까부터 통신에 접속하고 있는 그는 북마크를 찍어 '오늘의 주요 기사' 게시판을 열고 있었다. 하얀 막대바에 '뇌학회 초대 회장에 선출된 S대 서유한 교수'라는 기사가 걸려들었다. 뇌학회? 초대 회장? 그는 의아해졌다. 기사를 클릭했다. 통신 장애 때문에 잠깐 화면이 정지됐다가 곧 기사 본문이 주르르 내려섰다.

"사고 능력을 좌우하는 것은 뇌의 바깥쪽에 주름살처럼 되어 있는 대뇌피질입니다. 쥐의 대뇌피질은 우표, 원숭이는 엽서, 침팬지는 A4 용지 1장 크기로 펼쳐집니다. 사람은 A4 용지 4장 이나 됩니다. 사람과 동물의 차이는 결국 대뇌피질 면적의 차이예요."

기사 맨 앞에 서 교수의 이런 말이 나온 후, 기자의 지문이 이어졌다.

지난 8월 10일 창립된 한국뇌학회 초대 회장 서유한 교수(50).

치매 연구의 세계적 권위자인 그는 국회가 뇌연구 촉진법을 제정하고 정부가 앞으로 10년 동안 뇌연구 분야에 1조 원을 투자하는 '브레인테크 21' 계획을 수립하는 데 견인차 역할을 했다.

8월 10일 창립이라니? 혜희의 불면증을 완화시켰고(재발해버렸지만) 어머니의 눈을 치료하고 있는(현상 유지에 만족할 수밖에 없지만) 제림병원장이 뇌학회 '부회장'이지 않은가. 지난달 10일에 창립된 '뇌학회'는 무엇이고 7월 혜희 아우성을 잠재운, 이미 그때 뇌학회 부회장이었다는 제림병원장의 '뇌학회'는 무엇인가. 현직은 계속 읽어갔다.

"21세기는 고령화로 뇌 질환이 폭발적으로 증가합니다. 85세가 됐을 때 치매의 일종인 알츠하이머병에 걸릴 확률은 48퍼센트까지 이를 겁니다. 결론적으로 그 나이까지 죽지 않고 사는 부부는 둘 중 하나가 이 병으로 고생을 하게 됩니다."
현재 미국에서는 5000만 명이 치매 등 뇌 질환으로 고통을 받고 있다. 그로 인한 손실액만도 3000억 달러에 이른다. 서 교수는 치매를 다음과 같이 정의했다.
"간단히 말하면, 사람의 뇌가 동물의 뇌로 전락하는 것입니다."
데카르트의 유명한 말도 서 교수를 통하면 뇌의학적인 경구로 바뀐다. '나는 누구인가?'라는 질문에 서 교수는 서슴없이 답

한다고 한다. '나는 누구인가, 나는 뇌(腦)이다'라고.

현직은 흠 했다. '나는 누구인가, 뇌이다.' 사뭇 도발적이었기 때문이다. 그는 영화 〈프라하의 봄〉과 영화의 원작이었던 체코 작가 밀란 쿤데라의 《참을 수 없는 존재의 가벼움》이 생각났다.

그가 영화를 본 것은 대학 4학년 때였고, 원작 소설을 읽은 것은 그보다 2년 후의 일이었다. 프라하시 외촌(外村) 독신아파트로 테레자가 토마시를 찾아간다. 누구? 하고 문을 여는 토마시를 보자 테레자는 자석의 쇠붙이처럼 찰싹 달라붙는다. 토마시는 테레자를 안고 비틀거렸다. 그리고 둘은 마룻바닥 위에 쓰러져 괴력적인 한낮의 정사를 치른다. 상당히 노골적인 신이 많아 하숙집 학생들이 와우, 와우 하며 과장된 소리를 질렀던, 그러면서도 '사라지는 길'의 마지막 장면이 무척 인상적이었던 〈프라하의 봄〉.

그런데 2년 후, 군대 내무반에서 읽은 원작 소설은 그 장면이 영화와는 차원이 달랐다. 정사를 하기는 한다. 그런데 테레자는 아침부터 아무것도 먹지 못했다. 토마시가 문을 열 때 테레자의 뇌는 연인을 만난 환희에 차서 전기방전을 일으키지만 하필 그때 그녀의 텅 빈 소장 대장이 꾸르륵 소리를 내는 것이다. 그녀는 그 창자의 소리를 듣는다. 아니 제 창자 소리를 부끄러워한다.

현직은 의문이었다. '창자 소리'의 순간, 테레자는 누구인가. 그녀가 과연 뇌일까. 창자도 존재의 소리를 발하고 있지 않은가. 창자도 테레자이지 않을까. 우리는 뇌이면서도 창자이며 창자 끝 똥창이기도 하지 않을까.

서 교수의 말에 짜릿함을 느낀 것은 '21세기는 뇌의 시대이자 우주 시대'라는 말처럼 아직 뇌의 신비를 파헤치지 못한 과학 문명이 어쨌든 '나는 누구인가, 뇌이다'라며 미리 단언하는 것이 데카르트의 '나는 생각한다, 고로 존재한다'라는 말만큼 세기를 가름할 발언처럼 들려온 때문이었다. 그는 서 교수의 단언에 계속 저항감을 느꼈다.

기사는 '나는 뇌이다' 하고 끝나버렸지만, 그가 기자였다면 좀 더 거창한 문제틀로 서 교수를 물고 늘어졌을 것이다. 서 교수의 단언을 환경 운동의 대의와 연관 지어 질문해보고 싶은 것이다. 생태 환경 운동은 다음 세기에 더욱 붐을 이룰 겁니다. 교수님의 명언과도 연관이 되겠는데, 어쩌면 요즘의 환경 운동이란 것이 인간이 대뇌만의 존재가 아니라 창자와 똥창의 존재이기도 하다는 인식과 닿아 있지 않을까요? 뇌만 중시하고 창자를 무시해온 결과가 지금의 심각한 지구 환경 위기가 아닌가요? 그러니 나는 누구인가, 뇌이다가 바람직한 인간 이해일까요? 밀란 쿤데라의 소설에도 그런 점에서 시사점을 던지는 대목이 있는데요……. 서 교수는 뭐라 응수해올까. 창자는 창자를 스스로 의식합니까? 뇌는 창자를 의식하면서도 뇌 스스로를 의식하지요……라며 선문답 같은 답을 해올까.

"현직 씨 너무 열심히 일한다. 마감 때 다른 기자들 기 죽이려고 그러는 거야?"

류 선배가 그를 놀리며 티타임의 창가로 커피 잔을 들고 합류했다. 사진기자는 회사 전체에 혼자뿐이라 사진부장이며 차장이며 기자인 셈인데, 후배 기자들은 류 부장! 하며 장난스럽게 불렀다. 사진부를 포함한 월간지 팀은 신참 고참 차별 없이 친밀한 분위기였다.

"기사는 무슨. 할 일 없어 노닥거리는 겁니다."

그러면서 그는 오른쪽 맨 밑 서랍을 열었고, '엄마 자료'라고 스티커에 써 붙인 디스켓을 찾아 A드라이브에 넣고 기사를 다운로드하기 시작했다.

'엄마 자료'를 만든 것은 서울에 떨어진 그가 할 일이 그뿐이어서였다. 통신사에 기사를 제공하는 국내 신문은 짤막짤막한 기사가 대부분이어서 '엄마 자료'는 주로 '의료샘'과 '메디컬 센터'에서 '뇌'와 '시신경'을 검색어로 넣어 찾은 만만찮은 분량의 의학 문서들로 채워지고 있었다. 겁 많은 누이나 한의학 쪽만 믿는 아버지와 달리 보다 냉정한 관찰자로 객관적 지식을 챙겨가야 하는 게 그가 할, 누가 하라고 한 것은 아니지만 식구들 중 자기 말고 누구도 하지 못할 일이라고 생각했다. 그런데 그는 어머니 환후와 관련된 의문스러운 사실 하나를 발견했다. 디스켓에 차곡차곡 자료를 담아가며 계속 살펴봤지만, 제림병원장이 말한 '시신경이 말

라가는 증상'에 대한 언급은 어디에도 보이지 않는 것이다. 아닌
게 아니라 제림병원장을 만날 기회조차 없었던 그는 어머니의 갑
작스러운 시력 상실의 정확한 병명도 듣지 못했다. 아버지나 혜희
한테 전해 들은 것이 전부였다. 당뇨 합병증으로 시력이 저하될
수도 있고, 아버지 말대로 신장의 독이 올라 시력을 상실하는 경
우도 있다는 말은 인터넷 자료에서 보았다. 녹내장의 경우는 안
압 증가와 혈류 장애 때문이라고 했고, 노안은 시신경과 관계없
는 수정체 운동의 부자연스러움 때문이었다. 뇌종양에도 시력 상
실증이 있지만 CT 촬영에서 어머니의 뇌는 깨끗하게 나왔으므로
걱정할 일이 없었다. 의사끼리 쓰는 전문 용어가 있고 환자들이
알아듣기 쉽게 쓰는 방언류가 있는 것일까. '시신경의 말라감'은
왜 그 비슷한 전례도, 실패의 투병기조차 보이지 않는가.

    티타임이 끝나고 윤과 김이 각각 제자리에 앉았다. 잡지 일의
사이클이 아직 느긋할 때라 사무실은 오후 한나절 농담이나 따
먹으며 퇴근 시간을 기다릴 품이었다. 현직은 1층 영업부 우편함
에 내려갔다가 빈손으로 올라왔다.

    "표 안 왔어?"

    윤이 녹차 티백을 입으로 쭐쭐 빨며 물었다.

    "응."

    "보통으로 보낸 거래?"

    "아니, 등기일 텐데."

"그럼 누가 후릴 일도 없는데?"

사흘 전 발송했다는 아버지의 우편물이 종무소식이었다. 등기라면 어제 도착했어야 옳았다. 배달 사고인가.

"영업부 박 차장 고향이 부산이잖아. 껴묻어 가."

"친하지도 않은데…… 박 차장 혼자 가는 차도 아니고."

그는 아버지에게 전화를 넣어보지는 않았다. 아버지가 쓸데없이 번거로워질 거였다. 그는 한 번 더 밤 기차를 탈 결심을 했다.

3

서울역 앞 지하철 출구로 나오자 관광버스가 현직의 눈에 들어왔다.

"부산, 동래! 싸다 싸, 2만 원!"

암청색 잠바 차림의 사내가 연신 외치는 것이었는데, 노동자 차림의 사내들이 주머니를 뒤지며 사내를 둘러싸고 있었다. '부산, 동래' 버스 앞쪽에 정차해 있는 다른 관광버스에서도 한 사내가 나와서 "광주"를 외치고 있었다.

현직은 버스로 다가갔다. 반환 기차표 창구 앞에 죽치고 있거나 입석표를 끊어 객차와 객차 사이 계단 자리라도 차지하리라 했는데, 생각지 못한 행운이었다.

2만 원, 정말 싸구나, 하며 그는 잠바 안주머니에 손을 집어넣었다. 그때였다. 그의 소매를 붙드는 어둠 속의 손이 있었다.

"오빠, 잠깐만요. 드릴 말씀이 있어요. 제발…… 잠시만 제 얘기 들어주세요."

여자는 파마머리를 하고 있었다. 열일곱 살? 열아홉 살? 소녀 같다. 어려 보이기만 했다. 주머니에서 나온 그의 빈 오른손, 아니 오른팔을 붙들고 있는 여자의 500원짜리 동전만 한 큰 눈이 네온 사인 불빛을 받아 초롱초롱 빛나고 있었다.

"무슨…… 얘기요?"

"잠시만 따라와주세요."

여자의 제발 제발 하는 눈길이 그의 잠바 안주머니로 향하는 것을 그는 찰나처럼 보았다. 귀향 여비가 없는가. 혹시…… 도에 관심 있으세요? 소녀는 미미한 팔의 힘으로 계속 그를 당겼다. 서너 걸음 따라가던 그는 퍼뜩 정신이 났다.

"아, 이거 놔요."

"오빠. 잠깐만, 잠깐만 제 말 들어주세요."

"이거 놓고 여기서 얘기해요."

"여기선…… 여기선 안 돼요."

소녀가 주위를 살폈다.

"왜 여기선 안 되죠?"

그는 왠지 분노하듯 되물었다.

"여기선……."

소녀가 고개를 숙였다. 그런데 그때였다. 그의 귀 뒤로 껌 씹는 소리!

"학생, 쉬었다 가. 기분 좋게 몸 풀고 고향 가. 관광버스는 새벽까지 와."

현직의 귀 가까이 첩자처럼 손을 세워 말해온 등 뒤의 아줌마는 소녀와 한패였다. 은단 냄새가 났다. 은단 껌을 씹으며 말하는 여자였다. 소녀는 아직도 그의 팔을 잡고 있었다. 그가 팔을 탁 뺐다. 어린 창녀의 상체가 크게 흔들렸다.

"왜 이래, 싫음 싫었지 애는 왜 때려? 총각이 이뻐서, 응? 맘에 들어서 딱 찍었다는데."

여자의 사나운 대거리를 무시하고 그는 버스로 가 권총처럼 지갑을 꺼냈다. 지폐를 사내에게 넘겨주고, 승차 계단에 발을 올려놓았다. 그가 멈칫했다.

"아저씨, 이 버스 언제 출발하죠?"

"다 차야 가죠. 늦어도 10시 안엔 출발할 거요."

그는 하차했다. 소녀가 그런 그를 바라보았다. 소녀 때문이 아니었다. 아버지가 역무원이어서 그가 장거리를 탈 때 버스를 이용한 건 평생 딱 두 번뿐이었다. 한 번은 두통, 한 번은 구토증에 시달렸다. 멀미 패치를 붙여야 한다. 오줌보도 비워둬야 하고!

"아저씨, 표 같은 거 없어요?"

"뭔 표?"

"그럼 제 얼굴 똑똑히 봐요. 나 분명히 돈 냈어요."

사내와 눈을 맞추며 그는 아랫배를 쥐어 보였다.

"빨랑 갔다 오슈."

"저 빼고 출발하면 안 돼요!"

지하철역 화장실로 내려가 오줌보를 비운 그는 홍익식당 옆 약국에 들러 멀미 패치를 사서 귀 뒤에 부착했다. 버스로 돌아왔을 때, 소녀는 보이지 않았다. 그는 버스 중간 창가 자리에 앉았다. 그의 보물 1호 노트북은 발과 발 사이에 세웠다. 그는 왠지 흥분한 채 생각하기 시작했다.

왜 여기서 몸을 팔까?

서울 역전의 창녀촌은 서울에서 방출될 날이 머잖은 퇴물들만 득시글대는 곳이 아닐까, 그는 생각했다. 언제든 서울을 뜰 수 있도록 역 가까이서 마지막 순간까지 굴리는…… 서울의 입구멍이자 똥창이지, 서울역은. 음, 그런 만큼…… 가격이 쌀까? 2만 원? 3만 원? 돈으로 여자를 산 게 딱 한 번뿐이었고 그 장소도 서울역 부근은 아니었던 그는 쉬 짐작이 되지 않았다.

아까 그 소녀는 어디론가 사라진 것이 아니었다. 아직 버스 주변에 있었다. 버스에서 6미터쯤 떨어진 가도에 서 있는 소녀가 문득 눈에 들어왔다. 소녀는 멍하니 하늘을 올려다보고 있었다. 버스 안의 그는 오락실 밖에 있는 두더쥐 때리기 게임기 옆에 서서

밤바라기를 하는 소녀를 계속 보았다. 매연 그을음이 낀 듯 탁한 서울 하늘에 음력 8월 열사흗날 달이 독불장군처럼 떠 있었다. 해진 음부의 아이는 처마 아래 빗줄을 긋는 사람처럼 추레하게 서서 달을 보고 있었다. 콧김을 북북 불던 은단 껌은 어디 갔는지 보이지 않았다.

버스의 좌석은 3분의 2가량이 찼다. 꽃에 물 좀 주고 가세요, 쉬었다 가세요……가 아니다.

제발 말 좀 들어주세요……?

아무래도 너무 어렸다. 분명 소녀였다! 또래 남자 친구와 뿅뿅 솟아오르는 모형 두더쥐나 두들기고 있으면 어울렸다. 어쩌면 소녀는 토큰 하나로 귀향할 수 있는 집이 서울의 경계 안에 있는지도 모른다. 소녀의 엄마는 신문지로 도배된 방에 오도카니 앉아 생활보호대상자 구호 봉지쌀로 연명하며 집 나간 딸을 기다리고 있는지도 모른다.

골목으로 담배를 피우러 간 것일까. 소녀가 순간 또 보이지 않았다. 그는 지하철역에서 쏟아져 나오는 또 한차례의 인파 속에 혹 섞였을지도 모르는 소녀를 애써 찾아보지는 않았다.

서울아, 잘난 체하지 마라. 저 어린아이한테 창녀 짓이나 시키는 주제에.

그는 피로한 눈을 감았고, 이번의 귀향에 생각을 집중하려 애썼다.

내일 아침 보게 될…… 엄마.

군대 가기 전 쓰던 호칭이 불쑥 살아났다. 그의 눈앞에 떠오르는 것도 4, 5년 전 그가 대학생이었을 때의 눈 밝은 엄마였다. 현직아. 니 또 안 내려올 끼가? 니가 에미 속 바짝바짝 태울라고 일부러 이러나? 니가 내 병 나는 거 볼라 카나? 사람 좀 살자, 사람 좀. 그러나 그는 콧방귀를 뀌며 전화기에다 지껄여댔었다. 표를 못 끊었다. 다음에 시간 나면 내려가끄마. 통장에 돈이나 좀 부쳐도고.

그가 명절 귀향을 무시한 것은 3학년 때부터였다. 하숙집 아줌마한테 눈치가 보여 연휴 내내 자신과 비슷한 게으름뱅이 친구들의 자취방에서 뒹굴었다. 전파상에서 텔레비전과 VTR을 빌려 소시지구이를 안주 삼아 맥주를 마시며 영화를 보았다. 왜 명절 고아를 자처했을까. 아버지한테 무언의 항의를 하고 싶었을까. 부모는 자식 걱정을 하고 자식은 세상 걱정을 하는, 서로 외면한 채 각자의 짝사랑 상대만을 바라보기였을까. 아냐, 그냥, 그냥…… 게을러서였지!

대학 정규 4년에다가 1학기를 더 다닌 '코스모스 졸업'을 한 이후 두어 달이 지나서 입영 통지서가 나왔고, 그는 낙향하여 보름 가까이 은천 갈밭으로 낚시를 다녔다. 그리고 마지막으로 한 번 더 눈에 넣어갈 것은 서울과 대학가와 친구들이었다. 입영을 사흘 앞두고였다. 은천역까지 배웅 나온 어머니의 당부가 그래서 이

색적이었다. 아들이 하나 더 있으면 모른다. 군에 갔다 오면 니도 어른이다. 집안의 기둥이다. 대학 때처럼 못된 행사 하면 못쓴다. 설 추석엔 꼭 고향 내려온나. 내가 마산 아버님 뵐 면목이 없다. 엄마 아버지 생일 땐 안 내려와도 된다. 명절 딱 두 번만 내려온나. 그거 하나는 지금 나하고 약속하자.

그는 역사 옆에 서 있는, 몇 년 전이나 지금이나 키가 변함이 없는 네 그루의 소나무에 눈길을 던지며 주름밭이 늘어가는 어머니의 얼굴을 애써 무시했다. 그는 짜증스레 말했다. 알았다, 마. 잔소리 그만해라.

그는 아 하고 비명을 지르며 지난날의 회상에서 뛰쳐나왔다. 찡그린 얼굴! 그때 그 얼굴은 아버지의 판박이였을 것이다! 아버지처럼 삶의 신산이 켜켜이 쌓여 생겨난 것도 아닌, 별 내용도 없는 텅 빈 삶의 애송이 얼굴에 낙서된 것 같은 같잖은 찡그림! 어머니라는 이름의 불쌍한 여자에게 온통 찡그려 붙인 얼굴을 했던 그날 그 하오, 고집불통의 그 미운 얼굴이 엄마의 기억에서 깨끗이 지워져버렸기를! 내 배 아프며 낳았어도 속을 모르겠는 놈! 하며 날 미워하지 않기를!

그의 마음이 느낌표마다 덜컹덜컹했다.

버스가 덜컹했다.

"아. 승객 여러분. 안녕하십니까. 여러분들을 부산까지 안전하게 모시고 갈 저는 장종철이라고 합니다. 반갑습니다. 여행 중에 불편한 일이 있으시면 뭐든 말씀해주시기 바랍니다. 여러분의 숙면을 위해 불을 끄겠습니다. 편한 여행 되시길 바랍니다."

버스는 삼각지로 접어들면서 불을 껐다. 한강대교를 섰다 갔다 더디 뚫었다. 국철 전철이 노랗게 불을 쏘며 건너편 철교에서 쿵쿵쿵 지나쳐 갔다. 그의 옆에는 스물 안팎의 사회 초년생 청년이 오징어를 질겅질겅 씹어대며 앉아 있었다. 청년은 다리를 덜덜 떨었다. 노량진 가도에 들어서며 밖의 불빛으로 버스 안이 잠깐 밝아졌다. 현직은 좌석의 사람들 거의 모두 팔짱을 끼고 있는 것을 보았다. 서울역으로 나올 때 어떻게든 기차를 타려 했지 이렇게 관광버스를 타게 될 줄은 다들 예상 밖이었을 것이다. 뭔가 불안한 마음에 심장 부근을 방어하는 무의식적인 동작이 아닐까. 오빠는 교통사고로 죽은 아빠랑 너무 닮았어요. 내가 그리 나이 들어 보여? 나이 들어 보이는 게 아니구 닮았다구요! 그런데 너, 내가 3만 원밖에 없는 건 어떻게 알았냐? 알아요, 나는 다 알아요. 니가 알긴 뭘 알아. 아뇨, 이 세상 모든 슬픔과 눈물을 알아요. 어제만 해도 18만 원이나 있었다구. 근데 자식들이 군대 가는 나한테 빈대 붙는 거야. 10만 원을 써버렸다구. 그럼 오빠, 이 3만 원 말고, 남은 5만 원은요?

버스는 자정을 통과했다. 승객의 반은 여전히 팔짱을 낀 채, 반은 팔을 내려뜨린 채 잠이 들었다.

여관비로 2만 원 썼고, 3만 원은…… 지금 옆방에서 술 마시는 놈들 술값으로. 내일 훈련소 앞까지 따라와준대. 근데 너……
3만 원은 너무 싼 거 아니니? 오빠한테는 특별 염가예요. 응, 너
도 추석 바겐세일이구나. 호호, 말 된다. 그렇지만 오빠! 서비스
가 떨어지는 건 아녜요. 자. 이리 와요. 아, 간지러. 거긴 만지지
마. 아니 아니, 성감대는 아니고, 그냥 간지러운 데야. 너 모르는
구나, 남자한테도 그런 데가 있어. 이런 데 쓸 게 아닌 남자의 구
멍이 있다구. 근데 오빠, 원래 저 5만 원짜리예요, 모르셨죠? 깎
아줘서 고맙구나. 오빠한테는 공짜로 해줄 수도 있어요. 왜? 아빠
랑 닮았다구 했잖아요. 그리고 오빤 왠지 정이 가는 얼굴이에요.
진짜루 오빠를 딱 찍고 갔단 말예요. 너한테 충고 하나 할까? 집
에 가란 말은 말아요. 너…… 더 귀엽고 앳되게 꾸며서 말야, 룸
살롱 같은 데 가면 한 번에 50만 원도 받을 수 있어. 어, 정말요?
그럼. 왜 이런 데 있니? 오빠가 좋은 데 소개시켜줘요. 그것까지
는…… 빽도 없고 줄도 없고 말야. 미안. 아니에요. 말씀만이라
도 고마워요. 오늘 나 부자 된 것 같아요. 어딜 만져줄까요? 어딜
제일 좋아하세요? 저의 무엇으로요? 글쎄, 솔직히 오늘 난 기분
이 좀 그렇다. 내일 입대도 해야 하고, 너하고 밤새 얘기나 하고
싶지만…… 아, 아니, 일단 할 건 하고. 아, 아니. 아니.

　　3년 전 입영 전야의 일들이 꿈에 나온 것일까. 그렇기도 하고
아니기도 하다. 대전역 근처 여관을 돌던, 마흔에 가까워 뵈던
3만 원짜리 창녀가 서울역에서 팔짱을 끼던 소녀로 바뀌어 있는

것이다. 입영 하루 전 대전에서 여자를 샀던 그는 '두 번 다시 이런 짓 안 할 자신 있다!' 하고 외쳤었다. 그런데 그때의 외침이 꿈속에서는 달리 외쳐지고 있었다.

아, 아니. 이럴 게 아냐. 너같이 착하고 예쁜 애가 왜 여기서 이러고 있니. 예쁜 건 척 보면 알지만 제가 착한 건 오빠가 어떻게 알아요? 너 나보고 아빠 닮았다구 했지? 예. 아빠랑 닮았다고 할 때…… 니가 '아빠'란 말을 발음하는 게 듣기 좋았거든. 니 아빠가 너 말 한창 배우는 아기였을 때 얼마나 좋아하셨을까 싶어. 오빠, 나 눈물 나요. 지금 막 슬퍼지려고 해요. 니 아빠 교통사고로 하늘나라 갔다는 말, 믿을게. 엉엉. 울지 마. 아무튼 나하고 같이 가. 엉엉…… 어디로요? 우리 엄마한테 인사드리러 가자구. 고향으로! 오빠 고향이 어딘데요? 부산. 예……. 해운대 가봤니? 아뇨. 아직 해운대도 안 가봤어? 그럼, 좋아, 지금 당장 가는 거야. 그리구 해운대 새벽 갈매기를 보는 거야. 실은 내 고향도 부산은 아냐, 그러나 오늘은 부산으로 간다. 너한테 바다를 보여주고 싶단 말야! 그럼 오빠는 탈영하고 나는…… 탈출하는 건가요? 아니지, 난 탈영이 아니라 징집 기피지. 그런데……. 예, 말씀하세요. 니 고향은 어디야? 저요? 아 말해도 되나? 왜. 실은 나…… 백두산이에요. 너…… 귀순 자녀였어? 아님 탈북 청소년? 내 취재 수첩하고 녹음기 어댔냐, 특종이다! 호호, 오빠, 농담도 못 해요? 하하, 농담인 줄 알았어. 근데…… 북한에도 너같이 어린…… 있을까. 오빠 동무! 응. 사실 나 아까부터 궁금해요! 뭐가? 남자한테도 있는 그런 데, 그게 뭐죠? 간지러우면 종이 한 장 차이의 성감이란 건데, 정확히 어디 쓰는 그런 데예요? 응, 그 거…… 오줌 구멍 똥구멍 말고 남자한테도 그런 구멍이 있어. 여 자들은 죽어도 모를 거야. 자, 쓸데없는 소리 집어치우고, 가자! 우리 엄마의 그리운 잔소리 앞으로!

꿈은 개념 없었다. 부산, 지하철이란 말에 그의 귀가 번쩍 뜨였다.

"승객 여러분, 고생 많으셨습니다. 5분 뒤 이 버스는 부산 온천 장역을 지나갑니다. 지하철 이용하실 분을 위해 잠시 정차하겠습니다."

날이 밝아오고 있었고, 버스는 이름을 알 길 없는 외곽 대로를 달리고 있었다. 그의 아랫도리는 상당히 불편한 상태인데, 단지 새벽 발기만은 아닌 것이 서울 역전에서 잠깐 접촉했던, 막내 현 숙이보다 더 어려 뵈던 창녀가 실은 아쉬웠던 것이다! 지갑도 두 둑했으니 어젯밤 눈 딱 감고 두 번째로 여자를 살 수 없었을까. 그 러나 그건 불가능한 일이었다. 추석 귀향, 한 남자에게 순결한 처 녀로 시집와 평생 성깔 드센 남자 뒷바라지하며 자식 다섯을 낳 고 기른 어머니를 뵈러 가는 길에 매춘이라니. 그렇지만, 그러면 서도 아쉬웠는가. 고모뻘 되는 늙고 못생긴 대전역의 창녀에게도 발기하였는데 누구엔들 발기하지 않을까. 남자는 늙은 어머니 빼고 다 발기한다. 남자가 머리를 굴려 언제든 발기할 정도로 컸을 때 세상의 모든 어머니는 이미 늙어버려서 다행인지도 모른다.

다른 손님 열 남짓과 함께 하차한 현직은 20여 일 전의 귀향과는 사뭇 다른 기분이었다. 지구도 대지도 느껴지지 않았다. 시(詩)에의 막연한 동경이나 추억 어린 기분도 아니다. 어머니라는 이 세상에 하나뿐인 성적 매력 없는 여자한테 그의 마음이 절실해져 있었다. 아니 그는 왠지 방황하는 귀향자로 서 있었다. 어쩌면 자신을 기다리고 있는 어머니가 움직이는 지구이자 움직이지 않는 대지일지 모른다는 생각이 들었다.

늘 대지로만 다가왔던 여자. 우주 공간에서 본다면 작은 공 같을 여자.

형편없이 쭈그러진 채로 아직은 굴러다니는 공.

4

현직은 엘리베이터를 나와 성큼성큼 504호로 갔다. 문밖 표찰에는 '장복길'이 아직도 있었다.

문을 열자 장복길과 눈이 마주쳐 그는 가볍게 목례했다. 그녀는 얼굴이 호박만 했는데, 부은 게 아니라 원래 두상이 큰 여자임에 분명했다. 어머니는 왼쪽 침대에 벽을 보고 누워 있었다. 담요도 덮지 않고 1남 4녀를 쑥쑥 낳은 엉덩이를 도드라지게 해놓고 있었다. 그는 파마가 풀어진 어머니 머리칼이 희게 세어 있다는 느낌을 받았다.

"보소. 아들인가 보네. 아주마이, 아들 왔다."

장복길의 괄괄한 목소리에 어머니가 형광등이 켜져 부신 듯 고물고물거리는 눈으로 돌아보았다. 여전히 안경을 벗은 채였다.

"저 왔습니다."

아버지가 나흘 전 보냈다는 표의 시각이라면 오후에 나타날 그가 어머니는 의외일 것이다.

"현직이가…… . 기차 타고 왔나?"

그녀는 상체를 들었다가 다시 침대에 털썩 놓으며 물었다.

"아뇨. 버스요."

그는 침대로 갔다가 순간 당황했다. 어머니 얼굴의 눈두덩이 형광등 빛에 대한 반발로 잘 안 떠지는 것이기도 하지만 쌍꺼풀 수술한 다음 날의 눈꺼풀처럼 퉁퉁 부어 있는 것이다. 그러나 그가 실로 당황한 것은 그녀의 눈꺼풀이나 뺨, 목 언저리가 퍼석퍼석해 보이기 때문이 아니었다. '어머니, 얼굴이 부었네요?' 하며 이번엔 세심하게 안색을 살피며 문병을 하려 하는데, 그럴 새도 없이 어머니가 벽 쪽으로 돌아누워버리는 것이었다. 많이 피곤하신가? 옆 침대 코골이 소리에 잠을 못 이루셨나? 아 전화 자주 안 했다고 토라지셨나?

떡처럼 눌린 센머리와 산맥처럼 굴곡 있는 허리와 엉덩이로 어머니는 계속 묵연한 면벽이었다. 그는 무안 당한 사람처럼 서서 어머니의 머리를 보며 '언제 감으셨나? 약물 치료로 영양분을 투여했으면 검어져야 할 텐데……' 하는 엉뚱한 생각을 했다. 지난 한 달 수시로 인터넷을 뒤졌다 해도 그의 의학 지식은 상식 반 상상력 반이었다.

"이 아줌마가요, 진짜 머리가 이상해지뺏나. 그렇게 아들 자랑해쌓더만 아들 왔는데 반가와도 안 하네. 우짤라꼬 이라노, 응?"

장복길이 혀를 찼다.

"어머니, 어디 아프십니까?"

"아줌마야. 뭐 하노? 아주마이 아들 왔다, 아들!"

저보다 열한 살 손위에게 '아줌마야'라니. 저런 드센 여자하고 한 달이나 지냈다니. 일찌감치 다른 병실로 옮겼어야지! 그런데 그때 문이 열리더니

"현직이가."

야근을 마치고 지금 막 병원으로 온 것이 아니라 그가 왔을 때 아버지는 마침 병실을 비우고 세면실로 설거지를 하러 간 거였다. 환자 개인용 냄비와 그릇, 수저가 아버지 손에 들려 물을 뚝뚝 떨구고 있었다.

"예…… 좀 일찍 왔습니다."

그런데 옳거니! 하고 아버지의 얼굴에 불이 켜졌다. '이 시간에,

무슨 차로 왔노?' 하고 의문을 표하는 것도 없이 아버지는 식기를 침대 옆 사물함에 놓고 쉿, 밖으로 나가자! 하는 급한 손짓을 해 보이는 것이다.

복도에서 부자가 섰다. 아버지는 입술을 입 안으로 감아넣었다가 이를 드러내 꽉 물었다를 반복했다. 그러다 고개를 흔들며 물었다.

"니가 보기에 엄마가 어떻더노?"

"예?"

"아니, 아니. 엄마가 니 보더니 뭐라 카더노?"

"그냥…… 왔나? 카던데요."

"다른 말은?"

"기차 타고 왔나……? 카던데요."

"그라고 암 말 없더나?"

아버지의 눈은 이글이글 타오르고 있었다. 그리고 예의 찡그린 상에 두 눈을 중심으로 불 번짐 물 번짐 같은 울상까지 겹쳤다.

"그냥…… 돌아누우시던데요."

아버지가 탄식했다.

"우리가 너무 욕심을 부렸다, 욕심을. 원장 말을 너무 믿었어. 보름 치료하고 바로 퇴원을 했어야 했다. 낫는다, 조금만 더 치료하면 표가 날 끼다, 된다, 된다 카는 원장 말에 너무 미련을 둔 기라. 그동안 쓴 병원비를 아까워할 게 아이라 진작에 퇴원을 했어야 옳았다. 현직아, 내 말 잘 들어라. 니한테는 말 안 했다만, 그제부터 엄마가 이상한 기라. 엄마가 지금 정상이 아니라. 약 중독 상태라."

"예?"

아버지가 숨 돌릴 새 없이 쏟아놓기 시작했다.

"니도 한번 생각해봐라. 이래 니가 왔는데, 예전 같으면 엄마가 니 왔다고 얼매나 좋아하겠노? 밥상머리에 앉으면 엄마는 늘 니 얘긴데, 고기 반찬 묵거나 나물거리 새로 만들어 묵거나 카면 항상 니 얘기고 수박 한 쪼가리를 먹어도 감 한 쪽을 먹어도 니 얘기 빼놓지 않고 잘하던 사람이, 니를 입에 올려 말하는 걸 그렇게 좋아하던 사람이 그제부터 말이 싹 없어진 기라. 지금 니가 왔는데도 하나또 반가워 안 한다 아이가. 식기 씻는다고 내가 방금 병실을 5분도 안 비웠다. 고새 니가 왔는데, 니가 온 지 얼마 됐다고 엄마가, 응? 엄마가 벽을 보고 드러누울 사람이가? 사흘 전부터라. 자고 일어나더니 사람이 멍해. 눈깔이가 멍해! 엄마가 먹을 거를 두고 일체! 니 얘기를 안 해!"

그는 아연해졌다. 어머니의 정신에 문제가 생겼다는 것인데, 인정하기 힘들었다. 마음이 약해져서 그런 것은 아닐까. 한 달 가까운 입원 생활에 우울증이 온 것은 아닐까. 아버지가 계속 쏟아내었다.

"어젠 내가 사과 깎아주면서 넌지시 떠봤는 기라. 현직이는 혼자 서울 살며 과일 같은 것도 사 먹고 그러나? 하고. 근데 잘 있겠지…… 하고 아무 말이 없어! 엄마가 그럴 사람이가. 절대 아이라. 저번에 니 내려온 얘기며 이번 추석에 내려오면 뭐 해 먹이고 니가 옛날부터 좋아하는 음식이 뭐고 잘잘 늘어놓을 사람이라. 지금 엄마가 정상이 아이다. 정상이 아닌 기라!"

"어머니가 기분이 가라앉아 있긴 한데, 그냥…… 가벼운 우울증 아닐까예? 그건 여기서도 치료가 될 낀데……."

"뭐라, 우울쯩이라꼬? 니도 내 말을 못 믿겠나? 니가 직접 눈으로 봐야 알겠나? 와봐라, 직접 함 봐라. 지금 엄마가 어떤 상탠지!"

아버지는 병실 문턱을 넘으며 잠바 주머니에서 돈다발을 꺼내 들었다.

"여보, 잠만 자지 말고 일나봐!"

어머니를 너무 윽박지르는 투였다.

"아버지. 왜 사람을 그렇게 몰아세웁니꺼. 좀 조용조용 말하시소."

연신 혀를 차면서 빙글빙글 웃는 듯한 옆 침대의 호박 아줌마가 신경 쓰이기도 했다. 아버지는 팔을 부들부들 떨었다.

"지금 우리가 체면 차릴 때가? 엄마가 어떤 상탠데!"

그는 아버지의 외침에 입을 쭉 다물었다. 아버지는 분김을 달래느라고 윗니로 아랫입술을 씹으며 탄식했다.

"우째 니들은 하나같이 엄마를 중히 보는 게 아니라 지들 모양만 따지노? 응?"

"……?"

"애들이 대갈빡에 생각머리라곤 하나도 없이……."

호박은 계속 쯔쯔 소리를 냈다. 아버지의 말로 미루어 아버지든 혜희든 제 성미에 맞지 않으면 빽빽 대드는 막내가 어머니를 놓고 아버지와 다투었을 것도 같고, 그 장면을 장복길이 이미 보았을 것 같다. 지금 반복되고 있는 이 장면도 여자에겐 그럴 줄 알았다……인지 몰랐다. 지난 사흘, 그는 식구들의 정보망에서 완전히 소외되어버렸다. 그는 아직도 어머니의 변화를 실감하기 어려웠다. 혜희는 왜 아무 말 없었는가. 어머니 병실 옆 505호에 혜희가 입원해 있는 것도 그는 몰랐다!

"지금 그런 거 따질 일은 아니고, 응? 이러다가, 이러다가…… 엄마가 큰일난다. 정신병자가 된다. 미충갱이가 된다. 애들은 내가 엄마를 이상한 사람으로 몬다 카지만, 개들, 암것도 모른다. 명태 눈깔 달고 지들 편할 대로 엄마를 보는 기라. 괜찮다, 문제없다, 카지만 원장도 도대체! 못 믿을 사람이라. 지금까지 지 말대로 된 게 뭐가 있노? 눈 낫는다 캐놓고 눈이 나았나? 멀쩡한 사람을 이리 바보로 맹글어놓았다 아이가. 이걸 우짤 끼고? 지한테는 환자가 하나둘이 아니지만 우리한테는 이 세상에 단 하나뿐인 엄마 아이가. 응? 내가 엄마를 똑똑히 안 보나. 이 세상 천지에 내가, 내가 엄마를 아주, 아주 세밀하게! 관찰을 안 하나. 내 말고 누가

70

엄마를 이렇게 보노!"

아버지의 말은 격분에 차 있었지만, 그것과 다른 세계에 속한 면벽의 어머니 쪽을 연신 힐끔대며 토하는 말이어서 조금 연기 같은 느낌도 들었다. 당신도 귀 있으니 내 말 듣고 무슨 반응 좀 보여봐 하는 애원이기도 했다. 그러나 어머니는 전기톱으로 잘려 쓰러진 고목같이 누워 있을 뿐이다.

"정상이 아이다. 지금 엄마는 절대 정상이 아이다!"

성격이 급해 흥분을 잘하지만 아버지의 꼼꼼한 눈썰미를 그는 잘 알았다. 그렇지만 그는 '괜찮다, 문제없다'고 했다는 원장의 말이 지금 어머니 상태에 대한 가장 객관적인 진단이라고 믿고 싶었다. 약학의 역사가 부작용과의 투쟁의 역사라고 하듯, 그 어떤 약에든 따르게 마련인 약간의 좋잖은 증상이리 싶었다. 그는 벽 쪽으로 누운 어머니의 등, 침대 모서리를 두 손으로 짚고 선 아버지의 등에서 물러나와 자신보다 그간의 사태를 더 잘 알고 있을 호박 아줌마와 눈을 맞췄다. 호박이 눈짓을 해 보였다. 바깥양반도 너무 심하게 군다, 까탈스럽기가…….

"여보, 일나봐! 세어봐, 이거 한번 세어봐."

억지로 상체를 일으키고 지폐 뭉치를 받아 드는 어머니의 부은 손을 그는 보았다. 반지가 살을 파고 들어가 있는 것 같다. 어머니는 왜 자꾸 이딴 것을 시키냐며 싫은 기색이 역력한 얼굴로 자신을 다그치는 남편과, 그 어깨 너머에 섰는 아들을 올려다보았다.

눈빛이 아련했다. 또 두리번거리듯이 불안해 보였다. 현직아, 힘들어 죽겠다…… 아버지 좀 말리도.

그는 돌연한 적개심에 휩싸였다. 그는 아버지의 다리를 걸어 병실 구석으로 패대기치고 싶었다. 아버지에 대한 오랜 동안의 감정이 이리 깊었는지 스스로도 놀랐다. 왜 우리 엄마를 괴롭힙니까! 엄마의 그 많은 병들이 다 당신 때문이 아닙니까? 무책임하게 낙태할 거면서 왜 여섯째까지 임신시켰습니까? 아니 우리 자식들 사이사이에도 낙태가 몇 번이었습니까? 왜 엄마 생리일 안 지켜주고 왜 콘돔 안 썼습니까? 엄마 자궁의 물혹도, 요강의 불그죽죽한 잦은 하혈도 다 그 때문이 아닙니까? 이렇게 많은 자식 낳게 한 아버지는 엄마한테 할 말 없어요. 엄마를 식모처럼, 애 낳는 기계처럼 부려먹고 살다가 언제부터 당신이 엄마를 이리 위했습니까? 결국 가사 노동력 때문이잖아요. 말년의 따뜻한 밥 맛난 고기 반찬 때문이잖아요. 눈이 멀어도 엄마가 머는 겁니다. 지금 누구보다 실의에 차 있는 사람을 왜 이리 사납게 몰아세웁니까? 그는 마음속을 휘젓는 분노로 주먹이 다 쥐어졌다.

"한나…… 두울…… 서이…… 너이. 여보…… 이제 됐나? 손에 힘이 없다. 나 좀 잘란다."

어머니가 돈 뭉치를 이불 위에 던지더니 침대 위로 힘없이 누웠다. 머리가 이상하다느니 약 중독이니를 떠나 너무 쇠한 기력에 그는 충격을 받았다.

"현직아, 니도 봤제?"

"예?"

"엄마가 돈 던지는 것 봤제?"

"예."

"이거 우습게 볼 거 아이다. 엄마가 돈을 무슨 물건처럼 함부로 던질 사람이가? 아이다, 절대 아이다. 내한테, 내 손에! 이 손바닥에! 딱! 넘겨줄 사람이다. 그라고 돈 셀 힘이 없다는 사람이 정상이가? 이게 말이 되나? 처음 병원 올 때 엄마가 어쨌노? 자기 두 발로 씩씩하게 걸어온 사람 아이가? 지금 와 이래 됐노? 지금 엄마가 화장실은 혼자 가는 줄 아나? 중환자처럼 벽 짚고 간다. 엄마가 지금 완전히 폐인 상태 아니가? 배운 게 없어도 당신이…… 응? 당신이 얼마나 영리한 사람이었노? 머리가 얼마나 잘 돌아가던 사람이었노? 이건 사고라. 약 중독이라!"

"총각, 사흘 내내 저러신다."

호박 아줌마가 살짝 귀띔해왔다.

"여보, 일나봐라. 말해봐라, 우리집 전화번호가 어떻게 되노?"

어머니는 누운 채 눈을 말갛게 떴다.

"사십, 사십…… 이국에…….."

머리 나쁜 아이가 육일은 육, 육이 십이, 육삼은, 육삼은…… 하는 것 같다!

"지역번호! 지역번호가 어찌 되노?"

"공오, 오일……."

그것은 은천 집이 속한 고장의 번호가 아니다.

"공오오일이 김해 지역번호가?"

"아이지, 마산…… 아버님 댁이…… 공오…… 공오오일이제."

그것은 맞다!

5

원장의 회진 시간이었다. 하얀 의사의(醫師衣) 자락을 휘날리며 원장은 거인처럼 성큼성큼 걸음을 내딛고 있었다. 옆 병실의 혜희한테 갔다가 복도로 나왔을 때, 현직은 헌걸찬 그 모습을 보았다. 60에 가까워 뵈는 나이지만, 허리가 쪽 곧은 장신이었다. 그는 원장을 뒤따라 어머니의 병실로 들어갔다. 아버지 쪽은 쳐다보지도 않으며 원장은 어머니한테 곧장 갔다. 어머니가 상체를 일으켰다. 원장은 어머니 손을 잡더니 거침없이 말했다.

"노혜자 씨, 괜찮나? 기분은 어떻노?"

어머니는 눈만 끔벅끔벅하는데, 원장은 그래, 그래 하듯이 혼자 고개를 끄덕끄덕했다.

"걱정 마라. 괜찮아질 기다. 며칠 약 끊고 기다려보자. 안색은 좋다. 됐다."

그리고 원장은 병실을 휙 나가는 것이다. 멱살이라도 잡을 것 같았던 아버지의 기세는 온데간데없었다. 아버지는 애원하듯 급히 물었다.

"박사님, 우째…… 괜찮아지겠습니꺼?"

원장은 뒤돌아보지도 않고 큰 두상의 뒤통수를, 이것도 답이라는 듯이, 흔들어주며 마구 걸어가버렸다. 원장이 가고 없는 병실에서 아버지는 혼자 탄식했다.

"이 누르뗑뗑한 게 무슨 안색이 좋단 말이고……."

혜희의 화장기 없는 얼굴은 광대뼈가 해골처럼 두드러져 있었다. 170쯤 되는 키에 지금 몸무게는 45킬로그램에도 못 미칠 것이다. 엄마의 멍한 모습에 충격을 받고 아파트로 돌아가 혼자 밤을 맞을 일이 겁나 바로 입원하고 진정제부터 맞았다는 것이다. 같은 피를 타고났지만 예술 하는 사람이라 그런지 조금 터무니없는 성격의 일단이 혜희에게 있었다. 원장실에는 혜희의 그림이 걸려 있다고 했다. 지난 여름 자신의 그림을 불면증 입원·진료비 대신 받으라며 우겼다는 것이다. "그림 좋다!" 껄껄 웃으며 원장도 그림을 떠안았다는 것이다!

혜희는 격분하고 탄식하는 아버지보다는 여유가 있었다. 어쩌면 아버지는 한쪽 눈이 멀기까지 아내를 방치했던 원죄에서 자유로울 수 없고 지금의 호들갑도 어머니보다 자식들 눈을 의식하여 좀 부풀려 해 보이는 것인지도 몰랐다. 복도의 의자에 앉은 혜희의 아직 죽진 않았다고 살아서 움직이는 튼 입술이 영화 속 화면 같이 기괴해 보였다.

"엄마는 정신이 이상해진 건 아냐. 지금 너무 슬픈 거야. 기대가 너무 컸어. 눈 낫는다, 걱정 마라, 지팡이 짚고 와서 두 발로 걸어 나간 환자 많았다, 원장 선생님이 장담을 했거든. 지어낸 말은 아니었겠지. 사람마다 체질이 다르고, 기력이 다르고, 또 뭐든 다른 것 아니겠니. 우리야 엄마가 아니니까 엄마 눈 상태를 알 수 없지만, 어쨌든 형광등 빛이 보인다며 처음에 너무 큰 기대를 하셨어. 입원하고 나서 며칠 눈에 보이는 차이가 크게 느껴지셨거든. 결과가 이렇게 되니까 그게 더 슬프신 거야."

혜희가 콧방울을 퉁퉁 불어 올리기 시작했다.

"근데 정확한 병명이 뭐래요?"

"병명? 시신경이 말라간다구……."

"뭔가 한자어로 된, 영어로 된 병명이 있을 거 아냐!"

그가 복도의 합체 의자에서 벌떡 일어났다. 아버지에게 억눌린 감정이 밖으로 토해져도 무방한 상대가 누나인 것이다. 엄마를 제림병원으로 이끈 장본인이고 좀 더 입원하자는 원장 편에 섰던 지라 혜희는 죄인처럼 고개를 수그릴 뿐이다. 그 모습도 어지간히 딱해 보였다.

"시신경이 말라가는 게…… 그게 왜 치료가 안 되지?"

그가 풀썩 앉으며 자문했고, 혜희는 여전히 뜬구름을 잡았다.

76

"사람마다 경우가 다 다르겠지……"

"정말 눈이 나아서 간 사람 있었대?"

"그렇겠지…… 그럼, 원장 선생님이 거짓말을 하셨겠니? 딴 사람들은 나았고 엄마는 못 나은 거야."

누가 들으면 원장 딸인 줄 알겠다!

"누나 눈으로 직접 본 적 있냐구."

"그건…… 없지."

"시신경이 말라간다는 말을 이 병원서 처음 듣지 나는 다른 데서 들어본 적이 없어. 아는 사람한테 물어봐도 다 모른다 하고."

"현직아. 생각을 해봐라. 엄마가 지금껏 사시면서 엄마 자신을 위해 돈 쓰시는 거 한 번이라도 본 적 있니? 시장에서 싸구려 옷 하나를 사더라도 부들부들 떨며 사신다. 그리구 그런 옷도 엄마 혼자 입는 게 아니라 집에서 식구 모두 입을 수 있는 걸루 사신다. 헐렁헐렁한 거, 소매 긴 거, 색깔 무난한 거. 얼마나 알뜰하셨니? 그런데 이번에 한 달 입원하느라 병원비만 해도 200만 원 가까이 썼거든. 수술 같은 거 안 했는데도 검사 많이 받고 약값 따로 나간 게 수두룩했어. 보름 생각하고 입원했다가 선생님 말씀 따라 한 달 채우자고 했는데, 날짜가 돼가는데 엄마는 눈이 나아간다는 확신이 안 생기는 거야. 원래 콩팥이 안 좋았지만…… 얼굴도 붓고 손도 맞잡기가 겁나게 붓고 돈은 돈대로 썼고 몸은 몸대로 일상 활동 못 하니 자꾸 컨디션이 나빠지고…… 그렇게 모든 기대가 시들시들해졌으니 얼마나 상심이 컸겠니."

한 번도 경상도 지역을 벗어나 산 적이 없으면서 거의 완벽하게 표준어를 구사하는 혜희의 말씨가 그는 예전부터 못마땅했다. 그렇게 자기 이미지에 신경을 쓰니 불면증이 오지! 혜희 말투에 대한 거야 오래된 불만이고 지금은 다른 이유로 그의 마음이 불편했다. 혜희의 손엔 손수건이 쥐어 있는데, 아까부터 펼쳤다가 주먹으로 꼭 쥐었다가 끈처럼 뱅뱅 손등으로 묶고 풀고를 반복하는 것이었다. 신경 쓰이는 잔짓이었다.

또 혜희의 환자복은 천막처럼 헐렁했다. 아무리 삐삐 말라 빈한하다 해도 젊은 여자의 가슴 안이 보일 둥 말 둥 하고 있는 것이다. 스스로를 달래려는 불안한 손놀림이나 푹 꺼진 가슴 안이 거슬려서도 그는 어느 결에 혜희 쪽으로 시선을 주지 않았다. 혜희는 그의 옆얼굴, 아버지를 닮아 툭 튀어나온 입을 바라보고 있었다. 귀 뒤에는 서울에서 붙여가지고 온 패치가 있었다.

"그리구 응? 엄마가 하루 종일 병원에 계시면서 뭘 하셨겠니. 책을 읽는 것도 아니지 눈에 자극 준다며 불빛도 침침하게 해놓지 안경도 쓰지 마라 하지…… 그 좋아하는 드라마도 못 보시고…… 또 엄마는 하루 종일 엄마 손이 가지 않아 엉망진창이 돼 있을 집이 떠올랐을 거고 병원에 들인 돈을 집안에 쓴다면 얼마나 쓰일 데가 많았을꼬 아까워하셨을 거야. 멀어진 눈은 변함이 없고, 엄마는 혼자 약해진 마음에 아버지 얼굴 보기도 애들 얼굴

보기도 미안하셨을 거야. 내가 이러고 있으면 안 되는데, 안 되는데, 하고. 지금 엄마는 또 어떤 걱정을 하고 계신지 우리는 몰라. 엄마가 말씀해주시지 않으시니까. 암튼 그런 게 꼭 우울증 같다? 시간 감각 없고 늘 자다 깬 것 같고 밤에 꿈꾼 게 꼭 진짜 일어난 일 같고…… 엄마는 엄마 나름대로 지금 우울증인 거야. 혼자 생각에 깊이 빠져서 저리 말수도 줄어버린 거야. 원장 선생님한테 그런 거 아니냐고 물었어. 고개 끄덕끄덕하시더라."

그가 의자에 앉는 자세는 평소부터 좋지 않았다. 엉덩이가 점점 미끄러져 눕다시피 되었다. 그가 급히 상체를 추슬렀다.

"사람을 저렇게 만들어놓고 원장은 전혀 기죽은 모습이 아니더라. 환자 가족한테 좀 미안해하는 표정이라도 지어야 되는 거 아냐? 아버지가 분개하는 건 그 때문일 거야. 누난 어떻게 생각해? 원장한테 그런 말은 해봤어?"

혜희가 한숨을 폭 쉬었고 그의 엉덩이는 다시 미끄러지기 시작했다. 둘은 잠시 말없이 있었다. 둘 사이 골짜기로 '엄마는 지금 어떤 심정일까?' 하는 같은 계곡물이 흘렀다. 그러다 혜희가 그에게 손을 가져갔다. 그가 인상을 썼다.

"떼줄게."

"뭐?"

"이거."

오른쪽 패치는 혜희가 떼고 왼쪽은 그가 직접 뗐다. 죽은 날벌

79

레처럼 구겨진 서울의 한순간을 보니 하룻밤 새 일어난 일이 꿈만 같았다. 개인의 역사는 마음에 둔 인연이 거하는 장소에서 벌어지는 법이다. 그제 어제 서울에서는 상상도 못 한 일들이 이렇게 치열하게 벌어지고 있었을 줄이야.

"넌 기차두 멀미해?"

혜희가 미루어 짚는 질문에 답하지 않고 그가 쏘았다.

"누난 언제 퇴원해? 여기서 추석 쇨 거야?"

"추석은 무슨 추석, 이번엔 제사도 안 지낼 건데. 난…… 모레까지 있을 거야."

이번 제사는 할머니가 마산에서 지낸다는 것이다. 맏며느리로 오씨 집안에 시집와서 30여 년 만에 어머니에게 최초의 명절 휴업인 셈이다.

"근데 현직아. 아버지가 엄마 퇴원한다고 원장 선생님한테 진짜 말했대?"

"약도 안 먹겠다 하고 주사도 안 맞겠다 하는데, 어쩌겠어요?"

"선생님…… 실망하시겠다."

"골치 아픈 환자 퇴원한다고 속으로 좋아할걸?"

혜희는 병실로 가서 어머니의 '수리력 테스트'로 쓴 지폐 뭉치를 아버지에게 받아 나와서 이건 제 할 일이란 듯 착착 퇴원 수속을 밟기 시작했다.

현경과 현숙은 11시 지나서 왔다. 둘은 언뜻 쌍둥이처럼 보였다. 막내 현숙은 남매들 중 유일하게 2년제 전문대학을 다니고 있는데, 연년생 언니 현경이의 4년제 지방 사립대 영문학과 적(籍) 때문에 질투가 날 만하건만, 숙아, 경아 하며 촌스러운 '현' 자를 떼고 부르면서 잘도 지냈다. 숙아, 경아는 촌스럽지 않나. 오늘은 같은 청재킷을 입어 더 닮아 보이지만, 둘의 성격은 달랐다. 지난번 귀향 때 보지 못하고 봄 이래 처음 얼굴을 보는 그를 보고 둘이 한입으로 물어왔다.

"오빠야. 언제 왔노?"

"아침에 왔다."

"이게 오빠가 산 노트북이가? 안에 들었나? 한번 보자."

"지금 밧데리 다 떨어졌다."

그가 현경에게 퉁명스레 말했다. 현경이가 그의 옆에 앉고 현숙이는 복도 바닥을 질질 끄는 제자리 미끄럼질을 하면서 섰다.

"이걸로 토익 공부도 할 수 있다매? 시디를 넣어가지고."

"내가 토익 공부할 일 있냐."

"음악도 들을 수 있다매?"

"시디 플레이어는 구색으로 있는 거다. 스피커 음질이 나빠서 못 듣는다."

현숙은 통 넓은 바짓가랑이에 묻은 가시랭이를 툭툭 털기 시작했다.

"근데 니들은 아버지한테 어쨌길래, 응? 아버지……한테……

너들 무슨 말을 했길래, 응?"

불쑥 나온 말이라 그가 버벅댔다. 현경이한테 물었는데 현숙이가 자동 반응처럼 씩씩거렸다.

"오빠야! 내가 볼 때는 아버지가 더 미쳤다. 큰언니 말이 신경과 입원하면 약에 좀 취하는 건 다반사라 카던데, 아버진 엄마가 무슨 정신병이라도 걸린 것처럼 구박을 하는 거라. 내가 보이까 엄마가 좀 사람이 멍해지긴 했는데, 아버지 때문에,"

"야, 안에 계셔."

오늘 출근하는 날 아이가? 하고 현숙이 놀란 표정이 되었다가 목소리를 낮추고 다시 제 할 말은 다 했다.

"암튼…… 아버지 때문에 엄마가 진짜로 정신 이상이 되겠더라. 아픈 사람한테 그라면 되나? 오빠야가 못 봐서 그렇지 옆에서 한번 봐라, 얼마나 성질을 부려대는지 가관도 아이다."

현경은 말없이 피유 한숨을 쉬었다.

호박 아줌마는 "다신 지긋지긋한 병원엘랑 오지 마슈. 싹 잊어뿔소" 하며 병실을 떠나는 그들에게 작별의 손짓을 했다. 자진 퇴원하는 어머니는 덕지덕지 훈장이 많았다. 베지밀, 포도 봉봉, 쌕쌕, 갈아만든 사과, 복숭아 등 마실 거리 종이박스들을 그와 동생들이 나눠 들었다. 어머니는 반짝반짝 가짜 금딱지가 빛나는 나들이옷을 입었는데, 한 달 전 저 옷을 벗고 푸른 환자복으로 갈아입었을 것이다. 그때만 해도 눈이 좋아질 거라며 싱글싱글

82

어금니 금니가 빛났을 것이다.

어머니는 추위에 떠는 사람처럼 몸을 옹송그렸고, 복도에서 엘리베이터 바닥으로 들어설 때 개울의 징검다리를 건너듯 보폭을 터무니없이 넓게 하여 옆으로 뒤뚱거리기까지 했다.

"가자. 어서 가자. 집에 가자."

서둘 일이 없는데도 어머니는 허둥댔다. 지금 엄마의 정신은 우리와 다른 차원에 있는 걸까. 무엇인가가 부르고 손짓하고 끌어대서 저리 겁에 질린 얼굴일까. 어머니 눈앞엔 병원에서 죽어 나간 귀신이나 혼령이 오락가락하는지도 몰랐다. 아버지는 아까부터 관찰! 관찰! 하듯 어머니를 쏘아보고 있었다. 동생들 역시 그제, 어제 그리고 오늘 엄마가 또 어떻게 다른지 딴에는 조마조마 살피고 있었다. 엘리베이터 안에 식구들이 다 탔다.

"엄마…… 가세요, 난 더 있을게요."

혜희의 시선을 피하며 어머니는 계속 혼잣말이었다.

"어서 가자. 집에, 집에 가자."

그는 어머니의 소리가 언젠가 들은 적 있는 다른 소리들과 겹쳐 들렸다. 아침에 연탄불 간 게 다 탔을 끼다. 애들 냉방에서 떨고 있는 거 아이가. 비 온다! 마당에 깨하고 고추 널어놓았는데, 옥상에 빨래 걷어야 할 낀데! 가자, 빨리 가자. 집구석이 엉망이 됐을 끼다. 내가 없으면 뭐 하나 제대로 되는 기 없다. 김치도 새로 담가야 하고, 멸치 젓갈도 퍼내야 할 때가 지났다. 미나리꽝이 얼매나 빨리 자라는지 너들 아나? 열흘에 한 번씩 줄기를 쳐주어야 한다. 변소는 사흘마다 한 번씩 물로 안 씻어주면 더러봐서 못 본다. 우째 됐노? 집이 우째 돼가노?

"가자. 응? 와 안 가노? 여보, 빨리 집에 가자."

"퍼뜩 문 안 닫고 뭐 하노!"

아버지가 버튼 앞에 있는 현숙에게 으르렁댔다.

"언니야! 손 놔라!"

현숙이 혜희에게 고함쳤다. 엘리베이터 문이 닫혔다.

그들은 제림병원을 나와 부산진역을 향해 줄을 지어 걸어갔다.

"어떻노, 괜찮나?"

아버지는 캐물었다.

"어서 가자, 난 괜찮다. 빨리 집에 가자."

그는 부모의 3미터쯤 뒤에서 입을 꽉 다문 채 걸었다. 동생들은 그에게서 2미터쯤 뒤에서 저희끼리 팔짱을 끼고 걸었다. 사람들이 역으로 모여들고 있었다. 다른 어떤 귀향 가족보다 많은 짐을 선물 보따리처럼 나눠 들고 식구가 그 속을 탈향자처럼 뚫고 있었다. 휴대용 가스레인지로 오징어를 구워 파는 리어카 장사치와 그 옆에서 한담을 나누는 노숙자들이 식구를 물끄러미 바라보았다. 아니 식구의 짐 보따리를 바라보았다.

6

어머니는 자리 하나를 차고 누워버렸다. 그는 복도 옆 좌석에 앉아 훔치듯이 바라보았다. 수치심도 느끼지 못하는 듯 어머니는 곡 없이 울고 있었다. 참견 잘하는 시골 노파들마저 주르르 눈물을 흘리는 여인에게 감히 말을 걸지 못하였다. 작은 손가방에서 어머니는 하얀 면 수건을 꺼내 방울져 흐르는 눈물을 닦았다. 수건이 오래도록 눈가에 붙어 있었다. 왜 울까. 뭐가 그리 슬플까. 아버지는 맞은편 자리에 앉아 수상하고 위험한 동물을 경계하듯이 어머니의 행동 하나하나를 노려보았다.

울음은 감정선이 살아 있다는 증거이니까 반가운 것이 아닐까. 무엇 때문에, 무엇에 사무쳐서 저리 우시나. 기차는 증기기관차처럼 빽빽한 소리를 꽥 토하며 원동을 지나쳐 가고 있었다.

차창 가득 누런빛의 낙동강은 기차보다 앞서 흘렀고 기차와 나란히 흘렀고 기차에 추월당하며 흘렀고 그러면서 또 앞앞이 먼저 흘러가 있는 긴 강이었다. 기차가 삼랑진에 들어서며 옆으로 같이 달리던 강과 헤어졌다가 삼랑진역을 벗어나며 다시 정면으로 만났다. 낙동강 철교였다. 기차는 철교 교각의 공명판에 의해 더 큰 쿵쾅쿵쾅 소리를 내다가 남해로 빠지는 강과 결별했다. 기차는 이제 경상남도 강서(江西)로 들어선다. 기차는 넓게 펼쳐진 바깥 풍경을 보여주다가 객실 안에 탄 사람들의 얼굴을 비춰 보이는 터널로 들어갔다. 짧은 터널은 부시고 환한 빛을 금방 돌려주었다. 그가 나고 자란 고향 마을의 산, 꼬막꼬막 모인 집들, 멀리 은천초등학교, 중학교, 수십만 평 논들. 중매결혼을 한 아버지와 어머니가 신혼살림을 차린 곳, 그들이 한 번도 떠나지 않았던 땅, 그리고 한 달이라는 생애 가장 긴 출타를 마친 그녀를 태우고 완행열차가 고향 역 플랫폼으로 들어섰다.

"아, 퇴원하시는갑지예!"

역무원은 어머니의 입원 소식을 알고 있었다. 어머니는 무의식에 호출당한 사람처럼 고개를 뻣뻣이 한 채 개찰구를 지나갔다. 어머니가 무뚝뚝하게 대꾸 없이 나가버리자 역무원은 당황한 얼굴이었다.

어머니는 한 달 만에, 그는 7개월여 만에 돌아온 은천 집은…… 앞에서 보면 양옥이고 뒤에서 보면 양옥 본채에 기와가 붙고 흙 마당도 있는 한옥이었다. 지물포와 살림집을 겸하고 있는데, 아스팔트 포장이 돼 있는 은천 유일의 2차선 차도로 점포 새시 문이 나와 있었다. 문을 열자 먼지 쌓인 장판 둥치와 벽지 종이박스가 지물포 공간에 몰려 서 있고, 콘크리트 천장에는 걷지 않은 거미줄이 둥게둥게 처져 있었다. 도배 기술자이기도 한 어머니가 집을 비운 동안 동생들이 창호지나 비닐류를 팔며 동전 장사를 했을 뿐, 가게는 사실상 휴업이었다. 점포 오른편으로 청마루가 있었고 바로 안방이 이어졌다.

어두컴컴한 안방엔 장롱이 반질반질한 빛을 잃었고 유선을 연결하여 어제 본 드라마를 재방으로 보고 주말에 놓친 다른 방송국의 드라마도 놓치지 않고 보던 어머니의 17인치 텔레비전이 짐승의 눈처럼 꿈뻑했다. 그녀는 한 달 새 몸이 엉망이 되어 자신의 성으로 돌아왔다. 안방에 들자마자 그녀는 이부자리도 펴지 않고 장롱 쪽으로 길게 눕기부터 했다. 아버지가 허겁지겁 장롱에서 베개를 꺼내 받쳐주었다. 마음의 안정감을 북돋을 이불을 어머니의 몸 위로 덮어주었다.

동생들은 마루에 꾸러미를 놓고 점포와 연결된 건넌방으로 들어갔다. 어머니 앞에 바투 붙어앉은 아버지는 또 찡그려 붙일 대로 찡그려 붙인 얼굴이었다.

"정상이 아이다. 아무래도, 아무래도 정상이 아이다."

아침부터 수십 번을 들은 소리에 그는 질려버렸다. '정상이 아이다'라는 말의 주술에 걸려서라도 어머니가 다시는 예전의 빠릿빠릿한 의식으로 돌아오지 못할 것 같았다. 아버지를 인정해주자. 아버지 주장에 고개 숙여주자. 식구 중 누구 하나 자신의 긴박한 위기감을 받아주지 않는다는 데 더 쫓기는 심정인지도 모른다.

"이래선 안 된다. 이래 가마이 있다가 우리가 큰 욕을 본다. 어서 독을 빼야 한다. 이대로 뒀다간 정말 큰일 치른다."

아버지가 벌떡 일어나더니 장롱 위에서 낡은 장부첩을 내렸다. 그 속엔 일가 친지들의 전화번호도 적혀 있지만, 어릴 적 그의 머리 부스럼 병을 낫게 한 덕산의 한의원, 혜희 저혈압을 호전시킨 진해 한의원, 작은누이 혜정의 허릿병을 다스린 진주 한의원, 그리고 어머니 신경성 신장염을 호전시켰다는 대구 한의원 전화번호가 적혀 있었다. 아버지는 무릎을 꿇고 번호 하나하나를 손으로 짚어갔다. 찡그려뜨린 눈은 아버지 역시 노안에 접어들고 있어서였다. 그가 마음을 단단히 먹고 설득하기 시작했다.

"아버지, 잠깐만요. 우짤라고 이러십니까. 예, 약 중독 맞습니다. 그런 것 같습니다. 그러나 아버지, 약이 조금 과할 때도 안 있겠습니까. 뇌 약이다 보이 더 그렇습니다. 신경과 치료 받다 보면 이러는 경우가 드물지 않다 캅니다."

"뭔 소리 하노? 지금 엄마가 약이 과한 것이가? 아이다, 완전히 쩔은 기라. 정신뿐 아니라 신장이고 간이고 지금 온통 약에 쩔어 있는 상태라."

"아버지. 근데 사람 몸이란 게 얼마나 신기합니까. 자정작용이란 게 있습니다. 잘은 몰라도 제가 보기에도 약 중독 증상 같지만, 근데 정말 심각한 중독이라면, 어머니는 걷지도 못하실 낍니다. 내가 누군지 아버지가 누군지도 못 알아볼 겁니다. 그런 정도는 아닙니다. 아버지가 누구보다 어머니를 세밀하게 관찰하셨을 테고 또 이번에 어머니 입원하신 동안 고생 많이 하신 것도 잘 알지만, 지금은 이리 서두를 때가 아닙니다."

"그라문 우짤 낀데? 이러다가 엄마가 영 정신을 못 채리면? 우짜든지 빨리 손써야 할 걸 시기를 놓치면?"

"병원에 계속 있었다간 약 때문에 생긴 이상을 다른 약으로 치료하려 했을 텐데, 그럴 바엔 퇴원 잘했습니다. 자진 퇴원한 아버지 판단이 정확하셨습니다. 그러나 지금은 좀 기다려보입시다. 사나흘쯤 지나고 나면 자연스레 돌아올 낍니다. 전 그렇게 판단됩니더."

아버지는 눈꺼풀을 꾹 닫은 채 고개를 절레절레 흔들었다. 그 모습이, 그의 의견이 일리는 있지만 손 놓고 기다리기만 한다는 게 분명 어딘가 있을 어떤 정확한 방도를 생각지 못하고 또 생각하더라도 실행할 용기를 내지 못하는 사람의 '시간이 가면 해결해주겠지……' 하는 속 편한 심사에 불과하다는 것 같았다.

"아버지, 생각해보십시오. 지금 한의원에 전화해서 우짤 낍니까? 아버지 말만 듣고 한의원에서 약 지어줍니까? 진맥도 안 하고 약 짓습니까? 그렇다고 한의사가 집으로 오겠습니까? 어머니가 가야 안 됩니까? 근데 지금 어머니가 진해를 갈 겁니까, 울산을 갈 겁니까, 도대체 그 먼 델 어떻게 갑니까? 그러니까 기다려보입시다. 아버지가 이래 허둥대면 어머니는 더 불안해지고 더 상태가 나빠집니다."

저도 몰래 그는 숨을 씩씩 내쉬었다. 아버지는 그런 그가 같잖다는 듯이 소리쳤다.

"와? 진역에서 여까지 엄마 델꼬 잘 왔는데 진해라고 와 못 가노? 택시 타고 가면 되제!"

부자 사이 눈 부릅뜬 침묵이 잠시 흘렀다. 그때였다.

"당신이 틀렸다……."

어머니는 다 듣고 있었다!

"현직이 말이…… 맞다. 당신…… 현직이 말…… 들어라. 내가…… 이 몸을 해가지고 어델 갈 끼고."

멍청해진 머리에다 말을 잘 듣지 않는 몸이라 해도 어머니는 자신의 상황에 '내가 와 이라노……' 하며 다른 누구도 아닌 그녀 자신이 판단하려 애쓰고 있는 것이다. 이것 보이소! 하며 그는 아버지와 눈을 맞추려 했다. 그러나 아버지는 어머니에게 몸을 기울이며 새로운 의문을 확인해가기 시작했다.

"좋다, 그럼 내가 당신한테 하나만 묻자. 아까 기차칸에서 울었고 지금 또 당신 울고 있제? 기차에선 왜 울었고 지금은 왜 우노? 길게 대답 안 해도 좋다. 짧게라도 아까는 왜 울었고 지금은 또 왜 우는지 딱 구별해 말해봐라."

"……."

아버지는 희번덕이는 눈이 되었다.

"당신 기차칸에서 울었나, 안 울었나? 운 거 벌써 기억 안 나나?"

"내가 울었제……."

"그래, 울었다. 와 울었노? 뭐가 그리 섧더노?"

"엄마…… 엄마 생각이 나서 안 울었나."

90

"엄마 생각이 와 나는데?"

"우리 엄마…… 젊은 나이에 죽은 게 불쌍해서 안 울었나."

어머니가 '엄마, 우리 엄마' 하는 것에 그는 조금 충격을 받았다. 아니 어머니에게도 '엄마'가 있었다는 사실이 왠지 놀라웠다. 어머니가 '엄마'를 잃은 것은 그녀 나이 열 살 무렵으로 그는 알고 있었다. '교통사고'였다고 했다. 아무튼 어머니는 40여 년 전에 죽은 엄마를 떠올리며 아까 기차칸에서 울었다는 것이다. 아버지는 잠깐 묵묵해졌다가 다시 물었다. 아버지는 정말이지 대단한 관찰자인 것이다.

"그래, 기차 타니까 엄마 생각이 나더나? 그런데 당신 엄마는 삼랑진역에서 사고 안 났나. 당신은 구포역 지나면서 울고 삼랑진역 지날 때는 안 울대?"

외조모의 교통사고가 60, 70년대에 빈번했다는 기차 사고였구나. 그리고 삼랑진역이 그 현장……. 어머니는 대꾸가 없고, 아버지는 미처 헤아리지 못했다는 듯 방금 한 자신의 질문을 물렸다.

"아 그래, 당신 엄마가 삼랑진에서 사고 났지만 구포 역전시장으로 김치 팔러 다니고 당신도 어렸을 때 따라다닌 것 내 안다. 그래, 그건 그래서 울었다 치자. 두 번째 질문이다. 방금은 와 울었노? 현직이가 기다려보자, 기다려보자 할 때 우는 거 나는 봤다."

어머니가 여전히 뒤통수로 대답했다.

"왜 울기는…… 내 신세가 얼척없어서 울었제."

짧으나마 조리에 닿는 말 같았다. 아버지는 한숨을 쉬다가 또다시

"당신한테 미안하지만, 하나만 더 물어보자. 아버님 생일이 어떻게 되노? 당신 시아버지 말이다."

"응. 그게……."

"현직이 생일은 어떻게 되노?"

아버지는 자신의 불안을 어떻게 해서든 쫓아내야만 하는 것이다. 그녀를 한 달 전의 정신 말짱한 사람으로, 전화번호와 생일을 척척 대답하는 여자로 원상 복귀시켜야 직성이 풀리겠다는 것이다.

'당신한테 미안하지만'이라는 아버지의 조금 침착해진 전제로 보아, 한의원에 연락해 어머니에게 섣부른 탕약을 먹이는 것은 막아놓은 셈이라고 그는 자위했다.

달그락거리는 소리가 들렸다. 안방의 미닫이문을 열고 그가 목을 뺐다. 동생들이 부엌 가스레인지에 냄비를 올려놓고 있었다.

"몇 개 끓이노?"

그가 슬리퍼를 신고 다가갔다.

"두 개뿐인데…… 오빠도 먹을 끼가?"

현숙이가 말했다.

"물 많이 잡고 밥 말아먹으면 되지."

현경이가 말했다.

지금 아버지 어머니는 점심도 거르고 있는데……. 그는 못마

땅하면서도 동생들이 딱했다. 기억에 닿는 옛날부터 작년까지, 추석 하루 전 은천 집엔 친척들이 북적거렸고 생선을 굽고 튀김을 하고 떡을 해 오며 음식들이 늘 풍족했던 것이다. 올해는 라면으로 끼니를 때우는 한가위가 될 판이다. 그렇지만 그는 맏며느리의 입원 사태로 친척들이 마산 조부네로 가게 되어 지금 이런 꼴의 어머니를 보지 않게 된 게 천만다행이란 생각이 들었다. 역무원 앞을 지나가야 할 때도 그랬지만 역에서 집까지 걸어오며 혹시 아는 이웃을 만날까 조마조마했다. 병원에선 생각지 못했는데 막상 은천으로 돌아오자, 퇴원하는 어머니가 나사가 몇 개 풀어진 정신 상태라는 사실을 식구 아닌 다른 누군가 안다는 것이 자존심 상하고 수치스러웠다.

아버지가 어머니를 계속 다그치는 소리가 듣기 싫어 그는 부엌을 나와 마루에 부려놓았던 가방을 메고 혜희와 함께 썼다가 고등학생이 되면서부터 혼자 쓴, 마당가에 따로 붙은 맨 뒷방에 들었다.

현경이 건넛방에서 그의 방과 통하는 섀시 창문을 열고 밥을 만 안성탕면을 넘겨왔다. 그릇은 이내 깨끗이 비워졌다. 그는 껙껙 트림을 하며 책상 밑에 굴러다니는 종이를 주워 재떨이를 만들어 담배를 피웠다. 지금 어머니는 잠이 들었을지도 모른다. 안방에선 코 고는 소리가 울려 퍼지고 아버지는 그 소리가 예전과 어떻게 다른지 무슨 잠꼬대를 하지는 않는지 귀를 쫑긋 세우고 얼굴과 몸을 잔뜩 구겨 앉아 있을 것이다.

그런데 그의 판단이 맞았다. 현경이 벽창을 열고 제1신을 전한 것은 6시가 다 되어서였다.

"오빠, 엄마 밥한다!"

어머니가 활동을 시작했다!

약독이 빠지기 시작한 것이다.

5분 뒤 제2신이 왔다.

"엄마 된장찌개 끓인다!"

그는 요강! 하고 마음속으로 외쳤다. 지금 어머니의 몸 상태는 기억건대 어렸을 때 그가 들여다본 요강 속과 같을 것이다. 난초가 그려져 있던, 지금도 부엌 한구석에 있을 사기 요강은 옛날엔 어머니 혼자 쓰는 게 아니었다. 식구들이 밤새 요강을 이용했고 아침 일찍 어머니 손에 들려 나와 그가 세수를 하는 수돗가 한편에 깨끗이 씻겨 있었다. 그런데 어느 날은 요강 바로 옆에서 세수를 하는데, 수도꼭지에서 흘러나오는 물이 요강 속에 떨어져 조금씩 그 속의 짙누런 물이 맑아지고 있었다. 그는 세수도 잊고 요강 속을 신기한 듯이 들여다보았다. 깨끗한 물과 더러운 오줌이 한데 섞이면서 밖으로 넘쳐나니 떨어지는 물의 양에 따라 요강 속이 계속 희석되고 있었다. 그는 깨끗한 물이 섞여들면서 요강 속이 조금씩 맑아진다는 것에 기쁜 마음이 되었다. 하루하루 희망을 가지고 산다는 것도 요강 속처럼 조금씩 달라지고 조금씩 나아지는 것이란 상념이 어린 그에게도, 어리나마 그 나름의 생각머리에 부합하여 스며들었다. 시간이 해결해주는 것, 시간이 가기만 하면 달라진 모습으로 다가오는 어떤 것, 시간이 가는 방향으로 같이 가는 그런 소망과 희망은 가장 단순하고도 확실하며 그래서 가장 마음에 편안한 것인지 몰랐다. 시간을 따라가며 변화를 즐기기만 하면 되는 소망과 희망의 어떤 존재를 그는 요강 속에서 느꼈다. 1초 1초 소풍 날짜에, 운동회 날짜에, 방학 날짜에, 내 생일날에 가까워지고 있다! 어머니는 요강 속을 빠질 듯이 들여다보고 있는 소심한 아이에게 킬킬 웃으며 말했다. 현직아, 니 그 안에 금붕어 키우나.

어머니의 몸도 폐 호흡과 피부 호흡으로 1초 1초 그 옛날의 요강 속처럼 맑아지고 있는 것이 틀림없었다.

그는 벌떡 일어나 부엌까지 슬리퍼를 신고 가보았다. 어머니를 구경하고 싶어서였다. 어둑한 싱크대 앞에 서 있는 어머니, 부엌문에서 바라보이는 그녀의 일하는 옆모습은 거의 아름다워 보였다. 가까이 가니 그녀의 손이 감자를 씻느라 플라스틱 바가지 물을 흙탕으로 만들고 있는 중이었다.

"뭐 합니까?"

"자식새끼들 다 굶길 끼가. 뭐라도 끼니 할 거 채려야 할 꺼 아이가."

돌아보지도 않고 어머니가 무뚝뚝하게 말했다.

그는 동생들 방으로 왔다. 우뚝 선 채 감개무량한 어조로 현경 이처럼 뇌었다.

"엄마 감자 씻는다."

현숙이가 받았다.

"봐라, 내가 뭐라 캤노. 아버지가 쓸데없이 흥분해갖고 난리 지긴다 안 캤나."

그런데 둘이 쓰는 방은 옛날 그의 하숙방에 지지 않을 만큼 엉망이었다. 책이며 인형이며 옷이며 이불이며 제자리를 찾고 있는 사물이 드물다.

"뭐 보노?"

동생들은 의좋게 붙어 앉아 텔레비전을 보고 있었다. 화면 밑으로 한글 자막이 나오고 있었다. 대여 비디오를 보고 있는 것이다.

"저번에 본 건데 다시 빌려본다. 〈시스터 액트〉."

"누구 나오는 건데?"

"우피 골드버그."

"에로 영화가?"

"어 유명한 배운데 모르는갑제? 코미디 배우다. 그래도 감동적이다. 난 옛날에 보고 울었다."

둘의 무릎 위에 덮인 이불 속으로 그도 발을 넣고 브라운관으로 시선을 던졌다. 오빠로서의 권위가 도대체 서지 않는 자신 없는 말투로 그가 한 소리를 했다.

"방 좀 치우고 살아라. 엄마가 보면 정신 사나워질 끼라. 슬슬 기운을 차려가는 것 같은데……."

"이거 보고 치우끄마."

비디오로 시선을 줬지만 집중이 되지 않았고, 지난밤 깊이 못 잔 잠이 사물사물 몰려왔다. 자식새끼들 굶길 끼가, 뭐라도 끼니 할 거 채려야 할 꺼 아이가……. 이게 나한테 하는 소리인가? 꼭 아버지한테 하는 말 아닌가? 내 목소리가 아버지와 그렇게 닮았나?

"오빠야, 밥 먹으러 가자."

어깨를 누르던 피로의 뭉치가 싹 가시는 듯한 금쪽같은 잠을 그는 잤다.

안방에 들어서자 어머니는 다시 장롱 쪽을 향해 누워 있고, 아버지는 옆에 앉아 팔짱을 끼고 여전히 찌푸린 낯이었다. 밥상 중앙에 놓인 된장 뚝배기에서 김이 솟는데, 현숙이가 수저를 펼치고 있었다. 어머니가 누워 있다는 것에 그는 조금 실망했다.

"아버지, 식사 안 하십니까?"

"니들부터 먹어라. 난 좀 있다 먹으마."

달걀 프라이 세 개가 한 접시에 담겨 있는데, 프라이팬을 닦지 않았는지 흰자위에 꺼먼 그슬음이 묻어나 있었다. 동생들은 젓가락으로 그것부터 집어냈다.

"니들이 구웠나?"

그가 소곤소곤 물었다.

"아니."

그런데 된장찌개도 이상했다. 국물이 넘치도록 흥건한 것이다. 평소 어머니는 절 음식처럼 바짝 졸아드는 찌개를 끓여 밥 한 숟갈로 국물을 콕 찍어 먹을 정도로 짜게 했었다.

맨밥을 떠서 입에 넣고 국물을 뜨려고 숟가락을 뚝배기에 넣었다. 싱거우리라 싶어 한 숟갈 가득 떴는데, 윽 하고 그의 얼굴이 찌푸려졌다. 나름의 묘미가 있는 예전의 짠맛이 아니다. 터무니없이 짰다.

이상한 된장찌개는 거기서 그치지 않았다. 그는 감자를 건져 먹으려고 국물을 휘휘 젓다가 깜짝 놀랐다. 숟가락에 걸려 나오는 것이 아이 주먹만 한 것이다. 평소 어머니는 식구들 입이 짧아 깍두기든 배추김치든 송편이든 작게 썰고 작게 만들었던 것이다. 숟갈의 감자는 예전의 네댓 배 크기였다. 그런데 뚝배기를 더 뒤지던 숟갈에 된장찌개에 있어서는 안 되는 너무도 이상한 것이 걸려 나왔다. 흰자위는 어디 갔는지 알 수 없는 달걀 노른자위!

아버지는 된장찌개가 어떤 상태인지 알지 못한 채 상에서 떨어져 앉아 있었다. 어머니는 감자를 왜 이리 썰었는지 노른자를 왜 된장찌개에 넣고 삶아버렸는지 자기한테는 묻지 말라는 듯 커다란 히프로 돌아누워 있었다. 동생들은 멸치조림과 접시의 달걀 프라이에 부지런히 젓가락을 놀렸다. 그는 얼른 노른자를 입에 넣었고 젓가락으로 감자를 부스러뜨리기 시작했다. 상을 물려받아

저녁을 먹을 아버지가 눈치채지 못하게 하는 게 급선무였다. 손놀림이 예전 같지 않아 칼에 베일까 어머니는 어떤 자기 보호 행위처럼 감자를 굵게 썬 것인지 몰랐다. 그런데 달걀 노른자는? 아버지가 변소 걸음을 나선 사이 그는 주전자를 들어 뚝배기에 물까지 부었다.

"오빠 와 그라노?"

"서울 음식 먹다가 입이 변했나? 짜서……."

동생들 방에서 달게 잔 여파도 겹쳤다. 그날 늦도록 캄캄한 천장 위로 무식하게 썰린 어머니의 감자가 둥둥 떠다녔다.

그녀의 약 중독 증상은 아무래도 말로만 듣던 치매라는 것과 비슷한 것 같았다. 집중적인 신경 치료의 부작용으로 어머니는 간단한 중독이 아니라 뇌 자체가 서둘러 늙어버린 것은 아닐까. 결국 자식인 그는 남편인 아버지보다 어머니 심신의 변화를 재는 감응도가 훨씬 느긋해져 있었다. 아버지가 병실에서 보인 동물적인 공포가 어머니의 실제에 보다 육박하는 정당한 반응이었던 것은 아닐까. 아버지를 전방에 떠다밀고 자식들은 마음 편한 족속으로 물러서 있었던 것은 아닐까.

끝내 잠이 생각을 멈추게 했다.

7

"저 올라갑니다."

"응⋯⋯."

"몸조리 잘하시소."

"어여 가라."

어머니가 자리에서 일어나려고 했다. "아, 아입니다. 앉아 계시소. 텔레비 계속 보시소." 급히 그가 말했다. 몸을 일으키려고 방바닥에 짚었던 손의 힘을 빼며 어머니는 다시 맥없이 주저앉았다. 오늘 낮에도 꽤 활동력을 보였지만, 날이 저물자 심기가 놀놀해지는 모양이었다.

그는 가방을 멘 채 그녀의 등을 바라보았다. 불이 꺼진 저녁의 그늘진 방에 어머니는 누워 있지 않았고, 전장의 기념비처럼 앉아 있었다. 텔레비전의 빛이 흐르는 방에 어머니는 이세계(異世界)의 실루엣처럼 흔들리고 있었다. 그가 집을 나와 역을 향해 성큼성큼 멀어져간대도 그녀는 계속 붙박이인 채로 앉아 있을 것 같았다. 매일 저녁이면 병원에서 배운 대로 불부터 끄고 그러나 다른 누구 눈치 보지 않고 텔레비전 드라마를 다 보며 이리 앉아 있게 될 것이다. 그녀는 자신의 정신에서 언제 무엇이 나갔고 또 그 무엇이 언제 돌아왔는지도 곰곰이 따져볼 것이다.

그는 마음 한편에 뭔가가 얹혀 발을 떼지 못하고 어머니의 등을 바라보고 있었다. 앉아 있어도 구부러져 보이는 등을 보며 그는 닳아짐에 대한 상념에 빠졌다. 이번 약 중독은 천만다행 무사히 지나갔지만, 어머니는 이제 세월이라는 것의 힘에 의해서도 급격히 깎여나가고 형편없이 닳아질 것이다. 신경 약의 횡포에도 어떤 연유에선지 지켜낼 수 있었던 왼눈 교정시력 0.4를 얼마나 더쓸 수 있을까.

"아직 안 갔나. 다음 설엔 이번 추석 때 못 뵈어서 죄송하다고…… 할아버지한테 꼭 인사드려라."

"예, 저 갑니다."

그는 은천역에서 완행 기차를 탔고 경전선과 경부선이 교차하는 삼랑진역에서 하차했고, 무궁화호 기차를 20분 넘게 기다려야 했다. 날이 저물어 역 울타리 너머 물컹거리는 어둠 속에서 새뜻한 등불이 몇 점 돋아나고 있었다. 그는 왠지 눈물이라도 빠져나올 것 같은 기분이 되었다.

감자와 노른자가 사람 마음을 뒤숭숭하게 했던 은천 집에서의 첫날, 그리고 이튿날, 액운은 어머니, 아니 그녀의 식구들을 확실히 비껴갔다. 언제나 그랬듯이 자식들은 늦잠이었고 아버지는 하룻밤 자고 일어난 어머니 얼굴을 살피고 첫차를 타고 출근한 뒤였다. 어머니는 얼굴의 붓기가 한결 빠져 눈코입이 제법 날씬해져 있었다. 문제의 된장 뚝배기도 늦은 아침상에 다시 올랐는데, 잘게 썰린 감자가 보태져 있고 파도 숭숭숭 양을 많이 넣고 국물도 새로 간을 봐 옛 맛이 나고 있었다.

추석날 오전은 식구들이 한 번도 겪어보지 않은 적막한 고요의 시간이었다. 그런데 정오 무렵이었다. 탕 탕 탕! 소리가 집 안의 고요를 깨뜨렸다. 수돗가는 뒷마당과 부엌 두 군데인데, 힘찬 방망이질 소리가 부엌에서 나오고 있는 것이었다. 빨래 방망이를 휘두르는 어머니였다!

"쓰레기통 안 비우고, 책이나 옷도 지자리에 있는 게 하나도 없꼬, 가시나들이 방을 무슨 구신 떡다리같이 해놓고……. 이렇게 지저분해갖고 나중에 시집가서 우짤라고 이라노. 사람 좀 살자, 사람 좀. 방 안 치우나!"

비디오를 보던 자식들은 어안이 벙벙해서 서로의 눈만 보았다. 집 안 어느 구석의 또 다른 일거리를 찾아가려고 어머니가 방문을 닫았고 남매는 함박꽃같이 웃었다.

"오빠야! 이제 엄마가 진짜 우리 엄마다. 잔소리하신다!"

"엄마 잔소리가 이렇게 반갑게 들리기는 처음이다."

'엄마 뭐 하노? 좀 어떻노?' 하는 아버지의 전화가 걸려왔는데, 그는 과장없이 일렀다. 니 말이 맞았다. 급하게 한약 짓지 않고 기다리길 잘했다. 이번에 너 큰일 했다. 내가 니 말 듣기를 잘했다.

그런데 현경이가 방비로 먼지를 쓸고 물걸레질을 하다가 갑자기 손으로 얼굴을 감싸쥐며 눈물을 떨구더니 말하는 것이다.

"오빠, 엄마가 족발을 사 오라 하셨다. 그때 엄마가 이미 이상했던 거라. 족발 먹고 싶다는 말을 난 평생 처음 들었거든. 엄마가 족발 먹는 것 오빠도 본 적 없제? 암튼 병원 옆에 시장에 가서 족발을 사 왔다. 근데 엄마가 그걸 혼자서만 드시는 거라. 나보고 먹어보란 말도 없이 막 먹는 거라. 내가 얼마나 놀랐는지 모른다. 그게 엄마 첫 증상이었다. 이건 아버지도 혜희 언니도 모른다. 그런데 이제 얼마나 다행이야. 엄마가 예전처럼 돌아오셨으니까."

현경은 엄마의 족발 먹는 모습을 오랫동안 잊지 못할 것이다. 그는 현경과 달리 큼직했던 감자와 달걀 노른자를 잊지 못할 것이다. 혜희에게는 어머니의 뻗은 팔이 오래전부터 현경의 족발이고 그의 감자, 노른자였던 셈이다. 식구들은 그렇게 어머니에 대한 슬픈 영상을 하나씩 간직하고 또 새로 계속 추가해가는 것이다. 그것은 미래의 그리움을 위한 저축 행위인지도 몰랐다. 부모가 늙어간다는 건 남은 자식에게 은밀히 그런 의미를 갖는다. 어느 날 어머니의 존재가 지상에서 사라져버렸을 때 그들은 저마다 간직한 그리움을 꺼내놓고 자기를 위로하고 서로를 위로할 것이다.

그는 눈물이 말라가고 있었다.

방금의 눈물은 위기를 아슬아슬 피해 간 어머니의 행운보다는 다른 무엇이 그의 감관을 건드려서였는지 몰랐다. 그는 그녀의 감자와 노른자를 잊어서는 안 된다는 생각이었다. 아니 자신이 잊으려 해도 쉬 잊힐 성질의 것이 아니었다.

어머니는 아직 안심할 수 없는 '시신경이 말라가는 증상'의 환

103

자지만, 자식은 이기적일 뿐이었다. 어머니의 위기보다 그에 대응하는 제 행동이나 마음 씀씀이의 대견함에 제풀에 감동하고 어떤 위로까지 얻는 것이다. 최선을 다해 어머니의 처지를 안타까워했다, 나는 후회없다. 그는 자신의 그런 마음이 이기적일 뿐임을 아직 알지 못했다.

외눈에 불을 박은 만 7000원짜리 기차가 그를 태우러 멀리서 오고 있었다.

원초 같은,
갓 태어난 보드라움의 그것

1

마감이 닥치면 누가 퇴근하지 말라고 한 것도 아닌데 알아서 회사에서 씻고 먹고 자고 했다. 잘 때 김은 의자를 붙여 모로 눕고 윤은 퇴사한 한 선배 기자한테 넘겨받은 군용 침낭을 사무실 바닥에 깔았고 몸이 가벼운 현직은 회의실 탁자 위로 올라갔다. 그들도 여기자들처럼 회사 인근의 여관에 투숙할 수 있지만 편집 마감 추진비가 넉넉히 나오는 것은 아니었다. 영업부나 출판부 직원들이 9시에 출근하여 그들을 깨울 때도 있었다.

"집에 가서 자지 왜 여기서들 이래?"

쯔쯧……이 아니라 '니들 딥다 고생한다고 표 내는 거지?' 하는 핀잔이었다. 왜 회사에서 MT를 하는지, 응?

"집에 가면 시간 맞춰 못 일어나요."

김이 의자를 제자리로 돌려놓으며 줄담배 때문에 정상이 아닌 목소리로 말했다. 윤은 책상에 앉으며 '부인김씨'에게 모닝콜을 걸었다.

"굿모닝! 응. 아직 나 살아 있어. 뭐? 남편 얼굴 잊어버렸다고? 기억을 잘 더듬어봐. 그래, 이마 좁고 콧털 두세 개 늘 빠져 있고, 그래, 그 남편이야. 내일은 확실히 얼굴 본다. 응, 끊는다!"

대학 내내 과 커플이었다는 윤과 '부인김씨'는 3년 전 대학을 졸업하며 결혼했다. 그들의 통신 아이디가 '부인김씨' '남편윤씨'였다. 세수를 하고 온 김이 소리쳤다.

"오늘 마지막이니 힘들 내자고!"

주야근으로 매달리는 마감의 끝날엔 부장까지 '올나이트'를 했다. 발악 같은 퇴고 기사를 넘기지만 초보 기자들이어서 부장이 가필을 하여 오케이 사인이 났다. 3교 교정까지 마치면 날이 훤해졌고 보루째 사서 피우던 니코틴 실탄도 바닥이 났다. 마감이 끝나면 편집부에 따로 이틀 휴무가 주어졌다.

10월 호 마감이 끝난 날, 그들은 '이번 달도 대형 사고 없이 잘 넘어갔다……' 안도하며 토끼 눈을 한 채 오전 퇴근을 했다. 현직은 동료들과 헤어진 뒤 약국에 들러 영지천과 우루사를 사 먹었다. 딴 건 안 듣는다. 영지천이 내하고 딱 맞다. 우루사 한 알하구 사 온나. 도배 일을 나갔다 저녁에 파김치가 되어 돌아온 어머니가 늘 그러셨다. 중고등학교 때 그런 심부름을 하곤 했던 기억이 마감의 중노동이 끝날 때면 그도 그것들을 택하게 하는 것이다.

청소 용역비를 줄이려 휴지통을 길거리에서 치워버린 K구는 담배꽁초 버릴 데가 마땅찮았다. 그는 K구의 약국 앞에서 담배를 물고 녹색 불을 기다려 길을 건넌 뒤 회사 직원 대개가 2, 3일마다 점심을 해결하러 가는 S구의 '우리 칼국수' 앞 휴지통에 꽁초를 버렸다. 회사에서 걸어 10분쯤 떨어진 언덕바지 집의 '잠만 자는 방'에 그는 닷새 만에 들었다.

현직은 이불 속으로 들어가 발과 발을 써서 양말을 벗겨냈다. 탁상시계는 '10시 15분'이라고 시간을 가르쳐주고 있었다. 그는 대학 때 엎드려 자는 버릇이 들었다가 군대에서 교정이 되었는데 언제부턴가 엎드려 자기로 복귀했다. 심장 운동이 조금은 편해지는 듯한 착각이 왔다. 곧 죽음과도 같은 잠에 빠지겠지. 라면 남은 게 있나? 가만…… 휴대용 가스도 떨어졌을 텐데. 일어나면 뭐든 먹어야 하는데.

그리고 의식의 불이 나갔다. 그의 몸이 허공으로 붕 떴다가 끝없는 나락으로 떨어지면서였다. 지근거리 어디쯤에서 소리가 울려 나오기 시작했다. 조금씩 조금씩 성깔을 부려오는…….

그는 헉 놀라 눈을 떴다. 뚜루룽. 뚜루룽. 그는 누운 채 팔을 뻗어 수화기를 챘다.

"여보세요."

―나야…….

"누나, 잘…… 지냈어요? 막 자려던 참인데."

―어제…… 전화했었어……. 안 받대.

"회사로 전화하지요, 며칠 야근이었어."

―안 그래도 회사로 전화했다가 방으로 하는 거야.

"근데 왜요?"

혜희는 잠시 말이 없었다. 그가 다시

"무슨 일로요?"

묻고, 제풀에 "아" 하며

"참, 결과 나왔죠? 뭐래요?"

혜희의 아파트에서 버스를 타고 30분쯤 가면 S대학병원이 있었고, 어머니가 일주일에 두세 번 거기 안과로 외래진료를 다닌 지가 벌써 20여 일이 돼갔다. 아버지 장부첩의 대구, 울산, 진해 등을 단호히 뿌리친 것은 다른 누구도 아닌 어머니였다. 혜희야, 부산에서 제일 큰 병원이 어디고? 나하고 거기 좀 가야겠다. 어머니는 위기의식을 느꼈다. 약 중독의 일시적 현상이라며 넘기지 않고 '시신경이 말라가는 증상'의 어디로 튈지 모르는 어떤 사태를 그녀는 두려워했다. 그야말로 '방벽락에 똥칠을 하였다'는 시할머니 말년의 치매가 생생히 떠올랐는지도 몰랐다.

어머니는 경전선 완행을 타고 부산진역에서 혜희와 만나 병원에 가고 오후에는 혜희의 아파트에서 아픈 다리를 쉬고 저녁 차로 은천으로 돌아가곤 했을 것이다. 그런데 대학병원에서도 뾰족한 진단이 나오지 않았다. 시력, 안압, 세극등, 안저, 시야 등등의 검사를 받다가 어머니의 차트는 신경외과로 넘어갔다. 거기서 두 강 촬영을 새로 하였는데, 보다 정확하고 빈틈없다는 '자기공명촬영'은 CT보다 검사비가 네 배나 비쌌다. 뇌 혈류에 인위적인 철성분을 넣고 자석의 힘을 이용하여 촬영을 하는 것이 '자기공명촬영'인가? 곧 나온다 했던 검사 결과가 '아니, 거기선 왜 엉뚱한 치료를 했죠?' 하는 식이라면 아버지는 제림병원장을 고소할 작정까지 세워놓고 있었다.

그는 불안해졌다. 이미 혜희의 목소리가 이상했던 듯하다. 급기야 혜희가 울기 시작했다.

"왜 그래? 뭐…… 잘못됐어?"

─현직아, 엄마가.

"응."

─놀라지 마.

"응…… 왜?"

혜희가 '뇌'를 말해왔다. 그리고 흐득거리는 울음 끝에 암이라고 했다.

"뭔 소리야?"

─흑, 엄마가 뇌암 같애. 눈 나빠진 것도 그 때문이래…… 우리…… 이제…… 어쩌지?

109

"아니 그게……."

혜희의 울음소리가 빗소리처럼 계속 들려왔다. 뇌암이라니. 뇌종양도 아니구…… 뇌암이라고?

"누나, 그럴 리가…… 제림병원에서 CT 찍었을 땐……."

―크대. 이미 2~3센티래.

"아냐, 그땐 아무것도 안 나왔잖아. 그런 것…… 아니었잖아?"

―그때 약물 치료가 혹을 키워버린 것 같애!

뇌암이라니. 아니, 아니, 뇌암…… 같다니. '뇌암 같애'……? 혜희의 말이 이상했다. 저 혼자 예민한 상상력으로 또 뭔가 앞질러 가는 것은 아닌가. CT보다 더 정확하다지만 자기공명촬영만 한 것인데, 그러니까…… 조직검사도 없이 어떻게 암이라고 판정할 수 있단 말인가.

"누나, 진짜 악성이래? 뇌…… 뇌암은 두 가지가 있어."

그는 약간 더듬거리며 혜희 말의 허점을 찌르기 시작했다. 자신의 공격으로 혜희 말이 격파된다면 실제의 어머니마저 다른 상태에 놓이기라도 하는 것처럼.

"그러니까 누나, 뇌종양이 있고 뇌암이 있단 말야. 아 아니, 뇌종양은 그냥 뇌종양이 있고 뇌암이 있어. 양성, 악성이 있단 말야. 양성 뇌종양은 수술하면 완치가 돼. 엘리자베스 테일러 몰라? 몇 년 전에 뇌종양 수술 받고 지금 잘 살아. 뇌암하고 뇌종양은 하늘과 땅 차이야! 어, 그런데…… 의사가…… 뇌암이래?"

110

아, 하고 그는 공포에 휩싸였다. 지난여름 CT에서 발견되지 않았던 종양이 그새 2~3센티미터로 자랐다면? 그 속도가 뜻하는 것은? 맨가슴에 얼음을 댄 것같이 선뜩해졌다.

─현직아, 눈치가…… 그래.

"뭐 눈치? 의사한테 확실히 물어봤냐구!"

─아니, 정신이 없어서…… 너무 겁나서…… 옆에 엄마도 계셨단 말야!

그는 다시 냉정을 찾으려 애쓰며,

"누나, 무슨 말을 그리 섣불리 해? 그럼 의사가 아직 뭐라 안 한 거잖아? 잘 생각해봐요, 뇌종양이랬죠? 암이라면, 뇌암이라면……(그는 다시 아…… 소리가 절로 나왔다) 아냐, 아닐 거야. 보통 머리의 혹은 양성이 다수니까……. 뇌암은 어린애가 많이 걸리는 걸로 알고 있고, 그러니까 누나, 지레 겁내지 마. 엄마는 양성일 거야. 그건 수술하면 돼."

그의 목소리는 어머니 종양은 양성임에 틀림없다고 하는 다그침과 어떤 낭패감으로 이상한 열기를 띠었다. 모든 게 그 때문이었구나! 뇌 속에 그런 게 자라고 있으니까 눈도 잃고 정신도 이상해졌구나!

혜희가 울음기를 거둬내고 물었다.

─그러면 왜 의사는 양성이라고 말해주지 않지? 양성이라면 양성이라고 말해줘야 하지 않니. 그런데…… 그런 말을 않는 거야!

"그건…… 사진만 가지고 정확히 판별이 안 되는 거니까, 함부로 뭐라 할 수 없는 문제고……."

─그렇다 해도…… 응? 수술을 한다 해도 하나 남은 시력마저 잃는다고 했단 말야. 그걸 전혀 장담 못 한다잖아.

그런 복병이 있구나 싶었다. 그러니까 시신경 주위에 종양이 돋아난 것이다! 때문에 시력이 나빠졌던 것이다!

"정말 중요한 양성, 악성은 말 안 하고 의사가 시력 얘기만 해? 누나, 그럼, 엄마 종양은 더욱 양성일 확률이 높고요, 암튼…… 어, 아니 그럼 눈은…… 이미 늦은 거야?"

─그래…… 이미…….

그는 분노를 터뜨리고 말았다.

"100퍼센트 잃는대? 무조건 시력을 다 잃는대? 의사 새끼가 100퍼센트라고 말해?"

─ 몰라…… 그렇게까진 못 물어봤어. 너무 겁나서…….

"누나, 그럼 혹시 지금 엄마는…… 뇌암이라고 알고 계셔?"

─그렇지. 차마 뭐라 못 묻고…… 엄마는…… 아무 말도 안 하셨어. 의사한테도 나한테도 안 묻고, 나도 뭐라 말을 못 했어. 근데 어제…… 병원에서 택시를 타구…… 역으로 바래다드리러 가는데, 택시에서 아,

전화기 속에서, 오열하기엔 너무도 불편한 곳에서 혜희가 또 오열하기 시작했다. 그녀는 지금 자신이 가장 비통했던 순간을 말

하려고 하는 것이다. 그건 예민한 사람 특유의 고질, 자기 감정의 한 올 한 올을 너무 소중하게 여기는 것이다. 대체 택시에서 무슨 일이 있었는가.

"말해봐, 왜?"

—라디오에서…… 의사가 나와서 하필 암 얘길 하는 거야. 의학 기술이 아무리 발전했다 해도 암은…… 사형선고나 같다는 거야. 엄마하구 뒷자리에 앉아 가는데, 딱 그 말이 나왔어…… 그때 엄마 기분이 어땠을까…… 엄마는,

그는 혜희의 말을 분질렀다.

"그 새끼, 미친 새끼야. 초기에 암 수술하고 완치되는 사람 쎄고 쎘어. 암인지 아닌지도 결정 안 났는데 약해빠진 소린 집어치워. 누나. 은천엔 지금 누구 있어? 아버지 계셔?"

—으응…… 지금 대책 회의 중일 거야…….

"대책 회의?"

—수술할 건지 말 건지…….

"수술을 할 건지 말 건지가 어딨어? 수술해야지!"

—시력을 잃는다잖아!

그렇다, 뭔가 복잡했다. 단숨에 결정할 일이 아니었다. 그러나 양성 뇌종양은 수술만 하면 생명에 거의 지장이 없다는 걸 어서 빨리 알려야 한다!

—현직아, 생각해봐. 나이 60도 안 됐는데, 엄마가 장님이 될지

113

모른다잖아.

"아냐, 그러면 안 돼. 눈 때문에 멈칫멈칫하면 안 돼. 일단 입원부터 해야지, 한시라도 빨리."

─입원실도 없대, 기다려야 한대.

"누나, 병원에서 시키는 대로 해야 해요. 아버지가 혹시나 수술하면 시력 잃는다고 민간 치료 같은 거 하게 하면 안 돼. 무엇보다 암인지 아닌지부터 알아야 돼. 그러니까 병원에 빨리 입원해야 돼. 누나 친구, 누구지?"

혜희의 초등학교, 중학교 동창이 간호사는 아닌 사무직원으로 S대학병원의 신경외과에 근무하고 있어 안과에서보다는 여러모로 편의를 본다는 말을 들었다.

─박경숙이…….

"그래, 그 누나는 엄마 입원이나 수술에 대해 뭐라 말 안 했어?"

─경숙이는…… 이왕 수술받으려면 서울로 가라고 했어. 현직아, 엄마 서울로 가야 할지도 몰라.

그는 놀랐다. 부산의 S대학병원도 웬만한 수술은 다 해낼 것이다. 서울로 가라는 박경숙의 권유가 무슨 최후의 선고처럼 들렸던 것이다!

더는 별 가치가 없는 혜희의 전화를 끊고 그는 바로 은천 집 번호를 눌렀다. 통화 중이었다. 담배에 불을 댕겨 물었는데, 폐가 쑥

밭이 되듯 호흡이 막막해져 두 모금 빨고 껐다. 철야 노동을 했던 그는 지금 인간적으로 잠을 자야 할 상황이었다.

그는 누운 채 전화기 재다이얼 버튼을 계속 눌렀다. 계속 통화 중. 누나가 집으로 전화를 하고 있는 건가. 내 말을 대신 전하고 있는 건가.

일단 자자. 자고 나서 생각하자. 아니 중간에 집에서 전화가 올 거야. 30분이라도 자자. 전화 오면 받자. 깊이 잠들 텐데, 벨 소릴 들을 수 있을까. 한 번 더 재다이얼을 눌렀다. 불통! 그는 전화기를 끌어다 베개 옆에 놓았다. 아닐 거야, 절대 암이어선 안 돼, 엄마는 아닐 거야, 절대!

잠이 쏟아졌다. 그는 몇 가지 꿈을 꾼 것 같았다. 꿈이 꿈을 지워, 새 꿈이 앞 꿈을 덮쳐 마지막 꿈만이 선명했다. 집 뒤뜰 화단에 무궁화와 국화, 대추나무가 계절을 무시하고 한꺼번에 꽃과 열매를 터뜨리고 달았다. 그런데 하늘 가득 불비가 쏟아졌다. 그는 변소에 앉아 똥을 누고 있어 불을 피할 수 있었다. 식물들이 팔을 벌린 채 화르륵 타오르고 있었다. 뭐 해요? 그깟 우산으로는 안 돼요. 엄마, 어서 들어오세요! 어머니는 우산을 받치고 불비 속에서 메뚜기처럼 뛰고 있었다. 그의 외침을 듣고 어머니가 변소 쪽을 보긴 하였는데, '난 괜찮다, 괜찮다' 하듯 고개를 끄덕여 보이고는 갑자기 우산을 버리고 마당에 놓인 큰 양은 '다라이'를 들쳐 썼다. 변소에는 이미 그가 앉아 있었고, 그녀는 소변이 급했던 것이다! 비는 열을 내며 계속 쏟아지고 다라이를 쓴 어머니는 급히 몸뻬를 내렸다. 하얀 엉덩이를 그는 보았다. 식물들이 까맣게 탔고, 오줌을 누는 어머니는 다라이와 함께 화석이 되어버렸다. 그는 똥을 다 누었다. 그런데 항문에서 붉게 물든 돌멩이 같은 게 억지로 밀려 나왔고, 그는 피투성이 창자를 손에 들고 어쩔 줄 몰랐다. 창자는 금세 상한 순대처럼 풀어져 아래로 떨어졌다. 소아뇌종양으로 머리 한쪽이 떨어져 나간 아이들의 시체가 밑에 즐비했다.

2

   통화는 오후에 되었다.
   "아버지, 누나한테 들었어요."
   —그래, 엄마 때문에 걱정이 많제? 그러나 몸까지 상하게 너무 많이는 걱정 말그라. 마, 다 잘될 끼라. 안 그렇나, 엄마가 남한테 해코지한 일이 있나? 남의 간장 종지 하나 훔친 일이 있나? 이웃한테 인사 잘하고 경우 바르고 잘 웃고 싱긋싱긋 농담 잘하는 선인(善人)이라. 동네 사람 누구한테 싫은 소리 하지 않고 듣지 않고 지금껏 산 사람이라.
   아버지의 음성은 마른 삭정이가 부러지는 듯했다.

―암이 아닐 끼라, 니 말대로 떼내기만 하면 되는 양성일 끼라. 지금까지 내를 만나 엄마가 많은 고생을 했다. 자식새끼 다섯이나 낳고 몸 편할 날이 없었다. 다 내 잘못이다. 엄마 잘못 하나또 없다. 그러니 지금 큰 위기지만 마, 하늘이 보살펴주실 끼다.

옆에 어머니가 듣고 있진 않는가. 양성을 강조하고 하늘 운운까지 하면, 자신이 정말 암에 걸렸다고 의심할지 몰라!

―자, 그러니 우리, 다 잘될 거로 믿고, 이제 서울 병원에 엄마를 맡겨보자. 여기 부산보다야 아무래도 서울에서 대학 나오고 외국 유학도 갔다 오고 하신 박사님들이 엄마의 정확한 병, 정확한 수술법, 정확한 회복 과정, 이 모든 것을 아주 쎄밀하게 더 잘 알지 않겠나. 혜희하고 이 서방하고도 의논을 끝냈다. 수술할라카면 서울 가라꼬, 경숙이가 혜희한테 살짝 말했다 안 카나. 4년제 간호대학 안 나오고 사무 보는 부서라 그렇지 그래도 신경외과서만 10년 넘게 근무했는데 뭐가 중요한지는 지도 잘 안다. 걔가 혜희 중학교 동창이고 걔 모친이 우리 이웃에 살아서 살짜기 그런 걸 갈카주지 다른 환자 같으면 자기 병원에서 수술해라 카지 어디 서울 가라 하겠노? 적어도 우리만큼은 확실한 수술, 꼭 성공하는 수술을 받으라는 거다. 사실 여기 지방 병원은 병원도 아이라. 의사 까운만 걸쳤지, 복도 다니며 환자 가족들한테 인사나 받아처묵지, 지방대학 나온 순 돌대가리들이라. 우리가 제림병원에서 호되게 안 당했나. 그러니까 이제 엄마는 서울로 가야

하는 기라.

자형까지 참가한 '대책 회의'서 결정된 어머니의 서울행, 그에게는 박경숙이 권한 서울행이 무슨 선고처럼 꺼림칙하기만 했는데 아버지에게는 이상한 희망이 되고 있었다.

"근데 아버지."

— 응.

"서울 병원도 여러 갠데, 경숙이 누나가 어느 병원으로 가라고는 말 안 하던가요?"

— 그래, 맞다. 서울도 병원마다 차이가 난다. 대학입시 서열하고 또 다르다. 뇌는 B대학병원이 잘 본단다. 거기에 아시아에서 몇 대뿐인 감마 조사기(照射機)라는 기계가 있다. 머리를 안 짜개고 코로 들어가는 내시경 뇌수술도 거기서 처음 성공했다. 니 있는 데서 어떻노, 많이 머나?

"저 사는 데서 마을버스 타고 고개 하나 넘으면 됩니다."

— 가차우니 그것도 잘됐다. 엄마가 당분간 니 집에서 지내야 할지 모르겠다. 출발 날짜는 다음 주 월요일이다. 먼저 혜희하고 올라갈 끼라. 너무 걱정 말그라. 다 잘될 끼다. 그럼 끊는다.

고향 집의 일에서 늘 후순위였는데 서울에서 직장 다니고 있다는 이유로 이제 어머니 일이 발등의 불로 떨어졌다. 다음 주 월요일이라면 나흘 뒤다. 혜희와 함께 어머니가 그가 사는 데로 온다. 이 좁은 방에서 셋이 억지로 잘 순 있겠지만 궁색이 덕지덕지한 방을 보고 어머니는 자신의 화급한 처지도 잊고 안타까워할 것이다.

그는 복잡한 기분이 되었다. 어머니의 서울 생활이 아득하기만 했다. 아버지는 직장에 매인 몸, 행신이 자유롭지 못하다. 혜희도 일주일에 두 번 임시 강사 일에다 아파트에서 아이들 불러 모아 하는 미술 과외가 있다. 2, 3일은 같이 있는다 해도 곧 어머니와 단둘이 이 방에서 지내야 하는 것이다. 부산 병원도 당장 입원이 안 된다 했는데 서울 병원은 더하지 않을까. 혹시 입원 조치를 미리 취하고 서울로 오는 걸까. 경숙이 누나가 서울의 B대학병원에까지 어떻게 손을 써주는 걸까. 고작 사무원인 주제에? 그런데 입원한 후에는 누가 엄마를 돌보나. 내가? 낮엔 직장, 밤엔 병실……?

그가 갈피 잡기 힘든 생각에 빠져 있을 때 다시 벨이 울렸다. 혜정의 남편이었다.

―처남, 내다.

아버지가 '혜희하고 이 서방하고' 할 때 자형까지 가족회의에 참여한 게 그는 조금 의외였다. 4년제 지방대학을 졸업한 자형이지만 고등학교는 농업고등학교를 나와 혜정과의 결혼을 허락받을 때, "중고등학교 때 무슨 사고를 치고 살았는지 알 수 없는 기라" 하는 아버지의 반대에 부딪혔었다. 아버지 마음에 들기 위해 자형이 어지간히 애를 태운 것을 그도 잘 알았다. 때문인가. 사위도 자식이라며 이번에 한 역할을 하려고 하는 것일까.

119

—하도 답답해서 전화했다. 처남이 다시 집에 전화해서 아버님한테 말씀을 드리라. 이거 아버님 모르게 하는 전화다.

그러고는 자형이 턱없이 음성을 높였다.

—처남! 월요일이 무슨 말이고! 안 된다, 그라문 안 된다. 이왕 수술을 받아야 한다면 하루가, 아니 단 한 시간이 급한 거 아이가. 다리 수술도 아이고 팔 수술도 아니다. 머리 수술이다. 허술하게 여기 지방에서 안 받고 어머님이 서울 가는 거 난 정말 찬성이다. 근데 월요일이면 오늘부터 며칠 뒤고? 응?

"예에……."

—처남, 내 말 잘 들어라. 아버님은 공무원 생활만 하셔서 이 사회가 얼마나 더럽고 앵꼬운지 모르신다. 서울 가면 어머님 입원이 바로 된다 카더나. 병원에서 병실 비워놓고 어머님 기다린다 카더나. 여기 S병원도 자리 없다꼬 집에 가서 연락 올 때까지 기다리라 캤다 안 카나. 부산도 이런데 서울은 뻔한 거 아이가. 그니까 어머님 입원 절대 바로 안 된다. 의사한테 다분 몇십만 원이라도 돈봉투 찔러줘야 차례가 올까 말까다. 이렇게 가마이 있다가 병원 가면 입원도 안 되고 수술이 언제 될지는 진짜 하세월이다.

식구들은 그러니까 아무 조치 없이 무조건 어머니를 서울로 보내겠다는 것이다.

"그러면 어떻게 해야 합니까?"

—그니까 병원 쪽에 아는 사람이 있으면 미리 전화를 하고 어

머님 수술할 의사한테 잘 봐달라꼬 청탁도 넣고 해야 눈이라도 깜짝한다. 어떻게 해서든 병원에 힘쓸 수 있는 사람 찾아내서 여기서 조치를 취할 수 있는 건 여기 모가치로 취하고 서울의 처남은 또 처남대로 친구들이나 아는 사람 수소문해서 줄을 찾아야 한다. 그리고 무엇보다 어머님은 하루라도 빨리 서울 가셔야 한다. 일단 진료 스타트를 끊어놔야 한다. 월요일이 뭣꼬? 월요일까지 와 기다리노? 어머님도 참 딱한 말씀 안 하시나. 다음 주 수요일에 증조부 제사라 카는데, 그것까지 처리하고 가신다니 내가 마 미치겠다.

"그럼 아직 월요일 출발도 확실히 정해진 게 아닙니까?"

─지금 안방에서 처형하고 아버님 어머님이 얘기해쌓는다.

"근데 자형은 언제 은천에 오셨습니까. 공장 일 바쁘실 텐데."

─지금같이 중요한 때 내가 어떻게 창원에 있겠노. 혜정이는 몸이 무거워 움직일 수 없는데 내라도 와야 될 거 아이가. 오늘 낮에 소식 듣고 바로 넘어왔다.

"예에……."

─처남, 우리 생각해보자. 도대체 지금 어떤 일이 급하노? 어머님한테는 중요한 게 뭣꼬? 하루라도, 한시라도 빨리 수술받으시는 것 말고 지금 다른 무슨 중요한 일이 있노? 조상이 잘 돌봐줘서 어머님한테 이런 병이 왔나? 수요일 날 제사까지 하고 가신다고? 제사 그거 아무짝에도 필요 없다! 그라이까 처남, 나하고

처형하고 여기서 열심히 설득을 해볼 테니까 처남도 전화를 넣어라. 처형이 이틀 정도 서울 따라간다 캐도 어머님 옆에 계속 있지 못할 끼고 어머님 퇴원하실 때까지 처남이 제일 신경을 써야 할 낀데, 사실 이것도 골치 아픈 문제라. 처남도 직장 일 해야 할 끼고, 어머님을 계속 돌볼 사람을 간병인으로 살 낀지 아니면 현경이 처제가 휴학을 하고 서울 올라가든지, 마 이런 건 아직 조금 뒷일이지만……. 암튼 처남, B대학병원에 아는 사람 없나? 간호사도 괜찮다, 처남 친구나 선배들한테 물어봐라. 아버님 어머님 말씀을 듣다 보면 내사 답답해 죽겠다. 제발 모르는 척 집에 전화 좀 넣어라. 이만 끊는다이.

그는 '하루라도 빨리!' 하는 전화를 넣지 못했다. 자형의 앵무새가 되기에 말들이 입에서 헛돌기만 할 것 같았다. 그런데 그가 주장할 필요도 없었다. 아버지가 전화를 걸어온 것이다.

―내다. 가마히 다시 생각해보니까 말이다…….

그리고 아버지는 자형이 한 말을 자기 말처럼 거의 99퍼센트 반복하더니 결론조로 말하는 것이다.

―내일 아침 차로 엄마가 출발한다.

3

"처남! 여기다, 여기!"

자형이 서울역 지하 통로의 개찰구를 나오며 손을 번쩍 들었
다. 자동차 안전벨트 공장에서 중간관리자로 일하는 자형은 공장
사장이 자신의 큰형이라 시간을 빼는 데는 어려움이 없었다. 하
루나마 동행하겠다는 고마운 결정을 해주었다. 자형 뒤에서 혜희
가 어머니의 팔짱을 끼고 나오고 있었다.

"어머니……."

그가 애써 미소를 지으며 목소리를 끌었다. 어머니가 이를 드
러내고 싱긋 웃어 보였다. 따라 웃으려고 했는데, 어머니의 턱없
이 선한 미소에 오감이 찌릿해지며 그는 저도 모르게 이상한 미
소가 지어졌다.

"그동안 잘 지냈나?"

"예."

옅게 화장을 한 어머니는 은천 갑계(甲契) 관광을 갈 때 입곤
하던, 그가 한두 번 본 적 있는 미색 나들이옷을 입고 있었다. 칼
라가 없지만 깊게 파이지 않아 중국인이 입는 옷 같다. 어머니는
아침 첫차를 타고 아버지, 혜희, 자형과 함께 부산역까지 갔다가
아버지가 끊어준 표로 경부선 서울행으로 갈아탔을 것이다. 꼭
두새벽에 일어나 크림과 루즈를 바르며 화장을 했을까. 딸들이

내일까지라도 양껏 먹으라고 밥통 가득 밥을 해놓고 왔을까.

"평일 낮에 이래 밖에 나와도 되나? 회사에서 아직 저 아래 꼬래비일 낀데 상사 눈치 보일라."

어머니가 걱정했다.

"어제 이달 일은 다 끝냈고, 내일까지 쉽니다."

혜희는 핏기가 싹 가신 얼굴이었다. 그리고 누런 봉투를 품에 안고 있었다. S대학병원에서 촬영한, 스케치북만 한 크기의 어머니 뇌 사진이라 가방에 접어 넣어서도 안 되는 것이다.

"어서 가자."

어머니가 꿈뻑꿈뻑하는 눈으로 주위를 둘러보며 말했다.

그가 앞장서 에스컬레이터 쪽으로 갔다.

"엄마, 발 잘 디뎌요."

혜희가 어머니에게 당부했다.

그의 캐주얼 구두, 혜희의 단화, 자형의 까만 구두, 코에 꽃송이가 달린 어머니의 구두를 제 배 위에 올린 에스컬레이터의 체인이 차르르 몸을 굴렸다. 식구들은 지하에서 서울 지상으로 올랐다. 어머니의 서울 행차는 그의 기억에 이번이 네 번째였다. 대학 1학년 가을, 솜이불을 한 채 해 들고 올라온 게 처음이었고, 대학 4학년 때 막내고모의 3000쌍 합동결혼식을 하례하기 위해 관광버스를 대절하여 친지들과 잠실운동장으로 왔던 게 두 번째, 그리고 그의 대학 졸업식 때 당시 학습지 교사 일로 바빴던 혜정을 뺀 온 가족이 올라온 때가 세 번째였다. 매번 어머니는 시간에 쫓겨 남산이나 63빌딩, 경복궁이나 또 다른 서울의 명소에 가볼 새가 없었다. 이번은 앞선 경우와 비교조차 할 수 없이 오랜 시간 서울에 머물게 되겠지만, 역시 한가하게 관광을 할 짬은 나지 않을 것이다.

자형이 고층 빌딩이 우락부락한, 드넓은 서울의 한 시야 공간을 바라보며 감탄했다.

"처남, 난 진짜 오래간만이다. 10년도 더 됐다. 군대 가기 전에 친구들하고 전국을 돌았는데, 그때 와보고 오늘 두 번째다."

"예……."

"어머님! 우리 택시 타고 가입시더!"

"뭐 할라꼬 비싼 택시 탈 끼고."

어머니가 수동적이 되어 말했다.

"현직아, 어떻게 가니? 전철 타도 되니?"

"전철은 둘러 가고 종로3가에서 또 갈아타야 해요. 기본 요금보다 조금 더 나올 거야, 택시 타요."

"어머님, 이제 처남이 하는 말 잘 들으셔야 합니더. 입원하고 검사받고 하다 보면 시일이 얼마나 걸릴지 모르는데, 처남 손이 제일 많이 갈 낍니더. 아들한테 밉게 보이면 어머님은 큰일 납니더. 신경질 부리고 잔소리하시면 어머님 구박받습니더. 처남이 시키는 대로 합시다!"

자형은 아까부터 분위기를 잡으려고 꽤나 애쓰고 있었다. 광장 오른편의 택시 정류소로 자형이 앞서 갔다. 기다리는 사람들이 열 남짓 되었다.

"모범 탑시다!"

자형은 사람 줄이 없이 몇 대나 늘어서 있는 검은색 모범택시 쪽으로 달려가 맨 앞차의 앞문 뒷문을 벌컥벌컥 열었다.

초진 환자 접수처에서 진료표를 끊고 그들은 2층 신경외과로 올라갔다. 직장 정기검진으로 회사 옆 종합병원에는 가봤지만 시내 한복판의 대학병원은 그도 처음이었다. B대학병원은 녹색과 분홍색으로 칠한 복도와 각 과마다 산뜻한 디자인의 패찰을 달고 있는 것이 꼭 밝고 화사한 초대형 유치원 같아 보였다.

생과일주스가 조금이나마 낫지 않을까. 사실 그도 혜희 못지않게 어머니가 뇌암일지 모른다는 공포에 잡혀 있었다. 어머니 진료 순서가 되길 기다리다가 그는 자판기로 가서 '갈아만든 사과' 캔을 뽑아 왔다. 그 잠깐새 어머니는 215호 앞 합체 의자에 길게 누워 있었다.

"나는 됐다. 니 묵어라."

냉정을 잃지 않으려 애썼지만 자신의 운명을 결정할 '서울 병원' 진료실 앞에까지 와버렸다는 생각에 어머니는 긴 의자에 드러눕는 것으로 마음의 끈을 놓아버리고 말았다.

126

그는 시무룩히 캔을 손에 든 채 맞은편 의자에 앉았다. 혜희는 어머니 나이쯤 돼 보이는 여자 환자와 또 혜희 저 또래쯤 돼 보이는 환자의 딸과 무언가 긴하게 이야기를 나누고 있었다. 머리에 반창고와 붕대를 붙이고 있는 걸로 봐서 환자는 뇌수술을 받은 지 얼마 되지 않은 듯했다. 그런데 환자가 눈짓을 줄 때마다 딸이 깡통을 환자의 입으로 가져갔고 환자는 거기에 침을 뱉는 것이다. 침은 점성이 강했고 딸은 제대로 뱉어지지 않은 침을 환자의 입가에서 티슈로 계속 닦아내야 했다. 혜희가 얼굴이 노래져 건너왔다.

"뭐래요?"

"두 달 전에 수술을 받았다는데……."

"왜 침을 저렇게 뱉는데요? 원래 저랬대요?"

"아니…… 수술 후유증이래."

그때 신경외과 215호 진료실에서 간호사가 나와 "박민숙 씨!" 하고 외치자 깡통을 든 딸이 "예, 저희요!" 하며 일어났다. 환자는 딸의 부축을 받으며 걸었는데, 마비가 와 있었는지 다리의 관절이 격절적으로 움직이느라 꼭 로봇 같은 우스꽝스러운 꼴로 진료실로 들어가는 것이다.

"현직아, 수술 전엔 머리만 아팠대. 그러니까 수술하다가 정상 뇌신경까지 건드린 거야. 침 못 뱉는 것은 코를 열고 들어간 수술 때문이라 하고……."

수술하고 두 달이 지났는데 저렇다니. 코를 통해 하는 내시경 수술이라는 것도 절대 쉽게 볼 게 아니구나!

어제 혜희랑 통화할 때, '양성 종양은 수술하면 된다!' 장담하였던 자신감이 순식간에 사라졌다. 그의 눈앞에서 어머니가 갑자기 침을 뱉기 시작하고 로봇처럼 수족을 움직이기 시작한다!

어머니가 "으응? 뭐?" 하며 놀라 깬 사람처럼 몸을 일으켰다. 말소리를 잘 못 들었지만 아들과 딸 사이의 어떤 심상찮은 기운을 감지한 것이다.

"아뇨, 엄마. 우리가 다음 차례라고요."

"오옹."

"에이, 자형은 어디 간 거야?"

그가 짜증을 냈다.

215호 문만 바라보고 있는데, 217호 문이 벌컥 열렸다. 그와 혜희가 깜짝 놀라 그쪽을 보았다. 바짝 마른 30대 초반의 사내가 진료실을 나왔는데, 혜희와 같은 누런 봉투를 손에 들었고 봉투의 하단엔 인천의 어느 병원 명인이 찍혀 있었다. 사내는 나오자마자 벽으로 갔다. 그리고 꼭 숨바꼭질 술래처럼 벽에 이마를 대더니 흐느끼기 시작하는 것이다. 방금 의사한테 최종 선고를 받았는가! 채 몇 개월도 못 산다고 하였나? 자기 자신일까, 아니면 저 사람도 우리처럼 어머니일까? 움직이지 못하는 어머니는 집에 있고 혼자 대신 병원에 온 것일까?

대기실 복도 의자에 앉은 사람들 모두 사내를 쳐다보았다. 회색 잠바와 누런 양복바지를 입고 있어 검약이 체질화된 말단 공무원같이 보이는 사내의 행동이 그만큼 극적이었기 때문이다. 한 중년 남자가 왠지 그렁그렁한 눈이 되어 곁으로 갔다.

"괜찮으시오?"

사내는 "아뇨…… 아뇨……" 하고 뜻 모를 소리를 외며 바닥에 주저앉아버렸다. 누구도 사내에게 더는 접근하지 못하였다.

215호 문이 열렸다. 딸이 뒷걸음질 치며 안을 향해 인사를 했고 환자는 의사한테 무슨 낭보라도 들었는지 희색이 되어 딸의 옷소매를 잡고 밖으로 나왔다. 안 죽고 이만큼이라도 걷게 하고 침을 뱉게 해준 데 감사해하는지 몰랐다!

"노혜자 씨! 들어오세요."

식구가 진료실로 들어갔다. 혜희는 봉투를 간호사에게 건넸고 간호사는 의사의 책상 옆 형광 판독기에 봉투 속의 필름 두 장을 골라 끼웠다. 어머니의 뇌 사진 밑으로 불이 들어왔다. 의사는 50대 초반의 중후하고 부드러워 보이는 인상이다. 그런데 필름을 보자마자 잘라 말했다.

"이건 빨리 수술해야 됩니다."

혜희가 나섰다.

"선생님, 부산 병원에선 수술하면 시력을 잃는다고 하던데요?"

의사는 잠깐 생각하는 표정이더니

"시신경이 지나가는 자리에 종양이 있긴 하네요. 근데, 먼저 말씀드릴 것이요, 이 부위는 제 담당이 아닙니다. 제가 수술하는 것보다 훨씬 잘하실 분이 있습니다. 내일 이민영 박사한테 다시 진찰받으셔야 합니다. 젊은 분이지만 워낙 꼼꼼하신 분이니까……또 패기도 있고요."

의사가 웃어 보였다.

어머니는 등받이 없는 의자에 발을 가지런히 모으고 말없이 있었다.

"선생님, 근데 절개수술뿐입니까? 감마 조사기 수술법이 있다고 들었는데요."

혜희가 연이어 물었다.

"지금 어머니는 감마나 다른 방사선 수술보다는 사람 손이 필요한 경우 같은데, 뭐 이것도 이 박사가 알아서 판단하실 겁니다. 내일 오후에 다시 병원에 오셔야겠습니다. 차트는 미리 넘겨놓을게요."

암인지 아닌지, 그 '확률'은 어떻게 되는지, 지금 흐릿한 시력이나마 지켜낼 '확률'은 어떻게 되는지 물을 분위기가 아니었다! 어머니가 옆에 있어 내놓고 묻기도 곤란했다. 간호사가 밖을 향해 다음 순번의 환자 이름을 불렀고, 식구들은 새로 들어오는 환자 가족과 몸이 부딪치며 의사에게 크게 인사를 하며 뒷걸음쳐 나왔다. 그야말로 번갯불에 콩 볶듯 진료가 끝났다.

"자형! 어디 갔다 온 겁니까? 벌써 다 끝났어요."

"뭔 진료가 그리 빨리 끝났노. 그래, 뭐라 카대?"

2층의 약 분출 공간에서 신경외과로 급히 내달려 온 자형에게 그가 설명했다. 어머니와 혜희는 팔짱을 끼고 1층 로비로 앞서 걸었다. 그의 말을 다 듣고 자형이 근심스러운 얼굴로

"저쪽에서 큰 싸움이 났어. 난리도 아니더라."

"예?"

"저 안쪽에 가보이까 안과가 있더라고. 우리 동생 눈 우짤 끼고? 살려내라! 해쌓는 기라. 환자는 한쪽 눈에 붕대를 처맸고. 그라이까 눈 수술을 받다가 눈이 어떻게 된 모양이라. 그 형 되는 사람이 몸이 떡대같이 해갖고 깡패 짓을 해쌓는 기라. 발로 문을 차고 의사는 얼굴이 벌겋게 돼가지고 넥타이가 풀린 채 진료실을 나오고, 간호사들은 소리를 지르고, 그 형이 이 새끼, 어디로 도망갔노? 해쌓고……. 청원경찰 둘이 달려왔는데(자형이 웃었다) 우리 아버님 같은 자그마한 노인분들이라. 그 기세에 대고 말도 못 붙여."

그는 침묵했다. 수술이라는 것이, 안과의 '눈'도 그렇지만 신경외과의 '뇌'를 헤집는 수술은 도대체 안심할 수 없는 것이다! 눈 살려내라는 것은 어쩌면 하나의 구호가 될 수 있을지 모르지만 '뇌 살려내라'는 차가운 시체를 붙들고 외치는 허무한 절규가 될 것이다. 자형이 눈치를 살피며 말했다.

"그래도 우리 어머님은 괜찮을 끼다. 의술이 그동안 얼마나 발전했노. 내가 간호사를 붙잡고 안 물어봤나."

"뭘요?"

"처남, 초등학교 자연 시간에 현미경 사용해봤제? 머리카락을 보면 대쪽같이 굵게 안 보이더나. 바로 그 현미경 수술을 한다는 거라. 신경 하나하나 확인하고 건디릴 거 안 건디릴 거 가려가며…… 뇌수술이 다른 수술보다 시간이 많이 걸리는 게 그 때문이라대. 그라이까 우리 어머님은 마, 괜찮을 끼다."

그리고 자형은 소리쳤다.

"어머님, 우짜든지 마음을 편하게 잡수십시오! 병원을 팍 믿으시소."

침을 연신 뱉던 환자와 이마를 벽에 대고 울던 사내가 그는 자꾸만 떠올랐다. 두세 달 뒤 어머니의 모습일 수 있고, 바로 내일 자신의 모습일 수도 있는 것이다!

4

병원 건물을 둘러싸고 있는 이면도로와 골목을 돌다가 큰 간판을 내걸고 있는 '수로횟집'을 보았다. 어머니가 자리에 앉으며 말했다.

"돈은 많다. 먹고 싶은 거 묵어라."

"그렇습니더, 이럴 땔수록 뭐든 맛난 거 잡수셔야 합니다."

그러나 그들은 모둠 회를 시키지 않았다. 어머니와 그는 회덮밥, 혜희는 해물칼국수, 자형은 대구탕이었다. 어머니는 회덮밥한 접시를 거뜬히 비웠다. 남매는 음식을 남겼다. 서울행에 앞서찾아놓은 급전이 수백만 원은 될 터, '돈은 많다'고 한 어머니가카운터로 가 손가방을 뒤적거렸다. 그는 잠시 옆에 서 있어주었다.

밖에서 웅성거리는 소리가 들렸다. 그 소리는 몇 명, 몇십 명이내는 소리가 아니었다. 최소 몇백 명이 제각각 떠들어대는 소리들의 큼직한 덩어리였다.

"데모하는 거 아이가?"

어머니가 물었다.

"최루탄 터지는 거 아이가?"

자형이 말했다.

"아뇨, 축제가 시작되거든요. 문화거리 선포식 하는 겁니다. 오후부터 도로가 통제되고 있고요."

카운터의 젊은 아줌마가 잔돈을 건네주며 말했다. 식구들이밖으로 나오자 4차선 도로와 보도 위를 낙엽 몇 장이 가벼운 스텝으로 바람에 불려가고 있었고, 저녁 어스름이 앉기 시작한 가도의 상점들이 불빛을 뿜어내고 있었다. D대학 교정에서 집회를마치고 문화거리로 이동해 온 젊은이들이 거리를 메웠고, 인파는 계속 고여들고 있었다. 아까 무심결에 본 현수막이 새로 눈에 들어왔다. '열정과 해방의 거리 선포식, 가나 문화 주간.'

"어머님, 구경하고 가입시더."

"내는 시끄럽고 정신 사납다."

"아입니더, 이런 때 아니면 언제 보겠습니꺼. 불꽃놀이 할지도 몰라예."

자형은 군중이 주시하고 있는 가설 무대 쪽을 향해 목을 뺐고, 그와 혜희는 시투룸히 뒤에 섰다. 손으로 핸드백을 꼭 쥔 어머니는 다 구경하면 날 데리러 와라는 듯 횟집 앞에 머물렀다.

"배 집어넣으라니까. 가볍게 안으라구."

"아냐, 니가 허릴 잡아 받쳐야 해."

"너희도 출전하냐? 키 차이 너무 많이 난다."

"호주에서 지난달에 기네스북 기록이 30분 더 경신됐어. 우리가 깨버리자구!"

연인 두 쌍이 서로에게 코치를 하며 주위 시선에 아랑곳없이 입술을 빨고 있었다. 축제 프로그램에 커플 키스 경연쯤이 있는 것이리라.

지난봄 경찰의 방패에 머리를 맞고 한 대학생이 숨진 사건에 대한 책임자 처벌, 진상 규명을 요구하는 정치 구호도 군중의 왁 지지껄한 소음 속에 섞여 있었다. 머리를 치렁치렁 기른 록 밴드의 일원이 플러그를 꽂은 기타를 들고 연단 주위에 대기하고 있는 것도 보였다. 인근 D, J, Y대학교에 다니고 있을 젊은이들을 보며 그는 이상한 소외감을 느꼈다. 그의 학생 시절도 그랬지만 지금도 이 땅의 공인된 젊음은 대학생들뿐이었다. 연애·투쟁·공부·게으름은 공인받은 젊음만이 누리는 특권이라 할 수 있었다. 1980년대 말 대학에 입학했던 그는 요즘의 변모된 집회 광경을 보며 자신이 흡사 매스게임과 같은 일사불란한 손놀림, 천편일률적인 정치 구호에서 벗어나지 못한, 즉 군사 문화의 잔재와 같은 부자유스러운 집회를 해봤을 뿐임을 새삼 깨달았다.

군대에 있을 때 남아도는 게 시간이어서 대학 시절의 기억을 샅샅이 뒤져보았는데, 그는 자신이 다닌 문과대의 한 여학생을 떠올리며 학생 시절의 정열을 이미 회의했었다. 그녀는 강남의 고급 아파트에 살았고, 브랜드의 권위가 은은하게 흐르는 옷을 잘 입었고, 몸매도 날씬해 '퀸카'라 할 만한 불문학과 학생이었다. 그런데 어느 봄날, 동맹휴업 결의대회였던가, 우중충한 과 티셔츠를 입은 300여 명이 참석한 집회에서 산적처럼 수염이 북슬하였던 단과대 학생회장이 뭐라 한참 열을 올리며 격한 말들을 쏟아냈고 계단에 앉은 학생들은 산적이 요구할 때마다 팔을 직각으로 쭉쭉 뻗어주고 있었다. 목울대를 바르르 떨며 한창 기세를 올리던 산적은 집회 참석자들과 오직 혼자 마주 보고 있어서 학생들의 시선이 자기를 떠나 일제히 왼쪽으로 쏠리는 것을 보고 뭔가 싶어 그쪽을 보게 되었다. 불문학과 그 여학생이 연단 옆을, 공중으로 늘어진 마이크 선을 통과하느라 허리를 굽히고 총총 지나쳐 가는 것이었다. 집회 참석자들은 산적이 문득 말을 멈추고 옆을 보는 걸 보고 혼자가 아니라 거의 모두가 그 여학생의 엉덩이를 좇고 있었다는 것을 알게 되었다. 그를 포함한 그날의 집회 참석자들은 정치적 인간이 되고 싶었으나 성적 인간으로서의 정체성부터 해결해야 하는 왜곡된 청춘들에 불과했는지 몰랐다. 대학 문화의 상징이라 할 도심 한가운데의 가나거리에서 타오르는 '정열과 해방'은 지난 대학 문화의 일면성에 대항하는 자연스러운 흐름이었다.

횟집 앞 어머니한테 가기 위해 그가 몸을 돌릴 때였다. 시에서 행사 지원금이 넉넉히 나왔는지 근사한 원형 폭죽이 지랄탄 소리처럼 펑펑거리며 공중으로 날아올랐고, 군중의 고함도 요즘은 많이 달라졌는지 페퍼포그 차를 야유할 때나 지르는 우우 하는, 그러나 분명 기뻐하는 탄성이 주위에 넘쳐났다. 그는 불특정 다수와 한 공간에서 같은 정치적 구호를 외치는 것으로 서로 공감과 동의를 확인하던 한때의 시절이 자신에게는 과거의 시간이 된 것을 새삼 깨달았다. 그에게는 어머니와 함께 전혀 다른 개인적 투쟁이 앞에 있는 것이다. 어쩌면 이제 그가 세워나가야 할 자신만의 정체성은 정치적인 것도 성적인 것도 아닌 것이 될 것이다. 이따위 떠들썩함에, 이놈들의 자신만만함에 주눅 들지 말자. 얘네들, 부모의 노동에 달라붙은 기생 계층일 뿐이야. 사실 그는 자신의 과거에 적개심을 느끼고 있었다.

"자네는 이만 내려가봐야 할 것 아이가."

"생각 같아서는 입원하시는 것까지 보고 싶은데, 예, 어머님, 이만 가봐야겠습니다."

"자형, 고생하셨습니다."

"아이다. 혜정이 올 자리를 대신 왔을 뿐이다. 앞으로도 급한 일 있으면 반드시 알려라. 그리고……."

자형은 그를 따로 데려가더니 잠바 안주머니에서 흰 봉투를 꺼냈다.

"뭐 이런 걸……."

"받아둬라. 나중에라도 보태 쓰라. 그리고 내 말, 이상하게 듣지 말아라. 처남이 정말 정신을 차려야 한다. 내가 보니까 지금 제일 냉정할 사람은 처남뿐이라. 그런데 처남, 명심해라. 처남의 인생도 중요하다. 처남 일은 일대로 계속해가야 할 거 아이가. 이 자유롭고 휘황찬란한 서울에서 고생고생 객지 생활 하는 처남도 뭔가 목표가 있을 거 아이가. 그러니 꼭 간병인을 사서 어머님 돌봐야 한다. 돈 부족하면 할 수 있는 한 내가 보탤끄마."

식구들은 H동으로, 자형은 서울역으로 택시를 타고 갈 것이다. 택시 정류소까지나마 같이 걸을 수 있었다. 그러나 자형은 먼저 큰길 쪽으로 걸어가버렸다. 바지 주머니에 넣어주고 간 자형의 봉투는 두께가 만만찮았다. 혜정에게 전해들은바 '처남은 대단

137

한 사람이라. 촌에서 자라 서울에까지 대학 간 게 어디고'가 평소 자형의 소박한 생각이었다. 자형은 말을 즐기면서도 마음이 더운 사람이었고, 그 연유는 잘 모르지만 농업고등학교에 다니다 뒤늦게 대오 각성하여 고3 때 수없이 코피를 쏟아내는 모진 공부를 한 뒤 마산에 있는 4년제 대학에 입학한 드문 케이스였다. '출신 성분'에 대한 열등감이 있는지 경전선 기차로 통학을 하면서 혜정에게 연애를 건 이유도 유별났다. 자형은 원동 사람이었다. 원동에서 마산까지 오가는 통학생들 중 기차칸에 앉아 책을 읽는 여자는 오직 혜정뿐이었다는 것이다. 두꺼운 안경을 쓰고 책에 코를 박은 혜정의 모습이 자신을 감탄시켰다는 것이다.

어머니가 하품을 했다. 그는 그 모습에 겁이 나며 길을 서두르기 시작했다. 집에서 일찍 출발하여 기차 여행에 시달리고 또 병원에서 긴장하여 피곤이 몰려와서겠지만, 어머니의 하품은 자연스러운 생체의 반응이 아닌 뭔가 심상찮은 증상처럼 보였다. 다시 한번 그의 앞에는 개인적인 투쟁이 있는 것이었다.

5

H동 산5번지의 골목은 종아리가 금세 딱딱해지는 급경사였다. 처마 아래 알록달록한 당구용 색장갑을 널어 말리는 집, 며칠 전

부터 밖에 나와 있는 연탄이 비에 젖은 채 아직 치워지지 않은 집, 재봉틀 운전 소리가 쉴 새 없이 디리릭거리는 옷 수선 집, 남편이 오른쪽 다리가 없는데 그런 사내의 아내로 믿기지 않을 만큼 반질한 미모의 여인이 장사를 도맡고 있는(아무래도 연전에 남편이 교통사고를 당했을 성싶은) 대성슈퍼 앞을 식구는 천천히 올랐다.

"여깁니다."

보안등 옆에서 먹먹한 빛을 반사하고 있는 녹색 철 대문 앞이었다.

"집도 낡고, 방도 많이 꾀죄죄합니다."

"안 봐도 뻔하다. 정신없이 어질러져 있을 거고."

"아니요, 어머니 오신다고 좀 치웠어요."

그가 웃어 보였다.

"주인은 1층에 살고, 2층은 전세고요, 월세는 여기 네 가구예요. 주인집과 같은 1층인데 건물 뒤편이라 좀 어둡습니다. 신혼부부도 있고, 공장 일 나가는 아저씨도 있고……."

또 하나는 나이트 클럽 서비스 보이 같았다.

"화장실도 같이 쓰제?"

"예."

급할 땐 부엌에서 쏴버리고요! 그가 집 뒤편 담장을 따라 좁은 통로를 지나갔고 통로의 마지막 나무 미닫이문 앞에서 걸음을 멈췄다. 비밀번호를 맞춰 자물쇠를 벗기고 문을 밀자 캄캄한 부엌 공간이었고, 불을 켜자 신발 디딤돌과 미닫이문이 나타났다.

"하나뿐인 아들이 이런 데 산다고 상심 마이소. 지내는 데는 불편 없습니다. 어머니는 한심하다 할지 모르지만, 내 꿈이요, 나중에 결혼하면 지하 단칸방에서 신혼살림 차려서 1년이라도 꼭 살아보고 좀 나은 데로 이사 가는 겁니다. 무슨 말인지 아시겠지요?"

창호지 미닫이를 열기 전 그는 너스레를 떨었다. 어머니는 속으로 '미친 놈, 얼어 죽을 소리' 하는지 몰라도 고개를 끄덕여왔고, 혜희는 왠지 바스라질 것 같은 미소를 지었다. 자신이 살고 있는 그럴싸한 아파트가 미안한 것이다.

"치운다꼬 치웠는데 그래도 어지러울 낍니더. 들어가입시더."

방 천장에는 노끈으로 매어놓은 빨랫줄이 있고, 책상과 책장은 왼편으로 몰려 있고 맞은편에 조립식 옷걸이와 커다란 여행용 가방이 있었다.

"취사가 되지만, 잠만 자는 방이나 마찬가지죠."

"보일러는 돌아가나?"

어머니가 아랫목에 손을 대며 물었다.

"아직 돌리지 않고 있는데, 기름은 들어 있어요. 저번에 시험 삼아 해보니까 금방 후끈후끈하더라구요. 어무이는 등 지져야 주무시잖아요. 오늘부터 바로 돌려야죠."

서울의 방값은 비싸기도 하겠다 싶은지 어머니는 '이게 산동네 보증금 300짜리냐'고 묻지 않고 눈으로 확인한 방과 부엌 공간의

140

객관적인 최소치에서 최대치의 활용 방안을 강구하고 있었다.

"부엌에서 간단히 샤워도 할 수 있겠다. 큰 다라이 물통을 사와서 바께쓰로 끼얹어가면서 하면 되제. 공용 화장실이 불편하겠지만, 혼자 지내는데 오줌은 부엌에서 누고 바께쓰로 씻어내리면 된다."

혜희는 오도카니 무릎을 세우고 앉아 책장의 책들을 올려다보고 있었다.

"가까운 데 약수터 없나? 언제까지 돈 주고 물 사 묵을 끼가?"

부엌 안쪽에 생수 피티병이 어질러져 있고 방 안에도 두 개가 뒹굴고 있었다.

"주전자도 없는걸, 뭐."

혜희가 한마디 했다.

"사는 데가 이래도 사람이 야물딱지면 온갖 거 들여놓고 산다. 니한테 그걸 바랄 일은 아니다만……. 근데 빨랫감은 어디 뭉쳐났노?"

"세탁소에 맡기는데요."

"여름 빨래부터 내놔라. 빨지도 않고 욱여넣었을 게 뻔하다."

"5000원 주면 한 무더기씩 해주는데, 저번에 다 세탁했어요."

"온 김에 해줄라꼬 그러는데……."

그러더니 어머니는 안경을 벗고 눈가를 주무르기 시작했다. 눈물이 빠지고 있어 그가 놀랐다.

"어머니, 아픕니꺼? 눈이나…… 머리."

"안 아프다. 그냥 좀 울린다."

"울……린다고요?"

그는 어머니의 머리에 손부터 대보았다. 뭣 좀 읽어둔 게 탈이었다. 뇌종양 위험 신호 중 하나라는 국부 발열이 있는지 확인하려는 것이다. 어머니의 이마와 두피는 서늘하기만 했다.

"머리에 갑자기 열나면 안 좋은 상태랍니다. 폭발적으로 구토가 치미는 것도 안 좋고…… 알고는 계시소."

운동 장애는 따로 말하지 않았다. 낮에 깡통에 침 뱉고 잘 못 걷던 환자에게서 생생히 보았던 것이다. 그런데…… 만약 방금 손댄 어머니의 두피가 후끈거리고 또 속이 메슥메슥하다고 호소해왔다면…… 한두 시간 안에 사람도 못 알아보는 사고 장애, 최소한의 대화조차 불가능해지는 언어 장애가 오게 되는가. 종양의 압박에 의해 머릿속에 피 홍수라도 이는가. 그러기 전에 119 구급차를 불러 병원으로 가야 하는가. 이 좁은 골목까지 구급차가 올까. 그는 들것에 실려 저 아래 차도까지 경사진 골목을 출렁출렁 내려가는 어머니 모습을 대책 없이 떠올렸다. 왠지 그 시각은 새벽 4시쯤일 것 같다…….

눈을 한참 주무른 뒤 안경을 쓰고 어머니는 커다란 여행 가방에 담긴 지난 계절의 옷가지를 끄집어내더니 코를 댔다. 빨고 개어 넣었다는 말은 거짓이었다. 그녀는 내처 몸을 움직일 태세다.

"엄마, 놔두세요."

혜희가 손사래를 쳤다.

"내가 현직이 사는 데 한번 와볼라꼬 이전부터 벼르고 있었다. 나중에 죽니 사니 해도 정신 똑바로 있을 때 뭐라도 해줘야 할 거 아이가. 현직이 빨래 안 해준 지도 대학 댕기고 나서 거진 10년 안 돼가나. 오늘 빨래 좀 할란다."

"엄마는 쉬셔야 돼요. 택시 안에서 계속 하품하셔놓구."

"기차칸에서 두 시간 잤다. 아직 9시도 안 됐다."

어머니는 방구석에 몰려 있는 양말짝을 문턱으로 던져놓고 지난봄 이래 한 번도 빤 적 없는 새카만 베갯잇을 벗겼다. 그리고 옷걸이 앞에 섰다.

"골라봐라."

때가 타 있는지 아닌지 잘 보이지 않는 것이다. 혜희가 바지 두 벌과 잠바 하나를 골랐다.

그녀의 빨래는 한 시간 동안 계속되었다. 물이 뚝뚝 떨어지는 옷을 혜희와 그가 담장 통로로 나가 짰다. 방 안 빨랫줄에 널고 부엌에 노끈을 새로 달아서 널고, 하여 그의 방과 부엌에는 때아닌 지난 계절의 옷가지들이 주렁주렁했다.

"양말하구 속옷은 매일 빨아 널어라. 겨울 되면 건조해질 낀데 젖은 걸레나 양말이 있으면 그게 감기 예방이라."

그는 책상에 앉아 노트북을 켰다. 어머니는 이부자리에 눕더니 이내 코 고는 소리를 내기 시작했다. 천장 등을 끄고 스탠드를 켰는데, 앉은자리에서 담배를 피울 수 없는 게 불편했다. 내일 이민영 박사를 만나 반드시 확인해야 할 것을 문항으로 수첩에 정리하던 혜희가 무릎걸음으로 책상 쪽으로 왔다.

"뭐 하니?"

"인터넷."

"이 작은 것도 인터넷이 되니? 어느 인터넷으로 가는 거야?"

혜희가 컴맹답게 물어왔다.

"병원 홈페이지가 있을 거야. 신경외과 페이지도 있을 거고 수술진 소개도 있을 거야. 엄마를 담당할 의사도……. 근데 누나, 오늘 밤 잘 수 있겠어? 낯선 데잖아."

"글쎄, 나도 잘 모르겠다."

무릎걸음 자세를 유지하고 책상에 붙었던 혜희가 풀썩 주저앉았다.

"엄마도 엄마지만, 사실 나…… 하루 종일 심장이 두근거려 죽겠어. 동동동거리며 가라앉질 않아."

"약이라도 사 먹지 않고?"

"현직아."

"응."

"난 내일, 같이 이민영 박사님만 보구 내려가면 안 될까?"

병원 홈페이지 메인 화면에서 접속이 끊겼다. 산동네의 낡은 전

144

화선이라 평소에도 집에서는 접속을 않는 편이었다. 그가 말했다.

"내려가요."

너무 짧고 또 불퉁한 말이라서 혜희는 '응, 나는 내려갈게' 말도 못 하고 입만 달싹거렸다. 그가 선심 쓰듯이

"어쨌든 엄마 서울 올라오셨으니까 이제 나한테 맡겨. 그동안 누나 고생 많이 했어."

'나한테 맡겨'라는 말이 제 귀에도 대견스레 들렸지만 어머니가 자신에게 맡겨져 무엇이 해결되는지 대단히 막연한 말이었다.

"고마워. 같이 있어도 난 딱히 할 일이 없을 거야. 의사한테 물을 거랑 엄마가 그동안 안과 진료 받은 시기랑 여기 다 적어놨으니까 내일은 니가 말해. 나보다는 니가 잘할 거야. 그리고 지금도 넌 아주 잘하는 거야. 이렇게 해야 해. 어떤 일이 일어나더라도 겁먹지 않고 그때그때 필요한 정보를 찾아가야 해. 그게 아무리 무서운 것이라 해도 지금 우리에게 필요한 것을."

"실은…… 나도 겁나."

불을 끈 건 11시였다. 책상-그-어머니-혜희-미닫이문, 누운 순서였다. 어둠 속에 존재하는 것은 코 고는 소리뿐이었다. 서울이란 곳에서 어머니, 혜희와 같이 잠을 자는 것은 처음이었다. 아니 대학 졸업식 전날 하숙집에서 후배들 방 두 개를 빌려 아버지 어머니가 한 방, 혜희와 동생들이 한 방을 차지해 하룻밤을 함께한 적이 있었지만 같은 방에서 어머니의 코 고는 소리를 듣기는

처음이었다. 아니 초등학교 때 듣긴 했을 것이다. 아무튼 귀설지 않은데도 같이 누운 공간의 생경함으로 귀설어 들리는 것이다. 코로 들어가서 한다는 내시경 수술을 받는다면, 어쩌면 다시는 듣지 못할 소리……?

마감 피로가 덜 풀린 탓에 그는 곧 잠이 들었다. 방 안에 요강이 없어 어머니가 밤새 몇 번이나 부엌문을 열고 나가 오줌을 질금질금 누고 바께쓰 물을 붓는 소리를 그는 듣지 못했다. 어머니 콧소리에 깜짝깜짝 놀라며 혜희가 새벽까지 잠을 설친 것도 그는 알지 못했다.

6

이민영 박사는 30대 중반으로 발그스름하게 살점이 오른 얼굴을 하고 있었다. 젊음이 신뢰감을 주었다. 기존의 수술법을 고집하기 쉬운 나이 든 베테랑에 비해 새로 개발된 수술 기계를 받아들이는 데 버려야 할 지식과 기술의 기득권이 적을 것이다. 일반 수술 아닌 감마 조사술에도 이 박사가 다른 노장들보다 날렵한 솜씨를 발휘할 것이다. 뇌 사진을 형광대에 탁, 탁 끼우더니 이 박사가 주저 없이 말했다.

"크군요. 이미 많이 자랐네요. 종양이 왼쪽 시신경을 눌렀습니다. 그 시신경은 죽은 상태고, 오른쪽 시신경도 반 이상이 먹힌 상탭니다."

이 박사가 종양과 눈 부위를 손으로 짚어주었는데, 까맣게 된 것이 정상 뇌신경이고 허옇게 드러난 것이 종양이었다. 필름은 머리꼭지에서 아래를 보고 찍은 것인데, 아래쪽에 눈 두 개가 있고, 창자 같기도 하고 명태의 곤 같기도 한 뇌골이 좌우 대칭의 주름으로 돼 있었다. 두개골은 영락없는 해골로 보였고, 어머니의 해골은 무척 작고 연약해 보였다. 이 박사가 입을 한일자로 만들며

"빨리 수술해야 합니다."

"예……" 하다가 그는 순식간에 결심했다. 종양의 질을 묻는 걸 더 미룰 수 없는 것이다. 그러나 무슨 방어 본능처럼 질문은 복잡하게 나왔다.

"선생님. 저희 어머니는 왼쪽 눈이 1년 전부터 안 좋았습니다. 지금도 아픈 눈은 왼쪽이고 교정시력은 0.4이고, 근데 왼쪽 눈이 아니고 통증 같은 건 없었던 오른쪽 눈이 어느 날 갑자기 안 보이셨습니다. 그렇다면 왼쪽 눈의 종양은 1년 전이나 지금이나 별 변화가 없는데, 오른쪽 종양, 아니 종양의 오른쪽 부위만 갑자기 자랐다는 말인가요? 왜 그렇게 한쪽 부분이 빨리 자랐습니까?"

"글쎄요."

그는 제림병원에서 찍은 CT 결과에 대해 물었다.

"두 달 전에 부산 제림병원에서 뇌 촬영을 했을 때는 뇌종양은

일언반구도 없었거든요. 그땐 종양이 판독 불가능할 정도로 작았는데, 두 달 새 종양이 이렇게 빨리 자랄 수 있습니까?"

"제림병원요?"

이 박사는 '부산에서 신경을 제일 잘 본다'는 병원을 알지 못했다.

"그럴 리 없을 겁니다. 종양은 아마 시력 저하 전부터 자라고 있었을 겁니다. 그 병원에서 검사가 잘못됐거나……."

제림병원에서의 일들은 일단 미스터리로 밀쳐놓고, 그는 제일 무서운 질문을 했다.

"선생님, 이거 양성입니까?"

이 박사가 그를 빤히 보았다.

"뇌하수체 종양으로 보입니다. 위치가 위로 올라가 있어서 수막종으로 보이기도 합니다만, 뇌하수체의 경우, 80퍼센트를 양성으로 봅니다."

"예에……. 선생님, 양성 종양이 3센티씩이나 자랄 수 있습니까?"

"그렇게 자랍니다. 아니 3센티보다 더 자랍니다. 근데 정확한 것은 조직검사를 해봐야 압니다. 조직검사는 수술을 하면서 같이 합시다. 보호자분들도 알아야 할 점은 지금 어머니 같은 경우 양성, 악성이 중요한 게 아닙니다. 위치가 안 좋고 자꾸 자라기 때문에 무엇보다 빨리 수술해야 합니다. 양성이라고 안심할 일이 아니지요."

"선생님, 위치가 안 좋다는 것은……."

"무엇보다 수술이 쉽지 않다는 거지요. 옆통수나 뇌골 밖에 생긴 종양은 한두 시간이면 간단히 처리됩니다. 별 후유증도 없어요. 어머니 같은 경우는 깊이 들어가 있어서 시간이 많이 걸립니다. 또 종양이 신경을 압박해서 여러 증상이 다발적으로 생길 자리예요. 놔두면 계속 자랍니다. 시력 상실이 일단 대표적이지만, 어머니는 이미 다른 부수 증상도 느낄 겁니다."

혜희가 두 손을 앞으로 모으고 말했다.

"선생님, 수술은 얼마나 걸릴까요? 저희 어머니는 심장도 안 좋고 신장도 안 좋으시거든요."

어머니는 의자에 앉은 채 초등학생처럼 의사의 말에 완전히 복종하는 듯한 차려 자세!

"이런 경우에는 보통 혹이 딱딱합니다. 또 시신경과 복잡하게 엉켜 있습니다. 그걸 다 떼어내려면 열 시간 이상이 걸립니다. 더 걸릴 수도 있고요. 심장과 신장이 안 좋으시다면…… 지금 어머니가 수술을 받을 수 있는 상태인지 내과 검사부터 해봐야죠."

이 박사가 차트에 알아볼 길 없는 날림체 영문자를 썼다. 열 시간짜리 수술이란 말에 혜희는 "아……" 했지만 그는 그 시간이 의미하는 바를 쉬 판단하기 힘들었다. 그 정도는 걸려야 하는 것 아닌가? 이런 생각도 들었다. 그는 알려야 할 어머니의 또 다른 문제점을 상기했다.

"참 선생님, 저희 어머니는 자궁에 종양이 있습니다. 10년 전쯤에 알게 된 것인데, 마산 병원에서 그건 그냥 내버려둬도 된다고 했거든요. 그러니까 그건 확실히 양성일 텐데…….."

자궁의 혹은 10년 전의 것인데도 왜 더 자라지 않는 것일까! 머리의 혹은 왜 계속 자란다는 것일까!

"그건 신경 안 써도 될 것 같네요. 그러나 10년 전에 그랬다니까 이번에 그것도 새로 한번 살펴봅시다."

이 박사가 고개 숙여 차트에 또 영문자를 날려썼다. 이 박사의 귀는 계속 열려 있으므로 질문을 이어가야 했다. 지금 저 사람은 엄마 뇌를 주물러댈 사람이다, 저 사람의 손에 모든 것이 달렸다!

"선생님, 수술한다면 어머니 시력은…….."

"예, 그게 문제죠."

이 박사가 영문자를 다 쓰고 고개를 들었다.

"시신경과 엉켜 있지 않다면 수술하기도 훨씬 쉬울 텐데 말이죠."

이 박사가 다시 필름 쪽으로 얼굴을 돌리고 볼펜을 책상 위에 딱 딱 두드리며 뭔가 말을 고르는 듯하더니 문득 어머니 얼굴을 정시하며 말했다.

"시력 문제는 어쩔 수 없습니다. 어머니나 가족께서도 각오를 하셔야 합니다."

혜희가 두 손을 꽉 그러쥐었다. 그는 "예에……." 소리만 냈다. 어머니는 계속 너무도 예바른 차려!

"부산 병원에서도 그러지 않던가요? 이미 늦었습니다. 이런 경우가 드물지 않아요. 아마 어머니는 지금까지 눈 때문에 안과만 다니셨을 텐데, 자신들이 할 수 있는 치료는 다 해보다가 나중에 사 큰 병원 가보라고 하는가 봐요. 이 안과 저 안과를 쫓아다니다가 시기를 놓치는 환자가 많습니다. 아무튼 시력 문제나 또 다른 문제들은 내과 검사를 끝내고 수술 날짜 받아놓고 다시 상의하도록 합시다."

"선생님, 오늘…… 입원이 되겠습니까?"

"지금 당장은 안 됩니다."

"예…… 그러면?"

"부산에서 급히 올라오셨지만…… 지금 어디 머무세요? 친척집에 있습니까?"

서울에서 어머니가 갈 곳은 H동 자신의 자취방뿐이라고 그가 대답했다. 솔직해버린 것은 그의 실수였다.

"그러면 병원까진 쉽게 오갈 수 있겠네요. 일단 외래로 다른 기본적인 검사를 받으면서 적당한 시기에 입원하도록 하죠."

지금 입원실 빈 침대가 없진 않다는 말인가. 그런데 혜희가 돌발적으로 부르짖듯 말했다.

"선생님! 머리를, 머리를 꼭 절개하는 수술뿐인가요? 그러니까, 코, 코로 들어가는 수술도 있고 또 감마 수술도 있다고 들었거든요. 부산 병원이 여길 추천한 것도 그 때문이거든요."

151

"그런 수술도 있지만…… 이건 종양의 위치가 코로 통하는 수술로는 안 됩니다. 또 감마 수술은 대개 작은 종양에 쓰입니다. 일반 수술도 전혀 장담하지 못하지만 감마 조사기를 쓴다면 어머니의 경우 100퍼센트 시력을 잃게 됩니다."

"저어, 선생님, 오늘 어찌…… 입, 입원이 안 되겠습니까?"

그는 불쑥 다시 한번 입원을 부탁했다.

"예, 어머니가 상태가 좋은 건 아니지만…… 아드님, 지금 밀려 있는 수술들이 다 비슷한 경우예요. 정말 급하다고 보고 근데 두세 시간 간단한 수술이면 예약된 시간 사이사이 수술실이 빌 때, 말하자면 새치기로 할 수도 있겠는데요, 어머니 같은 경우는 열 시간 이상 걸리는 수술이기 때문에 그게 불가능합니다. 다른 환자의 수술이 뒤로 밀리게 되고 자연히 수십 명 환자의 수술이 다 밀리겠지요?"

"예에……."

"그러니 입원 문제는…… 지금 당장 입원한다고 해도 수술 스케줄이 꽉 짜여 있기 때문에, 스케줄상 보름 후쯤이나 될 어머니 수술이 앞당겨지는 것도 아닙니다. 괜히 입원비나 들지 않겠어요?"

수술 시스템이 그렇게 돌아가는구나 싶으면서도 아버지의 주장은 달랐고 또 나름의 설득력이 있었다. 집에서 병원까지 오가는 데도 어머니가 불편할 것이며 각 검사마다 기다리는 시간의 고통도 결코 무시 못 한다는 것이다. 무엇보다 어머니한테 언제

급한 상황이 닥칠지 모르는데 입원만 하면 병실 침대에서 24시간 늘 대기하는 것이 되니 다른 어떤 경우보다 응급조치가 빠르다는 것이다. 그 주장을 곡진하게 해야 할 아버지는 지금 기차를 타고 서울로 오고 있는 중이다!

"저어, 선생님."

혜희가 한참 궁리한 뒤 또 이 박사를 불렀고, 의사는 말 없는 눈길만 혜희 쪽으로 주었다.

"여쭈기가 죄송한데요…… 수술을 하면 시력은 각오해야 한다고 하셨는데, 시력을 완전히 잃게 되는 걸 확률로 따지면 얼마쯤 될까요?"

'확률'이란 말에 의사는 직업적인 반발감이 생길 것이다. 아니 경험적인 통계치에 따른 어림짐작의 확률을 말할 수도 있지만, 말하는 순간, 책임이 지워져 싫을 것이다. 의사의 말씨에서 귀찮아하는 기색이 확 느껴졌다.

"그런 얘기는 나중 얘기예요. 수술 날짜 받아놓고 제가 가족 분들을 한자리에 모셔놓고 다시 상세하게 설명드릴 겁니다. 어떤 후유증이 예상되고 수술의 가장 중점은 무엇이며…… 지금 복도에도 기다리는 환자가 많은데요, 그런 것 하나하나 이 자리에서 말씀드릴 시간이 없어요. 수술 앞두고 새로 설명하겠습니다. 일의 진행이 원래 그래요. 그러니 당분간 이런저런 검사부터 받으세요."

현직은 간호사에게서 필름 봉투를, 혜희는 다른 간호사에게서 소변 검사와 혈액 검사 진료표를 받아 들었다. 식구는 무슨 봉변을 당한 사람들처럼 얼굴이 붉어진 채 진료실을 나왔다.

어머니가 나무 의자에 앉고 혜희가 옆에 앉았다. 그는 봉투를 껴안듯이 들고 섰다. 뇌하수체 종양은 80퍼센트 양성이라고 했다! 열에 여덟, 그래, 우리 엄마 종양도 양성이라고 생각하자.

아니 '생각하자'가 아니라 그는 '양성이라고 생각하기'로 결심했다. 그런데 그러자마자 어머니 수술이 갑자기 헷갈려오는 것이었다. 최소 보름 뒤 수술 날짜가 잡힌다고 했으니, 별로 긴박감 없는 말투로 의사가 그렇게 말했으니, 앞으로 보름까지는 어머니 종양은 어떻게든 견딜 만한 상태인 성싶다. 어쩌면 한 달 두 달도 괜찮을지 모른다. 그런데 아버지, 자형의 주장처럼 하루라도 빨리…… 수술받자? 그러다 어머니가 완전히 시력을 잃게 된다면?

그래, 그래, 하고 그는 계속 생각했다. 분명 왼쪽 눈에서 종양이 먼저 불거졌는데, 그래서 작년 봄에 엄마는 왼쪽 눈이 아팠는데……, 그 시력 저하가 교정시력 0.4에서 멈춘 이유는 뭐지? 왼쪽보다 시간적으로 늦게 종양이 오른쪽 시신경을 침범했는데, 어떻게 왼쪽의 것을 앞질러버렸지? 종양은 한 덩어리면서도 혹시 양성과 악성이 결합된 것일까? 혹시 종양의 왼쪽은 자궁의 혹처럼 어느 크기까지 자라나다가 그 이유가 뭔지는 알 수 없지만 성장을 멈춰버린 것은 아닐까? 그렇다면 서둘러 수술을 받는 게 과연 상책인가. 더 이상 자라지 않는, 아니 자라지 않을지 모르는 종양을 굳이 떼내려다가, 그냥 놔둔다면 더 오랜 시간 쓸 수 있는 왼쪽 눈의 시력을 서둘러 포기하는 우를 범하는 것은 아닐까? 성장을 멈춘 것까지는 아니라도 놈은 아주 더디게 자라고 있다!

그렇지만…… 늦게 시신경을 잠식해 들어온 종양의 오른쪽 부위가 자꾸자꾸 커버린다면? 뇌압이 오를 대로 올라 어느 순간 출혈이라도 일으킨다면?

그는 어머니의 뇌 상태를 마구잡이로 유추하며, 기대하며, 상상하며 비상한 속도로 머리를 굴렸다. 어머니와 혜희도 저마다 '시력' '80퍼센트', 또 이 박사가 했던 여러 말들의 표현과 뉘앙스를 따지고 있을 것이다. 그는 급기야 봉투의 필름까지 꺼냈다. 종양의 왼쪽은 꾸불꾸불하게 눈알 주위를 압박하고 있는 듯 보이고 오른쪽의 것은 선명한 덩어리로 눈의 후위를 덮치고 있는 것처럼 그의 까막눈에 보였다. 그런데 순간, 그의 눈앞에서 필름이 영사막 같은 것으로 변해버렸다. 그리고 활동사진처럼 차르르 움직이기 시작했다. 눈을 붕대로 처매고 병실 침대에 누워 있는 어머니, 눈물 작용은 그대로여서 붕대가 푹 적셔지는 모양, 그리고 퇴원의 날이 오고 이후의 외래진료는 B대학병원과 협약이 된 부산의 병원에서 받기 위해 어머니가 귀향하고, 그런데 서울역에서 어머니는 선글라스를 끼고 지팡이를 짚고 식구들의 부축을 받아 기차에 오른다, 어머니가 장님이 되어 서울을 떠난다!

아, 그런 어머니가 은천에 가선? 눈이 먼 채 역에서 집까지 더

듬더듬 걸어가는 모습을 보러 나온 고향 마을 사람들.

　그리고 이제, 고향 집은 어찌 되는가. 가사 노동은 누가 할 것인가. 은천 집에서 누가 어머니 뒷수발을 할 것인가. 씻기고 먹이고 화장실로 데려가고…… 누가, 누가 할 것인가! 집안일을 해본 적 없는 철부지 동생들이 할 수 있을까. 아버지가 할까. 양성이라고 치자. 적출하기만 하면 어머니가 천수를 누리게 된다고 치자. 나이 50 중반에 눈을 잃게 된 여자가 남은 생애를 무슨 희망으로 살아갈까. 혹 며느리가 뒷수발을 할 수 있을까. 시어머니가 장님이 되어 누워 있는데, 아들이라곤 하나뿐인데, 그와 결혼해줄 여자가 있기는 할까.

　"현직아……."

　어머니가 눈이 그렁해진 채 그를 불렀다.

　"난 수술 안 받을란다. 결국 여기도 부산 병원과 똑같은 말이라. 단 1프로라도 눈 건진다는 말을 못 한다 아이가."

　방금 그가 한 생각을 어머니도 오래전부터 따져봤을 것이다. 그건 아버지나 혜희도 마찬가지일 것이다. 그동안 서울에 외따로 있었던 그는 이 정도까지 구체적으로 고민해보지 않았다. 그러나 어머니가 눈을 잃게 된다는 것은 이제 더 이상 밀쳐둘 수 없는 문제가 되었다.

　"혜희야, 집에 가자. 집에 가서…… 좀 더 생각해보자."

　"엄마, 은천에요?"

"아니 현직이 방에 가자. 일단 좀 쉬자."

"안 됩니다, 어머니. 아버지도 곧 오실 거고, 또 오늘 받아야 할 검사는 받아야 합니다."

그가 소변·혈액 검사 진료표를 혜희의 손에서 받아 들었다. 수술 날짜가 아직 보름이나 남았다. 받을 검사는 받으면서 꼼꼼히 다시 생각해보자!

"자, 어머니. 피 검사 받으러 갑시다."

"부산 병원 다닐 때 그런 것 다 받았다. 또 받나?"

"거기 차트가 여기로 이송되면 안 받아도 될 텐데, 어쩔 수 없죠."

"다 돈 벌어먹을라꼬 하는 수작 아이가. 나는 또 MRI 찍으라 할까 겁나더라. 사진 찍으라 안 카는 거 보면 그래도 여긴 양심적이라."

"현직아, 나는 여기 계속 앉아 있으면 안 돼? 너무 힘들어……."

"어머니, 저랑 같이 내려가요."

"조금만 더 앉았다 가자. 다리 아프다. 근데……."

어머니가 바보 같은 표정을 짓고 물었다.

"의사가…… 암은 아이라 카제?"

양성 종양이 틀림없다고 그는 이미 '결심'해둔 바였다. 그러나 어머니 입을 통해 그 질문을 받으니 일순 흔들리는 마음이었다. 열에 여덟!

"예, 어머니는 양성이랍니다."

157

"암은 아이라 캐도, 혜희야, 안 그렇나? 시력을 못 건진다는 데…… 내가 굳이 서울까지 올라올 필요가 뭐 있노."

혜희는 눈을 감은 채 말도 못 했다. 어쩌면 엄마보다 자기가 먼저 쓰러지는 것을 두려워하고 있는지 몰랐다.

지하 채혈실에서 피를 뽑고 다시 2층으로 올라와 약제실 반대편을 통하여 신경외과 복도로 들어서는데, 아버지의 감색 양복이 보였다. 혜희한테서 이 박사와 면담한 결과를 듣고 있는지 눈을 꾹 감은 채였다. 그가 어머니에게 말했다.

"아버지 오셨어요. 지금 누나랑 같이 있어요."

그런데 그가 인사하자마자 아버지가 말했다.

"신경외과에선 입원이 안 됐지만, 방법이 없는 건 아이라. 우리가 지금 내과에 새로 접수를 하면 된다."

내과 검사에서 환자의 상태가 심각하다는 진단을 받고 먼저 입원한 뒤 신경외과 병상이 비기를 기다리자는 것이다. 이제 그는 입원만을 재촉하는 아버지가 의아스러웠다. 사람 목숨부터 구해야 한다는 것일까.

"일단 점심 식사는 하셔야지요."

"아이라, 아이라. 접수부터 해놓아야지."

"현직아, 나는…… 수술 안 받고 싶다……."

"아부지…… 죄송하지만, 난 이만 초읍으로 내려가면 안…… 될까요?"

"급하게 서둘 일이 아닙니다. 아버지…….."

"그라문 내가 접수하고 올끄마. 그리고 혜희 니는 이만 내려가 거라."

"현직아, 나는 수술받기 싫다…….."

7

그날 저녁이었다. 서울역 광장을 혼자 걸어 나오던 현직은 택시를 탈까 지하철을 탈까, 하고 걸음을 멈췄다. 퇴근 시간과 겹쳐 지하철은 붐빌 것이다. 종로3가역의 환승 통로도 엄청 길었다. 그는 어둠이 내리는 속에서 구기자 열매 같은 빨간 불빛이 무수히 돋아나는 서울의 한 시야 공간을 멍하니 바라보았다.

바로 어제 오후, 자형이 앞장서서 식구들은 모범택시를 탔었다. 어둠이 깔린 것 외에 어제와 다름없는 역 광장이다. 그런데 오늘 하루, 너무 많은 일이 일어나버렸다. 어머니는 수술을 포기한 것도 수술을 받겠다는 것도 아니었다. 진군 팡파르처럼 서울 병원! 하고 상경하였으나 이틀 만에 후퇴! 하고 모두 서울을 떠나버렸다. 그는 홀로 남겨졌다.

그는 택시를 잡아타고 문명이 발정 난 눈길로 서로를 바라보는 듯한 불빛 속을 달려나갔다.

신장내과 진료실로 들어서자 아버지는 혼자 흥분하더니 막 더
듬거렸다.

"바, 박사님. 이, 이 환자가요. 밖으로 멀쩡해 보이지만 지금 몸
속이 심각합니다. 머, 머리엔 종양이 자라지요. 신장이 나빠서 하
루에 수십 번씩 소변을 보지요. 눈도 어두워서 혼자 차도 잘 못
타예. 버스 번호를 알아볼 수가 있어야지예! 지금 저희들 모두 부
산에서 올라왔습니다. 다들 직장에 매인 몸이라, 바, 박사님, 저
희는 도무지 외래진료가 불가능하고, 어서 빨리 입원을 해야 합
니다. 어떻게 안 되겠습니까?"

"아드님이 서울에서 직장 다니신다면서요."

"바, 박사님, 예, 그게…… 야도 직장 일이 바빠서 환자를 데리
고 병원 다니기가 힘듭니다. 예, 얘는 서울 직장에 다니는 거 맞
습니다."

동글동글한 얼굴의 의사가 큼큼하면서 말했다.

"가족분들, 큼. 생각을 해보세요. 누구나 자기 가족한테는 본
인들의 환자가, 큼, 가장 중요합니다. 그러나 모두 저마다 절박한
상황이고, 병원은 그 환자들 사이에서 불평불만이 없도록 순서에
맞춰 치료를 합니다. 자기 가족 중하다고 큼, 그 가족부터 치료하
면 다른 가족들은 어떻게 되겠습니까. 영감님 안사람만 중요한 환
자가 아니에요. 그러니까 앞으로 그런 말씀 마시고 순서대로 입원
이든 수술이든 기다려서 하세요."

그런데도 아버지는 애원이었다.

"바, 박사님. 그래도 우째 안 되겠습니까?"

"영감님, 암에 걸린 환자라고 바로 입원이 되는 줄 아십니까? 큼, 일단 다 외래로 돕니다."

"박사님, 그래도 우째 안 되겠습니까?"

"큼, 요관(尿管)이 아픕니까?"

"예에?"

"오줌 나올 때 찌릿찌릿하냐구요."

"그건 아니고예……."

"박사님, 우, 우째 안 될까예? 이 환자는 관절도 안 좋습니다. 한 시간만 걸어댕겨도 발이 퉁퉁 붓습니다."

"얼마나 자주 소변을 봅니까? 피가 큼, 섞여 나올 때도 있습니까?"

"피는 나오지 않고예…… 이상하게 소변은 기차나 버스를 타면 급해지고예. 그럴 때는 거진 30분에 한 번씩 마렵습니더. 아이다…… 소변을 봐도 시원하지가 않고예."

"신경성이네요, 큼."

"박사님 우째…… 쫌 안 될까예?"

현직은 아버지의 '박사님' 소리가 너무 듣기 싫었다. 목에 만성 염증이 있는지 의사의 '큼' 소리도 너무 듣기 싫었다. 의사의 억양에서 느껴지는 영어 특유의 굴곡도 싫었다. 나이 열 살 이상 윗사람에게 늘어놓는 의사의 훈계조에도 화가 났다. 병든 아내를 둔 못난 남편의 마음을 그리 모르겠는가. 미국 물 먹으며 배운 자신의 합리를 지키는 게 소신이라 해도, 끝까지 '순서 기다려 입원하라'고 할 수밖에 없다 해도 아버지같이 자신에만 사로잡힌 환자 보호자에게 중간중간 대화의 기술을 발휘할 여지가 있다고 그는 봤다. 대단한 부자나 권력자에게는 언제라도 비워줄 전용 특실을 운영하면서 또 굳이 탓하고 싶지 않지만 병원 직원이나 의사 본인의 피붙이들에게는 갖은 편의를 봐줄 게 뻔하면서 그리 고깝게 초등학교 교과서를 읊어댈 것은 무엇인가. 생명을 다루는 의사 특유의 직업의식을 속속들이 알지 못하지만 그는 지금 자신이 의사라면 백배 천배 살뜰한 어조로 아버지의 부탁을 물리칠 자신이 있었다.

"박사님, 이 불쌍한 환자, 우째 입원 문제만큼은……."

"이보세요, 자꾸 진료 방해하실 겁니까?"

"바, 박사님…… 우째 좀……."

"앞으로 노혜자 씨 진료할 땐 영감님, 들어오지 마세요."

그럼에도 아버지는 "박사님, 박사……" 했다. 마침내 현직이 나섰다. 스스로도 전혀 예상치 못한 끼어듦에 그는 안면 피부가 떨려왔다. 아버지의 한없는 부탁이 못내 싫으면서도 어쩔 수 없이 아버지 편을 들어야 했다.

"아, 선생님. 잘 알겠습니다. 물론 너무 지당하신 말씀이십니다."

의사가 눈을 크게 뜨고 그를 바라보았다.

"그러나 선생님도 생각 좀 해보십시오. 저희 부모님이 경황없이 서울에 와서, 잘 데도 있을 데도 마땅찮은데, 외래진료라는 게 쉽겠습니까? 아무리 원리 원칙이 그렇고 또 그게 옳다 해도요……. 저희 고향 집이 부산도 아닙니다. 경상남도 한 모퉁이 깡촌에서 올라왔습니다. 서울 병원 시설이 잘돼 있고 의사들 실력 좋다는 것 깡촌에 살아도 잘 알고요, 또 부산에서 자신 없다는 수술, 저희는 수술받다 어머니가 눈을 잃는다 해도 서울 병원에서 수술 한번 받아보자고 작심하고 온 겁니다. 차트 보셔서 아시겠지만 어머니는 눈도 어둡고 관절도 굉장히 안 좋습니다. 제 방과 병원이 멀지 않다 해도 지금 저희 아버지는 어머니가 병원과 제 방 사이를 왔다 갔다 하는 게 대걱정입니다. 이미 부산 병원에서 한 달을 외래로 돌았습니다. 진료나 검사 때마다 기다리는 시간이 너무 길었고, 어머니가 엄청 힘들어했고요. 지금 저희 아버지는 수술받다 어머니가 눈을 잃고 또 다른 어떤 후유증이 온다 해도 제발 어머니가 편하게 병실에 계시다가 병원에서 검사받으라 하면 차례 기다리는 것 없이 딱 그 시간에 검사받는 게 소원인 사람입니다. 이런 소원을 가지게 된 게 결코 아버지 잘못이 아닙니다. 물론 환자들이 엄청 몰리는 게 병원 잘못도 아니겠죠. 하여튼 저희 아버지가 설사 많이 잘못되었다 해도 꼭 말을 그렇게 하셔서 사람 마음을 아프게 해야 되겠습니까? 선생님이 무슨 말씀을 하시는지는 잘 알겠고요, 검사 열심히 받겠습니다. 검사 결과는 언제 보러 오면 됩니까?"

의사는 어안이 벙벙한 얼굴로 큼큼할 뿐이었다.

"결과는 이틀 뒤 보러 오세요. 자, 나가주세요."

간호사가 아버지를 밀다시피 해서 밖으로 몰았고, 복도로 나온 아버지가 울먹거리며 말했다.

"니 말 잘했다…… 그래, 그래……."

어머니가 결연해진 것은 그때였다. 수술을 받지 않겠다, 아니 수술을 받더라도 서둘러 받지는 않겠다, 십중팔구, 아니 그 이상으로 시력을 잃는다고 하는데, 지금 당장 입원과 수술에 목매달 이유가 없다, 머릿속이 스멀스멀거릴 때가 있지만, 또 눈알이 띵띵거릴 때가 있지만, 견딜 만하다, 지금 시력으로 버틸 수 있는 데까지 버텨보겠다……. 그는 성장을 멈춘 종양의 왼쪽, 또 잘 버티는 오른쪽 시신경에 기대를 걸어보고 싶었다. 아버지는 어머니가 서울에서 만만찮은 외래진료를 다시 받아야 한다는 사실에 낙담했다. 아니 아버지도 자신이 나서서 결정을 짓는 것보다 어머니의 결심에 우선권을 두며 책임에서 한발 물러나고 싶은 약한 마음의 유혹에서 자유롭지 못했다.

현직은 택시에서 내려 종아리 당기는 골목길을 걸어 올랐다. 그리고 대성슈퍼에서 캔 맥주 세 개와 땅콩을 샀다. 현관문을 따고 집 뒤 통로를 걸어가 고향 집 전화번호 뒷자리와 같은 자물쇠 비밀번호를 누른 뒤 그는 나무문을 열었다. 부엌은 캄캄했다. 불을 켜기 위해 벽 스위치로 걸음을 옮겼다. 천장의 노끈에 널려 있는 빨래가 그의 얼굴에 부딪쳤다. 혜희와 맞잡고 짜내도 물방울이 계속 떨어져 방 안 빨랫줄에는 양말과 속옷을 널고 새로 매단 부엌 빨랫줄에 셔츠와 잠바, 바지를 널었었다. 방 안의 것들은 밤새 다 말라 아침에 걷었다. 부엌 쪽은 아침나절 병원으로 출발할 때 그대로 두었었다.

그는 부엌의 불을 켰다. 그리고 건조가 끝난 빨래를 걷지도 않고 방에 들어서지도 않고 신발을 벗고 올라서는 방 앞 디딤돌에 털썩 주저앉았다. 엄마는 두 계절의 빨래를 한 시간 만에 해치웠지! 참 이상한 일이다. 중학생 때 팔씨름을 하면 그는 어머니를 쉽게 이겼었다. 그런데 빨래할 때나 다른 집안일을 할 때면 어머니는 그보다 힘이 셌다. 기술이 붙어서일까. 빨래할 때는 없던 힘도 생기는가. 우리 엄마 손빨래 1등 기술자야.

탕 탕 탕!

그래, 지난 추석 때! 그 반가웠던 방망이질 소리! 그때만 해도 머릿속에 종양 같은 게 있을지 꿈에도 생각 못 했기에 그 소릴 듣고 기쁘기만 했었지!

그는 캔을 따서 목마른 사람처럼 들이켜며 담배 한 대를 피웠다. 그리고 방문을 열었다. 그는 방 불을 켜지 않고 꼭 술 취한 사람처럼 허리를 구부리고 기다시피 해서 들어가 책상의 옆쪽에 등을 기대고 앉았다. 주저앉을 곳, 기댈 곳이 계속 필요한 그였다.

그는 맥주를 좀 더 마신 뒤, 갑자기 책상 의자에 올라가서 정자세를 취했다. 그리고 그는 계속 마셨다. 취하기 위해서가 아니라 뭔가 골똘히 생각하기 위해 마시는 것이었다.

방은 벽 쪽의 창문으로 보안등 불빛이 들어와 스프링클러가 황색 물방울을 뿌리는 것처럼 깊은 안온이 감돌고 있었다. 눈길을 좌우로 돌리면 어머니가 다녀간 표가 대번에 드러나고 있었다. 늘 펼쳐져 있던 이불이 사각 두부처럼 잘 개켜진 것은 거의 보름 만이었고, 차곡차곡 쌓여만 가던 옷걸이 위의 옷들이 크래커처럼 착착 내려선 것은 한 달도 더 됐을 것이다. 방바닥에 뒹굴던 책들이 책 종류에 따른 것은 아니지만 책장으로 모두 날아가 있는 것은 혜희의 손길 때문이었다. 정리 정돈이 된 방을 보며 그는 불현듯 어젯밤 어머니에게 했던 자신의 행동이 떠올랐다. 무작정 그리워졌다. 그는 어머니의 세어가는 머리칼 속으로 한 번 더 손을 넣고 싶었다. 국부 발열이 있는지 확인하고 싶은 게 아니라 어젯밤 바로 이 자리에서 어머니의 머리칼 속으로 손을 넣고 서늘한 두피를 느껴보던 순간이, 머리를 맡기려고 잔뜩 낮춘 어머니 몸의 자세며 그가 한쪽 무릎을 세우고 다가앉아 마치 한의사가 환자의 맥을 짚듯 어머니 두피에 손을 대보던 그 서늘한 감촉의 순간이, 아니 그와 어머니가 취했던 잠깐의 그 동작이, 그리워졌다. 스물두세 시간 전의 짧은 한순간이었지만, 그것은 어머니와의 사소하나 소중한 추억같이 느껴졌다. 보름 뒤 급보가 올지도 모른다. 부랴부랴 귀향하더라도 어머니는 종양의 행패로 인사불성이 되어 있을지도 모른다. 어머니 머리칼 속으로 손을 넣고 두피를 느껴보는 일은 어제가 처음이자…… 마지막일지 모른다!

그는 어느새 두 번째 맥주 캔의 바닥까지를 마시고 있었다. 소주는 두 병, 생맥주로 치면 7000시시가 주량인 그는 벌써 취기를 느꼈다. 그의 어른어른한 눈앞에는 이제 어머니가 사라지고 아버지의 얼굴이 떠올랐다. 잔뜩 찡그려 붙인 그 미운 얼굴이 갑자기 측은하게 보였다. 아버지의 얼굴은 자연적인 노쇠 때문에라도 너털웃음마저 찡그리는 것처럼 보이는 것이리라. 설사 그것이 짜증과 성깔에 의해 지어지는 것이라 해도 아버지의 찡그린 얼굴을 이제는 그가 받아들여야 하리라. 그가 아버지의 얼굴에서 사랑해야 할 것은 바로 그 찡그림이어야 하리라. 그것은 아버지에게 찡그리는 것 외에 다른 얼굴이 없기 때문이다. 그 찡그림은 병치레잦은 아내와 바락바락 커가는 자식들을 집 밖에서 호위하느라 생긴 훈장과 같은 것이다. 찡그린 얼굴이 아버지 인생의 전체이며 존재의 상징인 것이다. 찡그린 표정밖에 짓지 못하는 사람에게 다른 얼굴을 보여달라고 하는 것은 아버지의 과거를 무시하는 짓이다.

그는 제림병원에서 세상 천지에 오직 혼자뿐인 듯한 아버지의 외로움을 나 몰라라 했던 잘못이 새로 깨달아져 아부지…… 하고 웃듯 울듯 하는 소리를 내면서 책상 서랍을 열었다. 지난 추석 귀향 열차표 봉투가 안에 있었다. 우편물은 인쇄소로 배달되었고, 정기적으로 들르는 영업부 직원이 추석 후에 가져와서 아무 소용 없이 그의 손에 쥐여준 것이었다. 책 뒤에 회사 주소와 병기 되는 인쇄소 주소를 봉투에 쓴 아버지의 실수였다. 동봉된 짧은 편지도 있었다. 그는 아버지의 '글씨'를 보았다. '엄마는 별 차도를 못 봤지만 그래도 낙담은 없다. 니 보고 싶어 한다. 엄마는 니가 엄 마 앞에서만큼은 옛날처럼 애교 부리는 걸 좋아한다. 잘 알제?'

아버지의 '글씨'를 보는 그의 마음을 누가 주물럭거리는 것 같 았다. 마음이 물질적이라면, 그것이 진흙과 같은 것이라면, 어떤 초자연적인 손이 지금 그의 마음을 이 모양 저 모양으로 주물럭 거리고 있었다. 이 편지를 쓸 때 어머니는 제림병원에서 정신이 이상해지기 전이다! 거의 2, 3일 뒤 약 중독 증상이 나타났다. 그 날의 영상도 슬프지만, 지금 그는 아버지의 글씨 때문에 슬펐다. 그리 주목받고 있지 못하지만 화가로서 혜희가 가진 재능도 아버 지 쪽의 내림이었다. 1년 만에 중퇴했다지만 아버지는 고을을 통 틀어 열 손가락에 꼽히는 대학 진학자였다. 그 미래가 창창한 듯 했으나 남자의 인생에 너무도 결정적인 청년 시기에 몰락하는 집 안과 함께 몇 년 마음을 못 잡고 방황하다가 결국 철도 노무자가 되고 말았다. 그 후 아버지의 평생에 걸친 읽을거리는 지방신문이 유일했다. 아버지의 글씨는 그야말로 내용 없는 아름다움인가. 젊 은 시절의 만만찮은 예기와 총명이 글씨체의 호방함과 매끈함에 서 드러나고 있는 것이었다.

니들 지금 무슨 말 하노? 아이다, 니들이 몰라서 그렇지 니 아버지도 고생 많이 했다. 적성에 안 맞는 밥벌이 일 꾹 참고 30년 넘게 해오고 있는 게 얼마나 안됐냐. 재주 많은 양반이 시절이 안 풀려 작업복 입은 채 자기 뜻도 못 펴고 늙어버렸지 않냐. 누가 아버지를 보고 나이 50이라 하겠노? 몸이 못 이기는 일을 하느라고 그렇게 됐다. 난 분이 난다. 아버지 고등학교 동창들 중 누가 아버지처럼 장갑 끼고 땀투성이로 일하노. 니들 아버지가 젊었을 때 마을에선 재주 많다고 얼마나 칭찬이 자자했는지 아나. 난 자라며 인물 못났단 소리는 안 들었다. 나 좋아한 마을 총각들도 많았다. 그러나 처녀 때부터 작심한 게 있었다. 내가 못 배웠기 때문에 딴 건 안 보고 내 신랑은 배왔나 안 배왔나만 보겠다 했다. 내가 친지 식구 많은 이 집안에 맏이고 키 작고 인물도 없는 아버지한테 시집온 것도 그 때문이라. 혜희야, 니 손재주 좋은 것도 아버지 덕분이다. 그라이까 너무 미워 말아라. 하긴 아버지뿐이 아니다. 한가락씩 할 사람들이 다들 그렇게 놓치며, 잃으며, 포기하면서 살았다…….

언젠가 혜희 옆에서 들은 어머니의 말인지 지금 혼자 새로 부풀려 짓는 것인지 술기운과 함께 그의 마음속에서 울려 퍼졌다. 그는 마지막 캔을 땄다. 몸이 둥둥 떠오르는 느낌이 어쩐지 오늘 밤 꿈 없이 깊이 잘 수 있을 것 같았다.

그런데 그것은 문득이었다.

그는 문득 자신의 뒤통수를 느꼈다. 자신의 몸에 뒤통수라는 것이 있다는 것을 느껴버렸다. 그것은 이상한 기분이었다. 자신의 몸 밖에 존재하는 무엇인가가 자신의 뒤통수를 노려보고 있는 것이다. 그는 얼른 의자 뒤를 보았다. 침입자도 없고 우뚝 선 사물도, 다른 어느 것도 없었다.

그는 왠지 으슬으슬한 기분이 들어 음악이라도, 라디오 디제이의 목소리라도 틀어놓으려고 옷걸이 옆에 놓인 중고 카세트로 갔다. '기능' 레버를 '라디오'로 옮겨놓자 처음 듣는 클래식 음악이 소붓하게 흘러나왔다. 그는 방 중앙에 잠깐 섰다. 그런데 그것은 또 문득이었다.

그는 문득 자신의 머리꼭지를 느꼈다. 자신의 몸에 머리꼭지라는 것이 있다는 것을 느껴버렸다. 그것은 이상한 기분이었다. 자신의 몸 밖에 존재하는 무엇인가가 자신의 머리꼭지를 내려다보고 있는 것이다. 그는 천장으로 고개를 들었다. 그는 보았다. 그것이 있었다. 자신의 뒤통수와 머리꼭지를 있게 한 그것이 허공에 있었다.

그는 어두컴컴한 방 안의, 스프링클러가 황색 빛 알갱이를 뿌리고 있는 허공에 외로이 걸린 거무죽죽한 그것의 음영을, 물(物) 자체를, 보았다. 그는 그것이 무엇인지를 대번에 알았다. 그는 허공의 그것에 떨리는 손을 가져갔다. 그리고 그것을 만져보았다. 그것의 마른 감촉이, 보드랍기가 한정 없는 그것의 결이 손에서

부터 그의 전신으로 짜르르 퍼져나갔다. 그의 입은 아…… 소리를 내고 있었다. 그것은 빨랫줄에 걸려 있는 단 하나의 옷가지였다. 그것은 어머니의 팬티였고, 놀랍게도 분홍색이었다. 그런데 그가 팬티에서 본 것은 어머니의 죽음이었다.

그는 동굴 속에서 무슨 보물이라도 발견한 것처럼 빨랫줄에 걸린 속옷 쪽으로 조심스레 라이터 불을 켰다. 분홍색이 보다 야시시해졌다. 바짝 마른 팬티 한 장은 건오징어처럼 오그라져 작아져 있었다. 그러나 그것은 어떠한 큰 히프도 감당할 만치 탄력성이 뛰어날 것이다. 그는 빨랫줄에서 팬티를 걷어내고 손 안에 말아 쥐었다. 어머니 또래의 늙은 여자가 도무지 입을 성싶지 않은 패션 팬티…….

혜희의 것이 아님은 분명하다. 이런 데다 자기 팬티를 걸어놓고 갈 여자가 아니다! 그렇다면 어머니는 여동생의 팬티를 급히 입고 온 것일까. 아니면 요즘 여자들은 나이를 불문하고 죄다 이런 색 팬티를 입는 것일까. 어머니가 그의 방에 하룻밤 머물다 간 가장 선명한 증거인 얇고, 작고, 도무지 어머니와 어울리지 않는, 이런 걸 입고 있었으리라고는 상상도 못 한, 은은하고 유치하며 너무도 따뜻한, 조금만 잘못 건드려도 바스라질 것 같은, 앙증맞은 한 장의 이 분홍색 팬티. 아침에 어머니가 따로 뭔가를, 아니 이 팬티를 빠는 것을 그는 보지 못했다. 왜 어머니는 아침에 팬티 한 장을 따로 빨아야 했을까. 밤새 오줌을 쌌다면 다른 내의도 젖지 않았을까. 팬티만 살짝 적실 뿐인 아주 적은 누뇨였던가.

그는 어머니의 팬티를 손으로 계속 어루만졌다. 한 여인의, 자신을 낳고 기른 어머니라는 여인의 가장 은밀한 부위에 착 달라붙어 있으면서 그 착용감은 전혀 느껴지지 않는 뛰어난 조직(組織) 기술의, 원초(原初) 같은, 갓 태어난 보드라움의 그것, 늙은 육신의 것이나마 그것과 같이 움직이고 그것과 같이 출렁거리고 그것과 같이 따뜻하였을 어머니 몸 안의 너무도 작고 너무도 은밀하여서 반드시 지켜야 할, 끝까지 지켜야 할 귀중한 약속이 숱한 그 세계의…… 그것.

그러나 그것은 다른 무엇보다 어머니의 죽음이었다. 왜 어머니가 이런 팬티를 입고 있었는지 알지 못하고 왜 이런 색 팬티는 어머니와 어울리지 않는지 말로 설명하기 힘들지만, 그러면서도 분명 어머니와 너무 잘 어울리는, 지금 손으로 만지고 있는 분홍색 팬티의 이 보드라움만큼은, 마치 어머니가 한때 아기였던 자신을 어루만졌던 사랑의 손길같이 너무도 어머니다운 부드러운 이것은, 그녀 역시 한 여자여서 충분히 성적이기도 한 이 팬티는, 마침내 어머니가 이 지상에 그를 남겨두고 자식들을 남겨두고 사라질 것이라는 예언이었다.

그가 허공에 걸린 그것을 처음 보았을 때, 그것은 그녀 죽음의 미래였다. 팬티는 그가 미리 목도한 어머니의 죽고 없음이었다. 분홍색 팬티 한 장 때문에 그는 서울에, 아니 이 지상에 홀로 남겨졌다. 어머니는 그의 지상에 분홍색 팬티 한 장을 남기고 영원히 떠난 것이다.

무엇인가를 남기고 떠난다는 것. 사람의 죽음은 제 물질적 육체를 거두어 땅속으로 사라지는 것이지만, 그 외 가져갈 수 없는 다른 모든 것들을 남겨둘 수밖에 없는 것이다. 비록 오늘은 서울을 떠나며 분홍색 팬티 한 장을 남겼지만, 머잖은 미래에 어머니가 서울이 아닌 이 지상 전체에서 훌쩍 자취를 감추며 이 한 장의 팬티와도 같이 사소하고 새록새록 저마다의 분명한 빛깔을 지닌 어머니 생애의 물건들을 남기게 된다. 어머니는 사라지고 없지만 어머니가 생각날 때마다 자식들은 어머니의 빨래 방망이를 눈앞에 쳐들어보고 어머니의 낡은 텔레비전을 어루만지며 어머니의 흠집 많은 안경을 닦아보며 어머니가 즐겨 먹은 겨울초 나물무침을 먹어보며 다시는 들을 수 없는 어머니의 코 고는 소리를 그리워하며 울게 될 것이다. 어둠 속에 걸려 있는 어머니 팬티와의 적나라한 대면처럼 어머니의 모든 사물들은 사물 본래의 사소함을 뛰어넘어 자식들을 단숨에 어떤 무시무시한 인연의 비의로 이끌어갈 것이다. 날 낳으시고, 날 살게 하시고 왜 어머니는 고생만 하다 가셨나. 우리 엄마, 지금은 어디서 이 울고 있는 나를 보고 계시나요!

그는 눈물로 얼굴이 평 젖었다. 그는 군대에서 배운 대로 어머니의 팬티를 세 칸으로 접어 돌돌돌 말아 아버지의 우편 봉투와 함께 책상 서랍에 넣었다.

서울에 더 머물 줄 알고 팬티를 넣었지만 예정과 다르게 병원
에서 바로 서울역으로 가는 바람에 어머니는 팬티를 까맣게 잊어
버린 것 같았다. 은천 집에 내려가서도 어쩌면 어머니는 팬티 생
각을 하지 못하게 될 것 같았다. 팬티는 이제 그의 소유물이다.
어머니 자신도 알지 못하는 것을 이제 그는 알고, 기억하고, 잊지
않으려 하는 것이다.

부모은중, 그 두 겹의 절규

1

　자동차는 10시에 태백시 황지동을 출발하여 동해고속도로를
한참 달리다가 오후 2시에 '강릉 8km' 옆을 지났다. 류 선배가 일
방적으로 정한 행선지는 경포대였다. 장모가 마흔이 되도록 결혼
을 못 한 큰딸과 함께 작업하며, 노래하며 살고 있다는 것이었다.
　류의 스케줄은 묵호항에 잠깐 들러 물오징어를 줄에 너는 주름
진 얼굴의 아줌마를 촬영하는 것으로 끝이 난 상태였다. 그런데
도 류는 회사에 전화해서는 "동해 따라가며 내일까지 표지랑 포
토 에세이 해결해야죠. 그리고 김 차장, 현직 씨도 출장 하루 연
장해줘요. 이번 태백 취재 얼마나 힘들었는지 모르죠? 책상에 앉
았으니까 다들 세상 편죠? 현직 씨 서울 가면 회사에서 상 줘야

해. 돌아가는 차편도 현직 씨 혼자 너무 불편하고 이달 포토 에서 이는 같이할 테니까 부장한테도 그리 전해줘요. 끊엇!" 했다.

"표정이 왜 그래? 속이 안 좋아?"

"아뇨."

"아닌 것 같은데. 휴게소 들러 약이라도 사?"

"괜찮다니까요. 선배, 나 좀 자도 돼요?"

"에에. 안 돼. 나 혼자 무슨 재미로 운전해."

숙취보다 간밤의 부끄러운 기억이 그의 편치 않은 심사의 이유였다. 드럼통 같던 여자!

"현직 씨. 강릉엔 처음 가는 것 아니지?"

"이번에 가면 세 번짼가, 아니 네 번째……?"

"호, 많이 갔었네? 무슨 일로, 자기 친척 집이라도 있어?"

"군대 휴가 나갈 때" 하고 갑자기 현직은 입을 놀리기 시작했다. 딴생각에 집중하는 입놀림으로 앞 생각을 쫓아내려는 것이다. "속초로 나와서 비행기를 탔거든요. 군인이라 할인이 되고 휴게소에서 밥 사 먹을 일 없으니까 고속버스랑 비슷하게 먹혀요. 속초공항은 표가 매진돼 있을 때가 많았고, 그럼 시외버스 타고 강릉까지 가서 비행기를 탔죠. 비행기에서 본 강릉은 진짜 근사하데요."

이륙하는 비행기는 순식간에 대가리를 들고 바다 위로 날아가 버리기에 시가지를 조망할 짬이 없었다. 그러나 활주로로 느리게 착륙하는 비행기에서는 고층 빌딩이라곤 눈에 띄지 않는 나직한 전원도시 강릉이 환히 보였었다. 도시 특유의 매연이 없지 않았지만 푸른 산천과 바다가 둘러싸고 있어 그마저도 밥 짓는 연기처럼 애잔해 보였다. 정말 아름다운 고장이었다.

"난 강릉에 사연이 많아. 처 고향도 여기구······. 그보다는 대학 때 내가 잠수 타고 도바리 친 게 강릉이었거든."

류가 추억 어린 어조로 말했다.

"선배가 도망도 다니고 그랬어요?"

"별거 아니여. 괜히 우리끼리 겁먹었던 거지. 검찰이 중앙 조직을 쳤는데 실무까지 다 딸려 가는 거 아닌가 싶잖아. 한두 달 잠행하자며 모두 날랐지. 난 친구 녀석이랑 함께 다녔는데, 녀석이 어릴 때 강릉에서 살다 서울로 이사 온 거야. 그래서 바다 구경이나 하자며 왔다가 거의 한 달을 강릉에서 죽쳤을걸."

"형수도 그때 만난 거예요?"

"그려."

"쉽지 않은 인연이네요."

"강릉에서도 우린 활동을 했다구. 당시 강릉은 대학하고 지역 운동이 연계가 잘돼 있었어. 태백으로 벽화 작업을 하러 간다고 해서 강릉·삼척 민미협 회원들과 황지로 갔지. 그때 처는 미대 2학년이었고 난 4학년이었고. 이상하게 의견 충돌이 잦았는데, 아, 얘가 나한테 관심이 있구나 싶었지. 그런데 태백에서 일주일 정도 작업했을 때였나. 붙들려 간 중앙 애들이 다 풀려나왔더라구. 서울로 가야 하나, 애를 내 여자로 만들 때까지 있어야 하나. 결국 친구는 서울로 가고 난 끝까지 벽화 작업을 한 거야. 암튼 강릉 태백은 나한테 추억이 많은 동네지."

"예."

"현직 씨, 오늘 우리 장모님한테 가는 거야. 장모님 사는 데가 죽여줘. 밤에 파도 소리 들어봐, 오늘 현직 씨 귀 제대로 호강하는 거야. 그리고 화가로도 유명하지만 장모님 닭 잡는 솜씨가 보통이 아냐. 모래사장에 퍼질러 앉아 닭도리탕에다 진하게 한잔하자고."

류의 튼튼한 위장이 그는 감탄스러울 정도였다. 지난밤 그리 마셔댔는데도 고속도로 휴게소에 쉬어 갈 때마다 물 마시듯 자판기 커피를 마시던 것이다.

"현직 씨, 얼굴 좀 펴!"

"내가 뭐 어쨌다고……."

"혹시 어제 걔들 때문에 그래? 꼭 문제아라서 그런 게 아니고 말야, 요즘 애들한테 우리가 뭘 바라겠어."

그의 괴로운 심사는 태백의 '문제아'들과의 술자리 때문이 아니고 여관으로 돌아온 새벽 1시, 그리고 2시까지의 일 때문이다. 류 역시 그 일을 깨끗이 떨치지는 못하였을 것이다. 아닌 척하고 있을 뿐이다.

바로 잠들지 않고 포르노를 켜놓은 채 둘이서 재미도 없는 화투를 친 것부터 취하기도 했지만 뭔가 아쉬웠기 때문이었다! 그런데 류가 비피를 찍고 똥피 두 장을 쓸어 가며 화투판에 시선을 꽂은 채 "현직 씨, 나 결혼하구 6년이 넘었는데 아직 한 번도 오입을 안 해봤다, 신기하지?" 불쑥 말하는 것이었다.

지난봄 이래 류와 출장해서 여관 잠을 여러 번 잤는데 왜 어제 갑자기 다른 여자가 궁금하다고 했을까. 요즘 형수와 무슨 트러블이라도 있는 것일까. 그보다는 가출한 소녀들, 결코 어리다고 할 수 없는 여자애들과의 술자리 때 눈요기한 기운이 여관에까지 따라 들어온 때문일 것이다. 그는 류의 고백에 "류 부장, 어떻게 그런 일이!" 하며 마치 그런 일에 베테랑이라도 되는 듯 과장되게 탄식했었다. '한 번도 안 해봤다?' 하고 말끝을 올리는 투가 아슬아슬하게 들려 남자끼리만의 이기적인 어떤 연민 같은 것을 느꼈을 정도였다. 그가 카운터로 전화를 걸었고, 에에 그냥 말해본 거야 하며 손사래를 치면서도 류는 결국 옆방으로 갔다. 10분 만에 우거지상을 하고 돌아온 류 다음으로 그도 갔다. 여자는 불친절하기가 이루 말할 수 없었다.

지난밤의 그 못난 일을 놓고는 일언반구도 하지 않고 류가 영다른 말을 해왔다.

"현직 씨, 어머니 때문에 우울한 거야? 왜, 고향의 어머니 아프시다며. 어떻게 된 거야, 수술은 했어?"

그는 '어머니'라는 말, 아니 그 발음 자체의 파장에 순간 마음
이 벙해졌다.

"아직 안 한 거야? 병원에선 뭐라는데? ……에이, 말해봐. 나
도 병원 쪽은 알 만큼 알아. 5년 전에 우리 부친이 교통사고가 났
어. 석 달 입원했지, 신경외과에. 근데 의사가 전신마비 운운하며
겁주는데 딱 미치겠더라구."

신경외과? 전신마비?

"그래서 어떻게 됐어요?"

"의사들은 원래 항상 최악의 상황을 얘기한다구. 수술이 잘되
면 자기가 더 빛나게 되잖아. 그래야 돈 봉투 하나라도 더 받지.
또 수술이 잘못돼도 환자 가족한테 최악의 경우를 말해놓았으니
까 자기가 혹 잘못한 부분은 입 싹 닦는 거지. 병원 좀 다니다 보
면 결국 남는 건 불신이야. 우리 아버지, 지금 멀쩡하셔."

그는 류에게 어머니가 처한 상황을 간략히 설명했다. 그를 부
를 때 꼭 '씨'를 붙이면서 뒷말은 까는 류는 그보다 일곱 살이 많
은데, 그만큼 보고 듣고 겪은 사회 경험이 그보다는 많다는 걸 의
미했다. 이야기를 다 듣고 류가 충고한 것은 아주 단순했지만 그
로서는 미처 생각지 못했고, 생각지 못했으므로 행동으로 옮기지
못한 것이었다.

"상황이 아리까리하긴 하네, 연세도 많지 않은데 시력을 잃는
다니……. 그렇다고 수술을 영 안 할 수도 없고. 근데 현직 씨, 병

원은 부산하구 서울, 한 군데씩밖에 안 다녀봤어? 에이, 그러면 안 돼. 여러 군데 다녀봐. 여기선 이렇게 말하더라, 저기선 저렇게 말하더라 하면서 의사들마다 당신 의견은 어떻냐구 확실히 물어봐. 인연이란 게 있거든. 환자가 자기한테 꼭 맞는 병원을 만나는 것도 인연이야."

톨게이트를 통과한 자동차는 강릉 시가지가 멀리 보이는 지점의 외곽도로로 막 들어선 참이었다. 그는 자신이 가야 할 곳이 경포대가 아니라는 판단이 섰다. 죄책감이랄까 미안함, 아니 그보다 지금 이 시간! 어머니는 어쩌고 있을까 하는 생각에 마음이 자욱해졌다. 나는 지금 이렇게 아름다운 해안도로를 달리는데 어머니는 지금 이 순간! 무얼 하고 계실까. 그 못난 짓을 한 어제 새벽! 어머니는 자다 말고 일어나 요강 위로 올라갔을까!

"선배, 나 하루 쉬게 해주려고 회사로 전화 넣어준 거 고맙고 또 강릉 장모님 댁에 하룻밤 재워주려 하는 것도 고맙고…… 나도 그분 작업 구경하고 싶지만, 또 마흔 살 처형분 메조소프라노도 감상하고 싶지만, 섭섭하게 생각하지 마시고, 나 강릉역에 내려줘요."

"역?"

"집에 가보려구요."

"갑자기 엄마 생각이 많이 나?"

주말마다 귀향할 수도 있었다. 그러나 어머니가 서울을 다녀간

이후 한 달이 지났지만 그는 한 번도 귀향하지 않았다. 아니 그는 혜희와 간간이 통화했을 뿐, 은천 집으로 전화도 넣지 않았다. 전화한다는 것 자체가 겁났기 때문이다! 딱히 어머니를 위로할 말이 자신에게 있지 않을뿐더러 어머니의 힘없는 목소리를 듣게 될까, 혹 그새 어떤 새로운 증상이 생겨난 것은 아닐까 두려웠던 것이다. 집에서 급한 호출이 오기 전까지 그저 수동적으로 기다리는 식이 되고 만 것이다.

"경치 좋은 데 가서 노닥거리려고 하니까 영 안 내키는 모양이네. 그럼…… 내가 내일 늦게 출발해야겠군."

무슨 말인가.

"내일 강릉에서 서울로 일찍 출발하면 나하고 시간 맞추느라 현직 씨가 고향에서 더 일찍 출발해야 되잖아. 우리 완전히 쉬자구. 모레 출근할 수 있도록 출발 시간을 최대한 늦출게."

월차를 내면 하루 결근이야 간단히 처리되지만, 어쨌든 류 선배가 신경 써주는 것이 고마웠다.

"갑자기 마음이 일 때가 있어. 현직 씨, 근데 왜 역에 가? 비행기 타고 가."

류는 확실히 시원시원한 데가 있었다.

"돈 없어? 빌려줘?"

"아뇨, 있어요! 가요, 공항으로!"

낯선 곳에서의 돌연한 귀향 결심이었다. 서울 도심 속에서 류와 얘기를 했다면 이런 결심이 생기지 않았을지 모른다. 바다를, 그 모태(母胎)의 자연을 보며 달리는 중이라 가능한 결심이었는지 모른다. 마음에서 뭔가 일기도 하였지만 류의 충고대로 다른 여러 병원을 다녀보기 위해 어머니의 뇌 필름을 가져와야겠다고 결심했다. 그러나 무엇보다 지금 이 시간! 어머니는 대체 무얼 하고 계실까!

그것이었다. 그것이 갑자기 중요해졌다.

2

김해공항 활주로로 착륙하기 위해 비행기가 남해로 빠져나갔다가 날개를 비스듬하게 뉘고 유턴할 때, 눈 아래의 바다는 동해와 달랐다. 포말 없이 잔잔했다. 깊이의 굴곡이 잦아 얕은 데는 푸르고 깊은 데는 짙은 파랑으로 또 어떤 데는 해조류의 번식으로 녹색을 띤 색 천지. 그런데 턴을 하는 비행기가 일순 격하게 진동했다. 바다로 곧장 처박힐 것 같은 불안에 휩싸이며 그는 경관을 볼 여유가 사라졌다. 공황장애 환자처럼 갑작스러운 공포감에 눈을 질끈 감았다. 엄마는…… 늘 이런 기분으로 지내시지 않겠는가!

비행기 트랩에서 내려 땅에 발을 딛자 새를 쫓는 빵빵 소리가 규칙적으로 들려왔다. 그는 직행 좌석버스를 타고 김해시로 들어갔다. 시외버스터미널에서 은천행 버스를 기다리며 떡볶이 1000원어치와 오뎅 두 개를 사 먹었다.

고등학교 때 친구들이 '마달이'라고 업신여겨 부르곤 하였던 낡은 완행버스가 은천마을 앞 150미터쯤의 기다란 미루나무 길로 들어선 것은 오후 5시가 지나서였다. 은천우체국 앞에서 그는 하차했다. 11월도 중순이 지나 소읍은 빛 알갱이가 먼지처럼 찬찬히 내려앉고 있었다. 아직은 해가 나 있는 오후의 막바지 시간이다. 그의 집은 수운여인숙, 물레방아다방, 영광상회, 추어탕집 등과 함께 면사무소 근처에 있었다.

그의 집은 문이 두 개였다. 섀시 현관문이 점포와 연결되어 보도 쪽에 있지만, 집 뒷마당으로 들어서는 나무문이 면사무소 뒷길 쪽에 있었다. 그 문은 평소 닫혀 있기 때문에 그는 건물을 에돌아 도로 쪽 문으로 갈 참이었다.

그런데 웬일로 뒷문이 열려 있었다. 그는 살며시 문을 밀고 턱을 넘었다. 그러자마자 눈에 들어온 것은 어머니였다.

"살찐아, 살찐아. 배고프제?"

등을 보이고 앉은 어머니는 누군가와 대화를 하듯이 구시렁대고 있었다.

야아옹.

"니가 좋아하는 게 뭐꼬? 날생선이 젤로 좋제?"

야아아옹.

"우짜겠노. 식은 밥에 된장 비빈 이것뿐이다."

어머니에 가려 뵈지 않지만 앞에는 배고픈 고양이가 발악을 떨고 있을 것이다.

그는 계속 문가에 서 있었다. 마당 한구석에는 나무 동강이와 스티로폼, 낡은 궤짝, 갖은 쓰레기들이 쌓여 있었고, 최근 집 안 대청소라도 했는지 한쪽의 페인트 통 속에서 꺼먼 연기가 피어오르고 있었다. 어머니가 매일 조금씩 생활 쓰레기를 태우는 줄을 그도 알고 있었다. 저 엄청난 쓰레기 더미는 보름은 족히 태워야 할 것 같다!

그는 섣불리 "어머니" 하고 부를 수 없었다. 어머니가 살찐이 옆에서 갑자기 몸뻬를 내린 것이다. 변소를 두고도 어머니는 왜 항상 오줌을 수돗가에서 눌까. 그가 어머니를 부르지 못한 것은 허연 엉덩이를 내놓고 오줌을 누고 있어서기도 했지만, 오줌을 다 눈 뒤라도 전혀 예기치 않은 자신의 등장에 어머니가 깜짝 놀라고 말 것이기 때문이었다. 그는 어머니를 놀래고 싶지 않았다.

그는 열린 문을 그대로 둔 채 조용히 뒷걸음질하고는 면사무소 블록으로 갔다. 그리고 우체국 옆 공중전화 부스로 들어가 전화를 걸었다. 뒷마당에서 다른 일거리를 간추리는지 어머니가 전화를 받을 때까지 신호가 오래갔다.

— 여보씨요.

"어머니, 접니더."

—니가 웬일이고?

"예, 여기 은천입니다."

—응? 아니, 니가 우짠 일로?

"부산에 출장 왔습니다. 내일까지 시간이 나서요. 지금 막 도착했거든요. 바로 갈끼예."

그는 전화를 끊고 천천히 발을 떼서 집으로 갔다. 현관 새시 문을 열고 "어무이……" 하며 들어섰다. 그런데 어머니는 안방이 아니라 동생들 방에 있었다. 그가 구두를 벗고 들어섰다.

"어…… 이게 우째 된 겁니까?"

안방에 있어야 할 장롱과 텔레비전, 화장대, 재봉틀이 죄다 동생들 방으로 와 있는 것이다.

"몰랐나? 이제 혜정이랑 같이 안 사나."

"큰누나한테 얘기 들었는데, 담 달이나 내년은 돼야 이사한다 카던데……."

처녀 시절 은천보습학원에서 국어 강사를 한 혜정은 결혼 후 자형의 회사가 있는 창원의 변두리 아파트에 살다가 얼마 전 첫아이를 낳았다. 은천학원장과 매매 계약을 했다는 말은 들었지만, 칠판과 책상, 의자, 집기 일체를 넘겨받은 뒤 직접 학원 경영에 나서는 것이 이렇게 빠를 줄은 몰랐다.

"걔네들 이사 온 지 딱 닷새 됐다."

"그럼, 현경이, 현숙이는요?"

"부산서 자취하제."

"작은누나 애기는요? 여기 같이 와 있습니까?"

"아이지, 애기는 지 친할매한테 가 있다."

"자형은요? 여기서 출퇴근이 되는갑지예?"

"불편해도 버스 편이 두 번 갈아타면 되는갑더라. 우짤 끼고, 지는 쥐꼬리만큼 벌고 혜정이가 이제 더 많이 벌 낀데."

일종의 처가살이. 자형은 뱀도 없는 사람인가.

"아버지는 오늘 근무 날인가요?"

"아이다, 좀 늦네. 막차 타고 오실란갑다."

"근데 어머니, 요즘 어떻습니까?"

그가 드디어 환후를 물었다. 겉모습만은 전혀 환자 같지 않다!

"기냥 지낸다."

"머리는요?"

"혹 가다가 아프고, 또 안 아프고 그러제."

"눈은요?"

"별 차이 없다."

수술을 포기한 어머니는 종양이 더 자라나서 어떤 해악을 부리든 묵묵히 받아들이겠다는 자포자기 상태는 아니었다. 혜희한테 들었지만, 소위 민간 치료를 하고 있다는 것이다.

"니는 오늘 자고 갈 끼네?"

187

"아, 예."

"밥 물래?"

"나중에 아버지 오시면 같이 먹죠."

어머니가 자리에서 일어나 부엌으로 갔고 그는 왠지 데면데면 그녀를 따라갔다. 그런데 어머니가 냉장고를 열더니 거무죽죽한 물이 차 있는 델몬트 유리병을 꺼내는 것이다. 그리고 그것을 컵에 따르더니 쭉 들이켜는 것이다.

"뭡니까?"

"응, 짚물하고 해삼 삶은 물이다."

"짚요?"

"몸에 좋다 캐서……."

"누가요?"

"응, 옷집 아줌마 남동생 마누래가 부산에서 간호사를 한다. 병원에 있으니께 간암, 위암, 대장암 환자, 또 병이 깊어 수술도 못하는 암 환자들을 많이 봤을 거 아이가. 병원에서 손도 못 대겠다 캐서 한 환자가 수술도 못 하고 퇴원했는데, 두 달 뒤에 검사를 받아보니까 고새 암이 싹 없어진 기라. 어떻게 된 기냐고 물어보이께 두 달 동안 짚하고 해삼 삶은 물을 숭늉처럼 마셨다 안 카나."

그는 아연해졌다. 이웃 사람들은 어머니가 암에 걸린 줄 아는가. 어머니는 그 시선을 어찌 견뎌내는가.

"간호사가 말한 그 사람은…… 암에 걸린 것 아입니까."

"나도 암이나 마찬가지 아이가."

"엄마가 무슨 암이에요?"

"뇌에 생긴 거라서 암이나 똑같다 안 카나."

"엄마는 암하고는 종류가 달라요. 엄마 종양은 다른 데로 퍼지지도 않고 또 수술만 받으면 되는 거예요."

"수술을 못 한다 안 카더나."

싱크대의 수도를 틀고 파를 씻으면서 어머니가 퉁명스레 대꾸했다.

"그건 위치 때문에 수술이 힘들다는 거지…… 암이라서 수술 못 하는 것과는 차원이 달라요."

마냥 어머니를 탓할 수 없고 무엇보다 '민간 치료'를 주관하고 있는 아버지에게 화가 났다.

"짚은 또 농약투성이일 거 아닙니까. 기생충은 또 얼마나 많겠습니까?"

"아이다. 물에 담가놓으면 농약은 다 빠진다. 짚도 말간 걸로 골라서 한 시간가량 삶으니깐 벌레 알 같은 건 다 죽는다."

"언제부터 드시고 계신 거예요?"

"보름 넘었다."

"효과는…… 있어요?"

"묻고 싶은 건 아버지한테 물어봐라."

부산발 완행 막차는 7시 40분에 은천을 통과한다.

189

그는 마당가 뒷방으로 가서 잠시 벽에 등을 기대앉았다가 바로 노트북을 켰다. 동생 방, 아니 이제 부모가 거하는 안방이 된 옆방의 창문을 열고 창턱에 붙은 전화 단자에다 통신선을 끼웠다. '짚'과 '해삼'을 검색해보려는 것이다.

접속은 됐는데 시골이라 통신 회선이 부족해 인터넷 초기화면이 뜨는 데 서울보다 네댓 배 시간이 걸렸다.

응, 뭐야? 지금 접속 중인데?

멀리서 전화벨 소리가 문과 문의 틈을 비집고 그의 방까지 들려오고 있었다. 집에는 혜정네가 쓰는 전화가 한 대 더 가설돼 있었다. 어머니가 그 전화를 받았고 곧 안방으로 오더니 선을 연결하느라 반쯤 열려 있는 창문으로 얼굴을 내밀었다.

"뭐 하노?"

"예, 잠깐⋯⋯."

"전화 고장 났나? 혜정이한테 전화 왔는데 계속 통화 중이라 카네. 뭣꼬?"

"아, 컴퓨터로 잠깐 전화 쓰는 거예요."

자신과는 전혀 다른 세계의 일이라 어머니는 더 묻기 힘들다.

"지금 바쁘나?"

"아뇨, 시키실 일 있습니까?"

"학원 갔다 오니라. 엄마들이 인사 와서 음료수를 주고 갔다 카는데, 좀 들고 가란다."

"예?"

"허리 때문에 혜정이 지는 못 든다 아이가."

여고생 때부터 요통이 있었지만 고만고만하게 지낸 혜정은 임신 8개월째에 병이 도졌고 지금도 움직임이 원활치 못하다고 했다. 그런데 이상했다. 집에 전화를 할 때, 혜정은 그가 온 걸 알지 못하는 상태였다. 그러니까 애초에 전화의 용건은 어머니더러 음료수 박스를 가져가라는 것이었다. 혜정이 학원 일로 어머니를 오라 가라 한단 말인가. 음료수 박스 정도를 학원에서 집까지 나르는 거야 그닥 힘들지 않겠지만, 혜정네의 합가는 병든 어머니를 봉양하기 위한 것이 아니라 혜정이 학원 일로 돈을 벌기 위해서임이 분명해 보였다. 아버지가 출근해 없는 날에도 어머니 옆에 사람이 비지 않는 것은 다행스러운 일이지만, 그러나 집 안의 누가 밥을 하고 빨래를 하는가. 허리도 편치 않고 학원 일은 욕심 부려 기어코 하겠다는 혜정의 몫은 아니지 않겠는가. 뇌종양 환자임에도 가사 노동력을 아직 유지하고 있는 어머니가 이젠 시집간 딸네 뒷수발까지 드는가.

가등을 켤 만큼 날이 저물었고 점포마다 불이 들어왔다. 학원으로 가는 길에, 현직이 은천 비디오 숍 앞을 지날 때였다. 하얀 티코 승용차가 그를 지나쳐 갔다가 끽 멈추더니 곧 발발발 뒷바퀴를 쳐왔다.

"현직이 아이가."

"어…… 오래간만이다."

예비군복 차림의 고향 친구 중철이었다. 중학교 2학년 때까지 옆집에 살았고 해철, 중철 형제와 그는 피를 나눈 사촌보다 더 가깝게 지냈다. 호인 기질이 넘쳤던 중철의 아버지는, 니는 니 애비 세상 일찍 뜨면 명절마다 내한테 와서 절해야 한다, 중철이 니도 내가 일찍 죽어삐면 현직이 아버지한테 절해야 한다, 잘 알겠제? 이러기도 하였지만, 그러나 중철 아버지의 그 말은 그의 집이 면 사무소 블록으로 이사를 온 후 애진작 옛말이 되고 말았다.

"니가 펭일에 우짠 일고? 서울서 언제 내려왔노?"

"방금. 한 시간도 안 됐다."

"웬일로?"

"부산 출장 왔다가 잠깐 들렀다."

"어무이 때문에 걱정이 많제? 나도 객지 가 있고 너무 드문드문 고향 와서 한번 찾아뵙지도 못했다. 어떻노, 괜찮으시나?"

"그럭저럭한갑다."

"짜슥아, 니는 군대 제대하고 고향 친구들한테 낯짝도 한번 안 비주고 서울 가뿌대?"

중철의 말에 그가 실실 웃었다.

"그래도 니 소식은 듣는다. 너 울산 가 있다매?"

"아이다. 울산 있었는데 지금은 삼천포에 있다."

"응……. 오늘은 예비군 훈련 받으러 왔는갑지?"

"옹. 하루짜리. 1시에 시작해서 아까 끝났다."

"난 서울로 주소 옮겼다."

"뭐 할라꼬 옮기노? 야비군 훈련 그기 동창회 하는 날인데."

폭이 좁은 도로에서 회전이 쉽지 않은 경운기가 중철의 차 뒤에서 경음기를 울려왔다. 중철은 차창을 내린 채 목을 빼고 있는데 차를 골목에 대고 내릴 품은 아니다.

"니 오늘 계속 집에 있을 끼가?"

"응, 오늘은 은천 있다."

"나중에 들를까? 근데 시간이 날랑가 몰겠다. 8시엔 떠야 하거든."

"억지로 시간 만들지 마라."

"간다."

창을 올린 티코가 부웅! 달려갔다. Y읍으로 가는 길이니 저의 Y농고 친구들과 만나기로 한 것인지도 모른다. 고등학교 진학 후 어울리는 친구들이 달라지며 죽마고우 중철과도 서먹서먹한 사이가 되고 말았다. 그럼에도 중철은 순하기 이를 데 없는 친구였다. 일찍 군대 다녀와 마을의 다른 놈팡이들과 달리 헛짓거리 하지 않고 열심히 노동 일을 하는 녀석을 그는 속으로 미더워했다.

혜정이 손에 책을 들고 서서 뭐라 뭐라 하는 것이 중등부 강의실 창문을 통해 보였다. 시선이 마주쳐지지 않아 살짝 문을 열었다. 혜정이 '응, 왔니, 엄마한테 들었어' 하는 눈말을 보내고는 오른쪽으로 손짓했다. 초등부 교실에 가 있어. 혜정의 제스처에 아이들이 일제히 고개를 뒤로 돌렸다. 애들아, 날 보지 말고 칠판을 봐, 하듯이 그는 손바닥으로 앞을 미는 시늉을 해 보였다. 그는 혜정이 손짓한 초등부 교실로 들었다. 텅 빈 교실 교단에 미에로 화이바와 영지천이 한 박스씩 있었다. 양손으로 나눠 쥐니 가뿐하게 들린다. 이걸 혼자 집까지 못 들고 가?

"그래, 그거 두 개."

혜정이 수업을 멈추고 내실 문을 통해 왔다.

"누나 허리 많이 아픈가 봐?"

"완전히 할망구처럼 해댄다 아이가."

"그 몸으로 무슨 학원이야?"

"기회가 왔을 때 붙들어야지."

지난 며칠 어머니를 살폈을 혜정이 짚물과 해삼 삶은 물에 대해 어떤 생각인지 궁금해졌다.

"글쎄…… 소화가 잘 안되셨는데 짚물 드시면서 밥도 잘 드신다. 아버지한테 보일라꼬 억지로 먹는 것 같진 않더라. 요새 아버지가 한의학 박사가 다 됐다."

기미가 지워지지 않은 추레한 얼굴을 짜부라뜨리며 혜정이 킬킬거렸다.

"딸이라며. 이름이 뭐야?"

"이가온."

그는 '책임지도! 정신무장!'을 이마에 부착하고 있는 학원 현관을 나와 박스 두 개를 들고 터덜터덜 집으로 걸음을 뗐다. 무학당 슈퍼 앞에는 좌판 장사치들이 백열전구를 활활 켜놓고 양복바지며 잠바, 목도리 등속을 들고 잰 손놀림이었다. 판을 펼치는 건지 아님 걷고 있는 건지. 어둠이 들면 나다니는 사람이 없는 시골이니까 아마 종일 팔이를 마감하는 것일 터다. 미장원에서 여자하나가 나와서 허드렛물을 보도로 끼얹었고, 식육점 청년은 허연얼음덩이를 쇠막대로 부수었다. 자전거포 아저씨는 짐차를 거꾸로 세우고 펑크 난 타이어를 수리하고 있었다. 안면이 있지만 그는 눈길이 마주치는 것을 피했다.

보도에서 1미터 정도 높이 올라 있는 면사무소 앞 공터를 지날 때였다. 일정 시절 단도(短刀)로 왜군 군장을 찌르고 자결한 이의 의사비(義士碑)가 공터 중앙에 있는데, 그 옆에서 사내 셋이 불을 놓고 있었다. 쓰레기를 쓸어 넣은 드럼통에서 노란 불이 티를 날리며 위로 솟구치고 있었다. 면사무소 앞에서 저렇게 보란 듯 무단 소각을 해도 되는가? 그들이 입고 있는 잠바가 남색으로 똑같았다. 그들은 민간 소방대원일 것이다. 낮에 사무소 주위를 대청소한 듯싶었다.

아까 집 뒷마당에서 페인트 통에 혜정의 이사 쓰레기를 태우고 있었듯 어머니도 불법 소각에 주저 없었다. 봉투로 재활용 분류안 합니까? 예전에 그가 한 소리 하자 어머니는 흥, 콧바람을 내었다. 면장 마누래도 대문 틀어 잠그고 쓰레기 태우는데 뭐! 드럼통 주위의 사내들 중 제일 키가 작은 이는 그가 많이 본 얼굴이었다. 은천중학교 한 해 선배 조민석의 부친이다.

찌, 찌익— 삐—! 거기 언놈들이냐. 불났다고 신고 들어왔다. 잡으러 간다!

무전기에서 흘러나오는 소리였다. 사내 하나가 유니폼 주머니에서 무전기를 꺼내더니 "잡으러 온나!" 하고 껄껄 웃었다.

"이건 짐승이나 사람이 맡아도 전혀 안 해로운 연기라."

무전기를 끄고 사내가 혼잣말처럼 말했다. 드럼통 옆에 따로 빼둔 쓰레기가 '몸에 해로운 연기'의 것들이다.

중학교 졸업 후 진학하는 고등학교가 지남지북으로 갈리고 인문계와 농공 실업계로 또 층이 지며 그는 몇 해 민석을 보지 못했다. 대학 2학년 때 경전선 기차 안에서 그보다 한두 살 많을 뿐인데 서른에 가까워 뵈는 민석을 우연히 만난 적이 있었다. 민석의 얼굴은 타지 바람에 쓸려 겉늙었지만 단단한 입매와 날카로운 눈이 세상의 횡포에 쉽게 당하지 않겠다는 듯 결의에 차 있었다. 잊고 지낸 누군가를 오랜만에 만날 때 얼굴 표정이나 옷차림만 봐도 백 마디 말보다 더 많은 침묵의 수다를 듣게 된다. 스물두어 살 애송이가 조끼까지 받쳐 입은 중후한 양복 차림이었는데, 자신의 벌이로는 감당하기 어려운 고급 옷가지를 어떻게든 마련하여 명절 귀향을 하고 있는 것이었다. 민석의 타향살이는 결코 만만치 않은 것이었지만, 그것에 바락바락 맞서고 있는 중이었다.

어쨌거나 그게 벌써 6, 7년 전 일이고, 지금 민석이 어디서 무얼 하고 사는지 그는 아는 바가 없었다. 다만 고향 은천에서 홀아버지가 하루가 다르게 늙어가며 마을 일에 나서고 있는 것이다. 대처 나간 자식의 안위를 비는 아버지들의 폭삭 늙어버린 얼굴은 쓸쓸해 보이기만 했다. 그 쓸쓸함이 아파 자식들은 더욱 이를 악물고 세상과 싸워나갈 것이다. 그래서 저 쓸쓸함은 어쩌면 그윽한 것인지도 몰랐다. 버려진 늙음을 짧게 엿보며 그도 마음이 약간 그윽해지는 것 같았다. 조 선배, 어서 돈 많이 벌고 처자식 데리고 귀향하여 마을에 4층 건물 세우라. 4층이면 지금 은천에서 1등 한다!

차도를 건너 보도블록이 헤쳐진 데를 뒤뚱뒤뚱 피하며 집까지 스무 걸음쯤 남겼을 때였다. 그는 은천에서 자신의 어머니 아버지 다음으로 마음에 파문이 이는 어른을 보았다. 중철 아버지가 어딜 다녀오는 길인지 트럭과 승용차가 정차돼 있는 사이에, 2층 중앙다방의 창으로 흘러내리는 불빛을 머리꼭지로 받으며 그가 방금 지나쳐 온 의사비 앞 불 쪽을 멍하니 보고 서 있는 것이었다. 이미 오랫동안 저렇게 석상처럼 있었는지 중철 아버지의 시선에는 안정감이 있었다. 자신의 시야 공간을 지나쳤던 제 작은아들의 친구를 알아보지 못한 것일까. 불덩이로 눈을 주고 있어도 아저씨의 초점은 마냥 풀어진 채인 것일까.

아저씨는 불덩이를 계속 보고 그는 10미터쯤 떨어져 있는 아저씨의 옆모습을 보았다. 중철이가 제 아버지를 김해 시내의 한 종합병원에 데리고 가서 간, 위 사진을 찍고 피를 뽑는 등 20만 원짜리 검사를 받게 한 것은 2, 3년 전 일이었다. 그래서 어떻게 됐대요? 10년 가까이 매일 술을 마셔댔던 것을 모르지 않았던 그는 필경 큰 탈이 났을 거라고 호기심 어린 눈으로 어머니에게 물었었다. 어머니 대답인즉 병원에서 아무런 이상 없다고 했다는 것이었고 하여 앞으로 10년은 더 괜찮겠다고, 지 몸은 지가 안다고, 딱 10년만 더 마실 거라며, 그리고 그 뒤부터는 마누라에게 져주며 살 거라며 아저씨는 마음 놓고 술을 먹는다는 것이었다. 중철 아버지는 남에게 해를 끼치는 주사 같은 것은 없었다. 음성이 높아지고 이웃 일에 별일 아닌데도 참견하며 늘 허허 과장된 웃음을 터뜨릴 뿐이었다.

그런데 이 저녁 시간, 자신의 집이 있는 차부 쪽 근처가 아닌 데서 홀로 서 있는 아저씨는 뒷머리에 새집을 짓고 허한 눈길을 하염없이 던지는 품이 너무 부스스해 보였다. 간밤에 잠 한숨 못 잔 사람, 아니 서른여섯 시간 잠을 자고 이제 막 깨어난 사람 같고, 어디 탈 난 데가 없다지만 아무래도 알코올 중독자 같아 보였다. 불 피우는 동년배들한테 끼어들지 않고 왜 멀리서 보기만 할까. 마을에서 알게 모르게 따돌림을 당하는가. 청장년 시절 마을 대소사가 있을 때마다 일을 당한 사람보다 더 적극적으로 나서서 서너 사람 몫을 해내던, 사람이 좋아 보이기도 하고 때론 제 삶이 허해 저러지 싶은 실없음으로까지 뵈던 그 호기는 어디로 사라졌을까. 해철, 중철의 공부 머리에 희망을 걸었던, 녀석들 자라는 것에서 없던 힘도 솟구치던, 그러나 하나같이 인문계 고등학교 진학에 실패하여 낙망하고 만 아저씨의 마음 행로를 그는 모르지 않았다. 만날 술타령인 것도 한때 살아 꿈틀거렸던 희망이 새록새록 떠올라서인가. 멀리 떼어놓고 보는 저 불덩이가 옛날 자신의 혈기인 양 그립고 아득한가.

그는 도망치듯 집에 이르는 마지막 걸음을 급히 뗐다.

3

"짚은 양이고 해삼은 음이라. 그라이까 짚은 강성(强性)이고 해삼은 보(補)하는 거라."

현직은 가만히 듣기만 했다.

"흐늘흐늘 힘 없는 짚이 강성이라니 무슨 말인가 싶제? 나는 어릴 때 나락 베는 논에 고무신 신고 댕기다가 신이 쭉 찢어지던 게 생각난다. 불도 잘 붙고 약한 듯이 보여도 허술히 봤다간 짚한테 손 베이기 십상이라. 그라이까 거죽은 약해도 실은 강성인 기라. 또 옛날에 잿물이라고 있었다. 거기도 짚을 썼다. 일단 태운다. 그라문 꺼면 재가 나오겠제? 물을 붓고 솥단지에 바짝 졸여서 우리 어릴 때 그걸로 빨래했다."

옛날 비누 대용으로 썼던 짚물을 숭늉처럼 마신다?

"옛날 여자들이 잿물 먹고 자살했다는 말도 있는데……."

"나도 처음에 왜 빨래 때 빼는 물을 먹이라 카노 싶었다. 물론 엄마가 마시는 물은 아주 연한 거라. 바짝 졸이지만 새로 생수를 많이 붓는다. 내 생각에 독한 짚이 들어가서 엄마 몸속에 낀 온갖 독을 훑어 내리는 게 아인가 싶다. 그러니까 절대 짚만 묵으면 안 되제. 이게 우쨌든 독성이 있을 끼라. 해삼을 같이 넣고 삶는 게 그 때문이라. 니도 알겠지만 예로부터 멍게, 해삼은 피를 맑게 한다고 캤다. 이게 짚물을 순하게 만들면서 혹시나 엄마 몸에 과할 수 있는 부분을 예방하는 기라. 병이란 게 말이다, 다 피가 탁해져서 오는 기거든. 머리에 난 종양이지만, 그놈을 이길라면 온몸의 피가 다 달라붙어야 한다. 엄마가 짚물 먹고 난 뒤 얼굴이 얼매나 좋아졌는지 아나? 속 쓰린 것도 없어졌다. 이제 서서히 원기를 채려가는 중인 기라."

간호사가 없는 이야기를 지어내지는 않았을 것이다. 그러나 그 환자는 무엇보다 암이었다. 엄마는 암이 아니다.

"그리고 이것 좀 볼래? 내가 말이다, 엄마한테 얼마나 신경을 쓰는지 아나."

아버지가 고리짝을 열더니 한 무더기의 책을 꺼내놓았다.

"저번에 서울 내려온 뒤 내가 이 책 전부 다 봤다."

200

그는 속으로 아…… 소리가 터졌다. 《병원이 필요 없다! 세계를 놀라게 한 니시 건강법!》《암! 암 고치고말고, 임이정의 숯가루 요법》《고칠 수 있는 암, 고칠 수 없는 암》《장이 깨끗하면 머리가 맑다腸淸腦淸》《토종의학 암 다스리기》《내 마음대로 달여 마시는 건강약재》등등 하고 대여섯 권이 더 그랬다. 아버지는 이틀에 한 권꼴로 이것들을 독파해나갔단 말인가. 철도청 공무원이 된 후 책은 손에도 대지 않던 사람이 미친 듯 읽어댔다니 대단한 집념……이라는 생각도 들지만, 왜 거의 다 암 책인지, 어머니 양성종양에 왜 암 치료법을 갖다대는지 그는 이해할 수 없었다. 아버지는 과학적인 인증을 받지 않은 이따위 책으로 어머니를 가지고…… 실험을 하고 있는 것이 아닌가.

"아버지, 혹시 이 책 중에 짚, 해삼 얘기도 있던가요?"

그래도 출판이라는 과정을 거친, 출판사 직원들이나마 내용을 파악하고 나름껏 검토한 책에서 지금 어머니에 쓰는 민간요법이 인정되고 있기를 바랐다.

"없어, 없어. 어디에도 짚물 얘기는 없어."

"그러면…… 우짭니까?"

"와? 짚물 먹고 깨끗이 암 나은 사람이 있고 보름째 엄마가 아무 부작용도 못 느끼는데. 그 환자같이 또 엄마같이 짚 요법을 하고 병이 낫고 또 그런 소문이 퍼지면 짚 책도 나올 끼라. 사실은 암이 민간요법으로 많이들 낫는다. 그런데 병원은 절대 그 요법

안 쓰고 환자들한테도 안 갈카준다. 비싼 돈 들여 놓은 병원 기계, 설비가 한순간 무용지물이 될 거 아이가? 지들 밥그릇 떨어질 거 아이가? 그라이까 진짜 암 치료 비방은 비밀리에 도는 기라."

《장이 깨끗하면 머리가 맑다》는 아버지 자신이 변비이기도 해서 본인한테도 도움이 될 것이고 무엇보다 '뇌청(腦淸)'이란 말 때문에 구입한 것일 터다. 아버지의 장을 닮아 방귀 소리도 똑같은 그 역시 변비기가 있었다. 그 책을 집어 들고 목차를 훑다가 '미나리는 장내 청소제, 검은깨는 변비를 없애는 특효약, 토마토는 장을 깨끗하게 하는 황산화제'까지 떨떠름한 시선을 옮겼을 때였다. 그의 눈길을 따라가던 아버지가 그간 자신의 공부가 만만치 않다는 것을 자랑이라도 하듯 뇌까려왔다.

"그렇제, 거기에도 토마토 얘기 나온다. 토마토, 정말 대단한 과실이라. 책엔 장을 씻는다는 말밖에 안 나오지만 실은 토마토가 뇌를 뚫고 간다. 왜 뇌약은 다른 약보다 잘 안 듣는지 아나? 혈뇌장벽이란 게 있거든. 골이 밖으로 안 흘러내리고 또 밖에서 온 충격에 쉽게 당하지 말라고 인간의 뼈 중에서 머리뼈가 제일로 단단하지만, 무엇보다 뇌장벽이 있어서 항암제가 뇌세포까지 잘 못 가는 기라. 그런데 토마토는 장벽을 뚫는다. 그 벌건 게 머릿속을 휘저으며 노폐물을 끌고 나오는 기라. 엄마는 우짜든지 토마토를 많이 먹어야 한다. 토마토가 소화에도 좋다."

아버지한테 종양이란 양성, 악성과 상관없는 노폐물 덩어리일 뿐인지 몰랐다. 그는 피유 하고 한숨을 쉬었다. 토마토 '그 벌건게' 뇌까지 어떻게 가나! 장에서 소화 흡수되어 붉은색 같은 건 없어지고 순수한 영양물질만 피를 타고 돌 텐데!

"니 와 한숨 쉬노? 내 말이 말 같지 않나? 니는 자꾸 엄마가 암이 아니라 카지만, 그래, 엄마는 암은 아이지만, 양성이나 악성이나 세포가 돌연변이를 해서 불거지는 건 같은 이치라. 암병에도 약발이 듣는데 양성 종양엔 더 쉬울 것 아이가, 안 그렇나?"

그는 뭐라 당장 반론을 할 자신이 없었다.

"잇봐라. 니 내를 못 믿겠나? 내가 이 책 전부 다 읽었다는 말이 지어낸 말로 들리나? 덤성덤성 읽고 내가 약 쓰는 줄 아나. 아이다. 니는 나를 잘 모른다. 이것 한번 볼래?"

아버지가 고리짝에서 장부 하나를 더 꺼내 펼치더니 꼬깃꼬깃 접은 종이 한 장을 내밀어왔다. 이름을 듣도 보도 못한 소설가의 단편소설 첫 페이지였다.

"거기 말고 뒷면, 볼펜으로 줄 쳐놓은 데 있제."

종이를 뒤집었다. 누군가의 여행 칼럼이다. 맨 아래에 필자의 성명이 나와 있었다. 이름 뒤의 직함이 '철도청 부산 전기사무소 소장'이다. 공교롭게도 칼럼이 다루고 있는 여행지가 그제 어제 그가 휘젓고 다닌 태백이 아닌가. "발원지(發源地)라 함은 강의 물줄기마다 그 최초의 원류를 찾아 그중 하구에서 가장 긴 물줄기의 끝을 일컬음이다. 그 거리는 직선이 아닌 물줄기를 따라가며 재는

곡선 거리이다"에 파란색 볼펜으로 아버지는 밑줄을 쳐놓았다. 태백에는 한강과 낙동강의 발원지 검룡소(劍龍沼)와 황지(黃池)가 있어 칼럼니스트가 '발원'의 뜻도 곁들여 설명하고 있는 것이었다.

"실은 아는 사람이라. 내 선배라. 친했던 것은 아이고. 내가 철도 들어갈 때 당시 이 사람하고 내가 대학물을 먹었어. 이 사람은 철도 와서 잘 풀렸다. 〈레일 로드〉에 칼럼 쓴다고 여행도 많이 다닌다. 근데 어떻노. 안 이상하나?"

"뭐가 이상합니까?"

에헴! 하더니 아버지가 흥분의 도를 높이며 선배를 야단쳤다.

"발원은 이게 아이라! 어데 발원이 이런 기고. 발원이라 카는 것은! 강 최초 원류를 찾는 것은 맞지만, 그게 하구에서 멀다고 해서 발원인 게 아이라. 일단 멀고! 그러나 뭣보다 수량(水量)이 많아야 한다. 작은 물줄기는 가뭄이 들면 바닥이 말라뿌는데! 그러니 아무리 멀다 캐도 그게 우째 발원이고? 지금 이 사람 설명에서는 긴 거만 나오지 수량 얘기는 하나또 없어. 수량이 모자라지만 낙동강에서 더 먼 물줄기가 황지 근방에 쌔고 쌨단 말이다. 그러니까 수량이 일정 정도 되지 않으면 발원의 의미가 없어. 어떻노, 내 말이 이치에 맞제?"

그는 마음이 답답하기만 했다. 아버지는 전혀 아랑곳하지 않고 계속 기염을 토했다.

"니도 이런 내가 안 신기하나? 들어봐라. 내가 우째서 이 미세

한 지식을 아냐 카면, 한 4, 5년도 더 됐을 끼라. 신문에 어느 기자가 발원에 대해 설명한 기 있었다. 내가 이 칼럼을 읽으면서 4, 5년도 더 된 그 설명이 팍 떠오르는 기라. 니 나처럼, 내 나이 근방의 사람들 중에 4, 5년 전에 읽은 걸 팍 기억해내는 빠릿빠릿한 사람이 있는 줄 아나? 없어! 아무도 없어!"

"……."

"내 말은, 이만큼 나는 남의 글 한 쪼가리도 꼼꼼하게 읽는다, 이 말이라. 내가 니한테 자랑할라꼬 이걸 오려놓은 게 아이다. 나는 선배한테 편지를 쓸까 싶다. 발원은 그기 아이다! 남한테 우사 안 당할라문 뭐든지 확실하게 조사하고 정확히 알고 써야 한다! 글치만, 나는 편지를 보낼까 말까 고민 중이다. 와 보낼까 말까 하는 줄 아나? 이 사람이, 내가 아무리 옛날에 후배였다 캐도 지 잘못을 지적하는 편지를 받으면 기분 좋겠나? 나는 그것까지 생각해. 내가 지 머리 위에 있는 기라. 아무튼 나는 이리 꼼꼼하게 읽는다. 이 사람 칼럼 읽는 거만치 이 책들도 아주 꼼꼼하게, 응? 이제 니, 나를 믿겠나."

비슷한 조건으로 직장에 들어갔지만 노른자위 근무처의 발령이나 진급 속도가 판이하여 어떤 질투심의 발동으로 오직 허점을 찾고자 칼럼을 읽은 때문이리라! 아버지는 화제를 '종양'으로 돌리더니 문득 표정이 긴해지는 것이었다.

"현직아, 그런데 말이다. 내가 엄마하고 진짜 해보고 싶은 것은 짚물이 아이라. 이건 몸 전체에서 독을 빼는 거지 종양에 대한 진짜 공격이 아이라."

요즘 읽고 있는 것인지 아버지가 퇴근하며 따로 들고 온 서류봉투에서 꺼낸 것은 역시 암과 관련된 책인데, '기적' '보름' '작전' 등의 단어가 조합된 제목이 한눈에도 말할 수 없이 선정적이었다.

"솔직히 나는 이 책이 제일 신뢰가 간다. 박봉수, 이 사람은 무엇보다도 독학한 사람이 아이라. 한국 최고 대학을 나왔고 일본 일류 대학에서 연구원 초빙 제의까지 들어왔던 사람이라. 이 사람이야말로 진짜 약사라. 수술 절대 하지 마라 칸다. 딱 약만 써서 암을 낫수는데, 결론은 마늘이라. 미국 하바드 대학도 10년 전부터 마늘 연구에 들어갔다 안 카나. 전 세계가 마늘이 암 고치는 데 큰 공헌을 할 거라고 기대를 많이 걸고 있다. 우리가 고기를 먹을 때 생마늘을 먹는 것도 왜 먹는지 옛날엔 몰랐지만 다 그런 이치였던 거라. 우리 옛날 신화에도 곰이 사람 되는 데 뭘 먹었노? 마늘 묵었다 아이가. 우리 민족이 보통 머리 좋은 민족이 아이라."

"아버지, 마늘만 묵었습니까, 쑥도 먹었지 않습니까?"

아전인수도 웬만큼 하시라! 아버지의 표정은 대번에 '그것 잘 물어봤다!'였다.

"그래, 바로 그래서 쑥은 뜸으로 최고 아이가. 서울에 쑥뜸으로 간암 낫수는 할배가 있다 카던데, 그건 말만 들어봤지 아직 책 같은 데서는 못 봤고…… 우쨌든 이 박봉수 약사님은 마늘로 암을 치료하는 데 보름 요법을 쓰는 기라. 눈 딱 감고 이 사람이 권하는 요법을 엄마가 한번 해봤으면 싶은데……."

그는 책에서 저자의 사진과 약력을 보았다.

"서울 사람이네요? 그럼 엄마가 또 서울까지 가야 합니까?"

"아이지. 이분은 애써 자기를 찾아올 필요 없이 책에 있는 대로 따라만 해라고, 누구든 쉽게 지 치료법을 사용할 수 있게 하겠다고 책을 낸 기라. 갸륵한 마음씨라. 그런데…… 우째 내 마음이 하나 걸리는 게 이 요법을 하려면 보름간 엄마가 곡기를 끊어야 하는 거라."

"예?"

"밥 대신 과즙하고 하루 열다섯 번 마늘 우려낸 것을 꿀물에 타서 먹는다. 걱정이 되는 기…… 엄마가 요즘 소화가 잘된다 캐도, 또 아무리 꿀물에 타서 먹는다 캐도 마늘 그기 독종이거든. 빈속에 하루 열다섯 번을 먹어대면 위가 상할 건 뻔한 이치라. 뭣보다 곡기를 끊는다니, 이 사람 말이야 암을 낫수려면 우리 몸에 천지개벽이 일어나야 한다 카고 그래서 평생 먹어온 곡기부터 끊는다 카지만, 난 성큼 믿음이 안 가는 기라. 내 듣다 듣다 암 낫순다고 곡기 끊는 얘기는 처음이라. 그렇지만…… 말기 암 환자도 이 요법으로 낫고 약사가 지 두 눈으로 똑똑히 낫는 거 봤다 카는데 엄마가 짚물로 차도를 볼 만큼 봤으니께 이 요법을 한번 조심

조심 해볼 필요도 없잖은 기라."

"곡기 끊는 요법을 진짜 하실 겁니까?"

"이 서방네하고 의논해서 조만간 해볼 생각이라. 내가 늘 집에 있는 것도 아이고 낮에 혜정이가 와서 이 요법 스케줄을 챙기고 저녁에는 이 서방이 하고 또 내가 노는 날엔 내가 하고. 환자 혼자 챙겨 먹는 것은 불가능해. 그만큼 이 요법이 손이 많이 가."

아버지가 뭔가 희망을 붙들고 씩씩한 것은 좋지만, 선무당이 사람 잡는다는 말이 괜히 있겠는가.

"여보, 뭐 하노? 우리 토마토 한번 갈아 묵자. 현직이도 한 컵 주고."

옆에서 피식피식 웃기만 하던 어머니가 왠지 끙 소리를 내면서 일어났다.

그의 편은 없었다. 밤 9시에 귀가한 자형은 늦은 저녁상을 혼자 먹으며 텔레비전 뉴스에 코를 박고 있는 아버지에게 넌지시 말을 붙이는 것이었다.

"아버님, 뽕하고 느릅나무 뿌리가 그리 신통하다 카던데요."

아버지가 자형 쪽으로 슬쩍 시선을 주었다. 어디 말은 해보거라 하는 뜻이다. 아버지가 다시 텔레비전에 시선을 꽂고 있어도 귀는 열고 있는 걸 알기에 자형은 아버지 대신 만만한 그에게 뽕과 느릅나무 이야기를 늘어놓았다.

"처남, 그게 전이가 돼서 그렇겠제? 내 아는 사람 하나는, 아니 친한 내 꼬치친구 어머닌데, 아이지, 나이 70이 넘었으니까 이제 완전히 할머니제, 어쨌든 우째 그럴 수가 있는지 암이 다섯 개나 생겼다대. 이 할매가 자식들한테 폐 끼치기 싫다며 녹즙기 한 대, 그것도 제일 싼 거 한 대만 사놓고 산으로 들로 혼자 막 돌아댕기며 먹어도 될 만한 약초란 약초는 다 캐 갈아 묵었다는 기라. 암 판정이 난 게 벌써 2년 전인데, 할매가 아직도 안 돌아가셨어. 신기한 건 얼마 전에 병원에 가서 검사를 했는데 암 다섯 개가 싹 다 없어져뿟다는 거라. 문제는 할매가 하도 많은 약초를 묵어서 어떤 기 암에 맞아떨어지는지를 모른다 캐. 그래도 할매 생각에는 아무래도 뽕하고 느릅나무 뿌리 때문 같다고 캤다네."

카악 가래를 긁어 올리며 담배에 불을 척 붙이는 아버지는 여전히 텔레비전에 눈을 꽂고 있지만 뽕! 느릅나무! 하며 머릿속에 또렷이 새겨놓았을 것이 분명했다.

4

눈을 떴을 때, 창으로 박명이 들고 있었다. 시계를 보니 5시 40분. 부모의 방에는 아직 불빛이 나지 않고 있었다. 첫차가 7시 10분에 있다. 아버지는 6시 반쯤 일어날 것이다.

현직은 평소에도 잠깐씩 새벽에 깼다가 다시 잠들곤 했지만,

209

오늘은 달랐다. 악몽을 꾸다 깬 것도 아닌데 가슴이 둥둥거리고 있었다. 지난밤 '소리' 때문에 시달렸던 불안이 퍼뜩 잠이 깬 그의 몸속에서 바로 살아난 때문이었다.

이부자리에 들기 전, 그는 르포 기사의 초고를 붙들었다. 글 쓰는 속도가 점점 빨라져 장소와 인물들을 단어 몇 개로 찍어놓고 마구 건너뛰면서 80매 분량의 기사 마지막 문장까지 내리 질렀다.

그런데 그런 중에 그는 '소리' 때문에 글을 쓰다가도 책상에서 일어나 창문에 귀를 대야 했다. 어머니의 코 고는 소리는 그러려니 싶지만, 처음 듣는 아버지의 소리가 사뭇 위협적이었던 것이다. 10분이 멀다 하고 아버지는 으으 하는 신음을 내는 것이고 그러다가 "어!" 하는 단말마의 소리까지 지르는 것이다. 계속 반복되는 으으는 '살려줘, 살려줘' 하는 것 같고, "어!"는 순간 숨이 끊기는 것만 같았는데, 말로만 듣던 '수면 무호흡증'이 아닌가 싶었다. '고혈압 환자는 자면서 앓는 소리를 낸다'는 말을 들은 적이 있었다! 심각한 체인 스모커인 아버지한테 '침묵의 살인자' 고혈압이……?

신기한 것은 어머니였다. 그녀는 꽤나 잠귀가 밝은데도 목구멍이 틀어막히는 듯한 아버지의 소리에 지지 않고 계속 푸짐한 콧소리를 멈추지 않는 것이다. '여보, 와 그라요?' 하며 놀라지 않는 것이 아버지의 앓는 소리가 어머니의 코골이만큼 이미 낡은 것이기 때문인지 몰랐다.

글을 붙들고 있을 때는 그래도 그럭저럭 견딜 만했다. 일을 대충 마무리하고 불을 끄고 '소리'를 들을 때는 불길한 상상이 끝간 데가 없었다. '휴먼 스토리'를 주로 다루는 어느 잡지에서 읽었다며 혜희가 얼마 전 들려준 이야기가 컴컴한 천장 위로 자꾸 떠올랐다. 아니 혜희가 전한 대로가 아니라 이야기 속의 등장인물이 그의 식구로 바뀌어, 아니 두 가족의 이야기와 어디선가 듣고 보고 한 또 다른 잡다한 기억이 뒤섞인 채 눈앞에 영상이 되어 떠오르는 것이다. 그것은 웃어야 할지 울어야 할지 분간이 안 되는 어머니의 미래였다! 아니 그것은 어머니에 앞선 아버지의 죽음이기도 했다. 대략 이러한 이야기였다.

어머니는 두통과 여러 신경장애에 시달리다가 결국 병원에 입원하고 수술을 받고 시력을 잃는다, 아버지는 그런 어머니를 보살피기 위해 조기퇴직을 한다, 어머니의 생활 일체를 책임진다, 그러던 아버지가 돌연 쓰러진다, 어머니보다 먼저 세상을 뜬다, 어머니의 상심은 이루 말할 수 없다, 그럼에도 세월은 또 흐른다, 15년이 흐른다, 그리고 의술이 발전하여 시신경 세포 이식 수술이라는 것이 개발된다! 다른 사람의 건강한 시신경 세포를 주사로 뽑아내고 시험관에서 증식시킨 뒤 시신경이 훼손된 환자에게 역시 주사로 주입한다! 어머니는 뇌수술로 종양을 깨끗이 적출하였으므로 몸의 여러 장기가 말썽을 부려도 그때까지 살아 있고, 시신경 이식 수술을 받는다, 아들의 시신경을 이식한다, 수술

몇 달 후 시신경이 제대로 자리 잡은 것을 확인하고 눈 붕대를 푼다, 그 장소는 왠지 병원이 아닌 집이다! 혜희, 혜희의 미래 남편, 혜정, 자형, 동생들, 이 모두 어머니를 둘러싸고 조마조마해한다, 선산에 누운 아버지는 이 기념적 순간의 유일한 부재자다! 어머니가 눈을 뜬다, 자식들을 본다, 깜짝 놀란다, '이 무슨 날벼락이고? 혜희야, 현직아, 이 서방! 니들이 와 이래 늙어뿟노?' 식구들은 어머니를 붙들고 운다, 이튿날 자가용이 선산으로 간다, 어머니가 늘그막에 자신을 보살피다 떠난 남편 무덤의 마른 풀을 뜯는다…….

시신경 이식 수술 운운은 지하철 가판대에서 파는 타블로이드 신문에서 그가 읽은 것이었다. 인간의 몸 중 이식이 불가능한 것이 뇌와 눈이라는데, 외국의 어느 병원에서 뇌졸중으로 언어·운동 장애를 겪는 환자에게 건강한 사람의 뇌신경 세포를 주사로 주입해 상당한 효과를 보았다는 것이다. 시신경이라고 같은 효과를 보지 말란 법이 있는가! 그렇지만…… 영국에서 열다섯 명을 대상으로 1차 실험한 뇌신경 이식 수술이 언제쯤이나 이 나라 병원에서 일상적인 수술법으로 자리 잡게 될까. 어쩌면 뇌신경보다 더 힘들지 모르는 시신경 이식이 실험 대상을 놓고라도 성공적으로 행해졌다는 소식은 또 언제쯤 들려올까.

혜희는 또 다른 어느 시력상실자 이야기를 그에게 전했었다. 한 여인이 녹내장 때문에 시력을 잃었는데, 그 후 2년이 지난 지

212

금 장님인 채로 청소하고 밥 짓고 심지어 김장까지 담근다는 것이다! 물론 여인이 집 안 곳곳을 불편 없이 움직일 수 있도록 아파트를 개조하여 실내의 모든 턱을 없애고 책상, 냉장고, 찬장 등 뾰족뾰족한 부분마다 스티로폼을 씌우는 등 식구들의 노력이 대단했다는 것이다. 그것은 단지 물리적 조치만이 아니라 장님이 된 여인을 위해 일심 단결한 식구들의 사랑인 것이고 그 사랑에 여인도 삶의 의욕을 되찾게 되었다는 것이다.

은천 집은 점포 공간에서 바닥이 푹 꺼진 부엌, 또 방향을 몇 번 틀어야 하는 변소 걸음이며 눈먼 어머니가 움직이기에 아파트보다 난관이 더 많았다. '너희들 왜 이래 늙어뿟노?' 하고 말했다는 혜희 이야기 속의 어느 할머니나 김장 담그는 눈먼 여인은 어쩐지 타고나기를 대가 센 여장부일 것 같은데, 어머니는 자식들 키우느라 온갖 일 마다 않은 부지런쟁이였기는 하였어도 마음씨가 여려터져서 눈 잃는 충격을 받으면 절망에서 도무지 헤어나지 못할 것 같았다.

아무튼 지난밤 그가 갈팡질팡했던 것은 무엇보다 난생처음 듣는 아버지의 소리 때문이었다. 온갖 민간 치료 책을 읽고 거기에 집착하는 아버지가 어쩐지 어머니보다 더 일찍 뭔가 치명적인 횡사를 겪을 것만 같은 불길한 예감이 드는 것이었다. 내일 당장 날이 밝자마자 아버지가 '감기 들었나 보다' 하며 기침을 토하다가 며칠 약을 지어 먹어도 듣지 않고 열흘 뒤 병원에서 사진을 찍고 폐암 말기 진단이 내려진다거나…… 아니면 그런 끔찍한 상상을 하며 누웠던 바로 그 시각, 으으 하던 아버지가 헉! 하며 제대로 숨통이 막혀버리든가!

동동거리는 가슴을 안고 어젯밤의 불안을 하나하나 되짚는 새, 안방의 불이 켜졌다. 아버지가 으악! 하고 가래 긁는 소리를 내질렀다. 텔레비전 소리가 나고 방문이 열리는 소리, 부엌으로 가는 어머니 소리.

잠이 싹 달아난 그는 빈속에 첫 담배를 물었다. 자형은 일어났을까. 어젯밤 자형은 눈물까지 비치며 고백하지 않았던가. 제 아버지의 죽음 이후 자신이 얼마나 달라졌는가에 대하여. 그런데, 그는 자형의 꽁꽁 깊이 간직한 이야기를 듣고 감동했지만 자형의 미래 계획에는 위기감을 느꼈다. 자형에게 어머니 아버지를 빼앗길 것 같았던 것이다. 어젯밤 혜정의 방에서 자형이 들려준 은천 부모와의 합가 생활 계획은 그만큼 구체적이었다.

"지금은 돈 때문에도 딴건 못 한다. 그러나 지물포는 최대한 빨리 정리해야 한다. 마산 대리점에 어머님이 연락을 해보긴 하셨는데, 순 도적놈들이라. 지들이 떼준 도매금의 반도 안 주겠다니 어머니가 화가 날 만하제. 그래도 어쩔 수 없다. 대리점에 물건 넘겨버려야 한다. 일 처리가 그게 제일 빠르다. 이제 어머님은 일 못 하신다. 처남, 지물포를 정리하면 내가 집 안을 어떻게 바꿀 계획인지 아나? 지물포 공간을 널찍한 마루로 개비할 끼다. 데굴데굴

굴러다녀도 괜찮도록 할 끼라. 그라고 부엌 바닥이 꺼져 내려가 있다 아이가. 마루하고 똑같은 높이로 바닥 올리고 입식 부엌으로 바꿀 기라. 어머님이 상 들고 다니시기 힘든데, 물론 요즘은 아버님이 들고 다니시지만, 식탁도 들라야 한다. 그라고 부엌 공간을 두 개로 나누고 안쪽엔 욕조 넣고 샤워 시설 갖춰야 한다. 매일 더운 물로 목욕하면 어머님 건강에도 좋다. 생각 같아서는 변기까지 두고 싶은데, 그건 공간이 될까 싶다. 뒷방까지 맨발로 다닐 수 있게 마당 옆으로 쓰레트 지붕 올리고 통로 만들고 바닥에 장판 깔아야 한다. 또 이 집이, 짓고 나서 보수를 안 해서 그렇지 은천에서 목이 좋은 편이라. 앞으로 은천도 김해시로 편입이 될 끼고 면사무소도 동사무소로 바뀌면 딴 데 새로 집 지을 필요 없다. 이 집 옥상에다 바로 2층, 3층 해 올리면 된다. 내 계획이 어떻노?"

충분히 실현 가능했지만, 그럴수록 그는 자존심이 상했다! 학생 시절 비싼 하숙을 하며 집안의 하나뿐인 아들로 혜택을 톡톡히 받았다. 언젠가는 그 빚을 갚겠다는 생각이 있었고 그러면서도 어쩐지 부담스럽기도 했다. 그런데 분명 그의 의무 사항인 것들을 자형이 대신하겠다는 것이다. 저 집은 아들이 하나뿐인데 어릴 때부터 공을 들인 아들은 서울 가서 지 계집하고 살고 작은사위가 와서 눈먼 장모를 봉양한다……. 이웃들의 그런 힐난을 아무리 머나먼 서울에 산다 해도 무시해버릴 수 있을까.

누운 채였던 그는 허리를 일으켜 벽에 등을 기대고 두 번째 담배를 빨았다. 흥, 두고 보자! 자형이 엄마한테 마음이 깊다 해도 자형은 자형이고 나는 나야. 본가의 자형 어머니한테는 '우리 엄마'라 하고 우리 어머니한테는 '어머님'이라고 하지. 자형이 우리 엄마한테도 '엄마'라는 호칭을 쓸 수 있을까? 어림없는 소리!

군대서 '엄마'라는 호칭을 '어머니'로 바꾸었지만, 그는 언제라도 '엄마'로 돌아갈 수 있었다. 자형은 친부모나 마찬가지라고 누누이 그 앞에서 강조했지만, 애정의 한계는 분명할 터였다. 자형의 애정은 인간적이고 이성적일 뿐이었다. 그처럼 동물적인, 본능적인 것은 아니다. 나이 4, 50이 되더라도 어머니가 살아만 있다면 팔순 어머니에게 언제라도 애교를 부릴 자신이 있었다. 그러나 나이 5, 60이 된 자형이 팔순 장모에게 '엄마, 엄마' 하며 그럴 수 있을까. 어림없다.

그는 방을 나와서 부엌 수돗가로 가 세수를 했다. 어깨에 수건을 걸친 채 지물포 공간을 지나는데, 아버지와 마주쳤다.

"일찍 일났네. 바로 출발할라꼬?"

"아니요. 오후에나요."

"표 끊어놓을까?"

"오늘 평일이니까 언제든 표 있을 거고요, 또 미리 끊어놓으면 시간에 매이게 되고요."

안방에서 "아버님, 식사하러 오이소" 하는 자형의 목소리가 들렸다.

"니는?"

"좀 있다 먹을게요."

버스 차편이 기차보다 10분 빨라 자형이 먼저 집을 나서는 소리가 들렸다. 그는 배웅하지 않았다. 곧 아버지가 뭐라 서두르는 소리가 들렸다. 그는 인사를 하기 위해 뒷방에서 나왔다. 방 문턱에 엉덩이를 걸치고 구두를 신는 아버지에게 물었다.

"어젯밤에 무슨 안 좋은 꿈 꾸셨습니까?"

"꿈……? 난 깊이 잔다. 10년째 꿈 같은 거 안 꾼다. 깊이 자면서도 한쪽 귀는 열고 잔다. 혹시라도 엄마한테 무슨 문제가 생길까 봐."

엄마의 아침 안색이 좋다며 기분이 좋은 아버지가 농담을 다 하는 것이다.

아버지가 집을 나섰고 그는 다시 뒷방에 들었다.

창문이 열렸다.

"밥 안 물 끼가?"

"먹어야죠. 어머니는?"

"니하고 같이 묵을라꼬 나도 아직 안 뭇따."

상엔 자형과 아버지가 바닥까지 깨끗이 비워낸 달걀찜을 새로 해 올렸는데, 다른 반찬이라곤 김과 깍두기 그리고 시락국뿐이다.

"어젯밤 잠은 잘 주무셨습니까?"

"오줌 눈다고 두 번 깼나? 잘 잤다."

217

"근데요, 아버지가요" 그는 뜨거운 찜을 숟가락으로 밥 위에 풀며 고개 숙인 채 물었다.

"언제부터 그렇게 앓는 소리 내고 주무셨습니까?"

"앓는 소리?"

"계속 으으 하던데요."

"응, 그렇제…… 젊었을 땐 안 그라더니 나이 들며 잠꼬대 소리를 내대. 낮에 씨게 일한 날은 더 심하고. 옛날엔 내가 깨우기도 했다. 요즘은 예사로 여긴다. 와, 잠꼬대도 무슨 병이가?"

"아뇨, 엄마가 옆에서 잠이나 제대로 주무시나 싶어서요."

혜정의 방에서 문이 열리는 소리가 났고 부엌으로 가는 소리, 이어 지물포를 지나는 소리, 그리고 문이 열리며 혜정이 들어왔다. 한 손에 밥공기가 들렸다.

"누나, 세수도 안 하고 밥 묵어요?"

"내가 좋아하는 달걀찜 아이가. 씻다 보면 니가 다 묵을 거 아이가."

"누나, 이제 애도 낳고 아줌마 됐겠다, 엄마 음식 맘껏 먹겠다, 몇 달 뒤엔 몰라보겠네요."

"괜찮다. 우리 집안은 아무리 묵어도 살 안 찌는 체질 아이가."

그런데 어머니가 국 반 밥 반을 남기며 숟가락을 놓더니 한숨을 쉬었다. 한숨의 주인이 다른 누구도 아닌 어머니여서 그도 혜정도 마음 한편에 당장 그늘이 졌다. 어머니가 말했다.

218

"현직아, 하나 물어보자. 내한테 생길 수 있는 증상이 어떤 어떤 기 있노? 눈 말고 다른 것 말이다."

"어머니, 무슨 다른 증상 있으세요?"

"아니 별다른 건 없는데, 어떤 게 있나 알아두려고."

아무래도 수상하다.

"폭발적으로 구토가 치밀고요, 속이 미식미식한 것과는 차원이 다른…… 그런 거 있으세요?"

"아니……."

"머리 아픈 건 뇌종양 기본 증상이고요." 그리고 그는 잠시 말을 골랐다. '달거리' 대신 '생리'라고 하고 '폐경기'라는 한자어를 쓰면 될 것 같았다.

"생리가 안 나올 수 있고, 어무이 나이가 폐경기 맞죠?"

"그건 나왔다 말았다 한다. 내 친구들도 그렇다."

"다음에 또…… 근데요, 사실 뇌신경이 몸 전체와 다 연관이 있어서 거의 모든 증상이 생긴다고 봐야죠. 웬만한 것은 다 종양 때문입니다."

"엄마, 어디가 안 좋은데?"

혜정이 안쓰러운 표정이 되었다.

"글쎄, 손은 또 먼 일로 이래 아픈지."

어머니가 오른손을 쥐었다 폈다 했다. 그는 깜짝 놀랐다. 마비가 오고 있는 중인가!

"왜, 잘 안 움직여요?"

"그게 아이고, 아파서……."

"언제부터요?"

"일주일치 나는데……."

혜정이 "이 손요?" 하며 어머니의 오른손을 제 손바닥에 올려놓고 들여다봤고, 일순 어이없다는 표정을 지었다.

"엄마, 가시야."

그도 들여다보았다. 살에 박힌 가시가 너무 작아 어머니 어두운 눈에 식별이 되지 않았던 것이다.

혜정은 재봉틀 빼닫이에서 옷핀을 가져왔고 그는 라이터를 켜 핀의 끝을 소독했다. 혜정이 가시를 파기 시작했다. 왜 손이 아프나 하고 어머니 혼자 주물러댔는지 박힌 데가 부어 있었다. 피가 맺혀 나왔고, 가시 주위 생살을 건드리는데 빠지고 있는 것인지 가시가 더 들어가는지 알 수 없었다. 그만큼 작고 깊이 박힌 가시다. 혜정이 야무지게 손을 놀리자 지긋하게 아픔을 참던 어머니도 "아, 아" 했다. 소리를 따라 그도 아 아 했다. 아마 혜정의 이삿짐을 나르며 박힌 가시일 것이다! 뇌병이 있으니 가시가 박혀 손바닥이 쑤시는 것에도 어머니는 더럭 겁이 났다! 주무르면 나으려나 하고 눌러대면서 혼자 갖은 상상을 했을 것이다!

이건 아냐, 이건 뭔가 잘못된 거야……. 그는 마음이 미어지는 것 같았다. 왜 아버지한테 손 아프다고 말 안 하셨습니까!

마침내 가시가 빠졌고, 어머니의 눈에는 몸의 자연스러운 반응으로 물기가 어렸지만 며칠간의 불가사의가 풀려 화색이 돌았다.

"머리부터 아프던 거라. 머리 아프고 딱 손바닥이 아파."

그가 다시 덜컹해지며 엄마의 얼굴을 말없이 보았다.

"꼭 처음 눈이 가기 전에 아플 때처럼 말이다. 지금은 덜한데……계속 눈이 좀 찌찌뿌리하다."

그가 대놓고 물었다.

"왜 아버지한테 그런 말씀 안 하셨어요?"

어머니의 아침 안색이 좋다고 신이 나서 출근하지 않았는가. 아버지야말로 명태 눈깔이 아닌가.

"안 좋은 소리 해서 뭐 하노. 뭐라 뭐라 땡땡거리싸도 니 아버지가 얼마나 겁이 많은데, 아팠다 말았다 할 낀데 고때마다 사람 간 떨어지게 해서 뭐 하노."

"결국 이렇게 말했잖아요. 손 아프단 얘기 안 했으면 가시 하나 때문에 엄마 혼자 얼마나 더 고민하셨겠냐구요!"

혜정이도 "엄마, 숨기지 말고 다 말해, 언제라도……" 하며 우물거렸다.

"누나도 좀! 아무리 바쁘더라도 엄마한테 이것저것 묻고 그래요!"

"야, 난 이사 온 지 일주일도 안 됐다."

"어머니, 솔직히 말해요. 짚물이 효과 있을 거라고 믿어져요?"

"몸에 나쁘다곤 말 못 하지……."

"속에서 안 받진 않아요?"

"해삼 짠물 있으니께, 잘 넘어간다."

"뇌 필름은 어디 있어요?"

"와?"

"서울에만도 뇌종양 수술하는 병원이 수십 개가 넘어요. 요 근래도 새로운 수술법이 많이 개발됐어요. 어디 있어요?"

"장롱 안에."

"내가 새로 몇 군데 병원을 다녀보려구요."

"소용없을 끼라. 부산에서 제일 큰 병원, 서울에서 제일 큰 병원이 수술하면 눈 잃는다 카는데, 딴 데라고 딴말 하겠나."

류의 말이 이제 그의 말이 되었다.

"초파일이면 어머니 절에 가시잖아요. 부처님이 뭐라 해요? 옷깃만 스쳐도 인연이라잖아요. 이 세상 수많은 병원 중에 엄마가 엄마 병원 만나는 것도, 이 나라 수백 명 신경외과 의사 중에 엄마가 엄마 의사를 만나는 것도 다 인연이 있는 거예요."

정오 무렵, 완행 기차를 타기 위해 집을 나서려는데, 어머니가 보이지 않았다. 어머니 친구들의 아지트는 '옷집'이라 부르는 은천 양장점이었다. 점당 10원짜리 화투를 치기도 하고 누군가 김치를 담그면 모여서 맛보기를 하기도 했다. 화투짝이 뵈지도 않을 텐데 광만 팔고 계시나. 옷집에 닥다글할 아줌마들에게 인사하는 것이 귀찮아 그는 어머니가 돌아오기를 초조히 기다렸다.

"참, 맞다, 점심 차로 간다 했제."

어머니가 급히 문을 열고 들어섰다.

"딱 맞춰 오셨어요. 어머니, 이제 가볼게요."

'역까지 따라올 필요 없다'고 혼자 보도로 내려서 현관문을 닫으려는데, 어머니가 말했다.

"중철이 아버지가 말이다. 어젯밤에 갑자기 김해 태양병원으로 실려 갔다네. 피를 토하고 정신을 못 차린다 칸다. 나도 이제 알았다. 피를 토한 거 보이 중철 아버지도 그짝 같은데……."

무슨 말인가.

"아버지 친구들은 어떻게 하나같이……. 그 왜 현경이 중학교 3학년 때 같은 반 하던 애가 큰애고 현숙이보다 두 살 밑에 애가 그 집 작은앤데, 시의회 의원 하던…… 그리 사람 좋아하고 술 좋아하시던 그 양반도 지난달에 병원에 갔더니 간암 말기란다. 딸내미 둘이 결혼도 안 했는데…… 중철 아버지도 꼭 그 증상인 기라."

5

처남, 울 아버지가 술 담배라도 하셨는지 아나. 아이다. 예수 믿어서가 아니라 애초부터 입에도 안 댄 분이라. 엄마가 말이 많으

223

시고 아버지는 참 말이 없는 분이었다. 그런데 병원에 갔을 때 간이 새까맣게 타 있었다. 내가 막 고3 올라갔을 때라. 난 막내였다. 아버지도 내게 공부하란 말 안 하셨고 형님들도 우짠 일인지 내한텐 공부하란 잔소리가 없었다. 나도 공부가 재미없었다. 중학생 땐 학교 마치면 소 먹이러 산으로 들로 가서 풀피리 불며 혼자 놀았다. 사과 서리로 배 채우고 묏등에 누워 하늘을 봤다. 그 어린 나이에도 산다는 게 참 재미없더라. 울 아버지는 늙도록 무슨 재미로 사셨나 싶더라.

말수 없는 아버지가 나한테 하신 말씀은 언젠가 딱 하나였다. 책을 판 사람은 회전의자에 앉고 땅을 판 사람은 그 의자 아래 무릎 꿇고 앉는다, 니 알아서 하고 싶은 것 해라……. 그런데 아버지 간이 새카맣게 타버렸는 기라. 우리야 아버지 속맘을 알지 못한다. 늘그막에 바람이 났다고 어머니한테 우세받으며 교회당 다니시더니 더 말 없는 사람이 되었고, 그 속엣말들, 우리야 알 수 없지. 그 말들, 혼자 속으로 삭혀오신 분이라. 아버지 혼자 얼매나 애를 태웠으면 간이 다 타버렸겠노.

집으로 모셔 오고 열흘도 못 돼 눈감으시는데, 형님들은 막 울어쌓아. 난 눈물도 안 나. 내가 엄마를 좋아했고 아버지보다 형님들을 더 무서워했고 형님들한테 의지했지 아버지한테는 사춘기 들고부터 마음을 안 줬는 기라. 사춘기 땡고집 안 있나. 불퉁하게 해가지고 눈길 한번 곱게 안 주고 말 한번 살갑게 안 해주고…….

처남, 참 이상한 게 말이다. 아버질 선산에 묻고 집에 돌아와 며칠 잠도 잘 자고 잘 지냈는데, 어느 날 방 안에 누워 있으니까, 그때만 해도 형님들은 돈 번다고 외지 나가 있제, 엄마는 안방에서 주무시제, 그러니까 집이, 세상이 문득 적막강산이라. 있으나 없으나 말 없는 아버지가 없는 것뿐인데, 아무 소리 없이 벙어리 같은 아버지가 있으나 없으나 마찬가질 낀데, 그게 아이라. 그래도 화장실 가는 소리, 기침 소리, 세수하는 소리, 자전차 끌고 나가는 소리…… 이래저래 아버지 소리가 났던 거라. 근데 이제 집 안에 사람이 하나도 없는 것같이 괴괴한 거라.

그라더니 말이다, 밤에 불 끄고 베개 베고 누우면 옛날 생각이 나. 보슬비처럼 보슬보슬 나다가 한여름 소나기 붓듯이 나. 그게 얼매나 신기한지 아나? 아, 내가 그때 아버지한테 그런 말 했제, 아버지가 내한테 무슨 말을 하려다가 쓱 쳐다보기만 하고 끙하셨제, 그럴 때 아버지 표정, 그 눈빛이 생생하게 떠오르는 거라. 변소에 아버지가 계시고 내가 밖에서 발을 동동 구를 때, 아버지가 허겁지겁 나올 때, 내가 짜증 부린 거, 언젠가 내가 '돈 좀 주이소' 하고 말한 거, 그때 아버지가 돈 주고 나서 한참 텅 빈 외양간을 보다가 '어데 쓸라꼬?' 하신 거, 그런 사소한 것, 아무것도 아닌 것, 근데 그 사소하고 아무것도 아닌 것들이 너무나도 생생하게 떠오르는 거라. 생생해서 고마 미치는 거라. 우와, 내가 우째 이런 걸 다 기억하노? 우와, 이것들이 우째서 아직도 안 잊히고 있었노? 너무너무 신기해. 다, 다, 다 기억나.

처남, 그 기억이 어데 있는지 아나? 어데서 솟는지 아나? 베개에 있다. 베개에서 솟는다. 베개하고 내 뺨따구가 딱 붙은 데서 솟는다. 베개 속에 쌀 껍데기가 든 게 아이라 내가 아버지한테 섭섭하게 말한 거 행동한 거 아버지가 내게 말하려고 하다가 말 그만둔 거 그때 아버지 심정이 어땠는 거, 이런 것들이 가득 들어 있는 거라. 어느 날부터 베개만 베면 생각나. 그라문 내 몸이 우째 되는 줄 아나? 한밤중에 벌에 쏘인 사람처럼 팔딱 뛰어. 아버지가 죽고 없어지니까 아버지가 더 살아 있어. 살아서 내 방을 휘젓고 다니시는 거라.

처남, 아무리 그래도 그기 진짜 살아 있는 건 아이라. 만질 수도 없고 일하고 돌아오시는 아버지한테 사이다 한 컵 갖다줄 수도 없고 여름에 선풍기를 고정시켜 아버지 쪽으로 틀어줄 수도 없는 기라.

처남, 처남, 그러면서도 잊힌다. 그게 또 서글픈 기라. 아버지, 벌써 가십니꺼? 허공에 대고 하는 말이라도 내 귀에 참 섭섭하게 들린다.

부산역 대합실에 서서 열차 시각표를 보고 있는데, 그가 손에 든 누런 갱지의 봉투를 사람들이 흘낏흘낏 보며 지나갔다. 1시 40분발 통일호에 빈 좌석이 아직 열몇 개가 있었다.

14:00 새마을 14:15 무궁화 14:40 무궁화 15:00 새마을 15:10

15:30 15:45 16:00⋯⋯.

현직은 마음 상태가 이상해지고 있었다. 아크릴로 붙인 시각표 속의 숫자들은 회오리치는 물결이다가 귀를 감아버리는 바람 소리였다. 그 숫자들은 현실의 손아귀를 벗어나려고 몸부림치는 시간들이었다. 아니 지금 그에게는 오직 자신만의 시간이 맴돌며, 흘러치며, 솟구치고 있었다. 흐르는 개울이 졸졸 소리를 내듯이, 커다란 폭포가 지구의 눈물보를 대신하며 쾅쾅 울어주듯이, 그의 억눌린 어떤 울음의 시간도 우주음 같은 비상한 소리를 내며 그의 귀에 휘돌고 있었다. 시간의 사체표(死體表) 아래에 그는 서 있었다. 저 시간 하나를 붙들고 다시 서울로 가야 한다구?

1시 40분발 통일호의 출발까지 2분이 남았고, 서울·영등포 좌석이 아직 일곱 개, 열두 개가 있다고 전광판에서 명멸하고 있었다. 이대로 정말 기차를 타야 한단 말인가? 그것은 무엇을 의미하는가? 잠꼬대라 치부하기 힘든 불길한 소리를 내는 아버지한테 모든 것을 맡기는 것이 된다. 자신뿐 아니라 은천의 다른 자식들도 매한가지다. 저희 둘이 따로 자취하는 생활이 좋기도 할 동생들은 '수술 안 받고 민간 치료로 낫는, 현대 과학으로 해명이 안 되는 일도 많은 기라, 그러니까 그런 책도 나오는 거 아이가' 하는 식으로 천행을 바라며 아버지에게 어머니를 넘겨버렸다. 제 불면증 걱정에 진작에 자신감을 잃은 혜희는 어떤 생각으로 아버지 어머니를 지켜보고 있을까. 그 겁쟁이는 주말마다 은천 집으로 가는 것조차 무서울 지경일 것이다. 혜정은 학원 일에 애쓰고 있다. 어머니 가까이에 있다는 것으로 자족하는지 모른다. 그들의 심리는 똑같다. 설마 우리 엄마가…… 하면서 아버지한테 다 맡기고 눈 닫고 귀 막고 도박을 하고 있는 것뿐이다.

이대로 기차를 타고 서울로 간다구? 앞으로 그의 시간은? 틀잡아놓은 태백 르포의 구체적인 완성에 매달릴 것이고 곧 정신없는 중노동의 마감 기간이 시작되고 여러 잡다한 꼭지들 메워 넣느라 눈코 뜰 새 없이 바쁘게 될 것이다. 열흘 정도는 마파람에 게 눈 감추듯 후딱 지나갈 것이다. 서울은 어머니에 대한 고의적인 망각지대로 최상의 장소다!

1시 40분발 통일호가 전광판에서 사라지는 것을 그는 본다. 그러나 그는 그것을 인지하지 못하고 있다.

몇 년 전 병원의 종합검진에서 오장육부 다 성했다는 중철의 아버지도 한순간 피를 토해버리지 않았는가. 토혈과 간성혼수라면 간경화도 이미 치명적인 상태가 아니겠는가.

그는 길 잃은, 발 뻔 시간을, 최악을, 아니 최악의 최악을 직시해보려고 한다. 2시 15분발 무궁화 기차를 타고 그가 대구쯤을 지날 때, 은천의 어머니는 어 소리도 없이 뒤로 넘어가버릴지 모른다. 그 시각 혜정은 학원 수업에 여념이 없을 것이다. 부산진역에서 아랫사람들 호령하느라 아버지도 정신없다. 자형은 소매를 걷어붙인 채 게으름 피우는 늙은 아줌마 노동자들에게 노동요 부르듯 일을 재촉하는 농지거리를 놓는다. 어머니는 세상천지에 혼자가 되어 은천 집 뒷마당에 또는 부엌 아궁이 옆에 쓰러져 있다. 아무도 안 계세요? 비닐 사러 왔어요, 주인 안 계세요? 지물포에 든 손님은 주인이 없을 때 이미 몇 번 물건을 사봤다며 가위로 비닐을 자기가 직접 자르고 마루에 1000원짜리 한 장 올려놓고 가버릴 것이다. 저녁 6시에야 혜정이 쓰러진 채 눈이 돌아가 있는 어머니를 발견할 것이다. 어머니는…… 숨은 쉬지만 반사 반응이 없다!

시간은 다시 뒤로 흐른다. 지나친 한순간을 시작점으로 붙들고 다시 흐른다. 나 지금 이상해, 너무 이상해, 죽을 것 같아…… 안 돼, 안방으로 가야 돼…… 죽더라도 안방에서 이불 덮고 죽어야지…… 부엌은 안 돼, 점포도 절대 안 돼, 사람들이 보면 크게 놀랄 거야.

무표로 급히 기차 탔던 울 엄니, 다음 역에서 표 사러 철로 가로지르다가 열차에 치였지. 니는 다섯 살이야, 일곱 살 아이다, 누가 물으면 다섯 살이야, 알겠제? 지금 잠깐 표 한 장 사고 올 끼게, 어디 가지 말고 여기서 기다려. 그런데 기차가, 기차가 울 엄니를…….

다들 어디 갔나. 그 꽃들, 사람들, 아들놈, 딸년들, 나도 니들한테 할 말 있다. 니들 가슴만 가슴이가. 내도 아픈 가슴 있다. 억장 무너지는 내 속말 이제라도 해볼란다. 근데 니들이 내 말 들어야 할 땐 다들 어디로 내빼고 아무도 없나? 이것들아, 나 죽는다, 내 말 좀 들어봐라, 이것들아……

헛사는 거라, 헛살은 거라. 당신도 나도 바보였던 거라. 눈멀고 귀멀고 살은 셈이라. 근데 나는 죽고 당신은 살아 있는 거라. 나 혼자 죽는 거라…… 아무 소용 없다, 당신도 가짜라. 나 말고는 다 가짜라. 나만 죽는 거라. 나 하나가 죽는 거라. 죽고 나면 나도 영영 가짜라.

시간은 발악을 치며 쏜살로 날기 시작했다. 시간이 펑펑 울부 짖었다. 도대체 우리는 뭐 하고 있는 거야? 까놓고 말하자구. 냉정하게 사태를 보자구. 엄마 상태가 어떤 상태냐구. 지금 당장이라도 어 하고 넘어져도 너무도 자연스러운 것 아니냐구. 머릿속에서 피가 터져도 마침내 올 것이 왔구나, 토마토 먹는다고 종양이 어디로 사라졌겠냐, 그럼 그렇지! 지금 상황이 이런 거 아니냐구. 하룻밤 잘 자고 일어났는데 와 이리 캄캄하노, 아직 아침 아이가? 암것도 안 보인다! 이런다 해도 누구도 딴소리 못 하는 것 아니냐구!

시간은 미래 현재 과거로 마구 내달렸다. 봉분 두 개의 부모 무덤으로, 아니 어머니 자리만 없는 자신의 결혼식장으로, 아니 제림병원의 한 병실로, '하나…… 두울…… 서이…… 너이' 힘겹게 세던 돈다발로, 탕 탕 탕 빨래 방망이 소리로, 분홍색 팬티의 그 보드라움, 어머니의 죽음을 목격한 펑 젖은 눈물로…… 그리

230

고 그는 어젯밤과 다시 만났다. 자형이 코를 벌름거리며 찔찔거린다. 아버지, 벌써 가십니꺼, 하면서였다. 눈시울이 붉어진 채 자형은 사뭇 다른 어조로 충고했다.

처남, 사람이 죽어 없어지는 게 그렇다. 죽어도 안 죽는 게 있더라. 그게 가슴에 차고 목으로 막힌다. 처남, 지금 우리 집은 어머님도 어머님이지만 아버님도 큰일이라. 당신은 당신 몸을 자신한다 카지만 길거리 나가서 아버님 또래분들 중 누구하고 비교해도 작고 약하신 분이라. 아버님 건강도 나는 많이 걱정돼. 처남을 대학에 보낼 때야 서울에 좋은 대학 간다꼬 어깨가 들썩들썩하셨겠지만, 아버님 어머님이 처남한테 말은 안 해도 서울에 하나뿐인 아들 빼앗겼다고 섭섭한 마음이 들 거라. 거기다 처남이 서울 여자 만나 결혼하고 서울에 진짜 자리 잡아봐라. 섭섭한 맘이 더할 거라. 그렇다고 처남이 서울로 아버님 어머님 모시고 갈 수 있나? 깐깐한 처남 성격과 아버님 성격에 그건 불행이라. 서울 여자천에 하나도 우리 어머님 아버님 같은 분 모시고 못 산다. 그러니까 처남은 떨어져 살면서 부모님 마음 위로하는 비결을 새로 개발해내야 한다. 생활적으로 우리가 어머님 아버님 도울 테니까 처남도 어머님 말고 아버님한테도 애교 부리고 지금 하는 것보다 천배는 더 살가워져야 한다. 나처럼 한밤중에 머리카락 쥐어뜯고 벌떡벌떡 안 일어날라문 말이다.

시간은 흐른다. 시간은 어느 순간부터 정상적으로 흐르고 있다. 사람들은 시간의 속도에 맞춰 담배를 빨고 커피를 마시고 있다. 전화를 걸고 신문을 읽고 있다. 기차가 플랫폼에 멈춰 서고 또 다른 기차는 동해선으로 출발한다. 전광판에서는 2시 정각 발 새마을이 사라지고 15분발 무궁화가 제일 앞장에 선다. 그러나 그를 둘러싼 시간만은 삐긋 이탈하였다. 작심한 듯 따로 흐르기 시작한다. 수만 미터 허공에 떠 있는 것처럼 귓속이 고오옹해지며 새로운 시간이 번개 치듯 번쩍 흐른다. 그는 그 시간을 향해 부르짖었다.

지금 식구들 중 제일 정확하게 판단할 사람은!

제대로 실천할 사람은 나 하나뿐이야!

그 외침은 그를 새로운 삶의 지점으로 이동시켰다. 외침은 그를 둘러싼 모든 것의 엄연한 현실을 품고 있었다. 그에게 어머니가 맡겨져 있는 것이다. 그의 결심과 판단, 행동에 따라 어머니의 운명이 달라지는 것이다. 그의 판단과 행동에 의해 어머니뿐 아니라 식구 전체의 운명도 달라지는 것이다. 그 분명한 사실 앞에서 그는 전율했다. 자신이 하려고 하는 결심, 어머니뿐 아니라 그 자신의 삶도 전혀 새로운 시간으로 이월시키는 결심. 무서운 것은 그 결심의 순간이 바로 지금, 믿기지 않는, 바로 지금 이 순간이라는 것이다.

시각표 속의 시간이 그를 거부했다. 그를 방출시켰다. 귓속을 치고 달리는 그만의 시간은 그를 해방시켰다. 그는 부산역 대합실을 벗어나 택시가 정차해 있는 곳으로 달리기 시작했다. 그는 어머니를 선택했다. 동시에 자신을 선택했다. 수많은 다른 어떤 것들을 다 함께 선택했다.

6

그날 밤, 혜희의 아파트 근처 버스 정류장에 내린 그는 뜀박질을 했다. 그는 내일도 병원을 찾아다닐 것이다. 어머니가 입원하고 수술받는 날까지 모든 식구가 매일 병실에 들러 엄마 얼굴을 들여다볼 수 있는 이 부산의 큰 병원이란 큰 병원은 다 가볼 것이다. 다 물어볼 거고 다 들어볼 거야!

딩동딩동 딩동딩동!

오후 내내 무작위로 찾아간 C, K병원의 의사들 말에 그는 고무된 상태였다. 그만 눌러! 이 여자도 환자야, 놀랄 거야!

딩동딩동 딩동딩동!

"누, 누구세요?"

"아…… 누나, 나예요!"

"웬일이니. 니가……."

며칠 은천 집과 전화 통화를 한 일이 없는 혜희는 그의 귀향 사실도 몰랐다. 그가 콧숨을 씩씩거리며 거실로 들어섰다. 그리고 부르짖었다.

"누나, 엄마는 수술해야 돼! 한시라도 빨리!"

혜희는 바로 겁에 질렸다.

"난 몰라, 암것도 몰라, 왜, 왜…… 현직아, 엄마한테…… 무
슨 일 생긴 거야?"

"아, 아니, 그런 건 아니고……. 그러나 누나, 엄만 빨리 수술해
야 해! 오늘 내가 새로 병원을 두 군데 돌아봤어. C병원에선 뭐라
한지 알아? 의사의 이 말을 잘 들어봐. 의사가 '어……' 했다구.
엄마 상태 얘기하고 서울 병원에서 들은 말까지 얘기하니까 의사
가 엄마 필름 보면서 '아직 어머니 눈은 살아 있습니까?' 하는 거
야. 한쪽 시력은 약해진 채 1년 전 그대로라 하니까 '어……' 그
러는 거야. 의사가 그러면서, 엄마는 눈 살아 있을 때 빨리 수술
합시다! 누나 잘 새겨들어. 엄마는 눈 살아 있을 때 빨리 수술합
시다, 이랬단 말야!"

그것은 그에게 반짝, 희망의 불빛이었다.

"그리고 K대학병원에도 갔단 말야. 거기선 뭐랬는지 알아? 누
나, 서울의 그 의사 새끼는 우리한테 말 한마디를 해도 아주 뭣같
이 한 거라구. 눈은 각오하라고 했지? 오늘 K병원 의사는, 누나
내 말 잘 들어, '까짓것!' 했다구. 엄마는 시력 문제가 제일 크다
는 내 말에 동의하면서, 머리 열어보고 시신경과 엉킨 부분을 잘
못 건드렸다가 아무래도 시력을 잃을 것 같으면 '까짓것! 뗄 수 있

는 만큼만 떼자'는 거야. 그 정도만 해도 종양의 압박은 줄일 수 있다는 거야. 10분의 9는 떼고 나머지는 건들지 말재! 누나, 같은 뇌 사진을 두고 말이 이렇게 달라. 우리가 듣기에는 천지 차이 아냐? 서울 의사가 오늘처럼 말했다면 우리가 이날 이때까지 엄마 수술을 미루고 있었겠어?"

10분의 9만치 터를 빼앗긴 종양. 시신경과 엉킨 남은 10분의 1은 제풀에 힘을 잃을지 모른다! 최소한 뇌압 상승으로 인한 출혈이나 과도한 두통은 걱정하지 않아도 될 것이다!

그의 흥분이 불안해 보이기도 하지만 혜희 역시 어머니의 병환에 작은 희망의 불이 켜지는 셈이었다. 그는 혜희부터 자기편으로 들여야 했다. 혜희를 향해 논리와 웅변을 동원한 전면 설득을 해야 했다. 그것은 조만간 아버지 앞에서 할 것의 연습이기도 하다. 계속 거실을 서성이며 등을 보였다가 홱 돌아서며 가라앉지 않은 부푼 눈으로 그는 계속 떠들었다.

"그리고 누나, 중철이 아버지 소식, 모르지? 얼마나 기골이 장대한 양반이었어? 맨날 술타령이니까 중철이가 보기에도 걱정이 되는 거라. 병원 가서 딱 하루만 병원 시키는 대로 해라 카며 종합검사를 받았었거든. 그게 2년 전이야, 그때는 아무 이상이 없었어. 근데 어제야, 바로 어제저녁! 피를 토하고 쓰러지셨다는 거야. 누나…… 엄마도 똑같잖아. 짚물 마시고 해삼 삶은 물 마시고 어영부영 시간 보내다가 하룻밤 새 눈 멀고, 아니 눈 머는 정도가 아니라 제림병원 때와는 비교조차 할 수 없는 정신 이상이 올지 몰라. 똥오줌도 못 가리는 상태로 언제 전락할지 모른다구! 우리 엄마라고 그러지 말란 법이 어딨냐구!"

혜희가 목소리 낮추라고 계속 손을 아래로 아래로 해 보였다.

"현직아, 수술 후유증도…… 언어, 사고 장애, 그런 심각한 거 있잖아. 아니 열에 한둘은 뇌수술 받다가 바로 죽는다잖아……."

"아냐, 아냐. 누나, 그래, 그런 부작용 있지, 그러나 그런 일이 생길지 안 생길지는 우리, 하늘에 맡기자구. 후유증 없을 확률이 99퍼센트라고 해도 그 99퍼센트는 어떻게 믿어? 치명적인 1퍼센트는 왜 걱정 안 해? 그러니까 엄마 수술이 어떨지는 엄마가 얼마나 복을 타고났는지 문제일지 몰라. 우리 소관이 아냐. 지금 그걸 겁낼 때가 아냐! 종양을 이대로 두면 내가 말한 그런 하룻밤 새 언젠가는 반드시 와! 이건 정말 기정사실이야. 시간의 문제라구. 그 언젠가가 바로 지금일 수도 있다구! 근데 우리 식구는 뭐 하는 거야? 눈 잃을까 봐 더 큰 걸 잃으려고 뒷짐 지고 있는 거 아냐? 아버지한테, 복권 당첨보다 더 가망 없는 삼류 건강 서적에 엄마를 계속 맡겨놓을 거야? 그러면 안 돼, 안 돼, 절대 안 돼! 어떤 심각한 후유증이 오더라도 내가, 내가, 그래, 누나! 내가 엄마 모시고 살 테니까, 엄마는 어서 빨리 수술받아야 돼. 응, 누나? 담배 커피 그렇게 많이 먹고 얼굴 새까매가지고 아버지가 앞으로 몇 년을 더 살겠어? 머잖아 큰 병 와. 아버지보다 엄마가 더 오래 살 거야. 수술하면, 두고 봐. 엄마가 아버지보다 10년은 더 오래 살 거야! 더 일찍 죽을 아버지가 어떻게 엄마를 책임질 거야? 내가 책임질 테니까 당장 엄마는 수술받아야 돼!"

"지금 니가 하는 말……."

그는 주먹을 쥐고 부르르 떨며 말했다.

"그래, 나 엄마하고 살 거야. 은천에서, 아니 부산에서, 아니 우리 식구들 사는 데 가까이서, 버스 타고 10분이면 가는 데서 살 거야. 엄마 얼굴 매일매일 볼 수 있는 데서……."

그는 눈물이 쏟아지기 시작했다. 자기 말이 스스로도 너무 대견한 것이다!

"아침저녁으로 엄마 손발 주물러드리고, 삼시 세 끼 맛있는 반찬 해드리며…… 엄마 코 고는 소리 옆에서 들으며, 내가 엄마 지킬 거야. 내가 아기였을 때 엄마가 내 똥오줌 가려주고 마른 옷 입히고 사람 행세하도록 키워주셨잖아. 이제 엄마가 할머니가 되고 똥오줌 못 가리면 내가, 내가 엄마한테 받은 것 그대로, 모두 다, 아니 배로, 아니 열 배 백배로 돌려줄 거야!"

아버지는 뒷전이었다. 그는 아버지의 '으으'는 제쳐놓고 있었다. 그는 어머니의 코 고는 소리에 집착했다. 그는 그 안타깝고 자랑스러운 삶의 소리를 옆에서 오래오래 들으며 살고 싶었다. 그것은 어머니만의 소리였다. 이 지상에 다시 없을 소리였다. 아버지의 으으는 사라져도 무방했다! 사라진 아버지 역할을 그가 대신 맡을 수 있기 때문이다. 그러나 어머니는 아니었다. 다른 누구도 어머니의 코 고는 소리를 대신할 수 없다!

그는 너무 흥분했다. 남매는 아직 거실에 선 채였다. 그는 눈앞의 혜희를 감동시키고 싶었다. 설득이 아니라 감동시키고 싶었다. 지금 이대로 한 인간과 한 인간으로서, 눈앞의 한 인간을 굴복시키고 감동시키고 압도시키고 싶었다. 한 인간 안에 있는 바닥, 깊이, 갈망을 한 인간에게 다 보여주고 싶었다.

"누나, 지금 내가 되나깨나 말하는 게 아냐. 나도 생각이 있다구, 나한테도 깨달음이 있다구. 그래, 지금이, 바로 지금이 나한테 깨달음의 순간인지 몰라. 누나, 《부모은중경父母恩重經》이란 경전에 이런 이야기가 있어, 한 사람이 출가를 했어, 진리욕(眞理慾)이 너무 커서, 진리를 너무 사랑해서…… 모든 걸 버리고 출가를 했어. 세속의 엄마도 아버지도 다 잊어버렸대. 30년이라는 세월이 훌쩍 지났어. 어느 밤 가만히 누웠다가 그 사람이 불현듯 깨달은 거야. 자기가 엄마한테 얼마나 잘못했는지!"

지금 그의 얘기는 정말 《부모은중경》에서 읽은 것이었을까. 군대 있을 때 대위 계급의 법사가 '오 병장, 가장 대중적인 경전이니 이것부터 읽으라' 해서 읽었던 그 이야기가 틀림없는가. 대중 불교 잡지의 한 칼럼에서 읽은 것은 아니었는가. 기억은 확실치 않다! 그는 《부모은중경》이라 못 박으며 원전 불명의 얘기를 계속해 나갔다.

"그 사람은 30년이 지나서야 갑자기 깨달은 거야. 지금 난 엄마를 생각하는데 엄마는 지금 무슨 생각 하실까! 그 사람은 30년 동안 꿈속을 살아왔던 거야! 마침내 꿈에서 깨어난 거야! 아, 아니야, 그 사람은 30년 만에 어떤 꿈을 꾼 거야……. 그래, 꿈속인 것처럼, 도무지 현실이 아닌 것처럼 자신이 나고 자랐던 옛 마을로 갔어. 옛집으로 갔어. 집이 그대로더래. 그런데 창호지 문으로 실루엣이 비치더래. 호롱불을 켠 방에서 누가 바느질을 하고 있는 것 같더래. 문을 두드려 들어갔어. 다 늙은 지 엄마더래. 남편은 죽고 혼자 할망구가 되어 있는 거야. 둘은 30년 만에 얼굴을 보는 거야. 엄마는 머리 박박 깎은 난데없는 중을 보고 아들인지 바로 알더래. 그런데 그때 엄마가 바느질하고 있었던 게 뭔지 알아? 출가한 자식이 돌아오면 입힐 옷이었대. 아들이 엄마, 엄마 하며 우는데 엄마는 너그러운 미소만 짓더래. 아들이 엄마를 등에 업었대. 제가 한 번도 업어드린 적 없죠? 너무 죄송해요……. 그리고 그 사람은 머리 허연 할머니를 업고 수미산을 서른여섯 바퀴나 돌았대……."

혜희는 저 나름의 비감과 위로로 눈이 젖어들었다. 그런데 그는 이야기를 하는 중에 자신의 진심을 벌써 의심하고 말았다. 혜희를 울게 하였지만 그는 자신을 믿을 수 없었다. 사람과 사람이 얼굴 마주 보고 일대일로 하는 대화보다 문자로 쓰인 글을 읽는, 문자와의 대화가 보다 진지한 의사소통 방식인 때문일까. 혜희 앞에서 그는 그 문자가 아니었다. 혜희는 속았는지 몰라도 그는 알아챘다. 방금의 그것은 자기 열망과 갈망이 채 해소되지 않은 자기애의 과시일 뿐이었다. 그가 진정 어머니를 놓고 절규하고 싶었다면 혜희를 껴안고 '엄마 어떻게 하지? 엄마 눈 어떻게 살리지?' 하고 울부짖는 게 더 진정이었을지 모른다. 제 말에 교묘한 화술이 들어가면서, 몇 순간 이야기의 구절이 지어지면서 진실은 바로 깨어졌다.

그는 지금 '내가 그 중이야. 그 사람이 불현듯 깨달았던 순간이 나한테는 바로 지금인 거야'까지 혜희에게 도무지 말할 수가 없었다. 과연 그런 순간인지를 그 자신도 전혀 자신할 수 없었다. 아니 그는 도무지 자기 자신부터 믿기지가 않았다. 이렇게 머리가 저릿저릿할 정도로 절규를 했건만, 왜 나는 나일까. 누나는 왜 누나일까. 나는 왜 누나이지 못할까. 나는 왜 어머니이지 못할까. 왜 이 순간 나는 누나에게 말하는 사람이고 누나는 듣는 사람일까. 우리는 왜 자기 몸 밖의 존재가 되지 못할까. 한 번도 자기 몸을 벗어나지 못하고 우리는 이렇게나 사랑하고 싶은데 왜 제각각의 몸인 것일까. 평생, 제 몸만 데리고 살아야 하는 것일까. 누구 하나가 죽으면 왜 그 하나만 죽게 돼야 하는 것일까!

그는 어떤 인식의 절벽 앞에 현기증을 느끼며 서 있었다. 그는 결국 자기 자신을 절규하고 있었다. 혜희는 가짜였다. 어머니는 가짜였다. 그는 오직 자신만이 진짜였다. 우리는 절규할 뿐이야.

나는 나라고 할 뿐이야. 우린 자기 절규의 대상이 필요할 뿐이야!

그는 이기적이었고 혜희도 이기적이었다. 자식들은 부모 앞에 자식일 뿐이고 제 마음의 위로와 감동에 급급할 뿐이다. 사람들은 남의 이야기에 무엇을 바라는가. 울고 싶다고, 나 좀 울려달라고, 나를 절규시켜달라고 누군가에게, 그 무엇에 애원하며 사는 것일까. 그러나 이 인생의 나날 중에 절규라도 하지 않고 어떻게 사랑하고 미워하고 이별하며 살 수 있단 말인가!

저 은천의 어머니는…… 지금 여기의 나를 순도 90퍼센트로 절규시키고 있다!

그가 혜희에게 외쳐댄 것은, 그 극적이고 과시적인 열변은, 결국 자신을 못 믿어서였다. 그는 그고 혜희는 혜희였다. 어머니는 어머니, 아버지는 아버지였다. 그는 자신 말고는 알지 못했다. 미래를, 세상의 일을, 제 몸 밖의 일을 알지 못했다. 그것이 두렵다. 무엇보다 그는 어머니의 죽음이 두려웠다. 어머니가 죽고 없어진다는 것이 겁났다. 죽고 나면 얼마나 미안해질지가 두려웠다. 그 공포 때문에 그에게는 아버지마저 그저 사소한 존재가 되었다. 왜 아버지는 어머니만 한 전율과 절규의 대상이 아닌가. 왜 아버지는 늘 뒷전인가. 아버지는 죽어 없어지지 않나! 어머니는 집 안에서 노동하고 고생해서 그 모습을 가까이서 봤지만 아버지의 노동은 자식들의 눈에 보이지 않는 곳에서 이루어져서? 무엇이 아버지를 자식들로부터 소외시켰을까.

혜희는 식탁에 앉아 티슈를 뽑아 눈가를 닦고 있었다. 그 모습을 보니 지금의 눈물이 누나의 불면증에 긍정적인 효과를 주리라는 방언 같은 생각이 들었다. 그는 답을 얻지 못한 채 감정이 가라앉고 있었다.

"은천엔 오늘 갔던 거야?"

"어제 출장 왔었어."

그는 혼자 조루 사정을 한 사람처럼 허탈한 얼굴로 거실을 서성거렸다.

"너 그럼…… 이제 서울 안 가는 거니?"

"응."

혜희가 "사표 쓰고 내려온 거야?" 했다.

"아니, 지금 당장 쓰고 통신으로 보내면 돼."

그는 자신의 존재가 사라지도록 고조되고 싶었다. 이대로 물러설 수 없다는 듯이 다시 주먹을 쥐며 부르르 떨었다.

"누나! 왠지 나는…… 엄마 수술이 혹을 다 떼내면서도 신경을 거의 하나도 안 다치게 할 거 같아. 막상 머리를 열면 종양만 쏙 떼내기 아주 좋게, 호두알처럼 종양이 쪼글쪼글 잘 오그라들어 있을 거 같아. 그게 아버지 짚물 때문인지 몰라도, 토마토 때문인지 몰라도! 왠지 그럴 것 같애!"

"그러면 얼마나 좋겠니."

혜희가 다시 울기 시작했다.

어······ 간······ 쥬······ 알······

1

현직은 동이 트는 C중학교 운동장을 몇 바퀴 뛰어 돌고 테니스 장에서 체조를 했다. 스탠드 근처에서 야구 선수 유니폼을 입은 소년들이 몸을 풀거나 프리 배팅을 하고 있었다. 가슴에 학교 이름이 쓰여 있다. C.

어릴 때 그의 꿈이 야구 선수였다! 근력과 운동신경을 타고났다면 그도 야구 선수가 되었을지 몰랐다. 그의 꿈은 소박했다. 7번 타자쯤 되고 싶었다! 수비는 2루수면 족했다. 아니 그는 대타 요원이나 7, 8회에 불려 나오는 패전 처리 투수도 좋았다. 일단 선수로서 경험을 쌓고 그 후 책 공부를 많이 한 뒤 입담 좋은 해설가가 되고 싶었다. 야구 경기의 이모저모를 놓고 세상사와 인

243

생사를 아울러서 촌평하고 싶었다. 중학교 때까지 실로 황당하게 그런 꿈을 꾸었다.

서울에 살며, 기자 일을 하며 그는 어떤 포부를 가졌던가. 그는 베테랑 인터뷰어가 되고 싶었다. '사람 기사'는 자신이 쓰기도, 남의 것을 읽기도 좋았다. 기자는 결코 전문가가 아니다. 그때그때 취재 건마다 전문가 앞에서 맹한 질문을 해서 조롱당하지 않기 위하여 대강의 앎을 미리 갖추고 아는 체할 때가 많다. 잡다하게 알게 되는 건 많아도 정식으로 파고들면 기자란 것은 다 부실하다. 그런데 '사람 기사'는 달랐다. 기자와 취재원이, 아니 사람과 사람이 만나 서로 빛깔 경쟁을 하는 것 같았다. 솔직하고 자연스러웠다. 질문, 답, 질문, 답으로 메우는 인터뷰 기사가 아니라 그는 자신이 기사의 지문을 개인적인 어조로 풍부히 깔 수 있는 장문의 인물 기사를 좋아했다. 전국 방방곡곡 민초들의 삶과 진흙 속 진주 같은 그들의 사람됨을, 저마다 간직하고 있을 소중한 인생 이야기를 곡진하게 다루어내고 싶었다. 그래서 그는 르포 기자가 되고 싶었다. 오지(奧地)를 찾아다니며 진짜 삶이 아직 이렇게 존재한다고, 도시 생활과 문명이 다는 아니라고 자연 사물의 풍정과 사람살이가 잘 버무려진 실감 나는 르포 기사를 쓰고 싶었다.

혜희의 아파트에 머문 지 사흘째였던 어젯밤, 그는 '남편윤씨'에게 태백 르포를 전자메일로 전송했다. 사장과 부장에게 각각 쓴 편지와 '일신상의 이유로 사직합니다'라는 공식적인 사직서도 같이 보냈다. 회사에서 어떤 연락이 올까. 엄청 황당해할 것이다! 서울로 가선 안 된다고, 고향 마을 가까이 살아야 한다는 그의 결심 하나만은 정말 확고했다.

베테랑 르포 기자가 되겠다는 그의 꿈은 어릴 적 야구 선수가 되고 싶었던 꿈만큼 터무니없는 것은 아닐 것이다. 몇 년 뒤 그는 기자가 되고팠던 꿈이 어머니 때문에 접힌 걸 아쉬워하며 정기 구독 잡지의 인물 기사를 씁쓸히 읽거나 프리랜서로 써달라고 여러 잡지사로 이력서를 발송하게 될지도 모른다.

날이 훤해졌고 손목시계의 시침이 7을 올라타고 있었다. 야구 선수들은 구보 대형을 갖추더니 운동장 밖으로 나가고 있었다. 저 녀석들 중 몇이나 내 나이까지도 계속 야구를 할 수 있을까. 문학청년들이 작가가 되는 것만큼, 끼 있고 예쁜 여자애들이 탤런트가 되는 것만큼 수없이 힘든 관문을 뚫어내야 할 것이다. 5일 전 떠나왔던 태백이, 아니 자신이 어제 퇴고해 넘긴 기사가 자연스레 떠올랐다.

'검은 도시'라 불리는 태백은 결코 검지 않았고, 38번 국도변의 자작나무 9000그루는 은색으로 강렬히 빛나고 있었다. 검룡소와 황지는 환경오염에서 거의 자유로웠다. 해발 650미터 산악 도시. 1980년대는 최대의 광산지였다가 이제 관광휴양 도시로 변모해가는 곳. 그러나 말이 좋아 '관광휴양 도시'지 그 실속은 '카지노 도시'였다. 한국의 라스베이거스쯤 된다. 그곳 청소년들은 어

245

떤 꿈을 꾸고 어떤 절망을 일찌감치 맛보고 있을까. 제 고향의 급격한 변모를 지켜보며 태백의 청소년들이 빠져드는 사회적 일탈의 성격은 다른 도시와 어떻게 다를까.

그의 르포는 태백시청 홈페이지의 도시 연혁을 서두로 잡았고 태백사회연구소장이자 산악교회 목사라는 K 씨와 동행하며 폐광 단지를 훑고 진규폐 환자들의 재활 과정을 다루었다. 기사 말미에 태백의 미래를 가늠하며 청소년 문제를 점검했다. 황지에서 제일 큰 나이트 클럽에서 만났던 녀석들을 가명을 씌워 기사에 등장시켰다. 서울로 가출했다가 100일 꼬박 채우고 왔더니 그새 퇴학 조치가 돼 있어 놀고 있다는 자작나무, 얼굴이 하얗고 입술이 도톰해서 예뻤던 오리나무, 자작나무와 초등학교 동창생이라는 뚱뚱한 체격의 좀 맹해 보이던 가래나무, 쌍꺼풀 수술을 하고 눈이 부은 채 실업계 고등학교를 휴학 중인, 가래나무의 여자 친구 늘나무, 늘나무의 사촌 오빠였던 단풍나무, 팥꽃나무…….

태백의 민간에서 아직도 불린다는 옛 노래를 기어코 그는 인용했다!

자작자작 걸어온다 자작나무
우러러 쿡 찔렀다 피나무
들어간다 물갈나무
들어간다 과질나무

동 넘어 재 넘어 재작나무
골로 들어 고로수라
십 리 안에 오리나무
칼로 찔러 피나무
무질로 같은 미루나무
사시장철 사시나무
신리앞산 중밤나무
도낏자루 들어간다
배섶에 늘나무
갈보나무 늘어가네
껑충 뛴다 개금나무
떨지 마라 사시나무⋯⋯

저마다 개성을 지닌 채 지금도 나무들은 태백의 산들을 울울
하게 하고 있을 것이다. 중고등학교 때 모범생이었던 그는 성장기
에 표현하지 못했던 어떤 반발의 욕구 때문인지 류와 달리 태백
의 아이들에게 뜨거운 애정을 느꼈다. 싸가지는 없어도 솔직담백
하기만 했다. 그 어떤 삶의 일탈과 시련이든 배우고 깨치는 바가
있을 것이다. 태백에 발 묻고 한자리에서 수백 년 자라나는 굽고
곧은 나무들처럼 너희들도 고향의 일꾼으로 커나가야 해⋯⋯.
어머니와 함께 싸울 날이 언제까지일지 몰랐다. 문제는 체력이

다! 그는 생각했다. 사흘 내내 새벽같이 일어나 구보했다. 그는 학교 운동장을 나와 아파트까지 야구 선수처럼 헛둘헛둘 뛰어갔다. 어제까지 부산의 병원을 네 군데 더 돌아보았고 아직 서너 개가 남았다. 하지만 오늘이라도 한 군데에 마음을 정하고 어머니를 입원시켜야 하지 않을까, 쫓기는 마음이었다. 웬 중년 남자가 추리닝을 입고 그처럼 헛둘헛둘 하며 주차장의 자동차 와이퍼에 전단을 꽂고 있었다. '불러만 주시면 번개같이 가겠습니다' D자동차 영업소 안내장과 작은 명함이다. 현관문이 그를 기다렸기라도 하듯 활짝 열려 있었다. 그를 맞는 혜희의 표정이 와들와들거리고 있었다.

"왜요?"

"현직아……."

2

새벽, 머릿속의 피가 동이 난 듯한 이상한 느낌을 잠에서 깨자마자 어머니는 바로 감지했다. 몸을 일으키니까 뭔가가 솟구쳤고 급히 요강으로 몸을 기울였지만 속에 든 게 없어 어머니는 헛구역질만 했다고 한다. 오전 내내 어지럼증으로 어머니는 앉기조차 힘들었다. 오후에는, 걸음은 걸리나? 확인하는 마음으로 변소까지 벽을 짚고 비칠비칠 발을 떼보기도 했다.

"괜찮다, 나는……."

누운 채 웅얼대는 어머니의 '괜찮다'를 물론 그는 곧이 듣지 않았다. 주장이란 것은 단호한 모양을 갖추고 싶어 한다. 이왕 주장해야 한다면 말이다. 표정도 삼엄하고 나중에 어찌 될지 몰라도 매 순간 확신에 찬 완결이 되고 싶다. 어머니 뇌수술에 대한 그의 결심은 혜희를 통해 아버지에게 그 요지가 이미 전달된 바다. 지금은 일종의 통과의례인지 몰랐다.

"아버지, 이제 나타나는 겁니다. 종양이 활동을 하는 거예요. 어서 빨리 결정을 내려야 합니다."

혹이 줄었을 기라, '기적의 보름 요법'까지 하고 뇌 사진을 새로 찍어보자, 하는 턱없는 기대에 부풀었던 아버지는 어쩌면 자신을 조롱하는 그의 단언에 탱그라진 얼굴이었다.

"뇌출혈로 실려온 환자들요, 절개하고 보면 머릿속에 종양이 발견될 때도 드물지 않아요. 아버지, 엄마는 시력이 떨어진 게 일차 증상이지만 또 다른 극단적인 증상이 언제 생겨날지 몰라요. 아버지 말씀대로 오늘 새벽 그게 종양과 관계없는 위장 문제일 수 있지만, 종양 때문이 아니라고 어떻게 장담합니까? 우리가 의사는 아니잖아요. 엄마한테 어떤 사소한 증상이 오더라도 종양 때문일까, 종양이 얼마나 자랐을까, 또 어떤 패악을 부릴까 벌벌 거릴 수밖에요. 아직은 괜찮겠지, 괜찮겠지 하다가 한순간 큰일치를지 몰라요. 오늘까지 우리 나름으로 할 만큼 했고 또 어머니 수술 미룰 만큼 미뤘어요. 이제 의사한테 맡기고 우리는 하느님이든 부처님이든 기도만 열심히 하면 됩니다. 아버지가 애쓰신 건 알지만…… 더 이상 아버지가 엄마를 맡는 건, 너무 위험한 짓이라구요."

아버지는 고개를 계속 저으며 입을 꾹 다물었다.

"아버지, 사람의 운명, 이런 거 있잖아요. 이제 어머니는 수술할 때가 된 겁니다. 수술도 인연이고 다 운명입니다. 제가 서울에 있지 않고 지금 이렇게 집에 있습니다. 서울로 갔더라면 지금 이 자리에서 나처럼 단호하게 뭐라고 주장할 사람이 식구 중에 아무도 없었을 거예요. 제가 여기에 있게 된 것도 다 어머니 수술시키라는 조상님들 뜻이에요. 부산의 병원 쫓아다니고 또 병원에서 뭔가 다른 말을 듣게 된 것도 그래요. 제가 요 며칠 그러지 않았다면 아버지는 계속 짚물, 마늘을 믿고 계셨을 테고 큰누나는 초읍에서 무서워 떨기만 했을 거고 작은누나나 자형은 아버지 말씀 따를 수밖에 없는…… 이게 우리 집안 시스템이고 분위기입니다. 그런데 이제 제가 나섰고, 아버지하고 다른 주장도 나오는 겁니다. 아버지가 옳을 수도 있지만 제가 더 옳을 수 있어요. 어쩌면 오늘 어머니는 천만다행 목숨을 건진 건지도 몰라요."

아버지도 결국 속말을 꺼내놓았다.

"나는 뭣보다…… 머리 짜개고 하는 수술이 너무 마음에 안

내킨다. 서울 갔을 때는 우짜든지 입원부터 할라꼬 했지만, 수술을 하느라고 머리를 짜갠다는 것 자체가 보통 일이 아닌 기라. 엄마가 그걸 감당해낼까 싶다. 수술이 잘돼서 후유증이 없다 캐도 머리를 짜갠 것 자체가 엄마한테는 충격이고 엄청난 손해라. 엄마가 그 고생 이겨낼까 싶다."

눈 감고 누운 채 어머니는 아버지 편을 들었다.

"이대로 죽고 말지…… 종양 떼서 목숨 얻는 대신 눈 잃어가지고 내가 무슨 희망으로 살 끼고? 난 그러캔 안 산다."

다부진 어조였다면 '대단도 하셔……' 할지 모르지만 너무 힘 없는 탄식조였다. 아침을 굶고 점심때 겨우 먹은 미음으로 기력이 떨어진 탓도 있다.

"아버지. 어머니가 처음 눈 어두워질 때 바로 뇌종양 의심하고 수술했으면 눈도 살고 종양도 잊게 되었겠지만 어쩌다 이리 되고 말았습니다. 서울까지 갔지만 수술을 뒤로 미룬 것, 그것도 신중했다고 할 수 있어요. 그러나 계속 수술 미루고 눈 걱정만 하는 건, 이것저것 해볼 수 있는 민간 치료나 하는 건, 나중에 남들이 알면 손가락질할 일이에요. 자식들 다 대학 나오고 아버지도 대학 공부까지 한 집안이 어떻게 그런 바보짓을 했냐고 할 겁니다."

아버지는 그의 몇 가지 표현에 마음이 상해버렸다. 외면이었다.

"이 서방, 자네 생각은 어떻노?"

자형의 말이 아버지를 감싸듯이 펼쳐진 것이 참 다행이었다.

"그동안 아버님께서 어떻게든 수술을 피해볼라꼬 하셨습니더. 예, 아버님 입장에서 너무도 당연하신 겁니다. 한번 머리를 짜갠 다는 게, 그리고 몇 달 걸려 머리가 아무는 것 자체가 교통사고 당해 머리 깨지고 낫고 하는 것만큼 큰 고생이 아니겠습니까, 저 는 그렇게 생각합니다. 아버님이 저희보다 그런 사실을 더 잘 아 시기 때문에 어떻게든 수술을 피해볼라꼬 하셨지만, 근데 저는 예…… 아버님께서도 지난 한 달, 할 만큼 하신 게 아인가 싶습 니다. 우리한테는 걱정 마라, 아버님이 나순다 하셨지만 아버님 도 어머님이 조금만 이상해도 속으로 얼마나 떨리셨겠습니꺼. 저 같은 사람은 그런 것 겁이 나서도 못 봅니더. 아버님 같은 분이니 까 지금까지 이 정도라도 해오신 겁니다. 그렇지만…… 이제는 처남 말대로 병원에 다 맡기는 그런 시기가 온 거 같습니다."

"혜정이 니는?"

"아부지…… 저는예, 이상하게 엄마 수술이 잘될 것 같애요. 그냥 제 생각에, 현직이도 이리 내려오게 되고 또 지 나름대로 병 원 쫓아댕기고 뭔가 다른 말 듣게 되고 또 오늘 아침 하필 엄마가 어지러워지고 이리 가족이 모여서 자기 속말 하는 게…… 수술 하라꼬, 또 왠지 그 수술이 잘되려고 이러는 거 아닌가 싶어요."

"큰누나는 저하고 의견이 같습니다, 아버지."

"애들 얘기하는 거 다 들었제? 당신 생각은 어떻노?"

"나는 눈 멀고 봉사 돼서 자식들한테 구박당하면서는 못 산

252

다…… 이대로 죽으면 죽었지."

어머니 의견은 다들 무시하는 분위기였다!

"아버지, 솔직히 어머니 수술은 어느 병원에서도 100프로 자신을 못 합니다. 그러나 먼 서울보다는 어머니 지내시기 편하고 우리 가족도 편케 다닐 수 있는 부산에서 하는 게 맞습니다."

그가 내심 정한 곳은 '어'라고 한 C병원이다.

"병원은 C로 하입시다."

아버지가 반대했다.

"니가 듣고 온 의사들 말, 반갑고 또 일리 있다. 하지만 듣기 좋은 그런 말 했다고 거기에 엄마를 맡기는 건 반대다. S대학병원으로 가자."

그곳은 어머니의 뇌종양을 처음 발견한 데였다.

"거기 임 박사란 분이 유명하다. 저번 가을에는 다른 의사가 엄마를 진료했다. 우리가 서둘러 서울 간다고 임 박사는 엄마 뇌 사진도 못 봤다. 이번에는 처음부터 임 박사한테 지정진료를 신청하자. 니가 듣고 온 말을 전하면 무슨 말인지 바로 알 끼라. 혜희 친구 박경숙이도 거기 있고, 갸도 여러모로 신경을 써줄 끼다."

"임 박사란 사람이 어떻게 유명한데요?"

"텔레비전 건강 프로에 두통, 뇌종양을 주제로 몇 번이나 강의한 사람이다. 방송국이 어련히 알아서 사람을 찾았겠나. 그리고 택시 기사들도 절대 무시할 게 아니다. 내가 택시 탈 때마다 안 물어보나. 기사들 말도 부산에서 뇌수술 하면 임 박사를 최고로 치는 기라."

"처남, 아버님 말씀이 옳으시다. 우리가 의사 말에 과민 반응할 끼 아니라 진짜 정평이 난 사람한테 어머님을 맡기고 또 우리 주장할 건 하고."

어머니는 언제 자기 눈을 잃을지 모른다는 것이 늘 두려울 수밖에 없다. 한순간 세상의 빛이 달라 보이는 것에 대한 그녀의 놀람! 식구들도 깜짝 놀랐다. 이야기가 끝나갈 무렵, 날이 저물어 혜정은 방의 형광등을 켰다. '내일은 일단 엄마는 움직일 필요 없고 현직이가 임 박사를 만나서 입원, 수술 얘기를 듣고 오라'는 것으로 가족회의가 정리되고 있었다. 어머니가 갑자기 상체를 일으키더니

"이게 우째 된 기고?"

그녀는 오른쪽 눈을 손으로 가리고 주위를 두리번거렸다.

"와 이래 방이 어두워짓노?"

"엄마, 왜요?"

형광등은 두 개짜리였다. 둘 다 수명이 다해가고 있었는데 하필 방금 한쪽에 불이 나가 있었다. 자형이 의자를 가져와 발돋움을 해서 한쪽을 갈아 끼웠다. 방이 배로 밝아졌다.

"아이다…… 아직은 옛날하고 똑같다."

3

병실은 6인실이었다. 침대마다 이름과 나이를 적은 표찰이 걸려 있었다. '김희숙(44)'은 디스크가 왔나 하고 파스를 붙이다가 어느 밤 자고 일어나니까 하반신에 마비가 와 있었다. 부랴부랴 병원을 찾았는데 허벅지에서 종양이 발견된 경우였다. '이이진(23)'은 어느 종교 재단의 유치원 교사였다. 머리 위쪽에 난 종양의 수술을 사흘 앞두고 있어 몇 년 곱게 기른 머리채를 잘라야 할 뿐 아니라 몇 달 가발을 써야 한다는 것에 크게 상심하고 있었다. 육덕이 유난히 좋은 '김순진(52)'은 "난 여기에 종양이 있대유" 하며 손가락으로 이마의 중앙을 눌러 보이곤 했다.

"작지만 위치가 안 좋다던데……."

그녀는 피로가 심해 종합검진 티켓을 끊고 왔다가 청천벽력과 같은 뇌종양 진단이 났다. 크기는 콩알만 하다지만 의사 선생님 표정이 어두워 보이더라며 '혹시' 하는 불안에 시달렸다. 다른 사람들처럼 머리가 아프기라도 하면 억울하지나 않지…… 하고 엉뚱한 불만을 토로하곤 했다. 머리도 안 아프고 식욕도 여전히 좋다는 것이다.

'최혜영(27)'은 H중공업 사보 사진기자였다. 6개월째 생리가 없어 혼자 고민하다가 어머니와 함께 산부인과를 갔다가 신경외과로 오게 됐다고 한다. 하나도 아니고 종양이 둘이라는 데 모녀는 큰 충격을 받았다. '박봉숙(62)'은 수술이 성공적으로 끝나 퇴원 날짜만 기다리는, 탈 없이 사선을 넘었다는 여유로 걸죽걸죽 농담을 잘하는 할머니였다. 40대 초반의 아들이 '엄마, 우리 엄마' 하고 착 달라붙어 있었는데, 신경외과 입원실의 최고참 보호자답게 은천 어머니를 비롯한 신참들에게 너스레를 떨었다.

"우짜든지 아주마이도 수술받고 머리를 조심하이소. 우리 옆 708호는 남자 병실인데, 우리 엄마보다 일주일 일찍 수술받은 할배 하나가 수술이 잘돼서 싱긋싱긋 웃으며 과일도 잘 잡숫고 말도 잘하고 여기저기 인사하러 다니고 그랬시요. 근데 퇴원 전날 밤에 오줌 누러 가다가 화장실 문에 머리를 부딪쳤는데 바로 머리가 아프더래요. 퇴원이 뭡니까. 당장 중환자실로 옮겨졌어예. 엄마! 그러니까 엄마는 우짜든지 머리 조심, 자나 깨나 불조심이 아니라 머리 조심! 아주마이도 수술받고 퇴원할 때까지, 또 댁에 가셔도 절대 머리 조심해야 하는 기요. 뇌수술이란 게 한번 받으면 평생 안심을 못 하는 기요."

요플레를 게걸스레 떠먹으며 다 늙은 '우리 엄마'도 큰 싸움을 잘 치러낸 자랑을 두 번 세 번 반복했다.

"수술하고 나선 당장 내 머리가 아픈 건지 안 아픈 건지도 잘 몰라. 마취 깨고 네 시간이 지나니까 딱 아파오기 시작해. 이빨이 악물리고 온몸이 땀투성이가 되고 속곳이 지 알아서 물빨래라. 의사가 괜찮다, 걱정 마라 하는 말이 관셈보살이 하는 말씀이라.

신기한 게 사흘째부텀 머리가 가벼워지는 기 느껴지고 이야 내가 살겠다 싶어. 그때 기분은 말로 표현 못 하는 기요. 이 닝겔 바늘만 없다면 지금이라도 새처럼 훨훨 하늘을 날 것 같다니깐!"

현직은 뇌종양과 싸우는 환자가 엄마 혼자가 아니구나…… 하고 용기를 얻는 면이 있었다. 그러나 젊은 아가씨 환자가 의외로 많다는 사실에 이 세상은 돈과 권력, 신분의 불평등 외에 인간의 의지를 넘는 초자연적인 악의 힘이 횡행하고 있다는 무력감에 빠지곤 했다. 다른 이들의 사연에 왠지 그는 고까운 마음이 될 적도 많았다! 퇴원 날짜를 기다리는 할머니한테는 '두 시간짜리 수술받고 뻐기기는……' 하는 기분이 되는 것이었고, 그 아들의 '아주 마이도 용기 잃지 마소, 우짜든지 머리 조심!' 하는 말도 샘나는 말처럼만 들렸다. 그는 예쁘고 젊은 여자애들이 수술을 받고 어쩌면 평생 심각한 후유증을 안고 살아야 할지도 모른다는 것에서 남모를 위로를 받았다. 그 위로는 동병상련의 연대감일 수 없었다. 수십 명 뇌종양 환자들 속에서도 어머니는 그만의 어머니였다.

입원 닷새째, 두 번째 병문안을 온 혜희는 "누워 있지만 말고 이거 만지세요" 하며 표면이 올록볼록한 지압봉을 어머니 손에 쥐여주었다. 보온병에서 녹차보다 비타민 시가 세 배나 많다는 감잎차를 종이컵에 따라 그에게 건네주었다. 얼굴이 노래져 있는 혜희에게 어머니가 말했다.

"앞으로 니는 특별한 일이 없으면 병원에 오지 말고 니 몸 간수

257

나 잘해라. 아버지, 현경이, 현직이가 돌아가며 병실에 있기로 했
다. 그리고 현숙이한테 전화해서 은천에서 누가 물어보거든 잠시
엄마가 부산에 어디 절에 갔다고 하고 수술받으러 병원에 입원한
것은 말하지 마라 캐라. 괜히 사람들 일일이 맞고 보내는 것 싫다."

　간호사가 들어와 임 박사의 호출을 알렸다. 새로 촬영한 뇌 사
진 결과가 나왔다는 것이다.

　"누나. 같이 안 내려가요?"

　"난 경숙이만 보고…… 진료실엔 안 들어갈래."

　남매는 엘리베이터를 타고 2층 신경외과로 갔다.

　"어, 혜희야."

　박경숙이 접수처 창구로 얼굴을 바싹 낮추었다.

　"임 박사님이 부르신다고 해서……."

　"잠깐만."

　박경숙이 접수실을 나와 임 박사 진료실로 가서 노크한 뒤 안
에 대고 "노혜자 씨 보호자 오셨는데요"라고 말했다.

　"현직아, 환자 나오거든 들어가거라."

　박경숙의 손에는 늘 판때기가 들려 있는데, 대기하는 환자들의
이름이 쭉 적혀 있었다. 그녀는 수시로 복도로 나와 환자를 서너
명 일괄로 부른 뒤 진료실에 드는 순서를 일러주었다. 혜희는 박
경숙과 접수처 쪽으로 갔고, 그는 진료실 밖 벽에 혼자 서 있었다.

　빵모자를 쓴 여인이 남편의 손을 붙잡고 진료실을 나왔다. 그

가 안으로 들어섰다.

"니가 왔나. 아버지는?"

나이 60은 되었지 싶은 늙은 임 박사의 목소리는 성대가 망가진 듯 늘 쉬어 있었다. 아버지 못잖은 애연가임에 틀림없었다. 그 갈라진 목소리가 의사 일에 대한 어떤 무서운 정열 같은 것을 느끼게 했다.

"직장 가셨고요, 낮에는 제가 있습니다."

"니가 아버지한테 잘 전해라. 어디 보자……."

창문의 일광에 새로 찍은 뇌 사진을 비추어 보고 임 박사가 말했다.

"종양이 쪼깨 더 커졌다."

"얼마나……요?"

"0.5센티 정도?"

결국 아버지의 짚물, 해삼은 별무소득이었다!

"아버지는 감마 수술 하자 카던데, 이런 종양에는 효과 못 본다. 손으로 다 들어내야 한다."

그는 군말을 붙이지 않았다.

"박사님만 믿겠습니다."

진료 첫날에 다른 병원의 의견들을 전했고 임 박사도 다 염두에 두고 있을 것이다. 오래전부터 그는 왠지 어머니가 사람 손에 의한, 가장 정직하고 또 가장 고역스러운 수술을 받아야 할 것만 같았다. 어떤 기계적인 수술법도 사람 손의 정확함을 당해낼 수 없다는 이상한 믿음까지 생겼다. 무조건 감마 수술만을 고집하는 아버지에 대한 반발도 있을 터였다.

"수술 날짜는 열흘 뒤나 될 끼다."

"왜 그리 늦습니까?"

"다른 검사도 있고…… 참, 어머니는 신장도 그럭저럭하다. 심장도 부정맥이 미세하게 관찰되지만 수술하는 데 지장 없다. 아버지한테 전해라. 그리고 수술 전에 뇌혈관 촬영을 해야 하는데, 보호자 동의서를 받는다."

"수술에 대한 동의서요?"

"아니, 뇌혈관 촬영에 대한."

"그것도 동의서를……?"

"뇌혈관은 보호자 사인이 있어야 한다. 아주 드물지만, 촬영 후 허혈 증상이나 염증이 도지거나 하는 부작용이 있다. 미리 전해라. 나중에 급하게 사람 찾지 말고."

임 박사는 아버지한테는 '하소, 마소' 투였고 어머니와 그에게는 반말을 썼다. 환자의 운명을 주관하는 자의 오만함으로 보이기도 했다. 그가 어깨를 쭉 펴며 물었다.

"제가 하면 안 됩니까?"

임 박사가 '나가봐라'는 손짓을 했다.

"안 된다. 남편 있으면 남편이 한다."

4

'자나 깨나 머리 조심' 할머니는 아들의 소원대로 머리 조심을 잘하고 약 타러 올 때 들르겠다는 인사를 남기고 퇴원했다. 새로 들어온 환자는 뇌수술 후 중환자실에서 죽다 살아났다는 서른쯤의 새댁이었다. 머리를 홀딱 깎았지만 눈썹이 짙고 이목구비가 반듯했다. 미인이었다.

"지금은 살이 빠져 꼴이 말이 아니지만 애가 이쁘고 싹싹하다고 동네에서 칭송이 자자했어예……."

시어머니의 말에 다들 고개를 끄덕였다. 어느 날 자고 일어나 세수를 하다가 억 소리도 없이 모로 넘어졌다고 한다. 마침 남편이 있어서 곧장 병원으로 옮길 수 있었다. 뇌출혈이었다. 그런데 병 주고 약 주고인지 의사는 '언제 터져도 터질 뇌혈관 기형이 터졌다'며 위로하더라는 것이다. 목숨은 건졌을지언정 새댁은 아직 감정 판단이 바르지 않았다. 외간 남자들의 시선 속에서도 플라스틱 대야에 오줌을 누는 것이다. 아니 시어머니가 눈치가 없어였는데, 남자 보호자들에게 잠깐 병실을 나가달라는 말을 하지 않는 것이다. 그는 본 척 만 척 구경을 했는데, 대야에 엉덩이를 걸치고 병실을 휘두르는 새댁의 예쁜 눈망울이 그를 정물 보는 듯하여서 외려 그가 섬뜩해졌다.

어머니가 입원한 지 열흘쯤 된 날의 오후였다. 갑자기 목소리를 낮추더니 말했다.

"참 현직아. 간호사들한테 음료수는 돌렸나?"

"아니요."

"내가 음료수 돌리라 칸 게 언제고? 일주일도 더 됐다."

"요즘 간호사들은 그런 거 하나도 안 반겨요."

어머니의 말인즉 간호사들이 일은 힘들고 일한 만큼 보수는 응분치 않고 그래선지 담당 간호사 중 환자에게 딱딱거리는 두엇이 있기에 조금이라도 잘 보이기 위해 매점에서 주스 한 박스를 사서 갖다 바치라는 것이었다.

"무엇보다 성의 표시다. 무슨 일 있어 부르면 더 빨리 오고, 주 삿바늘 더 조심해서 꽂고 말 한마디도 살갑게 한다."

그는 내키지가 않았다. 요즘 세상에 코의 코딱지 취급도 않을 알량한 주스 박스를 내미는 것보다 아침저녁으로 7층 간호사 책상 앞을 지날 때 '안녕하세요!' '안녕히 계세요!' 인사 잘하는 것이 더 효과를 볼 것이다. 그러나 또래나 또래 아래의 젊은 간호사들에게 숫기가 없어 그것도 그는 마음뿐이었다.

"돈 없나? 지금 은행에 돈 찾는 시간 지났나?"

어머니는 당장 주스를 사러 가란 것이다. 현금 인출기의 마감 시간은 밤 10시였다. 그는 예, 돈 찾을 시간 지났어요 하고 성의 없이 말했다.

"내일 병원 올 때 꼭 갖다줘라. 알았제?"

262

이튿날에도 그는 어머니의 부탁을 들어주지 않았다.

병실에서 그가 하는 일은 별달리 없었다. 병원 내에 분소로 들어와 있는 시중은행의 통장을 개설하여 전체적인 돈 관리를 그가 했다. 의사에게 묻고 싶은 것이나 호출이 있을 때도 주로 그가 갔다.

낮 시간에는 병실에 그가 있고 밤에는 현경과 아버지가 번갈아 와서 어머니의 침대 밑 간병인 침대에서 잤다. 올해 대학 졸업반인 현경은 오후 5~6시에 올 때도 있고 시내의 작은 보습학원에서 주 3회 영어 수업을 하느라 밤 10시가 지나서 오기도 했다. 때로 저녁 몇 시간 어머니 옆에 아무도 없을 때가 있었다. 아버지는 비번일 때는 낮 시간부터 병실에 와 있었지만 동에 휙 서에 휙 하며 사라져버릴 때가 굉장히 많았다. 담배 피우러 가는 것이다. 그는 침대 옆에서 신문을 읽거나 잡지사 일에 떠밀려 엄두를 못 냈던 책들을 혜희의 4B연필로 줄 치며 읽는 것이 큰 즐거움이었다. 시간에 쫓기지 않는 독서가 참으로 오랜만이었던 것이다.

뇌혈관 촬영을 하루 앞두고였다. 어머니의 링거에 노란색 주사액 병이 하나 더 달렸다. 뇌혈관 촬영과 관계가 있나 싶었다. 간호사의 대답은 수술 전까지 심장을 조금이나마 편케 하려는 조치라는 것이다.

그는 침대맡에서 책의 마지막 몇 쪽을 읽고 있었다.

"니는 그렇게 책 오래 보면 눈 안 아프나?"

어머니가 물었다. 고개를 들었다가 그는 어머니와 눈이 마주쳤다. 실핏줄 하나 없는 흰자위가 너무도 깨끗했다. 잘 보이지 않아도 우리 엄마 눈이 참 맑구나, 그는 속으로 감탄했다.

"아플 때도 있죠."

"어두운 데서 읽지 마라. 집에 가서 읽어라."

그는 별 대꾸 없이 격월간 환경 잡지로 다시 눈을 내렸다. 한참 후 어머니가 다시 물었다.

"니는 책 한번 읽으면 내용을 다 기억하나?"

그가 후 웃었다. 대학 때는 낙제까지 했지만 중고등학교 때 자식들 중 그의 반 등수가 제일 높았었다. 어머니는 초등학교 문턱도 넘지 못하였던 자신과 비교조차 할 수 없는 아들의 공부 머리를 대단하게만 여겨왔을 것이다. 그는 장난기가 발동했다.

"한번 읽으면 다 기억하죠."

"그렇나?"

"책을 읽을 때 글 쓴 사람이 직접 입으로 말하는 것처럼 생생하게 읽고 또 다 기억해요."

"그렇게 기억력 좋은데 왜 고시는 겁내 했노?"

엉뚱한 질문이다.

"겁내 하다뇨?"

"니가 합격할 자신이 없으니까 대학 때 고시 공부를 피한 거 아이가?"

그는 어머니 말에 자존심이 상했다. 대학 때 생각과 감정의 준

거집단으로 삼았던 서클은 고시 공부에 목매단 이들을 사람 취급
조차 하지 않는 분위기였다. 하숙집에 한둘 있었던 고시생의 일
상을 볼 때도 '저게 청춘이가?' 하고 반발감이 일었었다. 학년이
높아지며 홀연히 고시원으로 사라져버리는 서클의 친구들이 있
기는 했다. 속으로 경멸했다. 1, 2학년 때 이미 계산해두고 있었던
너희들 진로였지? 어머니는 그의 대학 생활이 '노동' '통일'이라는
말에 꼼짝없이 붙들렸던 것을 알지 못한다. 그는 잠깐 묵묵히 있
었다. 노동자가 될 수도 없고 그렇다고 출세하겠다고 법서를 붙들
수도 없고 그래…… 하숙집 룸펜으로 마냥 살아야 했지!

"장 머시기라고 은천목욕탕 집 아들 알제? 니보다 두 해 위 아
이가. 갸가 중학교 때는 혜정이하고 성적이 비슷했다. 그니까 니
보다 공부를 못했는 기라. 갸 전공도 법과가 아이라. 암튼 작년에
고시 패스하고 동네잔치까지 했다. 일단 내 수술이 잘되어야 하지
만, 니 미래를 놓고 아버지하고 얘기를 한다. 예전부텀 아버지가
서울 니 직장을 맘에 안 들어한 건 너도 잘 알 끼고, 이번에 우째
니가 직장을 놔버렸는데, 우리는 외려 잘된 일이라고 생각한다.
이게 다 기회일지 몰라. 니가 엄마 아버지 옆에서 살 끼라면, 아버
지가 퇴직하는 날까지 니가 고시 공부를 한다면 한번 밀어줄 뜻
도 있는 기라. 니 생각은 어떻노?"

열 번 죽다 깨어나도 그런 진로에는 뜻이 없다. 그는 부산의 신
문사나 잡지사에 마음을 두고 있었다.

"아버지도 젊어 1년 대학 다닌 게 법대 아이가. 니가 서울로 대학 갈 때 우리는 내심 니가 서울서 보고 듣고 깨치는 게 있을 테니까 전공은 달라도 결국에는 고시를 하리라 봤다. 니가 뭘 짓 하며 대학 시절을 허송했는지는 모르지만 지금이라도 늦은 건 아니다 아이가?"

그는 계속 묵묵히 있었다. 그런데 그녀 스스로 자신의 말을 반쯤 뒤집었다.

"하기사…… 뭣보다 건강이 제일이제. 이래 뇌병 생기고 또 지분에 넘치게 자리 욕심내며 일하다가 과로로 픽픽 쓰러지고 그러면 그게 다 무슨 소용이고? 근데 니 건강은 어떻노? 고시 공부를 할 만치 체력은 되나?"

그가 단도직입으로 물었다.

"제가 판검사같이 대단한 사람이 되길 바래요, 어머니는?"

"아이다. 입에 풀칠할 걱정은 안 하면서 니 하고 싶은 거 하면 된다."

"그러면 앞으로 저한테 무슨 말 할 때는 아버지 말 대신 하지 말고 엄마가 하고 싶은 말을 하세요."

그렇게 쏘아주고 그는 누런 재생지로 제작된 책에 다시 눈을 내려뜨렸다. 마음에 드는 문단이 나타나 그는 자동적으로 몸에 밴 동작을 하기 시작했다. 밑줄을 긋는 것이다. 그는 두 문단을 통째 새까맣게 해놓았다!

"와 줄 치노? 시험 준비하는 책이가?"

"아뇨. 내용이 너무 좋아서요."

"뭔 내용인데?"

제러미 리프킨의 〈쇠고기를 넘어서〉라는 글이다. 그는 잠깐씩 부연을 해가며 줄 친 문단을 어머니에게 또박또박 읽어주었다.

캔자스주 홀콤에 있는 쇠고기 처리공장 같은 현대적인 도살장들은 14에이커 남짓한 면적을 가지고 있다. 소들은 일렬로 도살장으로 울며 들어간다. 들어가자마자 공기총을 맞고 기절한다. 동물이 맥없이 주저앉을 때 도살장 노동자가 재빨리 뒷다리의 발굽에 쇠사슬을 건다. 소들은 마루에서 들어 올려지게 되고 몸이 뒤집힌 채 걸려 있게 된다. 노동자들이 기다란 칼을 가지고 황소의 목을 벤다. 칼날을 후두 속으로 깊이 1, 2초 들이밀고 바로 칼을 거두면 소의 경동맥과 경정맥이 절단된다. 피가 용솟음치듯 나와 노동자들이나 장비가 피 칠갑이 된다. 죽은 동물은 기계화된 라인을 따라 움직여가며 가죽이 벗겨지고, 목이 잘리며, 창자가 제거된다. 내장이 제거되면 전기톱에 의해 등뼈의 가운데가 잘린다. 꼬리가 잘려 나간다. 동강 난 시체는 따뜻한 물로 흠뻑 적셔진 다음, 천에 싸서 대형 냉장고로 보내는데, 24시간 후 그것들은 스테이크, 목정, 갈비, 양지머리 등과 같은 이름 있는 조각으로 톱질이 된다. 그 낱낱은 컨베이어 벨트에 실려 30, 40개의 절단기를 통과한 뒤 최종적인 제품으로 탈바꿈된다. 깨끗하게 진공 포장된 쇠고기 조각들은 슈퍼마켓으로 수송된다. 그리고 환하게 불이 켜진, 방부처리가 된 판매대에 전시된다.

어머니는 '공기총을 맞고'에서 "아 총으로 지기는구나⋯⋯" 했고, '피 칠갑이 된다'에서 "거꾸로 매달아놓으니 피가 머리로 몰리고 또 찌르면 펌프처럼 피가 뿜어 나오는 것 아이가" 하였다.

"목정은 뭣꼬?"

"저도 잘 모르겠는데, 목살 부위쯤인가 보죠."

어쨌든 어머니는 내내 이맛살을 찌푸렸다.

"니도 참⋯⋯ 그런 내용이 뭐가 좋다고 줄 치노?"

"난 좋은데요."

"그기 와 좋노?"

왜 그는 소 도살 장면이 좋았을까. 미국이라는 세계 최강의 군사대국에 대한 반감은 대학 때부터였다. 글의 서두에서, 미국 국민들이 '자동차와 쇠고기에 미친 민족'이라고 하는 리프킨의 단언에서 저자에게 당장 호감이 생겼다. 그리고 세계 각지로 진출해 있는 맥도날드 햄버거의 잔인성을 현대적 도살 장면을 통해 고발하고 있다는 게 좋았다. 무엇보다 줄 친 두 문단의 묘사가 더없이 생생해서 좋았다! 어머니에게는 이렇게 대답했다.

"우리가 먹는 쇠고깃국의 끔찍한 비밀을 알게 되잖아요."

"그 끔찍한 것 알아서 뭐 하게?"

"먹을 때 먹더라도 추악하고 끔찍한 진실을 알고는 있어야 해요."

"우리가 정육점에서 사는 쇠고기가 이래 만들어지나, 끔찍하
네…… 하는 생각은 드는데, 그게 진실이라고 캐도 그거 알아서
뭐 하게?"

"어머니는 다만 끔찍하기만 해요?"

"끔찍하고, 나는……."

그리고 어머니는 그의 상상을 훌쩍 뛰어넘는 보다 끔찍한 이야
기를 해왔다.

"사람도 죽으면 똑같이 할 거 아이가 싶네."

"사람은 땅에 묻거나 화장을 하지 이렇게……."

"아니, 사람이 사람 고기를 먹는 세상이 온다면, 꼭 방금처럼
소 잡듯이 할 거 아이가."

아무래도 어머니의 상상은 황당했다. 그런데 그에게 퍼뜩 생각
의 반전이 일어났다. 식인종족에게 사람이 죽는다는 것은 어쩌면
하나의 축제가 아닐까? 왜냐…… 배불리 먹는 날이니까! 수시로
인육이라도 먹지 않으면 사람들이 굶어 죽고 마는 척박한 삶의
터전이 있다고 치자. 죽은 부모의 몸을 불에 구워 먹고 고아 먹을
수 있으니 죽음이 내심 반가운 일일 수도 있지 않을까. 한 사람의
존재가 사라지는 것은 그래서 비통한 일만은 아니다. 어머니, 우

리 주림을 위하여 살과 뼈까지 주고 가십니다, 고맙습니다! 그는 왜 이제 와서 전 세계적으로 인육을 먹지 않게 되었는지 그 문화인류학적인 의미가 새삼 궁금해졌다. 결국은 이런 의문이다. '슬픔'이란 감정은 생산력이 발전하고 사회 전반적으로 물심양면으로 여유가 생기면서 계속 과장돼온 것은 아닐까? 나고 죽음이란 너무도 자연스러운 생명현상인데 왜 인간은 그토록 죽음이란 사건에 발악하듯이 거부하고 발악하듯 슬퍼하는 것일까.

그는 어떻게 그런 끔찍한 상상을 하는지 의심스럽다는 듯이 어머니에게 눈을 흘겼다. 한국전쟁 중에 나라 전체가 굶주림에 시달릴 때 누가 인육을 먹었다는 흉흉한 소문이라도 들은 적이 있는지도 모른다.

"어머니, 도살한 소 말고 늙어 죽은 소도 사람들이 먹습니까?"

"먹지…… 병이 있어 주사 맞은 소는 못 먹고, 그 외는 다 먹지. 옛날엔 그랬다."

식인에의 상념은 문득 끝이 났다. 그는 다시 쇠고기로 돌아갔다. 포장되어 나오는 것들, 반질반질하고 보기 좋게 디자인이 된 것들, 그 외면의 치장은 추악한 과거를 숨기려는 본능적인 알리바이 같은 것이 아닐까. 저마다 삶의 현장에서 노동하고 생산한 결과물을 타인에게 내놓는 것, 그 결과물로서 서로 만나는 것, 최대한 미끈하게 만들어 내놓는 것, 우리는 그것이 다인 줄로 속고 산다. 그렇다고 꼭 과거의 숨은 진실을 알아야만 하는가. 속아

주고 살면 안 되나. 알아야 할 건 알고 몰라도 되는 건 몰라도 되고…… 이건 하나 마나 한 소리지만, 아무튼 소의 현대적 도살 장면은 그에게 기괴한 감동을 주었다. 왠지 알아둬야 할 것이었다. 그런데 어머니는 '그거 알아 뭐 하느냐'는 판단이다. 그도 알고 싶고 어머니도 같이 알고 싶은 세상의 진실은 어떤 것들이 있을까.

머릿속이 뒤죽박죽이 되며 다시 소 도살 장면이 떠오르고 그것은 퍼뜩 다른 가지로 뻗어나갔다. 그는 어머니의 오랜 가사 노동에 새로 의미 부여를 해주고 싶다. 즉 어머니의 노동이 가치 있고 의미심장한 것이었다고 말해주고 싶다. 소를 잡고 온 식구가, 아니 온 종족이 고기를 먹는 것은 기쁜 축제의 행위다. 그런데 현대의 축제는 사회의 모든 시스템 속에서 역할 분담이 되어 있다. 방금의 소 도살 장면은 너무 대량생산적이고 기계적이어서 축제를 행하고 있다곤 도무지 느껴지지 않지만, 어머니가 매일매일 해왔던 가사 노동, 특히 음식을 만드는 행위는 현대의 뒤틀린 축제 시스템에서 마지막 마침표를 찍는 일이라고 할 수 있다. 어머니의 칼, 도마, 가스레인지의 공간은 현대적 샤먼 행위의 복잡한 연쇄, 그 단말기적 공간에서의 최종 행위이다. 어머니는 평생 아름다운 마음으로 생명들의 죽음을 마무리해주셨다.

그는 뭔가 난잡하고 아리송하면서 또 왠지 중요할 것 같은 생각을 어머니의 말로 바꾸어 표현할 재간이 없었다. 그런데 어머니

271

가 불쑥 말했다.

"니는 아침에 신문에도 줄을 치데? 난 그런 사람 처음 봤다."

"칼럼이라는 것이 있어요. 나는 신문 기사 중 칼럼을 제일 좋아해요."

"거기도 짐승 죽이는 얘기가 나오더나?"

어머니가 농담했다. 그도 웃었다. 그리고 그는 생각했다. 소의 현대적 도살이 나에게는 꼭 알아둬야 할 것이었다면, 어머니의 수술도 내가 조목조목 알아야 하고, 조만간 어머니 수술 장면도…… 내 눈으로 직접 봐둬야 하는 것은 아닐까?

미국의 한 여인이 자신의 출산 과정을 인터넷으로 생중계했다는 기사에 그는 감동한 적이 있었다. 아내의 출산 장면을 직접 본다는 소수 남편의 행동에도 공감했다. 니가 이 세상에 어떻게 났냐고? 이 비디오에 다 담겼다. 그것은 충격적이며 경이로운 성교육이 아니겠는가.

이 나라 어느 곳의 병원이었나, 아님 외국 병원이었나. 수술실 옆방에서 환자 보호자들이 수술 장면을 비디오로 볼 수 있게 하는 조치가 이미 시행되고 있었다. 이 S병원은? 그런 얘기라곤 들어본 적 없다. 임 박사한테 부탁하면 수술실 입장을 허락해줄까? 미친놈이라고 할 것이다. 어머니의 뇌수술을 그가 꼭 봐야만 할까. 의사도 부모나 친지의 수술에는 손이 떨려서 동료에게 메스를 넘긴다고 하지 않는가. 그러나 그는 어머니 수술 장면을 단 5분이

272

라도 꼭 보고 싶다는 이상한 욕구를 느꼈다. 어머니와 섹스하는 것만큼 충격적일 뇌수술 장면은 그에게 평생 잊히지 않을 것이다. 생사가 교차하는 병원에 매일 들락거리다 보니 인생의 허망이 새삼 느껴지고 그래서 그에게 영원히 기억될 어머니의 무엇에 대한 욕구가 절실해진 때문일까.

그날은 영어 수업이 있는 날이 아니었는데도 현경이가 늦었다. 결국 동생의 얼굴을 보지 못한 채 그는 밤 9시에 병원을 나왔다. 오래도록 잊지 못할 충격의 하루가 바로 이튿날이 될 줄을 물론 그는 알지 못했다.

5

평소보다 일찍 일어났다. 오전에 뇌혈관 촬영이 있는데 어떤 것이기에 보호자 서약까지 받는지 걱정되었기 때문이다. C중학교 운동장에서 숨이 터지도록 달리며 그는 결심했다. 병실에서 읽는 신문, 책부터 어머니에게 리뷰하겠다! 철저히 엄마의 언어로 생각의 공통분모를 차곡차곡 쌓아가겠다!

결심은 지식의 교류에만 머물지 않았다. 서투르나마 사과, 감을 깎고 엄마랑 꼭 같이 먹겠다! 입원실 사람들을 보다 밝은 얼굴로 대하겠다!

'건강을 위하여 계단을 이용합시다'라는 병원의 문구를 따르는 사람은 거의 없었다. 그는 아침 8시에 병원에 도착했다. '진리를 알고자 하는 자, 걸음과 옷매무새부터 달라진다'는 어느 시인의 말을 떠올리며 그는 엘리베이터를 타지 않고 7층까지 계단을 밟아 올랐다. 걸음 하나하나 음미하며!

707호 문이 잠겨 있었다. 김순진의 왜소한 남편이 밖에 나와 있었다.

"새댁이 볼일 본다고……."

그제 오후부터였다. '오줌 눈다며, 왜?' 시어머니가 눈으로 묻자 새댁은 남자 보호자 쪽을 보며 곤란한 표정을 짓는 것이었다. 그 후 새댁이 일을 볼 때 남자들은 복도로 나갔다. 반가운 일이었다.

"다 됐어요……" 하고 문이 열리는데, 목소리가 사내의 것이었다. 새댁의 남편이었다. 인사를 하고 그는 병실로 들어갔다. 그런데 침대에 어머니가 없다. 김순진이 어두운 얼굴을 하고 말했다.

"아버지하구 화장실 가시는가 보던데……."

다른 낌새를 채지 못하고 그는 복도로 나갔다. 마침 어머니가 화장실을 나서고 있는 것이 보였다. 그런데 엄마의 표정이 이상했다. 아니 찌푸린 표정보다 걸음이 더 이상했다. 어머니는 쇠로 된 링거 거치대를 움켜쥐고 다른 한 손을 아버지에게 의지한 채 걷고 있었다. 고통스러워하는 걸음이었다. 그것은 어떤 비상한 사태의 전조였다. 그가 달려갔다.

"어떻게 된 겁니까?"

치통 앓는 사람처럼 이를 악문 어머니도, 침통한 표정의 아버지도 답이 없었다. 허리가 거의 90도로 꺾인 어머니는 언뜻 배의 근육이 팽팽하게 당겨서 그러는 것도 같았다. 엎친 데 덮친다고…… 맹장염?

어머니가 끙끙 병실로 들어갔다. 병실 분위기가 애초에 달라져 있었던 것을 그는 이제야 눈치챘다. 모두 근심 어린 눈빛을 하고 어머니를 보고 있었다. 어머니가 침대에 오를 때도 아버지가 손으로 뒤를 밀어줘야 했다. 부자가 침대 양편에 섰다. 주위의 귀를 의식하며 목소리를 낮추어 그가 물었다.

"어떻게 된 거예요? 어제저녁까지만 해도……."

"모르겠어, 나도……."

"언제부터 이래요?"

"새벽에 오줌 누러 일어나 보니 몸이 뻣뻣한 것 같다더니……영 못 걷겠다 카네."

이런 비상 상황이라면 의사들이 지금 어머니 침대를 둘러싸고 있어야 하는 것 아닐까.

"의사들은 알아요?"

"두고 보자고만 캐."

"아버지, 아침에 현경이는 뭐래요?"

"어제는 엄마 혼자 있었다 캐. 무슨 모임이 너무 늦게 끝났다고 현경이한테 전화가 와서 엄마가 오지 말라 캤다네."

갑자기 왜 이러시는가. 침대 양편에서 긴하게 묻고 답하는데도 어머니는 이맛살을 찌푸린 채 신음만을 냈다. 몸속에서 차오르는 고통이 자신도 당황스러워 뭐라 대꾸할 여유가 없어 보였다.

"어머니, 어디가 아프세요?"

아랫입술을 깨문 채 그녀는 고개만 저었다.

"왜 이런 거 같애요?"

역시 고개만 젓는다! 지금…… 말도 잘 안되는가? 어제 낮에만 해도 "처음 병실 올 때 새댁이 웃지도 않고 사람이 멍하더니 정신이 금세 돌아오네. 수술 직후엔 잠깐 얼이 나가도 저렇게 좋아지는 모양이제?" 하고 밝은 표정을 짓더니 하룻밤 새 왜 이런 형편없는 환자가 돼버렸는가. 결국 어머니에게도 뇌종양의 주된 증상, 운동·언어 장애가 오고 있는 것인가. 아, 당장 내일이라도 수술을 하고 종양을 적출하면 걸음은 회복될까. 운동신경도 종양과 엉켜서 시신경만큼 어렵게 된 것일까. 눈도 잃고 운동도 잃고!

머릿속이 복잡하기만 한데, 문득 아버지가 보이지 않았다. 어디 갔는가. 담배 피우러 갔구나! 그는 아버지의 잦은 흡연에 이가 갈리는 기분이었다. '담배 피고 올끄마'라고 수없이 보고해야 하는 것이 거추장스럽고 면목 없기도 할 테지만 병실에서 하루에도 수십 번 말없이 사람이 보이지 않을 때는 왈칵 짜증이 났다. 더욱이 지금 어머니가 예사 상태가 아닌데…….

'무슨 약값이 이래 많이 나왔노?'

'바닷가 사는 집이라 그런지 김 참 맛나네. 우리 고추장이랑 바꿔 묵자.'

'새벽에 창가 자리는 너무 추워서 우리 애가 감기 걸릴까 걱정 돼요.'

병실의 대화들은 톤이 낮춰진 채 평소와 다름없었다. 그는 외로웠다. 무서웠다. 그래도 아버지가 자기편이었다. 미워 말자, 화장실에 간 것인지도 모르니까!

세면기에서 걸레를 빨고 침대 앞을 지나는 새댁의 시어머니가 안쓰러운 눈길을 한 채 잠시 걸음을 멈춰주었다. 그는 겨우 말을 붙여볼 수 있었다.

"저어, 저희 어머니 아침은 드셨어요?"

"아까 우유 조금 마시는 거 같던데……."

소리는 들리는지 어머니가 작은 눈짓으로 사물함 쪽을 가리켜 보였다. 밥과 반찬 그릇이 뚜껑이 덮인 채 식판에 담겨 있다.

니 묵어라.

"어머니, 왜 말씀을 안 하세요?"

마음이 급격히 슬퍼지며 그는 몸을 기울였다.

"쎄가…… 잘…… 안……."

혀가 잘 안 움직인다. 그는 선명한 충격을 받았다.

"언제부터 이래요, 예?"

그의 목소리가 확 높아졌다.

"모, 몰⋯⋯."

어머니의 눈에 물기가 배어나고 있었다. 상황이 시시각각 악화되고 있는 것이다. 지금 뭔가 큰일이 일어나고 있는 것이다! 김순진의 남편이 침대로 왔다.

"이거 보통 일이 아니네. 아주마이가 갈수록 심해지는 거 같네."

그는 거의 어지러울 지경이었다. 어머니가 앞에 누워 있는데도 자신과의 거리가 까마득하게 느껴졌다. 영화나 텔레비전에서 본 임종 장면과 같지 않은가! 이러다 꼭 숨을 거둘 사람 같지 않은가!

알 수 없는 자책감이 가슴을 할퀴고 들었다. 그는 어머니와 함께⋯⋯ 주연이 되고 싶었다. 자신이 연기할 대본이 설사 비극이라고 해도 자신과 어머니가 극의 주인공일 것이라 굳게 믿었다. 서울을 내치고 어머니를 선택하며, 자신과 어머니가 휴먼 드라마의 주인공이 될 것이라는 환상에 그는 의심 없이 빠졌다. '이렇게 수술이 잘되긴 처음이다' 하고 임 박사가 혀를 내두를 정도로 어머니의 수술은 대성공으로 끝날 것이다, 어머니는 찬란한 제2의 인생을 살 것이다, 다른 환자들은 사정없이 악의 나락으로 떨어진다고 해도 자신과 어머니, 식구들은 악을 피해 가리라.

2차 성징이 나타나는 열서너 살 사춘기 때 '나를 중심으로 우주가 도는 것은 아니구나'를 깨닫고는, '나는 쟤를 좋아하는데 쟤는 날 좋아하지 않는구나, 난 너무 좋아하는데' '내가 사는 지금

이 언제나 내 인생 최초의 시간이구나, 미리 정해진 것은 아무것도 없구나, 잘못하다간 내가 인생의 패배자가 될 수도 있겠구나' 하며 문득문득 두려움에 빠지듯이, 그도 어머니와 함께 운명극의 주인공이 아니라 다른 누군가의 빛나는 인생을 위한 한낱 불행한 엑스트라로 전락할지 모른다는 두려움에 빠질 때도 있었다. 사실 그의 착각, 환상, 결의는 혜회 앞에서 절규할 때가 절정이었다. 그 후 그는 하향곡선을 타고 있었다. 비극일 뿐이라 해도 최선을 다해 진실하기만 하면 된다고 스스로를 몇 번이나 달래며, 어머니가 수술로 시력을 잃는다 해도 그가 많은 것을 깨우쳐서 어머니의 여생에 거침없이 절절해지고 아버지보다 더 뜨겁게 어머니를 도울 것이라는 턱없는 효심으로 불타오르기도 했지만, 사실은 사춘기 이전과도 같이 그와 어머니를 중심으로 우주가 움직인다는 자기최면 속에서 가장 많은 시간을 보내며 이 순간까지 왔을 뿐이었다. 그의 그런 최면이 지금 눈앞에서 산산조각 나려 하는 것이다.

그는 정말 오늘부터 어머니와 많은 얘기를 나누겠다는 대견한 결심을 하였다. 열네다섯 살 적에 어머니가 보리 씨를 뿌리는 처녀였다는 얘기, 마을 사람들이 나어린 처녀가 보리 씨를 뿌린다고 우르르 구경 나왔다는 얘기, 사고사로 친엄마가 죽은 뒤 새로 들인 계모는 남매들에게 용돈 한 푼 주지 않았다는 얘기, 그를 배 속에 밸 때 꾼 꿈, 낳고 키울 때 겪은 몇 가지 신통한 일들, 그가 생전 처음 듣게 되는 얘기, 언젠가 한 번 듣고는 잊어버렸던 얘기, 어릴 때 들은 것이 기억나도 다시 듣고 싶은 얘기…… 또 그가 관심 가지는 세상사, 왜 신문 칼럼을 좋아하게 되었는지, 자신의 얘기도 조근조근 함께 나누려고 했다. 딴에는 갸륵한 그의 다짐과 마음을 현실은 왜 이리 외면하고 마는가.

아버지가 병실로 들어왔다. 지금 어머니의 혀가 잘 움직이지 않는 상태라는 것을 아는가, 모르는가.

"의사 왔다 갔나?"

"아뇨."

그는 아버지와 눈도 마주치지 않았다.

"30분마다 들르기로 했는데……."

그런데 바로 그때였다. 그는 자신이 우주의 미아가 되는 것 같은 공포에 빠졌다. 어머니가 갑자기 행동을 하기 시작했다.

갑자기 어머니가 고개를 그의 쪽으로 꺾었다. 그 모습이 남편을 과장스럽게 외면하는 행동 같았다. 어머니의 고개는 0.5초도 지나지 않아 목뼈가 부러질 정도로 격하게 또 꺾였다. 아버지 쪽이었다. 어머니가 좌우로 고개를 정신없이 꺾는 행동을 몇 초 동안 열 번도 더 반복하였다.

"어머니, 왜 이러세요?"

"여보, 와 이라노?"

몰라 몰라 하듯 어머니는 고개를 계속 휘저었다. 이상한 것은

280

그것만이 아니다. 어머니가 오른팔을 돌연 허공으로 쭉 뻗는 것이고, 그 팔은 화덕의 오징어가 오그라드는 것처럼 가슴 쪽으로 눈 깜짝할 새 곱아버렸다.

"어머니……."

정말이지 어머니는 불판 위의 오징어처럼 행동하기 시작했다. 불길이 일렁이는 뜨거운 침대에 누운 것처럼 고개가 돌아가고 오른팔 왼팔이 괴상한 각도로 자꾸 움직였다. 그는 어머니의 다리를 보았다. 덜덜덜 떨리고 있었다. 전기 고문을 당하는 사람처럼 어머니는 경련하고 있었다. 그런데…… 그러던 어머니가 웃기 시작했다. 신음을, 비명을 질러야 마땅한데 "키, 키, 킥!" 웃기 시작했다. 그 표정은 천치 같다.

"히, 히. 키키키. 낄낄. 히, 킥킥."

두 팔을 가슴과 턱으로 곱혀 안은 채 고개를 좌우로 꺾으며 히득히득 웃는 어머니는 현실의 존재가 아니었다. 그는 지금 자신이 보고 있는 장면이 현실의 것이라고 믿을 수 없었다. 미친년처럼 온몸을 비비 꼬고 혀를 쭉 내밀어 입가를 훔쳤다가 다시 빨아 넣는, 눈동자가 천장 쪽이었다가 자신의 콧등이었다가 초점 자체를 잃어버리기도 하는, 킁킁 냄새를 맡고 꿀맛을 보듯이 입을 쪽쪽거리고 키키 킥킥 웃는…… 이 여자는 누구인가.

"총각, 뭐 하노? 의사 불러라, 어서 빨리, 뭐 하노!"

아버지가 호출 버튼을 눌렀다. 다른 누군가 복도로 나가 "여기요, 여기! 빨리!"하고 외쳤다. 그는 그저 한 미친 여자를 바라보았다. 그 여자는 계속 지랄발광을 하고 있다. 그는 바보의 연극 대사처럼 자신에게 묻고 있었다. 지금 이거…… 뭐지? 엄마가…… 왜 이러지? 가만있자…… 책이나 신문에서 본 뇌종양 증상에 환자가 구운 오징어가 된다, 이유 없이 웃는다, 이런 게…… 있었던가? 난 기억 안 나는걸. 이건 영화일 거야. 꿈일 거야. 참 이상하다.

뭐지? 도대체 뭐야? 엄마가 왜 이래? 이거 꿈이지, 그렇지? 그렇지?

젊은 의사 둘과 간호사 둘이 병실로 닥쳤다.

"아저씨, 비켜요!"

의사와 간호사가 아버지를 밀쳐냈고 다른 한 조의 의사와 간호사가 그를 밀쳐냈다.

"노혜자 씨, 정신 차려요! 야, 붙잡아!"

어느새 어머니는 웃음을 그친 뒤였다. 그러나 팔다리는 여전히 멋대로 움직이고 있었다. 간호사들이 팔다리 한 짝씩을 잡았고, 의사 하나가 플래시를 켜며 어머니의 눈꺼풀을 뒤집어 동공을 확인하고 있었다. 다른 의사는 물에서 막 건져낸 사람에게 하듯이 두 손으로 어머니의 심장 부위를 거칠게 눌러댔다. 그는 입을 벌린 채 그들을 보았다. 침대에서 멀찍이 떨어진 아버지도 넋이 나간 채였다. 간호사들이 양편에서 침대 보호대를 철컥철컥 올려

세웠다.

뿔테 안경을 낀 젊은 의사가 어느새 그에게 묻고 있었다. 응급 조치는 끝났고, 환자는 살아 있다는 눈빛을 하고 있다.

"어떻게 된 겁니까?"

그가 묻고 싶은 것이다. 그가 외치다시피 했다.

"어떻게 된 겁니까!"

"아니, 환자분이 어떻게 행동하는지 보셨을 거 아입니까? 상세히, 하나에서 열까지 설명해보세요."

그가 떠듬거리기 시작했다.

"예, 어머니가요, 처음에 잘 못 걸으셨어요, 걷지를 못했어요. 어제까진 잘 걸었거든요. 근데 허리를 반으로 접고, 마비가 왔던가 봐요…… 그리고 화장실 다녀와서 침대에 눕더니, 갑자기 팔을 곱치기 시작했어요, 이렇게, 아, 이렇게요! 아, 아뇨, 팔 곱치기 전에 고개부터 좌우로 막 돌아갔어요!"

"그것뿐입니까?"

또 뭐가 있었지? 내가 제일 무서웠던 것이 뭐였지? 심장이 벌떡벌떡거렸던 게 엄마 어떤 행동 때문이었지?

"아, 어머니가…… 웃었어요!"

지금껏 한 번도 들어본 적 없는 너무나도 괴상망측한 소리로! 마치 천치같이!

"시저 아냐?"

레지던트 둘이 서로 얼굴을 바라보았다. 그는 '시저'가 'seizure'를 말하는 줄 물론 알지 못했다.

"뭐요? 시……저?"

"예, 발작하신 겁니다. 전에도 이러신 적 있지요?"

왜 이런 병력을 미리 얘기하지 않았냐는 투다. 아버지는 귀를 쫑긋대며 옆에 있다가 말도 안 되는 소리 말라며 발끈했다.

"어데요, 이런 거 없었어요. 전혀, 저어언혀 이런 거 없었어요!"

"아닐 겁니다. 이런 대발작말고 조용히, 아무도 모르게 하는 발작도 있습니다. 환자 본인조차 자신이 발작한 줄 모르기도 합니다."

그가 반박했다.

"아뇨, 없었어요. 이런 것 지금껏 한 번도 없었어요!"

"없었어요?"

의사가 한발 물러섰다.

"왜 이런 게 생겨요?"

마치 병원의 잘못이기라도 한 듯이 그가 되물었다. 아버지도 나섰다.

"지금까지 아무런 다른 증상이 없었어. 어제 닝겔 새로 꽂고 갑자기 사람이 잘 걷지 못하고 이런 괴상한 증상까지 왔어. 저, 저, 저 닝겔 꽂고 나서."

그도 결연한 표정이 되었다.

"혹시 저 약 부작용 때문 아닙니까?"

"아닙니다, 뇌종양 증상에 발작이 있습니다. 어떤 사람은 발작이 반복되어서 병원에 왔다가 뇌종양을 발견하기도 합니다."

"뇌종양 증상에 무슨 발작이 있습니까!"

그가 외쳤다.

"그런 증상 있습니다!"

의사가 외쳤다.

하필 책이나 신문에서 본 기억이 나지 않았다. 아니 보았는데 어떤 이유에선지 대수롭지 않게 생각하고 잊어버렸는지 모른다.

"저 약, 무슨 약이죠? 심장약입니까? 혹시 저희 어머니 심장 쇼크 온 건 아닙니까? 아까 왜 심장을 눌러댔습니까?"

"아닙니다, 저게 문제였다면 약 들어간 지 한두 시간 안에 바로 부작용이 나타납니다. 어제 오후에 주사를 달았으니까 벌써 스무 시간 가까이 지난 것 아닙니까."

"아이라, 엄마는 이런 거 없었다. 움직이는 것도 좋고 정신도 똑바르고 증상이 깨끗했는 기라. 저 약 때문이라."

"아저씨, 아닙니다. 신경 발작입니다. 행여 지금까지 없었더라도 종양이 자라 이제 발작 증상까지 나타난 겁니다."

"아이라, 아이라."

"대발작은 안 좋습니다. 잘못하다가는 발작을 하다가 죽기까지 합니다. 심장에 응급조치를 한 것도 그 때문이고요."

의사의 말투가 그를 거의 분노케 했다. 오직 뇌종양 때문이고 발작 때문이고 환자가 죽더라도 자기들 책임은 하나도 없다는 소리 같았다.

어머니는 어느새 사지의 전율이 가라앉았다. 그러나 언제 발작이 재발할지 모른다는 듯 간호사가 침대 보호대와 어머니 팔다리를 헝겊으로 묶기 시작했다.

"한번 발작하면…… 앞으로 계속 반복됩니까?"

"반복될 수도 있고 1회로 그칠 수도 있고요. 하루 두 번 할 수도 있습니다. 보통 발작 후 환자는 깊은 수면에 빠집니다. 어머니도……."

의사의 말을 부인하듯 어머니가 "으으" 하며 눈을 떴다. 그리고 뭔가 할 말이 있는 듯 입을 움찍거렸다. 그가 급히 어머니 가까이로 얼굴을 가져갔다.

"무…… 물……."

목이 마르시구나!

"물 좀 달라는데요."

"안 됩니다, 지금 물 드시면 안 됩니다."

안 돼? 우리 엄마가 물 좀 마시겠다는데…… 왜 안 돼!

"어머니, 어쩌죠? 안 된다는데요……."

"처…… 천…… 적……."

"천에 적셔 달라는데요!"

의사는 음 하는 표정이었다. 그는 의사의 답을 기다리지 않고 사물함 서랍에서 손수건을 꺼내고 세면기의 물을 적셔 볼끈 짠 뒤 어머니 입에 물렸다. 안 돼? 이렇게 하면 되잖아!

"노혜자 씨, 제 목소리 들려요?"

의사가 어머니 가까이 갔다. 수건을 입에 문 채 어머니가 눈을 깜빡깜빡하며 '들린다'고 표시를 했다. 의사는 팔다리 헝겊을 풀기 시작했다.

"좋습니다. 자, 오른팔 들어보세요. 오른팔, 숟가락 쥐는 팔!"

어머니가 돌연 만세를 불렀다. 오른팔 만세!

"왼팔요."

어머니 왼팔도 만세!

"오른쪽 다리요."

다리 만세!

"왼쪽 다리."

만세!

"다행히 뇌손상은 없는 것 같습니다. 발작 일어나는 동안 병소가 갑자기 악화될 수 있거든요."

"말씀을 못 하시고 있잖아요. 혀가……."

"두고 봅시다. 돌아올 수도 있고 안 돌아올 수도 있습니다."

의사가 다시 어머니 팔다리를 헝겊으로 묶더니 다른 의사와 뭐라 계속 상의를 하며 부산스레 병실을 나갔다. 그와 아버지의 의심과 항변에 기분이 상했는지 간호사 하나가 따라 나가다가 쌀쌀

287

맞은 목소리로 말했다.

"환자분은 이제 절대 혼자 있게 하면 안 돼요. 보호자가 항상 옆에 계셔야 해요. 알았죠?"

어머니가 손수건을 뱉어냈다. 입에 물렸던 수건은 미지근해져 있었다. 그는 어머니의 맑은 눈 속을 들여다보았다.

새로 물리도고.

수건을 새로 적셔 어머니 입에 물릴 때였다. 어머니가 귀를 가까이 대달라는 눈짓을 했다. 어머니는 간호사의 쌀쌀맞은 말을 다 들었다!

"어…… 간…… 쥬…… 알……."

어서 간호사실에 쥬스 한 박스 갖다주니라, 알았제?

"엄마…… 도대체 지금……."

"내…… 소…… 어……."

내 소원이다, 어서.

그는 아, 아 하며 간호사실을 때려 부수겠다는 듯 주먹을 불끈 쥐고 복도로 나갔다. 아버지가 멍한 얼굴로 있다가 어 하며 따라 나왔다.

부자가 복도에서 마주 섰다.

아버지는 계속 약 타령이었다.

"도대체 이상해. 지금까지 저런 적 한 번도 없던 사람이 이 무슨 일이고…… 아이라, 심장 발작이라. 어제부터 맞은 약 때문이라."

"아버지, 뇌종양 증상이라잖아요……."

그는 심장 때문인지 종양 때문인지 그게 무슨 상관이란 말인가…… 하고 그저 울고 싶을 뿐이었다.

"난 어디서도 그런 말 들어본 적 없다. 우리가 바보가. 지들이 잘못했으니깐 심장약 떼버린 것 아니겠나."

"약을 뗐다고요?"

"니하고 의사가 싸울 때 간호사가 약병을 뗐어. 엄마 증상이, 우리 어릴 때 지랄병이라 카고 미충갱이병이라고 카는 건데, 엄마가 평생 저런 거 단 한 번도 없었는데 왜 하필 심장약 맞고 딱 저라노. 아이라, 아이라, 필시 약 때문이라."

심장 쇼크가 올 때 사람이 어떻게 되는지 구체적으로 그는 전혀 알지 못했다. 아버지는 심장 쇼크를 일으키는 사람을 본 적이 있는가. 그런데 아버지의 말에 그가 동의하게 된다면 그 순간 병원의 모든 것을 신뢰할 수 없게 된다. 의사는 단호하게 말했다. 환자 가족이 외쳐 묻는 말에 그리 단호한 태도로 거짓말을 할 수는 없다. 만에 하나라도 책잡힐까 봐 잠깐 새 심장약을 떼어낸 행위는 괘씸하지만, 아버지의 말을 긍정하게 되면 어머니 수술 계획마저 흔들릴 수 있다. 안 돼, 수술은 받아야 해!

"심장 쇼크로 사람이 발작하는 것, 아버지, 보신 적 있어요? 어머니처럼 저랬어요?"

"아니, 아니…… 봤지…… 아니……."

아버지가 버벅거렸다. 본 적도 없으면서! 그는 뜻 모를 "아버지, 아뇨…… 아뇨……"를 외면서 복도 끝까지 혼자 걸어갔다.

엄마 소원 들어줘야지!

그는 엘리베이터를 타고 지상 1층으로 내려가 병원 본관 건물 밖으로 나갔다. 응급실, 주차장, 영안실 블록에 섀시로 지어놓은 매점이 있었다. 열두 개들이 복숭아 주스는 만 원 한 장을 내니까 손에 쥐는 잔돈이 3300원이었다. 그는 병원 건물 옆 땅바닥에 길게 놓인 환풍기 철망 위를 걸었다. 지하에서 더운 공기가 쉴 새 없이 올라왔다.

앰뷸런스가 응급실 앞에 삐뽀삐뽀 섰고 교통사고를 당한 듯한 피투성이 들것이 차에서 끌어 내려졌다. 하얀 가운을 입은 사람들의 부산한 움직임에 그는 걸음이 중단된 채 밑이 훤히 뚫린 철망 발판에 잠시 서 있었다. 밑에서 바람이 계속 솟아올랐다. 그의 눈앞에는 영화 〈7년 만의 외출〉의 한 장면이 난데없이 떠올랐다. 지하철 환풍구에서 바람이 솟고 치마가 위로 펄럭거리는 마릴린 먼로의 모습을 그는 바라보고 있었다. 원피스 아랫단을 누르고 있는 그녀의 환하디환한 치아, 큰 웃음을 바라보았다. 그는 너무 참을 수 없어졌다.

그는 철망에 풀썩 주저앉았다. 그는 영화 〈7년 만의 외출〉에 출연한 마릴린 먼로를 뇌종양 수술을 받았다는 엘리자베스 테일러로 착각하고 있었다. 치마를 누르는 눈앞의 여인이 그에게는 엘리자베스 테일러인 것이다! 그 여자는 60대 중반의 할머니이지 않은가. 귀 옆 종양이 5센티미터나 되었다지 않은가. 그리고 그 여자는 훌륭히 재기하지 않았는가. 수술 후 보스니아 난민 돕기 위원회에 가서 연설을 했다지 않은가. 뇌종양을 앓으며 깨달은 바가 많아 머리 염색도 중단했다고, 아니 잦은 염색 때문에 종양이 생겼을 거라며 이제는 백발을 하느님의 명령으로 받아들이겠다고 하지 않았는가. 엘리자베스 테일러는 그리 느낀 바 많은 제2의 인생을 산단다! 돈이 많기 때문이지, 귀하신 몸이기 때문이겠지, 미국의 최고 수술진이 달려들었겠지! 엄마보다 더 큰 종양이었지만 엘리자베스 테일러한테 흉측한 발작 같은 것은 절대 없었을 거야!

철망에 무릎을 꺾고 앉은 그는 환풍구에서 솟는 더운 공기를 얼굴에 맞으며 눈물을 철철 흘리기 시작했다. 사람들이 그를 흘깃흘깃 바라보았다. 손수건을 건넨다든지 '도와드릴까요?'하며 다가오는 사람은 없었다. 눈물을 철철 흘리는 것쯤이야 드물지 않은 병원의 한 풍경이기 때문이다. 그는 혼자 계속 울었다.

그는 어머니가 불쌍해서 울고 있었다. 다른 이유는 없었다. 어머니가 너무 불쌍했다. 400만 인구의 대도시에서 뇌수술에 관한 한 첫손에 꼽힌다는 의사가 주치의였지만, 그는 발작하는 어머니가 불쌍해서 견딜 수 없었다. 그는 어머니가 곧 죽을 것 같았다. 그녀가 죽으려고 발버둥을 치는 것 같았다. 아니, 이러다 죽겠구나, 싶었다. 아니 그는 확신했다. 어머니가 죽겠구나, 죽고 말겠구나! 정말 반드시! 그랬다. 그것은 한두 시간 뒤에 엄마가 죽겠구나가 아니었다. 언젠가는 엄마가 죽고 마는 거구나였다. 발작이 가라앉고 다시는 무서운 발작이 재발하지 않는다 하더라도, 그래서 끝내 약속한 수술을 받고 또 수술이 대성공으로 끝난다 하더라도 엄마는 그래도, 그럼에도 죽겠구나! 반드시! 5년 뒤든 10년 뒤든 우리 엄마는 죽고 마는구나! 아 반드시!

그는 그것을 진실로 확신했다. 뇌종양이 아니라 교통사고로 죽어 없어지고 자연적인 노쇠로 죽어 없어지고 또 다른 어떤 희한한 이유를 찾아내서라도 결국 사람은 죽어 없어지는구나! 언젠가는 어머니와 영영 헤어지겠구나! 다시 만날 수도 없고 만질 수도 없고 얘기할 수도 없는 사람이 돼버리겠구나, 그런 날이 반드시 오고야 말겠구나!

사람은 한번 나면 필연적으로 죽는다는 것을 잘 알면서도 어머니가 반드시 죽고 없어진다는 사실은 그가 지금껏 몰랐고 마치 방금 처음 알게 된 것같이 무시무시하기만 했다. 어머니가 죽으면 자신의 마음이 얼마나 미안하고 죄스러울까가 가장 무서웠다. 사람은 한번 세상에 나면 반드시 죽는데, 나는 왜 미안하고! 왜 죄스럽고! 왜 이리 못 견뎌 하는가!

그것은 '어…… 간…… 쥬…… 알' 때문이었다. 어머니라는 이름의 여자를 그가 전혀 알지 못한다는 것을 통절히 깨달았기 때문이었다. 어머니가 자신을 낳았고, 그 아기가 어느덧 스물여섯 살 청년으로 자랐지만, 그는 이 세상에서 처음 만난 여자, 가장 오래 알고 있는 여자를 알지 못했다. 어머니는 그에게 '어머니'라는 이름으로 불리는 여자였고, 그가 '어머니!' 하면 그녀는 그 소리가 자신을 부르는 소리인 줄 알고 '왜애?' 하는 여자였다. 그러나 그는 어머니를 알지 못했다. 어머니는 그가 도대체 모르는 사람이었다. 그는 어머니의 과거를 알지 못했다. 안다고 해도 도대체가 안다고 할 수 없는 막연한 것을 알 뿐이었다. 어머니의 소녀 시절 꿈이 무엇이었는지 그가 지금 아버지라고 부르는 남자와 결혼하기 전 마을 오빠들 중 누구를 좋아했는지 남자와 결혼하여 자식 다섯을 낳고 그 한 놈 한 놈에게 바친 어머니 사랑의 깊은 뜻은 무엇이었는지 자식들이 다 자라 어른의 삶을 꾸릴 때 어머니가 누리고 싶어 한 노년의 안락은 어떤 것인지 어떤 것이어야 하는지 그는 몰랐고 진지하게 생각해본 적이 단 한 번도 없었다. 그는 어머니를 알지 못했다. 그는 어머니라는 이름의 여자를 진정으로, 심각하게 알고 싶어 한 적이 지금껏 단 한 번도 없었다!

그는 도대체 어머니를 안다고 할 수 없었다. 너무 몰랐으니까 잔인한 충격이 온 것이었다. 발작이 끝나자마자 도대체 왜! '쥬스 한 박스 갖다주거라, 내 소원이다'라고 말해야 하는지, 왜 그 여자는 하필이면 그렇게 기막힌 말을 할 수밖에 없는지 그는 너무나도 알지 못했다. 그녀는 그에게서 늘 떼쳐져 있던 사람이었다. 그에게 엘리자베스 테일러가 가당을 수 없는 세계관의 부르주아 여성이듯이 자신을 낳고 기른 어머니라는 여자도 그가 가닿지 못했고 그와는 전혀 다른 세계에 속한 사람이었다. 그는 어머니가 너무 불쌍하고 어머니에게 너무 미안해서 울음이 그치지 않았다. 칼럼이 얼마나 재밌는지도 모르고 신문에 줄 긋는 것도 신기해서 갸웃갸웃 바라보는, 아들이 쓴 기사를 읽어본 적도 없고 읽을 줄도 모르는 여자가 너무 불쌍해서 그는 울었다. 어머니는 그와 다른 세계에서 살았고 이제 곧 죽어버리려는, 아니 언젠가는 죽어버리고 말 사람이었다. 그보다 일찍 죽어서 사라져버리려는, '한번 당해봐라' 하고 자신의 완벽한 부재를 그에게 경험시키고 말 너무나도 무서운 사람이었다.

그는 손가락으로 두 눈을 누른 채 눈물을 짜내고 있었다. 타인의 시선에 노출된 눈물, 그는 그것이 조금도 부끄럽지 않았다. 그는 이런 울음을 처음 겪고 있었다. 통한에 찼으나 눈물은 그가 최초로 흘리는 떳떳한 눈물이었다. 그는 순도 100퍼센트로 부르짖을 수 있었다. 수술해야 돼! 열 시간, 스무 시간 대수술이더라도 종양을 싸그리 도려내야 돼! 엄마가 눈을 잃어도 좋아! 또렷한 정신만 잃지 않으시면! 난 얘기할 게 너무 많아. 엄마는 나랑 도란도란 얘기 나누는 친구가 되어야 해! 엄마한테 물어야 할 것이 너무 많단 말야! 어릴 때, 소녀 때, 처녀 때, 또 엄마가 나를 키우며 힘들었던 때, 내가 참 귀엽고 예뻤을 때, 지금 나한테 정말 바라는 점, 내가 꼭 이렇게 해줬으면 좋겠다는 점, 엄마의 아들이라서

가 아니라 때론 내 참 좋은 점도 칭찬해줘야 돼. 밤이 새도록 온 갖 이야기 다 해야 해. 엄마는 어떻게 살았고 지금 자식들 사는 것은 엄마랑 얼마나 다른지 나도 알고 엄마도 알아야 해. 엄마 꿈은 무엇이었고 지금 내 꿈은 무엇인지 이제라도 알아야 해! 눈 잃더라도 엄마, 절망하면 안 돼! 눈 없어도 남은 여생 귀하게 보낼 수 있다는 걸 세상 사람들에게 보여줘야 해! 나와 함께 증명해 보여야 돼!

철철대던 눈물이…… 설마 너 우리를 완전히 믿는 건 아니겠지? 하는 듯이 그치고 있었다. 정말 그것은 뇌종양 증상이었나. 이렇게 울고 있을 것이 아니라 의사의 멱살을 쥐어 잡아야 하는 것 아닌가.

그는 주스 박스를 들고 '김진호 교수, 29일 저녁 8시 방송 출연, 주제: 기침을 달고 사는 사람들'이란 플래카드를 지나 꽃 가게와 슈퍼를 지나 병원 앞 책방에 들어갔다. 그는 건강 서적 코너에서 암과 관련된 책을 찾아 뇌암(뇌종양) 부분을 펼쳤다.

'서양의 통계는 10만 명당 10~20명 정도 뇌종양이 생기고 이는 전체 종양의 9퍼센트를 차지한다. 뇌종양 발생률은 어른보다 어린이가 더 높다. 전체 소아암의 12~14퍼센트나 된다'를 그는 보았다. '성상교 세포종, 교아 세포종, 수막종, 신경초종, 뇌하수체 선종, 두개인두종'을 그는 보았다. '뇌압이 오르면 머리가 아프고 토하는 증세 말고도 종양이 있는 주위 정상 뇌조직이 눌리면서 그곳이 지배하는 우리 몸의 각 기관에 다양한 증상이 나타난다' '팔다리가 마비되고 감각이 없어지며 눈이 안 보이거나 귀가 안 들리기도 하고 냄새를 못 맡거나 한다' '심지어 간질 발작을 하는 등 때로 환자가 정신병자처럼 보일 수도 있다'를 그는 보았다.

6

임 박사가 병실에 나타났다. 그는 어머니 침대로 곧장 갔다.

"지금은 어떻노?"

"8시경에 시저가 왔는데, 안정을 찾는 중입니다."

젊은 의사가 대답했다.

어머니가 상반신을 일으키려 했다. 큰 고생을 치른 사람에게 대접해 보인다는 듯이 임 박사가 평소와 달리 '요' 자를 붙여 말했다.

"아니, 그냥 누워 있어요."

그러며 임 박사는 어머니의 오른발 엄지발가락을 만지작거렸다. 발톱이 길어 있었다. '보호자들은 이런 거 안 깎아주고 뭐 하나?' 마치 이러는 것 같다.

"후유증은?"

"팔다리 감각 살아 있고, 의식도 좋습니다."

"촬영은 못 했겠네?"

"예."

'사람 쉽게 안 죽는다, 걱정 마라' 하는 듯이 임 박사가 평소의 말투로 금세 돌아갔다.

"노혜자 씨, 일단 수술 날짜 미루자. 기다려보고 몸 상태가 수술이 안 되겠거든 우리 감마 수술로 바꾸자. 그리고 이제부터 항경련제 조치 들어간다. 너무 걱정 마라."

임 박사가 나가고 의사와 간호사가 종종 따라 나갔다. 잠깐 나 좀 보자, 아버지가 그의 소매를 끌었다.

아버지를 따라 복도로 나갔다. 아버지는 임 박사의 감마 수술 운운에 새로운 결의에 불탔다.

"현직아, 들었제! 잘됐다, 정말 잘됐다. 우리는 우짜든지 감마로 해야 한다. 머리 여는 수술 하면 절대 안 된다."

"아버지, 사람 손이 제일 정확해요."

"아이라, 아이라. 머리는 한번 열었다 카면……."

그리고 아버지는 목소리를 낮추더니

"5년밖에 못 살아."

"뭔 소립니까, 아버지."

"사람들이 안 그러나. 양성 종양은 완치가 된다 카지만, 그게 다 환자 듣기 좋아라고 하는 말이고, 뇌는 양성이든 악성이든 수술하고 5년 더 산다고 보면 정확하다는 기라."

간병인들이 되나깨나 주워 담는 소리일 것이다.

"아버지, 수술받고 천수 누리는 사람 많아요."

아버지도 나름 할 말이 있었다.

"병원이 뇌수술 받고 퇴원한 환자가 얼마나 더 사는지를 조사한다 카더나? 10년 20년 사는지 병원에서 사람 보내 확인한다 카더나? 수술받고 퇴원해서 머리 아프다고 다시 병원 찾아오면 아직 안 죽었는갑다 카는 기고, 소식이 영 없으면 죽었는갑다 카는 거제. 이 나라 병원은 그래. 머리 열면 5년 사는 거 맞아. 사람들이 어떻게든 감마를 받을라 카는 것도 그렇고 뇌종양 환자들이 이 병원으로 몰리는 것도 다 그 때문 아이가. 내가 여기 병원에 온 것도, 임 박사가 유명하다 캐서 맘이 쏠리기도 했지만 처음부터 우짜든지 감마를 받을라꼬 그랬던 기라."

그러더니 아버지 눈에 물기가 어리는 것이다.

"엄마가 5년밖에 못 산다 카니까…… 응, 안 섭섭하나."

그는 아버지에게 이상한 애정을 느꼈다. 불쌍하다도 아니고 슬프다도 아니고 섭섭하다라니.

"그런데…… 현직아."

아버지가 어물거렸다.

"지금도 이 말을…… 니한테 할까 말까 내가 고민인데, 니가 한번…… 확인을 해볼 수 있겠나?"

"무슨 확인요?"

"영미 말이 너무 이상한 기라."

298

영미는 외삼촌의 둘째 딸이다. 그리고 부산의 한 종합병원의 간호사였다.

"지가 나름대로 좀 알아봤다 카던데."

"뭘……요?"

"아무래도 나는 영미가 하는 말이 너무 불쾌하고 찝찝해서…… 절대 아이라 캐도 내 마음에서 영미 말이 안 떠나는 기라. 나도 영미한테 직접 들은 건 아니고 외숙모한테 전해 들었는데…… 엄마가 뇌암이라 안 카나."

"예?"

"영미 일하는 병원 산부인과 의사가 이 병원 신경외과 7층 레지던트 의사하고 친하다 캐. 그래서 전화로 707호 노혜자 종양이 어떤 종양인가 물어봤다 캐. 근데 여기 의사가, 노혜자는 혹도 크고 또 머리 정중앙에 혹이 있어서 수술이 될란지 안 될란지도 잘 모르겠고, 그리고 무엇보다 엄마는 수술이 쉬운 양성이 아이고 악성이라 캤다 안 카나."

그는 멍해졌다.

"외숙모한테 내가 절대 아이라고 캤지만…… 근데 너무 이상해. 영미 근무하는 데가 산부인과라 캐도 지도 간호산데 악성, 양성을 구별해서 말할 줄 모르지 않을 끼고, 여기 7층 젊은 의사도 그걸 정확히 구별해 말하는 기 얼마나 중요한지 모르지 않을 낀데, 우째 뇌암이라 카는지……."

"서울에서도 양성으로 보인다고 했잖아요."

"그란데 영미 말이, 전화 걸고 지들 의사끼리 살짝살짝 하는 말이 있는지, 응, 앞뒤가 맞기도 하다 아이가?"

그렇다면 지금까지 이 병원은 그와 아버지를 속여왔다는 것인가. 뇌암이라면 수술이고 뭐고 소용이 없지 않은가. 병원은……수술부터 하고 나중에 조직검사 결과가 나왔다면서 진실을 알려주려고 했단 말인가. 엄마가 뇌암이라고?

이놈의 병원을 폭파시켜버리겠다!

"아버지, 외숙모한테 영미 말을 언제 들었어요?"

"그제 저녁에."

"아닐 거예요. 뭔가 잘못된 걸 겁니다. 정말 뇌암이라면……."

5년 생존율이 단 몇 퍼센트도 되지 않는다! 부자는 뚫어질 듯이 서로의 눈동자를 바라보았다. 아버지 눈에는 새로운 물기가 어렸다. 영미 얘기를 전해 듣고 혼자 의심에 싸였고 식구들 중 처음 그에게 말한 것이다. 아버지는 아침의 발작에도 뇌암이니까 저 지경까지 가는 거라고 홀로 떨었는지 몰랐다. 아버지의 눈에서 무엇인가를 읽어내며 그는 뭉클해졌다. 왠지 이 사람의 정체가 환히 밝혀지는 것 같았다. 어머니가 죽어 없어질 때 세상천지에서 가장 슬퍼할 사람, 나보다 더 크게 울 사람, 그 울음을 통해 나와 하나 될 사람, 어머니를 가장 많이 아는 사람, 자식들에게 그 기억을 오래오래 들려줄 사람. 아니, 무엇보다 엄마가 죽는 그 순간까지 엄마를 절대 포기하지 않을 사람.

부자는 말 없는 의사 교환을 끝냈다. 뇌암이라면…… 아버지의 '보름' '기적' '작전' 그 책대로 하는 겁니다. 아니 이 세상 모든 민간 치료 책을 뒤져서 우리가 어머니를 낫게 하는 겁니다. 전국 방방곡곡으로 암 고친 사람들 찾아다니면서 갖은 방법을 다 해보는 겁니다. 아버지와 내가 힘을 합쳐!

"확인해볼게요. 뭔가 잘못됐을 거예요."

그는 계단 층계참의 공중전화로 곧장 갔다. 수첩을 꺼내 확인한 뒤 전화번호를 눌렀고 신호가 서너 차례 갔다. 그는 수화기를 쾅 내려놓았다. 이럴 게 아냐. 왜 외숙모한테, 영미한테 확인해야 돼? 그는 2층으로 달려 내려갔다. 박경숙을 찾았다. 그의 표정이 한눈에도 삼엄했다.

"왜, 현직아."

이리 흥분할 일이 아니야. 어떤 말을 듣게 되더라도 냉정해야 해, 진실은 진실이니까. 내가 정신을 차리고 해야 할 일이 한두 가지가 아니다!

"임 박사님 지금 진료 중이시죠? 급히 물어볼 게 있어서요."

박경숙이 접수처를 나와 진료실로 쪼르르 갔다. 문을 열고 머리를 넣어 "노혜자 씨 보호자가 잠깐 면담…… 예, 예" 하더니

"안에 환자 나오거든 들어가. 뭐 물어보려고? 아침에 엄마 그것 때문에?"

"아뇨, 다른 것 좀……."

"이제 항경련제 들어갔으니까 앞으로 그런 거 없을 거야. 그래도 늘 엄마를 세밀하게 니가 지켜봐야지."

비만의 중년 사내가 진료실에서 나왔고, 그는 경숙에게 고개를 까딱한 뒤 안으로 들어갔다.

"앉아라."

동그란 의자에 그가 앉자 뭐라 묻기도 전에 임 박사가 넘겨짚고 말했다.

"니도 어머니 발작하는 것 봤나? 많이 놀랐제. 실은 어머니가 입원하자마자 항경련제가 조치돼 있었다. 그러니까 항경련제를 이기고 발작이 된 거고, 이제 다른 항경련제를 조치했다. 마, 괜찮을 끼라. 말이나 기력이나 발작 전으로 돌아올 끼라."

"선생님, 그런데 진실로 묻고 싶은 게 하나 있습니다."

"어, 그래."

"저희 어머니가 양성 뇌종양 아니고 암이라고, 7층 레지던트가 뇌암이라고 했답니다. 그게 사실입니까?"

"누가 그러던?"

"아, 그게요…… 누군지 레지던트 이름은 알 수 없습니다."

"어디서 니는 그런 엉뚱한 소릴 들었노?"

그는 간략히 전언 과정을 설명한 뒤

"레지던트가 없는 말을 했겠습니까. 선생님, 솔직히 말씀해주십시오."

"거참 요상한 일이네."

임 박사가 웃었다.

"내가 경숙이 땜에도 니 어머니 신경 많이 쓴다. 누가 그런 소리를 했는지 알 수 없지만, 잘못된 말이라. 니 어머니 암 아니다. 그러나 종양은 빨리 처리해야 한다. 뇌라서 때로 악성, 양성 구별 없이 생명을 위협한다."

도대체 '암 아이다, 그러나'를 몇 번이나 듣는가. 지금껏 그와 식구를 속여온 사악한 화술은 아닐까.

"그래도 양성과 악성은 하늘과 땅 차입니다. 선생님, 사실은 조직검사를 해봐야 양성인지 악성인지 확실히 알 수 있지 않습니까. 그렇다면 어머니 종양이 양성인지도 조직검사를 받아봐야 알 수 있는 거란 말이잖습니까. 그렇잖습니까?"

앞뒤를 바꾼 질문에 임 박사도 설명을 바꾸었다.

"뇌암은 암 판정을 받고 환자가 병원 치료를 받지 않으면 6개월로 본다. 항암치료 받으면 18개월로 본다. 그러나 니 어머니는 암이 아니다."

"왜 어머니는 암이 아닙니까?"

그가 계속 거꾸로 물었다.

"사진 보면 안다. 종양이 자라는 모양을 보면 안다. 그래도 조직검사를 해보는 게 좋겠지만……. 어, 방금 또 내 말이 애매하게 들리나? 그럼 좋다, 너한테는 내가 특별히 말해주마. 니 어머니 100프로 양성이다."

임 박사가 웃었다. 그는 임 박사를 드디어 신뢰했다. 그런데 그 순간, 이상한 슬픔이 끓어올랐다. 그것은 미안함이었다. 이 땅의 수많은 암 환자와 그 가족들에 대한 미안함…….

"엄마는 감마 수술 받자. 일주일 뒤 받도록 하자. 사실 엄마는 손으로 하는 게 최선인데…… 심장도 안 좋고, 뇌혈관 촬영도 위험할 것 같지만 그건 안 할 수가 없고. 하여튼 감마는 안전하니까 그것 받고 그다음은 나중에 다시 고민해보자."

'그다음은 나중에'가 지금으로서는 최선이었다.

"나가보겠습니다. 선생님…….."

"그래."

그런데 문 앞에 이르러 그는 임 박사에게 애교 어린 미소를 지으며 한 번 더 물었다.

"박사님, 암 아닌 거 확실하죠?"

진료실을 나왔다. 순간 임 박사를 향한 자신의 애교 어린 미소가 혐오스러워졌다. 지금 이 순간에도 '이미 많이 퍼졌습니다…… 조금만 일찍 오셨더라도……' 하는 말을 듣고 얼마나 많은 사람들이 절망하고 눈물 흘릴 것인가.

어머니가 뇌암이 아니라는 걸 확신하게 되어서야 그는 이름도 얼굴도 모르는 세상의 암 환자들, 가족들에게 절절해질 수 있었다.

우리 엄마는 아니다! 하고 비로소 가능해졌던 그의 연대감은 자격 없고 비겁한 것이었다.

7

감마 수술실은 별관 지하 1층에 있었다. 스물다섯쯤 돼 보이는 간호사가 식구를 불렀다.

"보호자분들, 들어오세요."

수술 30분 전, 담당 의사가 수술에 대한 마지막 설명을 하려는 것이다. 그런데 아버지는 대기실 의자에 계속 앉아 있었다.

"안 들어가세요?"

"난 안 갈란다. 니들이 이것저것 잘 물어봐라."

뇌를 열지 않는 수술이라고 해도 아버지는 결정적인 순간에 이르러 의사의 설명을 듣기도 뭐라 묻기도 겁내는 것이었다. 그렇게 소원하던 감마 수술인데.

그와 현경이 안으로 들어갔다.

"앉으세요."

둘은 원탁에 앉았고, 간호사가 종이컵에 물을 붓고 녹차 티백을 넣고 갔다. 가격이 대당 10억 원에 육박한다는 감마 조사기 소개 팸플릿에 임 박사가 수술진의 대표로 나와 있었지만, 실제 수술을 맡고 있는 이는 30대 중반의 김 박사였다. 지정진료 의사는 여전히 임 박사였지만, 어머니 수술을 감마 수술로 바꾼 뒤 두 번의 면담도 김 박사와 했다.

"차 드세요."

감마 조사 수술은 11시 30분부터 12시까지 한다고 했다. 우주선을 원격 조종하는 지상 관제실같이 복잡한 버튼이 붙은 책상이 있고, 책상 안으로 파고 들어가 있는 모니터 화면을 손가락으로 짚어가며 김 박사가 설명하기 시작했다.

"보통 수술 플랜을 짜는 데 한 시간이면 끝나는데, 어머님은 30분이 더 걸렸습니다. 문제는 조사량입니다. 종양에 쏠 감마선을 얼마로 할 것이냐."

김 박사는 자기 일을 즐기는 사람같이 극적이고 과장된 화술을 선보였다.

"아드님 되시죠, 일전에 서울 병원 얘기를 하셨죠? 감마를 쏘면 100퍼센트 시력을 잃는다고 했다고요. 예, 저도 생각을 해봤습니다. 왜 서울 병원이! 그런 말을 했을꼬? 사실 종양을 깨끗이 죽여버리려고 한다면 수술은 간단합니다. 양껏 쏴버리면 됩니다. 그런데 문제는 어머니 한쪽 시력 아닙니까? 종양 없애겠다고 마구 쏴버리면 시신경도 무조건 죽어버리죠. 나는 그렇게 하지 않습니다. 다 쏘지 않습니다. 광감이 거의 없는 시력 제로 상태지만, 나는 오른쪽 눈도 다 쏘지 않습니다. 20분의 19까지 병변에 쏘고

20분의 1은 안 쏘겠습니다. 왼쪽 눈, 교정시력 0.4는 된다고 하셨죠? 역시 다 안 쏩니다. 6분의 5는 쏘고 나머지는 아껴둡니다. 입체적으로 쏠 데 안 쏠 데 구별한다고, 예, 선량을 미세하게 조절한다고 시간이 걸렸습니다. 30분이 더 걸렸습니다."

김 박사가 말하는 중간중간 현경은 "예, 예…… 예" 하며 비죽비죽 웃었다. 그가 물었다.

"감마선을 쏘지 않는 종양 부위는 계속 자라지 않습니까?"

어서 많이 많이 질문해달라는 듯 김 박사의 대답이 좌르르 펼쳐졌다.

"예, 그게 쬐끔 애매하긴 하죠. 그러나 살아 있는 시신경, 서울 의사는 어떤 생각인지 몰라도 나는 안 건드리기로 했습니다. 보통 감마 수술은 시술 후 3개월 뒤에 첫 MRI를 찍습니다. 그리고 6개월 뒤에 두 번째 MRI를 찍습니다. 또 6개월 뒤 세 번째 MRI를 찍습니다. 우리는 안 그럴 거라고 예상하지만, 혹시 종양이 계속 자라버릴 때는 어쩔 거냐, 그건 3개월 뒤 MRI 찍고 생각해봅시다. 계속 자라나서 아무래도 눈을 잃을 것 같으면 그때는 조금 무리해서 시신경 가까이 감마를 쏘든지 아니면 일반 방사선 치료를 보름 정도 받을 수도 있습니다. 종양이 자라지 않는다면, 더 이상 커지지만 않는다면, 그건 그냥 냅둡시다. 건딜지 맙시다. 그냥 가만히 있도록 합시다."

그는 고개를 크게 끄덕였다. 그건 내버려두자, 건드리지 말자라는 말이 통쾌하게 들렸다!

"에, 그리고, 한번 감마를 쏘고 길게는 2년까지 기다려봅니다. 경과가 아주 천천히 나타나기도 합니다. 어쩔 수 없이 MRI만 계속 찍는 거죠. 그것도 그렇게 나쁘지 않은 수술 예후라고 할 수 있습니다."

"전부터 묻고 싶었는데요……."

"말씀하십쇼."

"임 박사님께선 처음에 저희 어머니 종양은 감마로 할 게 아니다 하셨거든요. 감마로 할 종양이 아닌데 어쩔 수 없이 한다면 이번 수술에서 무슨 큰 효과를 보기가 힘들다는 것 아니겠습니까?"

"아 예, 그 문제. 이런 경우가 있습니다. 1년에 한두 건 정도, 극히 드물지만, 수술을 하려고 전신마취를 하는 순간 바로 심장이 멎어버리는…… 예, 어머니도 그 위험성이 아주 없지는 않다고 나왔습니다. 솔직히 말해 나도 어머니 종양에 감마 수술 하기가 썩 달갑지는 않습니다. 종양이 크고, 보통 감마 수술은 작은 혹에 탁월하거든요, 무엇보다 눈 부위에 겹쳐 있고요. 그러나 눈은 이런 식으로 피해 가기로 하고요, 그리고 처음에 임 박사님은 일반 수술을 할 수 있다고 봤기 때문에 감마 수술을 제껴놓느라 그렇게 말씀하신 거고, 그러니까 감마 수술이 썩 달갑진 않다는 정도지 해서는 안 되는 수술, 해봤자 소용없는 수술이란 말은 아닙니다."

그는 김 박사의 말을 무리 없이 받아들였다.

"수술은 안전합니까?"

"팜플렛 보셨으면 아실 테지만, 1995년을 기준으로 세계적으로 1만 명 정도가 감마 수술을 받았습니다. 아직까지 수술 도중, 수술 직후 사망한 케이스는 학회에 단 한 건도 보고된 적이 없습니다."

엘리자베스 테일러는 왜 이 안전한 수술을 받지 않고 절개 수술을 했을까. 골프공만 했다는 종양 크기 때문이었을까. 왜 감마선은 큰 종양에 효과가 없는 것일까.

"수술 후 퇴원은요?"

"예, 오늘 오후에 퇴원하세요."

'그만큼 환자에게 수술 충격이 없다'는 것을 강조하고 싶은 김 박사의 자족적인 화술이었다. '퇴원하세요' 하고 난 뒤 '그러나' 하고 외치듯

"그러나! 그래도 수술은 수술 아닙니까. 바로 퇴원하려면 왠지 찝찝하잖아요. 하룻밤 편하게 지내시려면 내일 퇴원하시고 또 하루 더 지내시려면 모레 퇴원하시고요. 마음대로 하십시오."

현경이 입을 가리고 웃었다.

"참, 박경숙 씨와 친척이나 마찬가지라면서요? 수술비는 50만 원 디스카운트해드립니다. 그리고 다음에 혹시 한 번 더 감마를 받아야 하는 경우, 50만 원 더 디스카운트해드립니다."

그는 뭔가 더 물어야 할 게 있는 것 같은데, 떠오르지 않았다.

현경이가 물었다.

"마취도 합니까?"

"마취요? 이미 다 했죠. 머리에 나사 고정시킬 때, 국소 마취, 쬐금씩 할 건 했습니다."

남매는 의사에게 크게 인사를 한 뒤 복도로 나왔다. 그새 혜희가 빵과 우유를 사 들고 도착해 있었다. 그는 아버지에게 면담 결과를 보고했다. 아버지는 차후 행여 하게 될지도 모른다는 '보름 방사선 치료'에 고개를 휘휘 저었다.

"머리카락 빠지고 토하고, 그거 여간 고생하는 기 아인데……."

간호사가 식구를 다시 불러들였다. 식구들이 대기실로 우르르 들어갔다. 어머니는 이동식 침대에 누워 있었다. 머리에 쓴 사각 금속 빔은 사람이 쓰고 있기에 푸우 웃음이 날 것 같은 아주 이상한 물체였다. 뒤통수가 빔에 의해 침대로부터 한 뼘가량 떨어져 어머니는 아주 높다란 베개를 베고 있는 꼴이었다.

식구들은 혜희가 사 온 빵과 우유를 먹었고 어머니는 현경이 주는 한 모금의 우유로 입만 적셨다. 대기실 한쪽 책상에 앉은 간호사에게 빵과 우유를 갖다주었다. 그녀는 까딱 고개를 숙여 보이더니 책상 모서리에 두고 손도 대지 않았다.

"자, 이제 모두 나가주시겠어요? 곧 수술 들어가거든요."

"엄마, 용기를 내세요."

혜희가 말했다.

"난 예수님한테 빌게, 엄마는 부처님한테 빌어라. 알겠제?"

현경이가 말했다.

"여보, 다 잘될 끼다. 인자 우리 나가끄마."

고개를 돌리지 못해 목 디스크 환자 같은 어머니는 멀어지는 식구들을 따라가며 눈동자만 돌아갔다.

모두 밖으로 나왔다. 현경이가 복도의 나무 의자에 앉자마자 기도를 하기 시작했다. 억양은 사투리의 것인데 기도의 어휘 토씨에는 사투리가 전혀 없다!

"사랑하는 예수님, 오늘, 지금, 어머니가 수술을 받아요. 아직 어머니는 예수님을 모른다 하십니다. 세상의 모든 죄를 짊어지고 손발의 못 박힘에도, 저들이 하는 짓이 어떤 짓인지도 모르는 죄인들의 사나운 채찍질에도 죄 다 사하여주셨던 예수님, 어머니의 생명이 걸린 이 수술실에 임하여주세요. 어머니 혼자 되게 하지 말아주세요. 저희는 어머니 홀로 두고 밖으로 나왔습니다만, 예수님께서 손 잡아주시고 수술 이겨낼 큰 힘 주세요. 저희 어머니야말로 착한 양입니다. 예수님을 모르셔도 예수님께서 사랑하시는 모든 것을 어머니도 사랑하십니다. 오늘 이 자리에 부디 임하셔서……."

기도는 중단되었다.

"아뇨, 복도에도 계시지 마시고, 밖으로 나가주세요."

식구들은 천장에서 달랑거리는 '방사선 주의, 출입을 금합니다'라는 표지판 뒤로 물러섰다. 현경은 중단된 기도를 잇지 못했다. 간호사가 거기까지 또 따라와 따따거렸다.

"병실에 가서 기다리세요. 여기 있어봤자 아무 소용 없어요. 예, 예?"

아버지와 현경이, 혜희는 엘리베이터를 타고 7층으로 올라갔지만, 그는 지하 1층 감마 컴퓨터실과 자기공명촬영실의 공용 복도에 섰다. 감마실 간호사의 관할 공간이 아니기에 거기까지 와 잔소리를 하지는 않았다.

지금 어머니는 당신 생애의 가장 괴상한 방에 온몸의 금속을 떼고 팬티와 러닝셔츠, 얇은 환자복만 입고 누워 있었다. 브래지어도 쇠로 된 호크가 있다고 아침에 벗었다. 벽에 가로막혔지만 그는 어머니와 13미터 아니 8미터 아니 어떤 미터로 떨어져 있다. 오른쪽 눈의 시력 상실 때부터 제림병원, 서울 병원 그리고 이 S대학병원 감마 수술실까지 길다면 길고 짧다면 짧은 지난 모든 시간이 30분짜리 피폭으로 하나의 매듭이 지어지고 있었다.

그는 허탈한 기분이었다. 의사의 말이 앞으로 최장 2년까지 수술 경과를 지켜볼 수도 있다니 남은 시력을 최대 2년은 더 쓸 수 있다는 말인가. 감마 수술비를 포함하여 지난 20여 일간 입원비며 약값, 촬영비며 적지 않은 돈이 들어갔다. 들인 돈만큼 뭔가 최소한의 안전판은 마련하는 것이라고 식구들은 한숨 돌려도 되는 것일까. 종양을 완전히 적출하지 못하는 한 안심할 수 없지 않은가. 어머니는 완치의 케이스에서 제외되는 것이 아닌가.

복도의 벽에는 감마 조사기의 탁월함을 알리는 액자 사진들이 걸려 있었다. 엄지손톱만 한 뇌암이 흔적도 없이 사라져버렸고, 뭉친 뇌혈관 기형이 간조롬히 보기 좋게 자리를 잡고 있었다. 청신경 초종이, 뇌수막종이, 뇌하수체 종양이 각 액자의 왼편에 있고 그것들은 액자 오른편에서 여지없이 퇴출되고 없었다.

그 이유는 알지 못하지만, 의사도 왠지 설명해주지 않지만, 혈관 기형의 경우를 빼고 성공리에 시술된 종양은 모두 크기가 작았다. 감마 수술은 그중에서도 악성 뇌종양에 탁월하다고 한다. 암인데도 종양이 작다니?

그러다 퍼뜩 그는 뇌암은 종양의 크기가 작을 수밖에 없지 않을까 하고 생각했다. 왜냐하면 뇌암은 처음부터 뇌에서 발생하는 경우가 드물다는 것이다. 거의 다 전이된 암이라는 것이다. 그러니까 악성 뇌종양은 어디선가 다른 데 암이 이미 있고 그것이 옮아간 것이 된다. 이미 다른 기존의 암으로 병원에 입원하고 병원은 환자의 위나 폐의 암 전이 상태를 수시로 체크하게 될 것이다. 환자는 병원의 지속적인 관찰 속에 있고, 즉 뇌로 전이된 암은 그 증상이 자각되자마자 바로 발견하게 될 확률이 높고 또 발견되자마자 아직 작은 크기인 뇌암에 감마 수술을 하게 되는 것이다. 위, 폐 수술을 받고 뇌수술까지 받기란 환자 몸이 감당하기 힘들어 전이된 초기 뇌암의 경우에 감마 방사선을 더욱 자주 쓰게 되면서 '뇌암 잡는 감마선'이란 명성을 얻게 되었을 것이다. 그러나 그것은 과장된 명성임에 분명했다. 감마선으로 작은 뇌암을 죽여 버린다 해도 최초의 암 지대에서 암이 뇌에만 전이되었을까. 분명 다른 데로도 광범위하게 퍼졌을 것이다. '이 뇌암이 깨끗이 사라 졌어요, 감마선, 참 대단하죠?' 하고 있는 듯한 액자 속의 저 뇌 의 주인은 아직 살아 있을까.

감마선은 다른 방사선보다 인체 투과율이 좋다고 했다. 투과 율만큼 파괴력도 좋을 것이다. 1960년대에 일찌감치 개발되었지 만 수술 후유증을 빈발시켜 감마 조사 수술은 한때 폐기 처분되 었다가 컴퓨터의 눈부신 발전으로 다시 사용하기 시작했다고 팸 플릿에 나와 있었다. 머리에 고정시킨 금속 빔을 지지대 삼고 중 간 조준점을 컴퓨터로 찾아내면 머리를 둘러싼 금속 빔 바깥의 201개 위치에서 감마 조사기가 광선을 방사한다고 한다. 즉 종양 까지 가는 감마선의 경로가 201개로 분산되는 셈이다. 감마선이 지나는 길에 있는 정상 뇌세포의 훼손도 최소화된다. 그렇다, 그 래서 감마 수술은 큰 종양을 기피하는 것이다! 종양이 크면 더 많은 감마선을 쏴야 하고 201개의 길로 분산시킨다 해도 큰 종양 에 더 많은 총량의 감마선을 쏠수록 감마선들이 지나는 곳마다 정상 세포가 훼손되는 것이다!

쏘는 즉시 종양이 죽는 것일까. 아니면 산의 나무가 뿌리 근처 에 수분을 머금듯이 종양은 감마선을 속에 품는 것일까. 괴로워

하며 서서히 괴사되는 것일까. 주위 정상 세포가 땅따먹기라도 하듯 종양의 비어가는 자리를 되찾는 것일까. 종양의 죽은 육체는 어떻게 뇌 밖으로 빠져나가는 것일까.

그는 계단을 밟아 올라 본관 1층 응급실 앞으로 갔다. 자판기에서 커피 한 잔을 뽑아 들고 담배를 물었다. 아버지는 7층 휴게 공간에서 줄담배를 태우고 있을 것이다. 12월의 하늘이 더없이 푸르렀다. 쏟아지는 햇살이 이른 봄볕처럼 찬 기운 속에서 노오란 박수 소리를 터뜨리고 있는 것 같았다. 발작이 재발하지 않고 말씀씀이가 예전으로 돌아온 것만 해도 얼마나 다행인가. 기력만은 좀체 회복되지 않아 수술 이틀 전에 말기 암 환자에게나 쓴다는 우윳빛 영양제를 맞아야 했지만 곧 혈색이 좋아지고 어머니의 걸음이 또렷해진 것만도 얼마나 다행인가.

그는 담배를 세 대나 피우고 다시 지하로 내려갔다. 간호사가 밖에 나와서 열쇠로 문을 잠그고 있었다.

"수술 다 끝났어요. 교수님도 만족해하세요. 환자분은 병실로 올라갔어요."

조치원에서 어린 새[鳥]로 날다

1

그의 목에 걸린 가시가 좀체 빠지지 않았다. 저녁 반찬이 구운 조기였다. 아버지가 연신 캑캑거려서 그와 어머니가 "좀 조심하세요!" "아무리 조기 좋아도 천천히 드시소!" 했는데, 밥상을 물리고 나니 정작 그의 목에서 이물감이 느껴지는 것이다. 경미한 불쾌감이어서 지내다 보면 알아서 빠지겠지 했다. 그런데 이튿날 가시는 매섭게 까탈을 부려왔다. 바늘로 찌르는 것 같은 통증이었다. 간호사가 그의 이름을 불렀다.

"오현직 씨, 들어오세요."

사랑니 뺄 때도 구역질이 솟는 게 제일 싫었는데, 그것보다 더 깊은 곳이니까 훨씬 더 심하지 않을까. 아침을 괜히 먹었어. 게워

316

올릴지 몰라.

"가시가요, 아주 쬐그만 것 같은데, 계속 걸려 있어요."

반쯤 드러눕는 의자로 올라가며 말했다. 30대 중반의 의사가 빙긋 웃었다.

"봅시다. 아."

아 했다. 의사가 입속을 차가운 쇠막대로 뒤적거리기 시작했다. 위치를 파악하는 데만도 위가 요동을 쳤다. 실제 가시를 뺄 때는 구역질이 더 심하겠지? 가시 하나 빼는 것도 이리 긴장되는데, 엄마는 머릿속에 종양을 지닌 채 어떻게 태연히 잠도 자고 밥도 하고 텔레비전도 보며 지낼 수 있는 것일까. 으으, 위치 파악하면서 바로 빼겠지? 지금 빼고 있는 것이겠지? 의사의 둥그런 얼굴이 그에게서 떨어져나갔다.

"안에 하나 걸려 있네요."

안 뺐구나! 그의 눈이 펑 젖었다. 물론 구역질에 따른 생리적 현상이다. 간호사가 의사의 오른손에 집게를 척 넘겼다.

"다시 아."

그의 눈이 아 했다.

"속에서 막 뭐가 올라와요."

"그렇다고 주사 맞을 거요?"

구역질을 줄이는 약물이 있긴 할 것이다.

"자, 아."

어쩔 수 없이 아 했다. 그런데 그는 눈물이, 위 요동 때문이 아닌 진짜 눈물이 나올 것 같았다. 위가, 아니 몸이 이렇게 싫다고 하는 것, 인위적인 집게 하나도 이리 싫다고 요동치는 몸. 그는 낙태 흡구를 피해 발버둥치는 태아의 공포를 이해할 수 있었다!

그는 슬펐다. 너무너무 슬펐다. 입속으로 들어오는 집게처럼 죽음이란 것도 몸속으로 들어오는 어떤 것이라는 생각이 들었다. 생명 활동만이 제 본질인 줄 철석같이 믿었던 몸, 낮에는 노동을 하고 저녁에 그 여파로 지쳐 감미롭게 쉬고 싶은 몸, 하룻밤 자고 나면 다시 에너지로 충만해지는 몸, 언제까지나 이렇게 매일매일 거뜬할 것 같았던 몸. 이 어리석은 몸은 죽음이 들어올 때 얼마나 못 견뎌 할 것인가. 그는 찢어질 듯 입을 벌린 채 대자대비처럼 슬펐다.

"자, 침 삼키고."

"으으" 하며 그가 침을 삼켰다. 집게가 계속 움직였다. 아무래도 위의 반발이 너무 심했다. 가시가 더 깊이 들어가버리는 것은 아닐까?

"아으…… 아."

"조금만 참아요, 조금만!"

그러나 못 참고 손이 매우 위험한 동작을 해버렸다. 의사의 손을 탁 쳐버린 것이다.

감았던 눈을 떴다.

의사가 가만히 내려다보고 있었다.

"죄송해요, 너무 욕지기가 솟아서……. 어쩌죠?"

의사가 어깨를 으쓱했다.

"어쨌든 뺐습니다."

"아, 그래요?"

집게 끝에 포획된 1센티미터쯤의 가시.

"목이 벌게요. 염증 생길지 모르니까 하루치 약 지어드리겠습니다."

병원을 나오면서 그는 키키 웃음을 흘리며 완전히 여유를 회복했다. 그는 시외버스터미널로 가서 은천 집으로 전화를 넣었다. 안방에서 전화를 받지 않아 혜정의 방으로 다시 걸었다.

"나유, 현직이."

—오이냐…….

목소리가 끙끙이다. 아까 은천 집 나설 때, 몸살이 나서 침도 못 삼키겠다고 이불 속에 들어가 있던 혜정을 보았다.

"아직인가 봐?"

—아무래도 나도 병원 가봐야겠다.

"엄마는?"

—김해 가셨지. 좀 전에.

"엄마가 정확히 몇 시 차 타셨어요?"

—잠깐만.

버스 시각표는 마루 벽에 붙어 있었다.

—11시 20분 차.

같이 김해로 나올까 했지만 어서 오전 진료 받으라며 어머니는 집안일을 마저 끝내고 가겠다는 것이었다. 손목시계는 11시 50분이었다. 은천서 김해까지 30분 정도 걸리는데, 어머니가 탄 버스가 터미널에 이미 도착했을 수도 있고 이제 막 도착할 수도 있었다.

전화를 끊고 그는 들고 나는 버스가 한눈에 보이는 지점에 가 섰다. 은천발 버스는 12시 5분이 되기까지 보이지 않았다. 버스는 그가 터미널에 도착하기 전에 도착하였고, 어머니는 그와 마주치지 않은 채 이미 시내로 들어가버린 것이다.

그는 은천행 버스를 탈지 축협 공판장으로 가봐야 할지 잠깐 생각했다. 소는 한우지만 돼지는 한돈이라고 해야 하나.

"거기는 소도 돼지도 진짜 한우라 카대."

아침나절 어머니는 말했었다. 그런데 어머니의 김해행은 축협 공판장에서 국산 신선육을 사려는 것만은 아니었다. 지금 공판장을 찾아간대도 다른 볼일을 보러 어머니가 이미 떠나고 없을지 몰랐다.

그의 눈앞에 어머니가 이 터미널에서 혼자 할 행동들이 새록새록 떠올랐다. 여러 버스 중에서 은천 가는 버스를 어떻게 찾아낼 것이며 시각표에 적힌 출발 시간은 또 어떻게 알아볼 것인가. 버스가 들어오는 족족 어머니는 주위 사람들에게 '저거 은천 가는 버습니까?' 하고 물어야 할 것이다.

그는 쓰읍 쓰읍 하는 소리도 들을 수 있었다. 어머니는 치아가 좋지 않아 늘 뭔가 낀 듯한 느낌에 이 사이로 바람을 넣는 버릇이 있었다. 최근 부쩍 더 그랬다. 터미널 의자에 혼자 앉아 어머니는 쓰읍 쓰읍 하며 두리번거릴 것이다. 저 버스는 누구한테 물어보나. 쓰읍, 쓰읍. 이 버스는 또 누구한테 물어볼꼬. 쓰읍.

어머니가 S대학병원에서 퇴원한 것은 벌써 한 달 전의 일이다. 퇴원 날 저녁부터 어머니는 바로 가사 노동을 재개했다. 생활력을 되찾은 모습에 기뻐해야 할지 일하는 것을 말려야 할지 그는 고민이 되었다. '하더라도 조심조심 하세요, 뭣보다 머리 조심!' 하고 그의 입에도 냉큼 올라탄 '머리 조심!'이 조금도 어색하지 않았다.

집을 나서기 전에 시간 약속을 똑똑히 했어야 했어!

아니 애초에 버스를 같이 타고 왔어야 했어!

그는 마음이 급해졌다. 공판장으로 가서 어머니를 찾고 동행해야 한다. 집에서 이렇게 먼 나들이는 퇴원 이후 어머니에게 처음이었다. 은천에서야 옷집이나 다른 친구들 모임에 가기도 했지만 그때는 여럿이 함께 있었다. 지금 어머니는 혼자! 쇠고기를 사러 시내에 와 있는 것이다.

그는 터미널 끝 슈퍼에서 공판장 가는 길을 묻고 김해백화점 쪽 보도를 달리며 부풀어 오르는 불안에 빠져들었다. 뭔가 공교롭고 또 뭔가 자신의 불찰이 느껴지는 엄마의 나들이에 불길한 예감이 드는 것이다. 차 소음에, 오랜만의 외출에, 혼자 탄 버스의 흔들림에 몸이 긴장해서 혹 한 달 넘게 잠잠하였던 발작이 엄마를 덮칠지 몰라! 아는 사람이 아무도 없는 곳에서 지금 엄마는 불판 위의 오징어가 되어 있을지 몰라!

그는 우체국을 지나 팬시점, 운동구점, 카페와 여러 음식점을 지나쳐서 축협 공판장 앞에 당도했다. 금융축협은 1층이고 상설 매장은 지하에 있었다. 그는 매장 계산대를 통과한 뒤 정육점을 찾아갔다. 낯익은 등이 곧바로 눈에 들어왔다. 고개를 앞으로 빼고 유리관 안에 전시된 고기를 하나하나 들여다보고 있는, 대여섯 낯선 등 속에 의외로 키가 작아 보이는 어머니.

그가 살금살금 뒤로 가 섰다. 어머니는 계속 자기 행동에 열중한 채였다. 어머니! 하고 부른다면 깜짝 놀랄 것이다. 그는 두어 걸음 뒤로 물러섰다. 어떻게 하면 반가우면서 절대 놀라지 않게 엄마가 나를 알아보도록 할 수 있을까.

그는 네댓 걸음 뒤로 더 물러났다가 이내 등을 돌려 성큼성큼 멀어져갔다. 매장 오른편에는 식료품, 일상용품 판매대가 두 줄로 설치돼 있었다. 야채 코너에는 겨울딸기가 폴리에틸렌 접시 위에 투명 비닐로 싸인 채 쌓여 있었다.

"장유 하우스 단지와 직거래하는 딸기요, 꿀딸기요, 갓딸기요, 굵직굵직 불알딸기, 농약 치지 않은 신선딸기, 아주마이들, 아가씨들 미용딸기요, 아침에 막 들어온 새 딸기요, 오세요 오세요,

구경하시고 안 사가도 되니까 시식하시고, 장유 하우스 단지와 직통으로 구매하실 분은 여기 명함 받아 가시고, 예, 장유 하우스와 직거래하는 딸기, 농협 거치지 않은……."

"아저씨, 잠깐만요."

마이크를 쥔 사내가 '예?' 하는 표정이 되었다.

"사람을 찾거든요. 분명 여기서 만나기로 했는데, 넓지도 않은데 못 찾겠어요. 저희 어머니예요. 급한 일입니다."

"이름이 어찌 되는데요?"

그가 이름을 일렀다. 은천이란 지명도 말했다.

"아— 아— 축협 매장에 오신 손님 중 은천에서 오신 노혜자 님, 아드님이 찾으십니다. 즉시 야채 코너로 와주세요."

어머니가 굽힌 허리를 펴고 소리가 나는 쪽을 바라보았다. 그는 무인도의 표류자처럼 팔을 번쩍 쳐들고 흔들었다.

"찾았어요. 아저씨, 고맙습니다."

그가 계속 팔을 흔들며 싱글벙글 어머니 쪽으로 달려갔다. 뚱한 눈길이다가 3, 4미터로 거리가 좁혀지자 어머니도 반가운 얼굴이 되었다.

"고기는 사셨어요?"

"아직. 가시는?"

"뺐어요."

"너 이거 함 봐라. 어느 기 더 싱싱하노? 죽은 살이라도 탄력이 있어 뵈고 색깔이 선명한 거 골라봐라."

그가 가리키는 대로 어머니는 돼지고기를 많이 사고 쇠고기를 조금 샀다. 고기를 따로 비닐 두 개에 싼 뒤 한 비닐 안에 모아 넣었다. 삼겹살은 오늘 저녁에 먹을 것이고 쇠고기는 내일 미역국에 쓸 것이다. 어머니의 왼손에는 두툼한 비닐 봉투가 하나 더 있었다.

"여긴 뭐 들었어요?"

"이것저것."

그가 뒤져보았다. 고무장갑과 녹차 티백 네 통이었다.

"녹차는 왜요?"

어머니가 눈썹을 치켜세웠다.

"어제 뉴스에, 하루 석 잔씩 녹차를 묵으면 폐암에 안 걸린단다. 니 방에서 기침 소리 들려오제, 옆에 아버지한테서 들려오제, 내가 불안해서 못 살겠다. 지발 담배 좀 줄여라. 내 소원이다."

둘은 매장 밖으로 나왔다.

"중고 가구점에 가얄 낀데…… 어디 있나, 니가 한번 찾아봐라."

"가구점엔 왜요?"

"학원에 걸상이 모자란단다. 책상도."

고기를 다량 산 것도 아니었다. 고무장갑과 녹차 티백은 은천농협 매판장에서도 싸게 판다. 김해행의 주목적은 책걸상이다.

"그걸 왜 어머니가 알아보러 댕겨요?"

"와? 김해 오는 길에 내가 대신 물어보면 안 되나?"

혜정이가 오후 강의라도 제대로 할지 의심스러울 만큼 앓고 있
긴 했다.

"자형이 알아볼 수도 있고, 또⋯⋯."

"니 자형은 아침 일찍 나가서 저녁 늦게 오는데 언제 그런 거
알아볼 끼고?"

그는 왠지 불만이어서 입을 꽁 닫았다.

"내가 할 수 있는 일이면, 다른 누구 찾을 거 없이 내가 해주면
좋다 아이가."

"어머니, 그런 자잘한 일에 신경 쓴다꼬 머리병 난 겁니다."

지나는 사람들에게 물어 중고 가구점이 김해시장 쪽 뒤편에 모
여 있다고 들었다. 학교 교실에서 쓰는 책걸상을 취급하는 데가
있을까 모르겠다.

"그런 거 안 쓴다. 학원 안 가봤나? 큰 탁자 그리구 등받이 편
케 된 식당 의자 같은 거 쓴다."

턱 없는 길이 어디 있는가. 도시의 차도와 보도 사이 턱이 있고
보도블록이 솟은 데와 꺼진 데가 또 다 턱이다. 은천에도 2차선
아스팔트와 턱진 보도가 있다. 심심한 산길이라 할지라도 돌부리
가 있고 단단한 풀포기가 있다. 어머니의 걸음은 어느 길이든 조
심스러울 수밖에 없다. 그런데 그는 옆에서 팔짱을 껴주지 않았
다. 어머니 가까이에서 걸으며 언제라도 위태로울 때면 잡아줄 궁
리뿐이다. 엄마, 엄마 하며 팔짱을 끼고 걸어본 적이 지금껏 자라

며 단 한 번도 없었다.

축판장으로 달릴 땐 어머니가 멀쩡하게만 있다면 와락 껴안고 싶을 정도였지만 그건 주관적인 도취에 불과했다. 일상생활에 억눌린 어떤 감정의 분출인 셈인데, 그 억눌림의 시간이 길수록 현실로 솟아오른 그간의 억눌린 감정은 조금 비현실적인, 분위기 파악 못 하는 어리둥절한 것이 되기 쉽다. 언제쯤 그는 어머니의 팔짱을 다정하게 끼고 걸을 수 있을까. 군대에서부터 쓴 '어머니'라는 호칭이 어느 결에 익숙해져버린 것처럼 팔짱을 끼고 걷는 것도 눈 딱 감고 저질러버리면 수 번 만에 익숙해지는 것은 아닐까. 그러나 그는 눈 딱 감고 저지르기보다 너무도 자연스럽게 팔짱을 끼는 날이 오기를 기다리고 싶었다. 맹한 질문이 나왔다.

"책걸상 사면 어떻게 은천까지 들고 가요?"

"배달해준다 아이가. 직접 물건 보고 결정만 하면 된다. 가격이사 혜정이가 새로 결판을 볼 끼고."

"우리 배달 트럭 타고 집에 가면 되겠다!"

집구석에 니가 모르는 일이 쌔고 쌨다는 듯 어머니가 말했다.

"오늘은 물건을 보고 계약만 한다. 학원 책걸상 배치부터 바꿔야 하는데, 혜정이 저래 앓아누워갖고 서너 시간은 걸릴 일이 오늘 당장 해지겠나. 혜정이 지 마음에 안 들면 난리 난다. 이번 주 토요일 밤에 배달시키고 일요일에 시간 내서 자형하고 니가 팔 좀 걷어붙여야 할 끼라. 니 자형이사 일요일에도 일 나갈 때 많으니

니가 혜정이하고 종일 매달려야 할지도 모르고."

엄마는 뭐가 불만일까. 말씨에서 핀잔기가 느껴졌다. 그는 입술이 쑥 나와버렸다. 둘은 묵묵하게 가구점이 있다는 시장 뒷길로 접어들었다. 그가 반격했다.

"참, 저녁에 초읍 가려구요."

"뭔 일로?"

"일이 좀 있어요."

"뭔 일?"

"큰누나하고 얘기 못한 지도 꽤 됐고……."

나 없어봐라, 엄마, 심심할 거요, 하는 말이었다.

"잘됐다. 밑반찬 챙겨 가거라. 아버지 생신상은 내일 저녁에 차릴 낀게, 시간 맞춰 오고."

어머니가 기죽지 않고 말했다.

그는 다시 이상한 다정감을 느끼며 어머니 가까이에서 걸었다.

2

혜정은 창원의 한 국립대학교 국문학과 출신이었다. 합가한 후 혜정의 책들은 지물포 공간의 한구석에 책장 두 개를 붙여 가득 채워놓았는데, 살펴보니 대다수가 소녀·여성 취향의 수필류였다.

대하소설은 조정래의 《태백산맥》 대신 이병주의 《지리산》이 있었으며, 시집 역시 중고등학교 교과서의 연장선에서 벗어나지 못하고 있었다. 신경림의 《농무》가 꽂혀 있지만 속이 말간 게 읽지도 않은 것 같았다.

그가 중1 때, 혜정이가 중3 때의 일이다. 6·25 전쟁 기념 학예 경연의 포스터·표어, 글짓기 시상식이 있었다. 혜정이가 표어에서 최우수상을 받았다. "현직이 누나다." 반 친구들의 수군거림이 들려왔고 그는 으쓱해졌다. 그런데 조례가 끝나고 표어 수상자들은 따로 교무실로 가는 것이다. 6·25 기념행사는 끝난 것이 아니었다. 국어와 가정을 같이 가르치던 늙은 여선생이 실내 스피커를 통해 모윤숙의 전쟁시를 낭송하는 것이었다. 전우의 시체를 넘어…… 하는 굉장히 긴 시였는데, 늙은 여선생의 낭송이 기관총 발포와도 같이 다다거리는 것이어서 그는 무시무시한 느낌을 받았다.

시 낭송 다음은 표어 발표였다. 어, 작은누나 나오겠다! 장려상부터 발표하고 제일 마지막에 최우수상을 받은 혜정의 목소리가 나왔다. 그런데 목소리가 어이가 없을 정도로 작은 것이다. 눈앞에 듣는 사람들이 없는 방송 마이크 앞인데도 너무나도 작은 혜정의 목소리는 소녀의 수줍음을 한껏 과장하는 연기 같았다. 그는 쥐새끼가 찍찍대는 듯한 목소리의 주인이 작은누나라는 사실이 창피스러웠다. 그런데 목소리에 대한 불만과는 달리, 표어는 신선했다. 앞의 여덟 자는 '무궁화잎 갉아먹는'이었다. 국화(國花)로 '우리나라'를 대신하는 표현이야 초등학교 때 여러 표어에서도 봤다. 그런데 뒤의 일곱 자 '침략벌레 김일성'이 와 할 정도로 너무 멋진 것이었다. 남파간첩들이 전국 방방곡곡에 흩어져 벌레처럼 야금야금 반공의 무궁화잎을 갉아먹는 것이 선연히 연상되는 것이다.

혜정의 언어 감각은 보통 수준이 넘었던 것이 틀림없었다. 그해 가을 학교 축제의 시화전에서도 혜정은 최우수상을 받았다. 밤하늘의 동쪽 동네별이 남쪽 동네별한테 가는지, 아니면 하늘에서 낙동강으로 놀러 가는지 시의 첫 연에서 '마실 간다'는 표현이 나왔다. 우리 작은누나, 이상한 말도 다 아네! 저녁에 집에 온 혜정은 "국어 선생님도 어떻게 니가 마실 간다라는 말을 아느냐고 칭찬하셨다!" 하며 자랑해댔다. 아무튼 혜정은 대학 전공을 국문학과로 선택할 만했다. 그런데 나중에 대학물을 같이 먹으며 살펴보니까 혜정의 책 취향이 너무 유치한 것이었고, 혜정의 책들을 깔보는 말을 해서 둘은 며칠씩 말도 않다가 방학을 마치고 그가 서울로 돌아갈 때에야 화해가 이루어지기도 했었다.

저녁은 삼겹살로 포식했다. 그는 신발을 신고 잠깐 지물포 공간을 서성거리다가 혜정의 책장 앞에 서서 책꺼풀을 싼 시집 몇 권을 뒤적거렸다. 혜정은 오후 강의를 쉬었지만 저녁에는 나가보려고 끙끙대며 마루를 나오고 있었다.

"누나, 기형도 시집이 있네요?"

"왜, 난 기형도 시집 있으면 안 되나?"

"다 읽었어요?"

"다 읽었다. 왜."

"좋아?"

"좀 어렵더라."

이게 뭐 어려워? 하지는 않았다. 표현 하나하나를 다 새겨서 받아들이려면 어려울 대목도 적지 않은 시집이니까.

"너 텔레비전 드라마는 잘 안 보제? 작년 초인가 주말 드라마 에서 누가 기형도 시를 낭송하는 장면이 있었어. 요즘 일반 독자 들한테도 기형도 유명해. 그건 신문에 기사도 났다, 애."

드라마를 안 봐서라기보단 작년 초라면 그가 군대에 있었을 때 니 무조건 처음 듣는 소식일 수밖에 없다.

"왜 자기를 일반에 포함시키나? 일반이 아니고 누나는 일류 독 자지."

"난 노천명 〈사슴〉이나 가르치러 갈란다."

혜정이 먼저 집을 나섰다. 〈사슴〉이 얼마나 좋은 신데! 하다가 그도 "어머니, 갔다 올게요!" 외쳤다.

"이것 갖고 가라니까."

어머니가 방문을 열었다.

한쪽 어깨에 노트북 가방을 메고 김치, 깻잎조림, 멸치 등 반찬

통이 든 종이 가방을 들었다. 은천의 풋풋한 밤길은 아는 어른이 앞에서 걸어와도 못 본 척하기 딱 좋은 어둠이 앞앞이 깔려 있었다.

그는 막기차를 탔다. 원동과 물금을 지나 구포역에 다다랐을 때, 시간은 8시 40분이었다. 어머니는 지금 국영방송 채널의 시트콤 드라마를 보고 있을 것이다. 그 옆에서 자형이 어머니의 말마다마다 맞장구를 치며 늦은 저녁을 먹고 있을 것이다. 혜정은 저녁 2교시 수업에 들었을까. 기차가 구포역을 막 출발했는데, 이제 남은 역은 사상과 부산진이다. 캄캄한 낙동강은 이미 지나쳤고, 불빛이 끊이지 않는 도시 속으로 기차는 간다.

그는 가방 앞주머니에서 시집을 꺼냈다. 혜정의 기형도 시집은 17쇄째 찍혀 나온 것이다. 첫 시는 〈안개〉였다. 그 다음은 〈專門家〉〈白夜〉였다. 〈안개〉는 첫 시인지라 그의 기억에 남아 있었다. 안개가 그 읍의 명물이라고 하고 누구나 안개의 주식을 갖고 있다고 하는 첫 연에서 그래, 주식…… 했다. 시에 쓰이니까 단어가 참신한 것이다. 혜정의 연필도 주식에 밑줄을 쳤다. 〈전문가〉와 〈백야〉는 기억나지 않았다. 혜정의 밑줄도 없다.

네 번째 시가 〈鳥致院〉이었다.

그는 '서울' '삶의 문장' '하찮은 문장의 방점' '0시 조치원 1시 대전' 등의 문구를 바로 떠올렸다. 그는 비상한 집중력으로 시를 읽어나갔다. 몇 구절들에 이르러 아…… 소리가 나왔다. 놀라웠다. 〈조치원〉이 이렇게 근사한 시였다니!

사내가 달걀을 하나 건넨다.
일기예보에 의하면 1시쯤에
열차는 대전에서 진눈깨비를 만날 것이다.
스팀 장치가 엉망인 까닭에
마스크를 낀 승객 몇몇이 젖은 담배 필터 같은
기침 몇 개를 뱉아내고
쉽게 잠이 오지 않는 축축한 의식 속으로
실내등의 어두운 불빛들은 잠깐씩 꺼지곤 하였다.

서울에서 아주 떠나는 기분 이해합니까?
고향으로 가시는 길인가보죠.
이번엔, 진짜, 낙향입니다.
달걀 껍질을 벗기다가 손끝을 다친 듯
사내는 잠시 말이 없다.
조치원에서 고등학교까지 마쳤죠. 서울 생활이란
내 삶에 있어서 하찮은 문장 위에 찍힌
방점과도 같은 것이었어요.
조치원도 꽤 큰 도회지 아닙니까?
서울은 내 둥우리가 아니었습니다. 그곳에서
지방 사람들이 더욱 난폭한 것은 당연하죠.

어두운 차창 밖에는 공중에 뜬 생선 가시처럼
놀란 듯 새하얗게 서 있는 겨울 나무들.
한때 새들을 날려보냈던 기억의 가지들을 위하여
어느 계절까지 힘겹게 손을 들고 있는가.
간이역에서 속도를 늦추는 열차의 작은 진동에도
소스라쳐 깨어나는 사람들. 소지품마냥 펼쳐보이는
의심 많은 눈빛이 다시 감기고
좀더 편안한 생을 차지하기 위하여
사투리처럼 몸을 뒤척이는 남자들.
발 밑에는 몹쓸 꿈들이 빵봉지 몇 개로 뒹굴곤 하였다.

그는 알 수 없는 흥분과 긴장감으로 더욱 집중이 되어 계속 읽
었다.

그러나 서울은 좋은 곳입니다. 사람들에게
분노를 가르쳐주니까요. 덕분에 저는
도둑질 말고는 다 해보았답니다.
조치원까지 사내는 말이 없다. 그곳에서
그를 기다리고 있는 것은 무엇일까. 그의 마지막 귀향은
이것이 몇 번째일까, 나는 고개를 흔든다.
나의 졸음은 질 나쁜 성냥처럼 금방 꺼져버린다.

설령 사내를 며칠 후 서울 어느 거리에서
우연히 마주친다 한들 어떠랴. 누구에게나 겨울을 위하여
한 개쯤의 외투는 갖고 있는 것.

사내는 작은 가방을 들고 일어선다. 견고한 지퍼의 모습으로
그의 입은 가지런한 이빨을 단 한번 열어보인다.
플랫폼 쪽으로 걸어가던 사내가
마주 걸어오던 몇몇 청년들과 부딪친다.
어떤 결의를 애써 감출 때 그렇듯이
청년들은 톱밥같이 쓸쓸해 보인다.
조치원이라 쓴 네온 간판 밑을 사내가 통과하고 있다.
나는 그때 크고 검은 한 마리 새를 본다. 틀림없이
사내는 땅 위를 천천히 날고 있다. 시간은 0시.
눈이 내린다.

혜정도 시가 마음에 든 모양이었다. '사투리처럼 몸을 뒤척이
는 남자들'에 밑줄을 쳤고, '몹쓸 꿈들이 빵봉지 몇 개'에는 밑줄
에다 '몹쓸 꿈'에 동그라미를 그려넣었으며 그 외 몇 구절에도 밑줄
이 있었다.
　그런데 그는 마음에 안 드는 대목도 꽤 발견하였다. '사내를 며
칠 후 서울 어느 거리에서 / 우연히 마주친다 한들 어떠랴', 이 구

절이 어쩐지 거북했고, '청년들은 톱밥같이 쓸쓸해 보인다'는 대단히 못마땅했다. 그가 대학 1학년 때 첫 여자 친구가 곽 모라는 중견 시인의 〈사평역에서〉를 줄줄 외우고 다닌 문학 처녀였는데, 그도 귀에 못이 박이게 들은 그 시에 '톱밥' 이미지가 너무 아름답게 쓰였던 것이다. 곽 시인에 비해 등단이 늦었던 기형도이기에 '톱밥'이라는 단어는 무조건 피했어야 하지 않나 싶었다. '서울은 좋은 곳입니다. 사람들에게 분노를 가르쳐주니까요'에도 그는 공감하지 못했다. 서울에서 고생을 많이 한 사내와 달리 그의 서울살이는 여유로운 하숙집 생활이 전부였으니까.

그는 무엇보다 3연이 좋았다. 혜정의 시집이었고 그녀의 연필이 군데군데 이미 줄을 쳐놓아 선점의 쾌감이 없어 잠바 주머니의 볼펜을 꺼내지 않았지만 시집이 새것이라면 꽉꽉 밑줄을 쳐주고 싶었다.

그는 3연을 천천히 다시 읽었다.

어두운 차창 밖에는 공중에 뜬 생선 가시처럼
놀란 듯 새하얗게 서 있는 겨울 나무들.
한때 새들을 날려보냈던 기억의 가지들을 위하여
어느 계절까지 힘겹게 손을 들고 있는가.

그는 햐 햐 감탄하며 또 한 번 읽었다. 읽을수록 울림이 커졌다. 생선 가시같이 서 있는 나무는 어떤 나무였을까. 기형도의 완행 기차가 지나쳐 간 어느 순간의 나무가 어떤 이름인지는 물론 중요하지 않다. 나무가 어떤 것이든 기형도의 나무는 잎이 다 져 있었다는 것이 핵심이다. 몇 끼 굶은 이의 저녁 밥상에 놓인 것처럼 살이란 살은 다 발라 먹고 어두마저 씹어 먹어 깨끗해진 생선 뼈처럼 잎 한 점 없는 겨울 나무였다는 것이다. 그는 3연만을 네 번째 읽었다. '한때 새들을 날려보냈던 기억'이 특히 좋아졌다.

나무가 팔을 들어 새들의 비상(飛上)을 기념하고 있다는 거구나. 아니 새들이 저를 차고 날아갈 때 그 순간의 느낌을 나무는 잊을 수 없다는 거구나. 태풍이 불어칠 때도 겪어보지 못한, 지진이 일어날 때, 기차가 철로로 쿵쾅쿵쾅 지나갈 때, 동네 아이들이 제 몸을 타고 기어오르고 청설모 두 마리가 제 여윈 팔에서 옆 나무의 긴 팔로 마술처럼 옮겨 갈 때도 느껴보지 못한, 어떤 흔들림과도 종류가 다른, 오직 어린 새들이 처음 날갯짓을 시도하며 가지를 박찰 때라야만 느낄 수 있는, 나무에게 남는, 가지의 활 같은 휘청거림, 팽팽한 그 순간의 피치카토, 퉁기는 듯 새들의 주법(奏法), 비법(飛法)을, 그 상쾌하고 가벼운 흔들림을 나무는 새들이 날아가고 없는 추운 한겨울 속에서도 못 잊는 거구나.

그런데 정확히 말해 그것은 나무의 것이 아니라 가지의 것일 터였다. 나무보다는 가지가 그것을 더 잘 알 테니까. 비행기가 땅을 떠나는 것이면서도 그보다 더 직접적으로 활주로를 떠나는 것이듯 새는 나무를 떠나는 것이면서도 그보다는 가지를 차고 떠나는 것이다. 새의 비상은 분명 나무보다 가지의 경험이다.

그는 조금 울먹거리는 기분이 되었다. 아니, 아니, 나무가……가지의 마음을 아는 거야. 가지가 겪은 새들의 비상이란 사건, 그 순간, 그 기억, 그 기쁨을 위하여 언제까지라도 나무는 손을 들고 있는 거야. 내가 손을 거두지 않는 한 너는 영원히 그때 그 가지인 것이야. 그렇다면 가지의 기쁨보다 가지를 위한 나무의 마음이 더 빛나는 것이 아닌가. 새들을 날려 보낸 순간을 영원히 기억하고 싶은 가지의 마음을 너무도 잘 알고 있는 나무가 아닌가!

그는 다시 두 번 더 읽었다. 그리고 확인차 눈을 감았다. 3연이 머릿속에 깨끗이 외워졌다. 그는 계속 눈꺼풀을 내려뜨려놓았다. 사상역을 이미 지나친 기차가 부산진역을 종착으로 하지 않고 더 먼 땅으로 계속 달려간다면 그는 작년 여름 어느 밤의 귀향처럼 잠 한숨 자지 않아도 좋을 것 같았다.

그런데 그것은 문득이었다.

그는, 아니 그의 몸은, 아니 그의 목은 '어두운 차창 밖에는 공중에 뜬 생선 가시처럼'이라는 구절을 따라 새로운 동작을 취했다. 눈을 뜨고 저도 모르게 고개를 오른쪽으로 돌려 어두운 창을 본 것이다. 철로와 주택지를 가르는 탱자나무 울타리라도 있을까. 소음벽이 훼댕댕 서 있을까. 도시의 가로등 불빛만이 보일까. 기차와 경주하듯 달리는 화물 트럭이라도 보일까.

그러나 그를 사로잡아버린 것은 그런 것이 아니었다. 차창에는 전혀 예측지 못한 것이 있었다. 순간 그의 마음은 흔드는 성냥갑 안의 성냥처럼 되어버렸다. 그것은 어머니였다. 저 멀리 어머니가 미쳐버릴 것 같은 아름다운 불빛으로 명멸하고 있는 것이었다. 기형도의 시는 그에게 햐 햐 하는 헛발의 호흡 몇 번을 주었지만 기차의 마지막 객차, 진행 방향 오른편의 후미 좌석에 앉아 어두운 차창으로 바라본 어머니는 그에게 뭐라 이름할 수 없는 짐승 같은 탄식, 아니 탄성, 뭔가 격하고 부드러운 오열, 빨래판을 득득 긁는 듯한 마음의 미어짐을 주었다. 창턱에 손을 올리고 그는 금세 눈이 젖어버렸다.

그가 오른편 좌석에 앉은 것은 순전한 우연이었다. 왼쪽 자리에 앉았더라면 결코 보지 못했을 어머니, 아니 보다 정확히 말하자면 병원의 불빛. 그것은 어머니가 아니었다. 그러나 그것은 어머니였다. 어머니의 병원, 어머니의 시간이었다. 어머니가 작년 늦가을부터 초겨울까지 입원해 있었던, 주택지 저 위 산등성이로 2~3킬로미터 정도 떨어져 있음에도 다른 고만고만한 집과 건물과 달리 위용이 대단한 어머니의 병원이었고, 병실마다 불을 밝히고 멀리 허공에, 어둠에 둥둥 떠 있는 어머니의 불빛이었다.

S병원은 사상구 관내에 있었다. 사상역을 지나 부산진역으로 가는 중간에 볼 수 있는 어머니의 병원 불빛이 맞았다. 그는 707호 병실 창에서 저 아래의 기차가 내장을 밝히고 달리던 것

을 더러 보기도 했었다. 기차에서 병원을 보는 것인데, 이제 그것은 우연이 아닌 그저 눈앞의 사실이었다. 퇴원한 지 한 달이 지난, 아직 너무나도 생생한 기억이었다. 불빛이 있었다. 그는 불빛을 눈이 젖은 채 바라보고 있었다. 어머니와 함께 병과 맞서고 투쟁하며 골머리를 싸매고 울고 한 지난 시간의 불빛이었다. 그것은 벌써 하나의 기억이자 과거였다. 기억과 과거를 전혀 예기치 않은 때와 장소에서 정면으로 만날 때 왜 사람은 전율해버리는가. 예기치 않음 때문에 바로 어제 일같이 생생해지는, 아니 지금 당장의 순간같이 온몸의 피부 체험으로 순식간에 살아나는 것은 왜일까. 이유는 알 수 없다. 그러나 어머니의 공포와 두려움의 시간이 저기에 있다. 아니 무엇보다도 그 자신이 저기에 있다!

그는 어머니를 알아보았고 동시에 자신을 보았다. 자신이 있었다. 자신이 저기 있었기 때문에 어머니가 저기 있는 것을 알았다! 한쪽 무릎을 꿇고 더운 지하의 바람을 얼굴로 맞으며 눈물을 흘리던 그가 저기에 있었다. 그 고통스러운 시간이 왜 이리 아름답고, 눈물겹고, 따뜻한 불빛으로 바라봐지는가. 이래도 되는 건가. 어떻게 이럴 수 있는가. 사람의 삶이란 시간성이 본질이고, 그는 그것을 봐버린 것인가. 어머니와 함께 투쟁한 시간이 벌써 기억이 되어버렸는가. 어머니가 벌써 그에게 기념되고 있는 것인가. 그는 불빛을 보았다. 어머니 생애에 가장 위험하고 중대한 시간이 생생히 갇혀 있는 곳을 먼 불빛으로 보았다. 새들을 날려 보낸 환희의 기억은 아닐지라도 어머니와 함께한, 다시는 겪고 싶지 않은, 이제 다시는 겪지 않아도 될 것이라 믿고 싶은, 어서 빨리 하나의 기억으로 남기고 싶은 마음의 기도를 보았다. 그가 어쩌면 제 인생에서 처음으로 어머니와 함께 싸워본, 어머니 때문에 울어본 고귀한 시간을 하나의 단단한 보석 같은 기억으로 만들어버리라고 병원의 불빛이 저리 아름다운 모습으로 서서 그를 위로하고 있는 것이다.

기차는 병원 불빛이 시야 공간에서 사라지도록 달렸다. 그는 〈조치원〉을 다시 처음부터 끝까지 읽었다. 그는 몇 구절이 새로 싫어졌다. '그의 마지막 귀향은 이것이 몇 번째일까' '사내를 며칠 후 서울 어느 거리에서 우연히 마주친다 한들 어떠랴' '누구에게나 겨울을 위하여 한 개쯤의 외투는 갖고 있는 것'.

뭔가 다른 표현으로 고쳐버리고 싶을 만큼 싫었다. 그리고 그는 무작정 싫어지는 마음으로 깨달았다. 지금 이 순간, 아니 병원 불빛을 바라본 순간, 그는 귀향한 것이다. 저 아픈 환희의 불빛을 두고 다른 어디로 도무지 떠날 수 없게 된 것이다.

갈팡질팡이었다. 그는 시의 모든 구절에 다시 너그러워졌다. 〈조치원〉은 결국 그에게 소중한 시였다. 그는 머지않아 시를 다 외우게 될 것이다. 혜희 아파트 창으로 나뭇가지가 내려다보일 때 기형도가 떠오르고, 아니 〈조치원〉과 병원의 불빛이 떠오르고, 어머니가 떠오르고, 어머니와 함께한 자신의 시간이 떠오르고…… 그렇게 무엇인가 마구마구 떠오르며 그는 가까운 동작선으로 바로 찾아볼 수 있는, 기형도가 남긴 유일한 한 권의 시집에서 〈조치원〉을 찾아 읽게 될 것이다. 〈조치원〉은 이제 기형도의 시가 아니고 그의 개인적 체험과 결합된 자신의 시가 되었다. 미안하다, 너무 미안하다. 보고 싶다, 너무 보고 싶다. 너를 만지고 싶다. 여긴 춥다, 생살처럼 춥다.

기차는 저마다 깊숙한 사연을 품고 있는 수많은 실제의 불빛 속으로 더 깊이 달려가고 있었다.

빗소리 와와 할 때
엄마와 함께 칼국수를

잡지사 주변에는 해장국집, 중국집, 닭갈빗집, 비지찌갯집 등 음식점이 두 집 건너 한 집으로 있었다. 윤, 김, 류뿐만 아니라 1층 영업부 직원들은 K구의 음식점을 놔두고 10차선 도로 건너 S구의 '우리 칼국수'로 이틀마다 갔다.

'우리 칼국수'는 탁자 네 개, 의자 열여섯 개가 놓인 비좁은 공간에다 목이 좋지 않은 데 있음에도 점심때만은 자리가 없어 그냥 되나올 적도 드물잖았다. 가난한 화이트칼라들이 꽉꽉 앉아 있으면 어슴푸레한 실내는 '이보다 더 맛있는 칼국수는 없다! 투쟁 투쟁!' 하는 흥겨운 농성장 같았다. 칼국수 1700원, 찌개 2200원. 윤, 김, 류 등은 칼국숫값을 치른 뒤 거슬러 받은 동전으로 자판기 커피를 뽑고 노인정 평상에 퍼질러 앉아 미루나무 잎 사이로 부서지는 하오의 햇빛을 즐기곤 했다. 회사에 대한 불평불만과 그달 치 각자 맡은 기사에 대한 중압감을 과장스레 늘어놓기도 했다. 막 배를 채운 칼국수 맛에 대한 촌평도 잊지 않았다.

"웬만한 분식집 기계 칼국수가 2500원이잖아. 값도 싸지, 손반죽으로 면 뽑지, 국물 죽여주지, 아줌마가 젊고 얼굴도 곱상하지……. 광화문이나 종로 같은 화이트칼라 밀집 지역에 있었어봐, 대히트를 쳤을 거야."

점포의 외진 위치를 윤이 애석해한다면, 평상에 누운 김은 '김치'와 '주먹' 타령을 했다.

"칼국수는 뭐니 뭐니 해도 김치 맛이야. 나는 그런 시원한 배추김치는 그 집에서 처음 먹어봐. 젊은 아줌마가 손맛이 정말 대단해. 그런데 아쉬운 게 딱 한 주먹만치 부족해. 오후 4시면 기냥 출출해지잖아. 이것저것 군것질을 하게 되고 말야."

류도 나섰다.

"울퉁불퉁 못생긴 게 맛은 좋아, 쫄깃쫄깃, 어 이거 씹히네, 이게 중요해. 칼국수 진가는 반죽 솜씨에서 나와. 현직 씨, 뭐 해? 한마디 해봐."

"우리 칼국수는 트림도 좋아요. 애호박 들큼한 내가 죽여줍니다."

평상의 대화는 1700원짜리 칼국수 맛을 추켜세우며 그들의 빈한한 점심을 풍성한 중찬(中餐)의 이미지로 윤색하며 스스로를

343

위로하는 것에 불과한지도 몰랐다. 그러나 그는 싼 가격에 양도 적당한 '우리 칼국수'를 진심으로 사랑했다. 반죽된 밀 덩어리를 고무판화 두께로 누르고 칼로 어긋버긋 썰어낸 그녀의 면발은, 류의 말처럼, 보기에 울퉁불퉁하고 씹기에 쫄깃쫄깃했다. 누리끼리한 빛깔의 국물에 김이 격찬한 붉고 푸른 김치를 풀어놓으면 시각적으로도 좋았다. 잘게 썬 호박이 고명처럼 얹혔고 1700원짜리 밀가루 음식의 부끄러운 사치처럼 조갯살도 서너 점 삐죽거렸다.

그런데 그들은 점심시간의 '우리 칼국수'는 알지만 저녁나절의 '칼국수'를 알지 못했다. 아침은 우유로 때우고 점심·저녁을 매식해야 했던 그는 식사 문제가 늘 고민이었다. 입에 맞는 칼국수라 해도 면은 면이었다. 저녁 시간에는 면 음식을 먹는 손님이 드물어 한둘이 띄엄띄엄 앉은 쓸쓸한 '우리 칼국수'에 들러 그는 혼자 찌개를 시켜 먹어야 했다. 압권인 칼국수와 달리 찌개는 왜 형편없을까. 무엇보다 고기 냄새가 강하고 강한 냄새를 지우려는 후추의 맵기가 도드라졌다. 질 낮은 고기를 쓰기에 후추를 많이 쓸 수밖에 없는 것이고 그런 하급 고기를 쓸 수밖에 없는 것은 여유자본이 모자란 때문일 거였다. 안에서는 좌우가 거꾸로 보이는, 색 스카치테이프로 '우' '리' '칼' '국' '수'와 '손칼국수·김치찌개·된장찌개·만둣국' 등의 글자를 삐뚤빼뚤 오려 붙인 허름한 섀시 문도 그 때문일 거였다. 큰 공기에 밥을 꽉꽉 채워 나오는 것이 그나마 그를 위로해주었다.

찌개가 형편없다는 미안함이 그녀를 움츠리게 했을까. 곱상한 여주인은 말이 없었다. 그가 혼자 점포에 들면 남동생뻘 같지만 손님은 손님이고 또 단골손님은 알아본다는 듯이 그녀가 수줍은 목소리로 말했다.

오셨어요?

그녀가 놓고 간 물컵에서 김이 몰캉몰캉 피어났고 컵의 물속에서 까만 차보리 조각이 낙하산처럼 스무드하게 가라앉는 것을 그는 가만히 지켜보곤 했다. 쿡쿡 기침을 하며 저녁에도 칼국수를 먹고 있는 안쪽 자리 노인이나 바라보며 그는 조금씩 비감한 마음이 되다가 주방 안쪽의 여인이 궁금해지곤 했다. 왜 여자는 화장을 하지 않을까. 벽 선반에 올려놓은 작고 낡은 텔레비전을 보며 왜 피식피식 웃는 것인가. 그녀는 왜 '호호'를 잃어버린 것일까. 마음속의 어떤 걱정거리가 '호호'를 '피식'으로 눌러버리는 것일까. 꼭 초읍의 혜회 같은 내성적인 표정으로, 서글서글한 깊은 눈매로 왜 늘 우는 듯이 웃는가.

그녀가 언젠가 열흘이나 점포 셔터를 내렸던 것은 어찌 된 까닭이었을까. 아줌마, 어디 좋은 데로 옮기는 줄 알았어요. 그럴 때는 약도 그려주고 가야 됩니다! 윤의 말은 '어서 돈 벌어 더 큰 돈 벌 데로 가시라'는 덕담이었을 것이다. 30대 초반의 그녀에게는 초등학교 4학년쯤 되는 아들 하나가 있었다. 결혼이 무엇인지도 모르는 어린 나이에 그녀는 결혼을 하였을 것이다. 낮에는 이

틀마다, 저녁은 사흘마다 칼국숫집을 오는데 왜 한 번도 그녀의 남편을 보지 못했을까. 셔터를 내린 열흘 동안 혹 아팠을까. 혼자 병원에 입원한 것이었을까. 원치 않는 아기를 낙태하였을까.

끓는 냄비를 탁자에 내려놓은 뒤 그녀는 냉큼 자기 자리로 돌아가버리는데, 그녀의 선 자리는 늘 고정돼 있었다. 무언가를 방어하려는 것처럼 밀반죽을 주무르는 나무판과 칼 뒤였다. 거기서 그녀는 텔레비전을 보며 '질 나쁜 성냥'처럼 피식 웃었다. 우는 듯 웃는 그녀에게 사사롭게 말을 건 적은 한 번도 없었다. 그러니 '제가 찌개 시킬 때는 고기 안 넣고 할 수 없어요?' 말한 적도 없었다. 그런 말은 감히 할 수 없었다. 어쩌면 그녀는 피식마저 잃어버리게 될지 몰랐다.

그녀는 그를 잊었겠지만, 그에게 그녀의 손칼국수가 또렷이 기억에 남은 이유는 그 맛도 맛이지만 선명하지 않은 여인의 미소, 왠지 그 사연이 궁금해지는 소슬한 표정, 나무판 뒤로 숨는 듯한 그녀의 암된 몸가짐 그리고 김치찌개를 먹을 때 말 못 한 그만의 고충 때문이었을 것이다.

어머니는 수술 3개월 뒤 뇌 사진을 찍었다. 그리고 닷새 뒤, 현직은 어머니와 함께 잔뜩 긴장한 채 임 박사를 찾았다. 종양은 여전히 허옇게 포진하고 있었다. 의사의 눈에는 뭐가 달라도 다르게 보이지 않을까. 아니었다.

"딱 그대로네."

임 박사가 씨익 웃었다.

"그럼 이제 어떻게……?"

"6개월 뒤 다시 찍어보자."

임 박사가 매번처럼 보름치 약이나 타 가라고 처방전을 내밀었고 그는 두 손으로 그것을 받았다. 그는 지금 자신이 기뻐해야 한다고 스스로를 타일렀다. 수술을 받지 않았으면 더 자랐을, 그러나 이제 숨죽인 채 포복 중이랄까, 자신을 둘러싼 다른 세포들의 눈빛과 분위기가 예사롭지 않아 어리둥절하고 당황해하는 놈. 현상 유지, 이건 좋은 소식이야!

진료실을 나와 처방전 계산대로 가면서 그의 마음이 점점 밝아지고 있었다. 어머니도 말없이 고개를 끄덕거리는 것이 새 결의를 다지고 있는 게 분명했다.

"감마 수술은 2년까지 기다려본다니까요."

"그래, 어쩔 수 없제."

정년이 3년 넘게 남았지만 마지막 순환 발령지가 부산진역보다 더 후진 화물기차 전용 가야역이 된 아버지에게 전화를 걸었다. 아버지는 햐, 진짜 2년까지 기다려야 하나? 하면서도 어머니처럼 그래, 우짤 수 없제, 하는 것이다.

약봉지를 들고 병원을 나설 때는 오전 11시가 지나 있었다. 병원에서 200여 미터 걸어 내려가 버스를 기다렸다. 종점이 병원에서 멀지 않아 부산진역을 경유하는 '-1'이 붙은, 승객 네댓 명이 탔을 뿐인 널널한 버스가 왔다. 1000원짜리 한 장을 요금함에 넣고 운전기사 바로 뒤쪽 자리에 어머니를 앉히고 그는 그 뒤에 앉았다. 그리고 이제 그는 엄마와 함께 칼국수를 먹으러, 아니 만나러 간다.

가야시장에서 우로 틀며 버스가 범내골로 들어설 때부터 비가 내리기 시작했다. 버스가 진역 맞은편 정류소에 도착했을 때는 소나기처럼 빗발이 굵어졌다. 그가 먼저 하차하여 우산을 펼쳤다. 어머니가 머리를 숙이고 들어와 우산 천장을 보며 말했다.

"우짠 봄비가 이리 세게 오노?"

그가 우산을 높이 들었다. 역 광장으로 건너가려면 육교나 지하철 통로를 이용해야 하는데 어느 쪽이든 계단을 피할 수 없다. 지난달부터 신축하고 있는, 아치를 날렵하게 구부려 꽤 멋져 보이는 육교는 그의 눈에 이미 완공되어 있었다. 그러나 구릿빛 육체가 비에 적셔져 더욱 멋지게 보이는 육교는 하자공사가 남았는지 '출입 금지' 밧줄이 쳐져 있었다. 어머니는 20미터 전방에 있는, 계단마다 구멍이 숭숭 난 낡은 육교까지 가야 했다.

육교 계단 앞에 꽃 리어카가 한 대 있었다. 하우스 꽃 재배 농민들이 투자금도 건지지 못하는 형편없는 꽃금으로 빚더미에 올라앉았다는 뉴스를 그는 그제 들었다. '신농업'의 하나로 추진하는 화훼업에 너도나도 달려들었던 농민들이 빚잔치하듯 박리다

매 꽃잔치를 한다는 것이었다. 꽃 리어카 한 대를 보고 실패한 국
가정책과 연계시키긴 힘들 것이다. 그리고 꽃 장수 사내가 우울
한 표정인 것은 꽃금보다 리어카에 고정한 파라솔을 벗어난 꽃들
에 비닐을 씌워야 하는 비 때문일 것이다. 물방울이 맺힌 비닐이
투명을 잃고 뿌옇게 흐려지면 오가는 눈들을 유혹할 첨병 꽃들의
전시 효과를 포기해야 한다. 무엇보다 우중의 보도에서는 다들
걸음이 빨라져 한가하게 꽃구경할 사람도 드물 것이다. 뿌연 비닐
이지만 붉고 파란 색들이 비쳐 나왔다. 어머니는 꽃 리어카 앞에
서 걸음을 멈추었다. 꽃구경은 아니었다. 관절을 주물러대며 자
신의 걸음을 보채는 비구름을 한 번 더 올려다보는 것이다.

"줄금비가 쳉일 올 것 겉네. 다리 아프다. 쉬었다 가자."

아저씨, 잠깐 실례해요…… 꽃 장수의 파라솔 아래로?

"우리 뭣 좀 먹자."

모자는 시장 쪽 안길로 접어들었다. 그러고 보니 그도 이른 시
장기를 느꼈다. 놈의 종양이 어떤 꼴일지 하는 걱정에 은천 집에서
먹는 둥 마는 둥 아침상을 물렸던 것이다. 비와 싸우느라 장사치들
의 움직임이 왁자한 시장 길로 들어서자 중국집 간판이 보였다.

"옛날처럼 짜장면, 어때요?"

"돼지기름 그거…… 소화 안 되는데. 저번에 니 짜파게티 두
젓갈 먹고 혼났다."

일주일 전, 싫다는 걸 맛있다며 라면 젓가락을 넘겼는데 그만

349

탈을 일으켜 어머니는 손으로 가슴을 쿵쿵 쳐야 했다. 그러나 지금 그는 짜장면이 먹고 싶다. 뭔가 과자같이 맛있는 식사를 하고 싶다.

"어머니는 우동 드시면 되잖아요."

건물에서 앞으로 튀어나와 있는 간판만 봤는데, 중국집은 2층에 있었다. 그는 1층 입구에서 가파른 계단을 음…… 하며 올려다보았다. 다른 곳을 급히 둘러보았다.

"저기 분식집이 있긴 한데……."

"그래. 우리 김밥이나 먹자."

메리야스 가게 옆의 분식집은 섀시 유리창에 색 스카치테이프로 '우' '리' '분' '식'과 '떡라면·김밥·김치찌개·된장찌개·만둣국·칼국수'를 삐뚤빼뚤 오려 붙였다. 미닫이를 밀자 안은 교실 복도처럼 길었고 문가에 붙은 주방의 백열등 하나로는 실내의 어둑어둑함을 물리칠 수 없었다. 손님도 주인도 없다.

"어디 잠깐 나갔나 보다."

안으로 들어갈 것 없이 문가 탁자에 앉았다.

"동전 바꾸러 갔나 봐요."

"비 잘 온다."

빗소리가 시장 골목 가득 와와 하고 있었다.

"오늘 조금 실망하셨습니까? 2년까지 경과를 본다 캐도 엄마 종양은 이번 3개월에 뭔가 큰 변화가 있기를…… 나도 바랬고,

우리 식구 모두 바랬고, 엄마 역시…… 그렇죠?"

조심스러운 그의 말 때문인지 어머니가 단호하게 말했다.

"아이다. 내사 내 머릿속을 들여다볼 수 없고 희뿌연 뇌 사진 봐봤자 암것도 모르지만, 임 박사님 말대로 수술은 뭔가 잘된 것 같다."

"그래요, 어머니. 우리 그렇게 생각합시다. 까짓것 머리 아프면 그놈의 '척수 및 말초신경 혈액 순환제' 닝겔 맞으면 됩니다. 그거 효과 아주 좋았잖아요. 무엇보다 종양이 그대로라는 게 얼마나 반가운 소립니까. 엄마는 지금 이 자리에 있지 않고 오늘 바로 다시 입원해야 했을지도 몰라요. 임 박사가 고개를 흔들며 방사선 치료 받자 했으면 우리가 우짤 껍니까. 열흘이든 보름이든 방사선 치료 받아야지예. 나도 엄마도 그런 것까지 걱정했는데, 6개월 뒤에 찍어보자! 그 말은 수술 잘됐다, 오케이! 하는 것과 같아요. 나는 조심스레 희망이 보이는 것 같은데요."

"그래, 정신 잃을 때 잃더라도, 죽을 때 죽더라도, 아직 눈 살아 있고 생각 말짱한데 희망을 갖고 살아야지. 근데 주인은 집 비워놓고 어딜 갔노?"

빗소리가 와와 와와 하는 것이 골목을 내달리는 군중 같았다. 봄비가 아니라 한여름 소나기처럼 정말 시원한 빗소리였다. 3, 4년 전부터 해마다 겨울 가뭄이었으니 지난겨울의 귀 역시 빗소리에 굶주렸기도 했다. 무엇보다 귀가 즐겁다. 문득 생각이 미쳐 그가 자리에서 일어났다.

"안 계세요? 아무도 없어요?"

식당에 들어서고 처음으로 주인을 큰 소리로 부르는 셈이다. 긴 복도 같은 실내의 안쪽 문이 살림집 문이었다. 언뜻 보면 화장실 문으로 착각할 만한 그것이 벌컥 열렸다.

"아이쿠, 손님 오셨네. 잠깐 눕는다는 게 깜빡……."

40대 후반의 여자가 머리를 매만지며 허겁지겁 나왔다.

"뭐 해드릴까요?"

"어머니, 뭐 묵을랍니꺼?"

김밥이나 먹자 하던 어머니가 되물었다.

"뭐 뭐 있노?"

"없는 게 없네요. 김치찌개, 라면, 칼국수, 김밥, 오징어덮밥, 해장국밥……" 하다가 그는 그래…… 오랜만이야 하며 "어머니, 칼국수 어때요?" 했다.

"면은 소화 안 될 낀데."

"나는 칼국수!"

"그라문 나도 칼국수 묵자. 내 꺼 니가 좀 덜어 묵어라."

"아줌마, 칼국수 둘 맛있게 해주세요."

그는 윤과 김 그리고 류가 불현듯 그리워졌다. 담배 몇 보루 사고 나면 끝나는 촌지 같지도 않은 촌지를 받아 와서 이걸 어쩌나? 부장한테 보고해야 하나? 끙끙 앓던 김, 녹차 티백 한 개를 재탕 삼탕 우려 마시며 마지막에는 티백을 입으로 쭐쭐 빨아대며 기사를 쓰던 윤, 나 혼자 어떻게 이 많은 슬라이드를 정리하나구, 사진부도 인원 좀 늘려줘! 사장의 명령에 어쩔 수 없이 일주일에 걸쳐 사진 정리를 하며 온갖 불평불만을 배를 잡도록 웃긴 표현으로 하던 류…… 그들과 나눈 평상의 대화도 그리웠다. 아니 그의 가난한 직장 생활 8개월 남짓의 상징과도 같은 그녀의 칼국수가 그리웠다. 왜 추억은 그것의 소품에서 더 짜릿하게 다가오는 것일까. 그는 직장 생활을 하며 즐겨 먹었던 칼국수에 대해, 그리고 젊은 아줌마의 나이답지 않은 솜씨에 대해 어머니에게 뒤죽박죽 설명했다. 어머니가 그 맛의 비결에 대해 코멘트했다.

"지 엄마가 어릴 때 칼국수를 많이 해줬겠제."

그렇겠다, 그럴 수 있겠다, 싶었다. 그런데 어머니가 서울 칼국수를 그리워하는 그의 심중을 넘겨짚고 물었다.

"니 서울 가고 싶나?"

"예? 아니요, 저 여기서 살 궁리 중이에요."

"어떤 궁리?"

하필 그와 어머니가 앉은 분식집에서 채 100미터도 떨어지지 않는 곳에 꽤 규모 있는 신문사도 있었다. 올 연말 그는 공채시험에 응시할지도 몰랐다.

"계속 정보 수집 중이고요, 영어 공부도 재개했어요. 직장은 좀 어렵게 들어가야 해요. 서울 잡지사는 자기소개서만 썼는데,

이번에는 시험 쳐서 가는 직장 갈랍니다. 시험공부한 게 아까워 서라도 사표 쓸 생각 안 하고 끝까지 버티지요."

빗소리가 계속 신나게 밀려들었다. 그는 50킬로그램을 겨우 넘 는 마른 몸이라 습기에 민감할 수밖에 없었다. 그의 몸이 빗소리처 럼 흥겨워지고 있었다. 이 봄으로부터 6개월 지난 뒤가 가을이 아 닌 한여름이라면 좋겠다. 아침부터 날씨가 푹푹 쪘는데 어머니와 두 번째 뇌 사진의 희망찬 결과를 보고 기분이 너무 좋고 그리고 오늘처럼 부산진역에 내릴 때 비가 쏟아진다면 좋겠다. 지금처럼 더없이 시원하게 들릴 빗소리를 들으며 꼭 지금처럼 엄마랑 마주 앉아 칼국수를 시켜 먹겠다! 그런 날이 올 거야, 반드시 올 거야!

'올 거야!' 하고 마음속으로 외쳤지만, 바로 이어 사람 마음의 간절함 따위 거들떠보지도 않는 현실이란 괴물의 잔인함이 상 기되었다. 그의 외침은 '올 거야……'로 풀이 죽었다가 '그런 날 이…… 오면 좋겠다……'로 바뀌었다. 그런 날이 안 올지도 몰 라! 6개월 뒤, 아니 어쩌면 며칠 뒤에라도 어머니는 정신을 잃 고…… 나는 어머니의 뺨을 때리다가 응급실 전화를 누르게 될 지도 몰라…….

골목 가득한 빗소리가 그런 생각 하지 마! 그런 일이 벌어지더 라도 그건 그때 가서 생각해! 지금 너는 이 순간에 충실하란 말 야! 이건 명령이야! 두다다다 하고 있었다.

지금 네 앞에 앉은 여자를 바라봐. 아직 니가 제대로 안다고 할 수 없는, 그렇다고 또 모른다고 할 수도 없는 한 여자, 네 어머니를 바라봐. 지금 니 앞에 어머니가 계시잖아. 너는 아직 잘 모를 거야. 신이 인간에게 내려준 슬픔이란 것이 얼마나 큰 축복인지를. 신이 그것을 만들어내고 사랑을 만들었을 때만큼 의기양양했다는 것을. 사랑은 슬픔으로 완성되는 거야. 네 어머니라는 너의 사랑과 슬픔을 바라봐. 그리고 아직 살아 계시다는 걸 음미하라구. 어때, 괜찮지?

칼국수 두 그릇이 탁자에 놓였다. 그는 면을 휘휘 젓고 한 숟갈의 국물을 떠먹었다.

"뭐야, 우동이네요."

어머니에게 살짝 말했는데 아줌마가 소리를 들었다.

"아닌데요. 칼국순데예."

"이게 무슨 칼국숩니꺼?"

아줌마가 뾰로통해졌다.

"칼국수 국물 나온 거 넣었으니 칼국수지예."

면은 포장으로 된 것을 썼을 테다. 국물은 멸치를 우려내기라도 했는지, 칼국수 수프가 업소용으로 시판되는 것인지.

"현직아, 시원하다. 먹을 만하다."

"엄마, 안동 양반 칼국수, 들어보셨어요?"

"아니."

"이달 안에 내가 안동의 뼈대 있는 양반 규수를 보쌈해갖고 올

355

게요. 양반 칼국수 맛이 어떤 건지 제대로 보여드릴게요."

"오이냐."

"꼭꼭 씹어 드세요."

"이건 소화도 잘될 거 같다."

오래간만에 면 음식 먹어본다는 듯 어머니가 정말 맛있어하는 표정으로 칼국수를 후룩후룩 먹고 있었다. 4월이 오면 그는 이제 만 스물일곱 살이 될 뿐이었다. 그런데 그는 젊음의 한가운데에서 추억의 속도가 너무 빨라지고 있었다. 그것은 어머니 때문이었다. 어머니라는 여자를 알기 시작했고 또 더 알고 싶어져서였다. 아니 그는 어머니를, 아니 다른 누군가를 사랑하는 법을 알기 시작한 것이다. 사실 점포 유리창 메뉴에 붙은 '우리 분식' '칼국수'를 볼 때부터 그는, 그의 몸은 추억의 속도를 한껏 높이고 있었다. 기차에서 병원의 불빛을 바라보며 그 비상한 아픈 환희에 빠져든 것도 추억의 속도가 순식간에 너무 빨라져 그랬을 것이다. 이제 눈앞의 칼국수도 그는 서울의 우리 칼국수만큼 맛있다. 추억의 속도는 아무래도 너무 빨라져버렸다. 그는 어느새 한여름 소나기 소리를 들으며 어머니와 함께 이 가짜 수프 칼국수를 임금님 칼국수처럼 먹을 수 있는 것이었고, 아니 지금, 이미 한여름의 그 칼국수를 먹고 있는 것이었다. 기억할 수 있는 모든 기억이 추억일 수 있었다. 상상할 수 있는 모든 상상이 추억이 되고 있었다. 기억을 통과한 자의 특권인 것이다. 추억은 기억이 꾸는 꿈, 기억이 꾸고 싶었던 꿈. 기억이 간절히 바랐던 것, 시간이 용서한 그것의 실현.

그는 자신이 시간의 굴레에서 벗어난 것 같은 오르가슴을 느꼈다. 어머니와 단둘이 외식하는 것이 너무 좋은 것이다.

아, 이 황홀한 지금이…… 정말 지금일까. 나는 지금이란 말인가. 우리는 지금 이 순간이란 말인가.

어머니와 마주 앉아 지금 실제의 칼국수를 맛있게 먹고 있는 그는 이 현재가 현재성을 잃고 있다는 느낌에 빠져들었다. 현재가 단순한 현재가 아니었다. 전혀 새로운 현재, 한 번도 경험해본 적 없는 현재였다. 시간이 지남에 따라 흐릿해지는, 부분 부분 명확할 뿐인 과거의 조각 기억이 추억이 되고 있는 것이 아니라 지금의 행동이, 어머니와 마주 앉아 있는 지금 자신이, 자신과 마주 앉아 있는 지금 어머니가, 그들의 행동이, 행동의 순간순간이, 모든 것이 바로 그 순간, 행해지고 이루어지는 그 순간 그 순간 추억의 빛으로 환해지고 있었다. 현재가 바로 추억인 것이다. 그렇다면 지금 눈앞의 그의 한여름 칼국수, 한여름 소낙비, 한여름의 어머니는 무엇인가. 미래의 이 눈앞 현재는 무엇인가. 미래도 벌써 추억인가. 그의 눈앞에서 어머니가 태고의 신화처럼 칼국수를 먹고 있고 어머니가 공상과학영화처럼 칼국수를 먹고 있다.

그는 어머니가 이상하게 좋아졌다. 이제 어머니를 어머니로 보지 않을 수 있을 것 같았다. 그녀는 한 여인이었고 한 사람이었고 한 생명이었다. 그리고 또 그녀는 분명 그의 아름다운 어머니였다. 그는 주관적인 황홀한 칼국수를 먹고 있었다. 현재가 사라져버렸다. 기억과 추억뿐이었다. 그의 가슴은 추억의 부자가 되기 위해 지금 이 순간을 머릿속에 달달 외워버려야겠다는 투지로 벅차고 있었다. 지나온 모든 시간이 이미 소중한 재산이었고 앞으로 끝없는 추억들은 그의 더 큰 재산이었다. 슬픔을 슬픔답게 하기 위하여? 사랑을 사랑답게 하기 위하여?

아무래도 니는 내가 일찍 죽길 바라는 모양이제? 그리고 넌 추억이나 하고 싶은 거제? 우리 엄마 이런 분이셨지…… 하고 싶제? 앞으로 널 고통스럽게 할 나의 불안한 미래, 니 마음에 떠오르는 뭔가 무시무시한 슬픔, 어서 빨리 지나가버리고 훌훌 털어버리고 날 측은히 그리워나 하고 살고 싶은 거제?

어머니는 와 안 묵노? 아무래도 싸구려 맛이 나나? 하고 그의 몸속에서 묻고 있다. 어떤 수식어를 붙이더라도 추억과 기억으로 부른다면 지금 온몸으로 살아 있는 어머니가 섭섭해할 것이다. 추억과 기억은 아무래도 오해의 소지가 있다. 그의 자홀감은 과거로 향한 것이 아니다. 현재의 모든 것을 단순한 현재가 아닌 어떤 것으로 보고 싶고, 그런 비상한 현재를 살고 싶다는 것이다. 그는 소멸하는 존재와의 시간이 현재면서도 그 현재의 행동과 말, 마음 씀씀이 하나하나가 추억의 운명을 피할 수 없다는 사실을 알게 된 것뿐이다. 피할 수 없는 운명의 잔을 앞질러 마시며 전율하는 것이다. 어서 어머니를 과거로 만들고 싶은 것은 절대 아니다. 현재가 더는 현재가 아니라는 것이고 현재는 곧 과거이기도 하고 미래이기도 하다는 것이다. 그래서 가슴이 두근두근거린다는 것이다. 지금 이 순간의 다음 순간이 앞질러 느껴진다는 것이고 그러면서도 눈앞의 그녀가 사랑과 슬픔의 완벽한 대상이기 위해 제대로 된 추억과 기억의 연대기부터 작성하여 달달 외워버려야겠다는 것이다. 그렇지만, 그렇지만…… 아무래도 그는 어머니를 잃어버리는 것이 두려울 뿐인가. 결국엔 망각하게 될 것이 그리도 두려운 것인가. 그래서 기억에, 추억에 매달리는가.

추억, 기억이 아니라니까! 더 열렬히 살고 싶은데 왜 과거의 것, 추억, 기억인가. 아니 그의 추억과 기억은 미래를 향한 것이다. 지나간 추억과 기억도 소중하지만 그것을 이어갈 미래의 그것들, 그 하나하나를 정신 차리고 바라보겠다는 결심, 그 미래의 모든 결심 대상들, 미래 그 자체를 이 비상한 현재에서부터 시작하여 제대로 한번 완성해보고 싶은 것이다. 그럼 추억, 기억 아닌 다른 무엇이라 불러야 할까. 그 무엇을 아니 이 무엇을 어떤 말로 불러야 할까. 희망일까. 소망일까. 상상, 꿈? 그것들, 아직 현실화되지 않은, 그러나 곧 어떤 모습을 갖추어서든 현실화될, 그 모든 하나하나, 그의 몸속에 남게 될 그것들, 지금 눈앞의 사람이 그래서! 소중하고 지금 이 사람과 함께하는 것이 그래서! 더욱 값진 그 무엇, 바라보기, 껴안기, 헤쳐가기, 날아가기. 이 마음의 결심이 바라보는 미답의 지대를 도대체 어떤 말로 불러야 할까.

두 개의 그릇이 깨끗이 비워졌다.

추억의 '우리 분식'을 나왔을 때, 와와 하는 추억의 빗소리는 사라졌고 해가 곧 나려는지 추억의 구름 군데군데 엷어지고 있었다.

추억의 꽃들이 비닐을 벗고 얼굴을 내밀고 와와 하고 있었다.

"아저씨, 카네이션이네요."

"예, 순수 우리 국산품이요. 우리나라 연구소가 작년에 개발한 신제품이요. 값도 싸요."

"한 송이만요."

5월이 오면 가슴에 꽃을 달아드렸지 어머니에게 꽃을 선물한 적은 한 번도 없었다. 그는 오늘 어머니에게 한 송이 꽃을 바친다. 줄기 아랫부분은 은박지를 감았고 봉오리 둘레로 투명 랩을 씌운 1000원짜리 한 송이 꽃이었다.

"병원 가서 오늘 좋은 결과 본 걸 기념합니다!"

"별시럽다."

흡사 애인의 선물처럼 꽃을 든 여인이 육교 계단을 끙끙 올랐다. 그는 그녀와 팔짱을 깊숙이 꼈다. 구름에 가려 있는 푸른 해, 푸른 해 뒤에 빛나는 붉은 낮별들이 오늘의 모자를 오래도록 기억해줄 것이다. 잊히는 것을 두려워 말라며 온 천지가 태곳적부터 그렇게 존재하고 있었다. 그는 힘차게 외쳤다.

빗소리 와와 할 때 엄마와 함께 칼국수를!

추억도 아닌 기억도 아닌 그것은 아직 이 세상에 없는 최초의 말은 아닐까.

그는 한 번 더 외쳤다.

그대와 함께 칼국수를.

- 제러미 리프킨, 〈쇠고기를 넘어서〉, 김종철 엮음, 《녹색평론선집 1》, 2008
- 기형도, 〈鳥致院〉, 《입 속의 검은 잎》, 문학과지성사, 1989

작가의 말

　* 열 살 때였다. 마을에 만화방이 있었다. 어느 날 나는 어둑한 만화방 나무 의자에 앉아 한 어린이신문에 연재된 누군가의 네 칸 만화를 한 권에 모아놓은 책을 읽고 있었다. 한 쪽당 만화가 여덟 개가 들었고, 전체 분량이 300쪽 가까웠으니 누군가 수십 년간 그렸던 만화를 한자리서 다 읽으려 했던 것이다. 그러다 나는 그것을 보았다.

　첫 칸에서 한 노인이 벤치에 앉아 있다. 두 번째 칸에서 노인은 '영수가 올 때가 됐는데……'라고 혼잣말을 한다. 세 번째 칸의 왼편 모서리에서 영수가 등장한다. 그런데 영수는 아이다. 마지막 칸은 이렇다. "영수야! 왔구나!" "철호야! 많이 기다렸지!" 둘은 서로를 안는다. 놀랍게도 둘은 친구 사이다.

만화방의 어둠이 밝아졌다. 열 살 아이가 감동을 받으며 마음의 필라멘트가 켜진 것이다. 하늘이 내린 천부 계급인 나이를 뛰어넘고 노인과 아이가 친구 사이라는 것이, 그런 사이가 눈앞의 그림과 말로 이루어져 있는 것이 너무 기뻤던 것 같다. 언젠가 정영태 시인에게 이 얘기를 한 적이 있었다. 고맙게도 "열 살 때 그 고급한 감동을 느꼈다니 문학적으로 참 조숙했구나" 칭찬해주셨다.

이번 소설을 쓰며 나는 몇 번의 위기를 겪었다. 문자의 산맥을 넘어야 하는 작가는 지도와 나침반이 있다 해도 수차 길을 잃기 마련이다. 나는 불을 끄고 누워 나 자신을 격려했다. 열 살 나이에도 너는 그 놀라운 감동을 깨쳤어. 니 속에 그 아이가 아직 숨쉬고 있어. 그러니 마음 편히 자. 내일 아침 다시 네 소설을 읽어봐. 네 마음 깊은 자리에 축적돼 있는 삶의 감동들이 너를 자유롭게 할 거야. 없던 길이 새로 있어 보일 거야.

＊오에 겐자부로의 《개인적인 체험》(을유문화사, 2009)을 읽었다. 기형아를 얻은 젊은 아버지의 '개인적 체험'을 소설화한 데서 나의 '개인적 체험'을 소설화하는 데 뭔가 '컨닝'할 게 있을 것 같아서다. 그러나 '이이는 나보다 훨씬 자기애가 강하군' 하는 불만을 느꼈다.

군더더기 장면을 이어가게 하는 아니 흘러가게 하는 겐자부로의 자신감은 돋보였다. 추석 귀향 버스칸에서 현직이 꿈을 꾸는 것이나 어머니와 함께 대형 횟집에서 식사를 하고 난 뒤 군중을 바라보는 장면을 쓰며 겐자부로의 선취에 약간 의지했던 듯싶다. 그러나 한 번 더 일독하고 싶은《개인적인 체험》이기는 해도 겐자부로의 '인류애'가 나는 별로 신뢰가 가지 않는다.

《엄마와 함께 칼국수를》을 다 쓰고 난 뒤, 그의《개인적인 체험》개정판의 '작가의 말'을 다시 보았다. 그런데 다음의 문단이 나를 새로 사로잡았다.

그때 내 침대 옆 아기 침대에서 자고 있던 아들은 올 6월에 열여덟 살이 된다. 이런 생각까지 하지 않더라도 그 당시 나는 단적으로 젊었던 것이다. 그리고 지금 다시 읽어본《개인적인 체험》은 그야말로 젊디젊은 청춘 소설이라 느껴진다. 그건 새삼 놀라울 정도다. 그도 그럴 것이 이 소설을 쓰고 있던 나는 이미 스스로가 청춘과는 관계없다고 믿고 있었으니까. 이 소설을 쓸 무렵에 아직 방법론적으로 자각이 없는 일이 많았던 나도 소설을 쓰는 이와 주인공을 동일시한 적은 없었다. 따라서 작중의 버드는 쓰고 있는 나로부터 분리되어 설정되고, 양자의 공통점은 둘 다 머리에 이상을 지니고 태어난 신생아를 두고 있다는 것뿐이다. 나아가 나는 버드를 스물일곱 살 4개월이라는 연령이지만 육체적으로는 40세의 체력밖에 지니지 못한, 요컨대 청춘과는 인연을 끊어버린 인간으로 설정했던 것이다. 그런데 지금 내가 다시 읽어보니 그것은 소년 소설과 잇닿아 있는 젊은 주인공을 노골적인 젊음의 유로(流露) 속에서 파악해낸 청춘 소설인 것이다. 그리고 나 자신이 그런 소설의 존재 방식에 대해 일종의 미소를 머금은 듯한 느낌으로 읽고 있었다고 말하지 않을 수가 없다.

이 《엄마와 함께 칼국수를》도 겐자부로가 말한 그런 의미의 청춘 소설이다. 나의 경우 소설을 쓰면서 '이건 청춘 소설이야!' 하고 이미 생각했다는 것이 겐자부로와 다르다면 다를까. 훗날 내 소설을 내가 다시 읽게 될 때, 나 역시 겐자부로처럼 '어떤 미소와 같은 감정'을 가질 수 있게 된다면 좋겠다.

* 나는 소설의 중요한 장면을 마음속에 잡으면 바로 주위 사람과 토론에 들어간다. 토론 속에서 소설의 정확한 제목을 정하고 또 주제를 키워나간다. 그간 그런 역을 정영태 시인이 흔쾌히 맡아주셨다. 밤 파도 소리 속에서 시인과 함께 들은 〈레퀴엠〉은 나의 영광이다. "선생님, 제가 또 흥분해버렸습니다, 죄송합니다." "아냐. 문학 얘기 할 때마다, 우리네 일상에서 시를 발견해낼 때마다 흥분하는 곰치 모습이 너무 아름다워"라고 하셨던 시인께 다시 한번 무한한 감사를 드린다.

* 이 소설의 '어머니' '아버지'의 모델이 돼주신, 지금 이 글을 쓰는 시간, 마루에서 뭔가 얘기를 나누고 있는 나의 두 분에게 한 말씀 드리지 않을 수 없다. 이렇게 말하고 싶다. "어머니, 아버지, 사랑합니다. 그러나 내가 깨친 것만큼만 사랑합니다. 내가 깨치지 못한 어머니, 아버지의 표면 너머 무한함에 대해선 아직 사랑하지 않습니다. 아니 사랑하지 못합니다. 사랑은 인식의 깨침 없이는 오지 않는다는 것을 알기 때문입니다. 그러므로 당신들은 나의 영원한 텍스트입니다. 5년 뒤쯤 다시 소설 속에서 만나요."

* 최재봉 기자에게 감사드린다.

* 한겨레신문사와 신문사를 있게 한 이 땅 민중의 염원에 감사드린다. 못난 나를 작가로 만들어주신 은혜를 잊지 않을 것이며 내가 할 수 있는 한 최대의 노력으로 갚아갈 것이다.

1999년 6월
김곰치

개정판 작가의 말

  십몇 년 전에 한차례 개정 작업을 해서 내놓았던 책을 다시 읽으면서 나는 많이 놀랐다. 군더더기가 자꾸 눈에 들어오는 것이다. 어휴, 저걸 어째. 때로 한 문장일 때도 있지만, 서너 문장, 심지어 한 문단을 통째 덜어내야 했다. 왜 십몇 년 전에는 군더더기인 줄 몰랐을까.

  재독(再讀)은 시간 여행과 같다. 작가의 개정 작업이라는 것도 기본적으로 재독, 즉 '다시 읽기'를 하며 한다. 읽는 일이 고역이었다.

  하다 보니, 개정 작업은 뇌종양 수술하고 비슷한 면도 있었다! 다만 자가 수술이고, 제 머릿속을 열어보고 종양을 떼어내는 것인데 군더더기는 그러니까 작은 종양이다.

파격적으로 말해보자면…… 군더더기임을 예전에 몰랐던 까닭은 십몇 년 전 그때는 그것이 군더더기가 아니었기 때문이다! 눈에 잘 뵈지도 않던 것이 십몇 년 새 자라났기 때문이다!

다행이었던 것은 소설 속에서 어머니 뇌종양 수술을 앞두고 현직이가 "막상 머리를 열면 종양만 쏙 떼내기 아주 좋게, 호두알처럼 종양이 쪼글쪼글 잘 오그라들어 있을 거 같아"라고 혜희에게 말하는 것처럼, 이번 '다시 읽기'에서 발견된 군더더기들이 비교적 떼내기 쉬웠다는 것이다.

종양이 죄다 병적 세포로 되어 있는 것은 아니다. 정상 세포와 늘 함께 섞여서 있다. 덜어낸 문단 속의 정상 세포들은 독자들에게 미세하게 정보 제공을 하고 있었다. 그럼에도 칼을 아끼지 않았다. '후유증'이 덜하기를 바랄 뿐이다.

재독(또는 개정 작업)이란 것을 '시간 여행'의 측면에서 주되게 봤을 때는, 이번 여행에서 무척 반가운 순간도 있었다. 어머니가 대발작을 일으키고 현직이 과일 주스를 사기 위해 병원 본관 옆을 걷다가 무릎을 꿇고 철철 우는 장면을 나는 특히 느껍게 읽었다. 그중 세 문장을 옮기면…… "사람은 한번 나면 필연적으로 죽는다는 것을 잘 알면서도 어머니가 반드시 죽고 없어진다는 사실은 그가 지금껏 몰랐고 마치 방금 처음 알게 된 것같이 무시무시하기만 했다. 어머니가 죽으면 자신의 마음이 얼마나 미안하고 죄스러울까가 가장 무서웠다. 사람은 한번 세상에 나면 반드시 죽는데, 나는 왜 미안하고! 왜 죄스럽고! 왜 이리도 못 견뎌 하는가!"

필멸의 인간 존재에 대한 의문이랄까, 하나님에 대한 항의랄까, 사실 이것은 최근 몇 년, 내가 정말 각별히 아끼는 '생각거리'였다. 그런데 스물몇 살 때 이미 나는 이 의문을 채뜨려 첫 책에서 제법 표출해내고 있었던 것이다. 최근 몇 년이 아니라 무척이나 오래된 나의 '생각거리'에 더 열심히 매진해야겠다고 다짐했다. 언젠가는 책이 되어야 한다. 사랑하는 이들의 죽음, 그리고 자기 자신의 죽음, 이것들은 우리 인생 최대의 난제이다. 미리 공부하고 예비하고 훈련하고 많이 알아둘수록 좋다. 나의 첫 책도 바로 그러한 노력의 일환이었다. 아니 몸부림이었다. 젊었을 때는 뭘 모르고 하는 몸부림이었지만, 미구의 언젠가 춤사위가 될 수 있다면 좋겠다.

부끄럽지만, 며칠 전 나는 졸시 한 편을 썼다. 2017년에 쓰고 잊어버렸다가 이번에 마지막 네 줄을 새로 붙였다. 제목도 없이 써둔 것을 역시 이번에 〈길 끝에 그 집에〉라고 정해줄 수 있었다. 보여드리면

저녁잠을 자고 일어나
밥때도 놓치고
그리고 듣는

자정 무렵 조지 윈스턴 〈Summer〉

꿈결 같다

그래, 나는 꿈을 꿨고 잠을 깨고 나서도 이어 계속 걷는 꿈길만
　같아라

이 길 끝에는 집이 있고
창이 있고 식탁이 있고
김치찌개가 있고

그리고 거룩한 밥 생각이 있겠지.

길이 더 길었으면 한다.

식구들이 하나둘 잠을 깨고 일어나 길을 나서고

한집에 모일 때까지.

죽은 막내까지도

죽은 어머니까지도 말이다.

혹시 슬픈 마음이 되시는지. 나는 전혀 그렇지 않다. '죽은'이
라는 말을 조금의 망설임 없이 썼다. 누구나 이해할 수 있는 깨끗
한 말이다.

우리 모두가 잠을 깨고 일어나 길을 나서고, 약속한 바도 없는
데 약속이라도 한 것처럼 한 장소에 모이게 되는, 마치 하나의 사
건과도 같은 그 집이 있다. 소망하는 나의 미래의 책이다. 길이 길
어서 나는 아직도 걷고 있는 중이다.

2024년 1월

김곰치

추천의 말

　희망도 괴물이 될 수 있듯이 가족도 종양이 될 수 있다. 아니, 모든 가족은 불행이라는 우성인자를 유전시키거나 상처라는 병균을 전염시키는 몸 그 자체이다. 이 소설은 이런 가족의 아픈 몸을 어루만진다. 크게 울지도 않고, 억울해하지도 않으면서. 때문에 다시 건강한 세포를 생성해내고 있는 이 소설은 90년대의 가족 소설이 이룬 성과의 리트머스 시험지가 될 것이다.

─김미현(문학평론가)

　이 소설은 묘하게 독자를 흥분시키고 끌어당긴다. 주제로서는, 푸코적인 주제의 소설이라 할 것이다. 의술, 의료 기관을 문제 삼고 있다는 점에서 지식과 기술의 제도적 기반에 관한 소설이라 할 수 있고, 자아의 발견, 여성의 발견, 나아가 내면의 발견을 탐색하고 있다는 점에서 또한 푸코적인 인식을 발하고 있는 소설이라 할 만하다. 이 입심 좋고 재기 발랄한 작가의 미래에 서광이 있기를, 그리하여 우리 문단에 풍성한 문학의 성찬이 그와 함께 오래하기를!　　　　　　　　　　　　　　　－한기(문학평론가)

　　김곰치의 소설적 상상력은 주로 시간의 벽을 허물어뜨리는 쪽으로 작동한다. 꿈 또는 비몽사몽간의 시간은 살바도르 달리의 시계처럼 과거·현재·미래가 무르녹아 함께 흐르고, 깨어 있는 의식은 일상적 사물들에서 상투의 껍질을 벗기고 새로 잉태된 감각과 의미들이 질주한 시공간을 마련한다. 현재 시간을 폭발적으로 확장하는 이러한 상상력은 삶의 소중한 한때를 자신의 기억 속에 기념비로 세워놓는다. 여기에 생명의 입김을 불어넣는 것은 문체의 시적인 밀도와 말들의 경이로운 쓰임새이다.　　－황광수(문학평론가)

엄마와 함께 칼국수를

제4회 한겨레문학상 수상작
ⓒ 김곰치 2024

초판 1쇄 발행 1999년 7월 9일
개정 1판 1쇄 발행 2011년 9월 23일
개정 1판 3쇄 발행 2014년 3월 19일
개정 2판 1쇄 인쇄 2024년 1월 10일
개정 2판 1쇄 발행 2024년 1월 20일

지은이 김곰치
펴낸이 이상훈
문학팀 최해경 김다인 하상민
마케팅 김한성 조재성 박신영 김효진 김애린 오민정

펴낸곳 (주)한겨레엔 www.hanibook.co.kr
등록 2006년 1월 4일 제313-2006-00003호
주소 서울시 마포구 창전로 70(신수동) 화수목빌딩 5층
전화 02)6383-1602~3 **팩스** 02)6383-1610
대표메일 munhak@hanien.co.kr

ISBN 979-11-6040-745-7 03810